U0542436

ZHONGGUO XIAOSHUO
100 QIANG

中国小说100强(1978—2022)

巴克夏的温柔

王 松 著

北京联合出版公司
Beijing United Publishing Co.,Ltd.

图书在版编目（CIP）数据

巴克夏的温柔 / 王松著. -- 北京：北京联合出版公司，2023.9
（中国小说100强）
ISBN 978-7-5596-7117-2

Ⅰ.①巴… Ⅱ.①王… Ⅲ.①中篇小说－中国－当代 Ⅳ.①I247.5

中国国家版本馆CIP数据核字（2023）第130714号

巴克夏的温柔

作　　者：王　松
出 品 人：赵红仕
出版监制：张晓冬　范晓潮
责任编辑：李艳芬
特约编辑：和庚方　郭　漫
封面设计：武　一

北京联合出版公司出版
（北京市西城区德外大街83号楼9层　100088）
北京兴星伟业印刷有限公司印刷　新华书店经销
字数211千字　650毫米×920毫米　1/16　21印张
2023年9月第1版　2023年9月第1次印刷
ISBN 978-7-5596-7117-2
定价：68.00元

版权所有，侵权必究
未经书面许可，不得以任何方式转载、复制、翻印本书部分或全部内容。
本书若有质量问题，请与本公司图书销售中心联系调换。
电话：010-65868687

中国小说100强（1978—2022）丛书

编委会

丛书总策划

  张　明　著名出版人
  张　英　资深媒体人

编委主任

  吴义勤　中国作协副主席
     中国小说学会会长

编　委

  吴义勤　中国作协副主席、中国小说学会会长
  宗仁发　《作家》杂志主编
  谢有顺　中山大学教授、中国小说学会副会长
  顾建平　《小说选刊》副主编
  张　英　资深媒体人
  文　欢　作家、出版人

总　序

"中国小说100强"（1978—2022）是资深出版人张明先生和腾讯读书知名记者张英先生共同策划发起的一套大型文学丛书。他们邀请我和宗仁发、谢有顺、顾建平、文欢一起组成编委会，并特邀徐晨亮参与，经过认真研讨和多轮投票最终评定了100人的入选小说家目录。由于编委们大多都是长期在中国文学现场与中国文学一路同行的一线编辑、出版家、评论家和文学记者，可以说都是最专业的文学读者，因此，本套书对专业性的追求是理所当然的，编委们的个人趣味、审美爱好虽有不同，但对作家和文学本身的尊重、对小说艺术的尊重、对文学史和阅读史的尊重，决定了丛书编选的原则、方向和基本逻辑。

从文学史的角度来说，1978年以后开启的新时期文学是中国当代文学的黄金时代，不仅涌现了一批至今享誉世界的优秀作家，而且创造了许多脍炙人口的文学经典，并某种程度上改写了20世纪中国文学史的版图。而在中国新时期文学的经典家族中，小说和小说家无疑是艺术成就最高、影响力最大的部分。"中国小说100强"（1978—2022）就是试图将这个时期的具有经典性的小说家和中国小说的经典之作完整、系统地筛选和呈现出来，并以此构成对新时期文学史的某种回顾与重读、观察与评判。呈现在读者面前的这套丛书是对1978—2022年间中国当代小说发展历程的一次全面、系统的整体性回顾与检阅，是中国当代文学经典化的重要成果，从特定的角度集中展示了中国新时期文学在小说创作方面的巨大成就。需要说明的是，与1978—2022年新时期文学繁荣兴盛的局面相比，100位作家和100本书还远远不能涵盖中国当代小说的全貌，很多堪称经典的小说也许因为各种原因并未能进入。莫言、苏童、余华等作家本来都在编委投票评定的名单里，但因为他们已与某些出版社签下了专有出版合同，不允许其他出版社另出小说集，因而只能因不可抗原因而割爱，遗珠之憾实难避免，而且文学的审美本身也是多元的，我们的判断、评价、选择也许与有些读者的认知和判断是冲突的，但我们绝无把自己的标准强加于别人的意思。我们呈现的只是我们观察中国这个时期当代小说的一个角度、一种标准，我们坚持文学性、学术性、专业性、民间性，注重作家个体的生活体验、叙事能力和艺术功力，我们突破代际局限，老、中、青小说家都平等对待，王蒙、冯骥才、梁晓声、铁凝、阿来等名家名作蔚为大观，徐则臣、阿乙、弋舟、鲁敏、林森等新人新作也是目不暇接，我们特别关注文学的新生力量，尤其是近10年作品多次获国家大奖、市场人气爆棚的新生代小说家，我们秉持包容、开放、多元的审美立场，无论是专注用现实题材传达个人迥异驳杂人生经验、用心用情书写和表现时代精神的现实主义作家，还是执着于艺术探索和个体风格的实验性作家，在丛书里都是一视同仁。我们坚信我们是忠实于自己的艺术理想、艺术原则和艺术良心的，但我们并不认为自己的角度和标准是唯一的，我们期待并尊重各种各样的观察角度和文学判断。

当然，编选和出版"中国小说100强"（1978—2022）这套大型丛书，除了上述对文学史、小说史成就的整体呈现这一追求之外，我们还有更深远、更宏大的学术目标，那就是全力推进中国当代文学"经典化"的历程和"全民阅读·书香中国"建设。

从1949年发端的中国当代文学已经有了70多年的发展历程，但对这70多年文学的评价一直存在巨大的分歧，"极端的否定"与"极端的肯定"常常让我们看不到当代文学的真相。有人认为中国当代文学达到了前所未有的高度和水平。王蒙先生在法兰克福书展上就说：中国当代文学现在是有史以来最繁荣的时期。余秋雨、刘再复甚至认为中国当代文学的成就远远超过了现代文学。也有人极端否定中国当代文学，认为中国当代文学都是垃圾。他们认为现代文学要远远超过当代文学，中国当代文学连与现代文学比较的资格都没有。比如说，相对于鲁（迅）、郭（沫若）、茅（盾）、巴（金）、老（舍）、曹（禺）这样大师级的人物，中国当代作家都是渺小的侏儒，根本不能相提并论，两者比较就是对大师的亵渎。应该说，与对中国当代文学的肯定之声相比，对当代文学的否定和轻视显然更成气候、更为普遍也更有市场。尽管否定者各自的角度和出发点不同，但中国当代作家、作品与中外文学大师、文学经典之间不可比拟的巨大距离却是唱衰中国当代文学者的主要论据。这种判断通常沿着两个逻辑展开：一是对中外文学大师精神价值、道德价值和人格价值的夸大与拔高，对文学大师的不证自明的宗教化、神性化的崇拜。二是对文学经典的神秘化、神圣化、绝对化、空洞化的理解与阐释。在此，我们看到了一个非常有趣的悖论：当谈论经典作家和文学大师时我们总是仰视而崇拜，他们的局限我们要么视而不见要么宽容原谅，但当我们谈论身边作家和身边作品时，我们总是专注于其弱点和局限，反而对其优点视而不见。问题还不在于这种姿态本身的厚此薄彼与伦理偏见，而是这种姿态背后所蕴含的"当代虚无主义"。这种"虚无主义"的最大后果就是对当代作家作品"经典化"的阻滞，对当代文学经典化历程的阻隔与拖延。一方面，我们视当下作家作品为"无物",拒绝对其进行"经典化"的工作,另一方面又以早就完全"经典化"了的大师和经典来作为贬低当下泥沙俱下的文学现实的依据。这种不在同一个层面上的比较,不仅毫无意义,而且只能使得文学评价上的不公正以及各种偏激的怪论愈演愈烈。

其实,说中国当代文学如何不堪或如何优秀都没有说服力。关键是要进行"经典化"的工作,只有"经典化"的工作完成了才有可能比较客观地对当代的作家作品形成文学史的判断。对当代的"经典化"不是对过往经典、大师的否定,也不是对当代文学唱赞歌,而是要建立一个既立足文学史又与时俱进并与当代文学发展同步的认识评价体系和筛选体系。当然,我们也要承认,"经典化"问题是一个非常复杂的问题,并不是凭热情和冲动一下子就能完成的,但我们至少应该完成认识论上的"转变"并真正启动这样一个"过程"。

现在媒体上流行一些对于中国当代文学经典化冷嘲热讽的稀奇古怪的言论,其核心一是否定中国当代文学有经典、有大师,其二是否定批评界、学术界有关"经典化"的主张,认为在一个无经典的时代,"经典"是怎么"化"也"化"不出来的,"经典化"是一个实实在在的"伪命题"。其实,对于文学,每个人有不同的判断、不同的理解这很正常,每一种观点也都值得尊重。但是,在"经典"和"经典化"这个问题上,我却不能不说,上述观点存在对"经典"和"经典化"的双重误解,因而具有严重的误导性和危害性。

首先,就"经典"而言,否定中国当代文学早就不是什么新鲜事,对当代文学的虚无主义态度在很多人那里早已根深蒂固。我不想争论这背后的是与非,也不想分析这种观点背后的社会基础与人性基础。我只想指出,这种观点单从学理层面上看就已陷入了三个巨大误区:

第一个误区,是对经典的神圣化和神秘化的误区。很多人把经典想象为一个绝对的、神圣的、遥远的文学存在,觉得文学经典就是一个绝对的、乌托邦化的、十全十美的、所有人都喜欢的东西。这其实是为了阻隔当代文学和"经典"这个词发生关系。因为经典既然是绝对的、神圣的、乌托邦的、十全十美的,那我们今天哪一部作品会有这样的特性呢?如果回顾一下人类文学史,有这样特性的作品好像也没有。事实上,没有一部作品可以十全十美,也没有一部作品能让所有人喜欢。在这个问题上,我们应该明确的是,"经典"不是十全十美、无可挑剔的代名词,在人类文学史上似乎并不存在毫无缺点并能被任何人所认同的"经典"。因此,对每一个时代来说,"经典"并不是指那些高不可攀的神圣的、神秘的存在,只不过是那些比较优秀、能被比较多的人喜爱的作品而已。从这个意义上说,当今中国文坛谈论"经典"时那种神圣化、莫测高深的乌托邦姿态,不过是遮蔽和否定当代文学的一种不自觉的方式,他们假定了一种遥远、神秘、绝对、完美的"经典形象",并以对此一本正经的信仰、崇拜和无限拔高,建立了一整套关于中国当代文学的伦理话语体系与道德话语体系,从而充满正义感地宣判着中国当代文学的死刑。

第二个误区,是经典会自动呈现的误区。很多人会说,是金子总是会发光的。但对文学来说,文学经典的产生有着特殊性,即,它不是一个"标签",它一定是在阅读的意义上才会产生意义和价值的,也只有在阅读的意义上才能够实现价值,没有被阅读的作品没有被发现的作品就没有价值,就不会发光。而且经典的价值本身也不是固定不变的。如果一个作品的价值一开始就是固定不变的,那这个作品的价值就一定是有限的。经典一定会在不同的时代面对不同的读者呈现出完全不同的价值。这也是所谓文学永恒性的来源。也就是说,文学的永恒性不是指它的某一个意义、某一个价值的永恒,而是指它具有意义、价值的永恒再生性,它可以不断地延伸价值,可以不断地被创造、不断地被发现,这才是经典价值的根本。所以说,经典不但不会自动呈现,而且一定要在读者的阅读或者阐释、评价中才会呈现其价值。

第三个误区,是经典命名权的误区。很多人把经典的命名视为一种特殊权力。这有两个层面的问题:一,是现代人还是后代人具有命名权;二,是权威还是普通人具有命名权。说一个时代的作品是经典,是当代人说了算还是后代人说了算?从理论上来说当然是后代人说了算。我们宁愿把一切交给时间。但是,时间本身是不可信的,它不是客观的,是意识形态化的。某种意义上,时间确会消除文学的很多污染包括意识形态的污染,时间会让我们更清楚地看清模糊的、被掩盖的真相,但是时间同时也会使文学的现场感和鲜活性受到磨损与侵蚀,甚至时间本身也难逃意识形态的污染。此外,如果把一切交给时间,还有一个前提,那就是对后代的读者要有足够的信任,要相信他们能够完成对我们这个时代文学的经典化使命。但我们对后代的读者,其实是没有信心的。我们今天已经陷入了严重的阅读危机,我们怎么能寄希望后代人有更大的阅读热情呢?幻想后代的人用考古的方式对我们这个时代的文学进行经典命名,这现实吗?我不相信后人对我们身处时代"考古"式的阐释会比我们亲历的"经验"更可靠,也不相信,后人对我们身处时代文学的理解会比我们亲历者更准确。我觉得,一部被后代命名为"经典"的作品,在它所处的时代也一定会是被认可为"经典"的作品,我不相信,在当代默默无闻的作品在后代会被"考古"挖掘为"经典"。也许有人会举张爱玲、钱钟书、沈从文的例子,但我要说的是,他们的文学价值早在他们生活的时代就已被认可了,只不过很长时间由于意识形态的原因我们的文学史不谈及他们罢了。此外,在经典命名的问题上,我们还要回答的是当代作家究竟为谁写作的问题。当代作家是为同代人写作还是为后代人写作?幻想同代人不阅读、不接受的作品后代人会接受,这本身就是非常乌托邦的。更何况,当代作家所表现的经验以及对世界的认识,是当代人更能理解还是后代人更能理解?当然是当代人更能理解当代作家所表达的生活和经验,更能够产生共鸣。因此,从这个角度来说,当代人对一个时代经典的命名显然比后代人更重要。第二个层面，就是普通人、普通读者和权威的关系。理论上，我们都相信文学权威对一个时代文学经典命名的重要性，权威当然更有价值。但我们又不能够迷信文学权威。如果把一个时代文学经典的命名权仅仅交给几个权威，那也是非常危险的。这个危险表现在什么地方呢？就是几个人的错误会放大为整个时代的错误，几个人的偏见会放大为整个时代的偏见。我们有很多这样的文学史教训。在这个问题上，我们既要相信权威又不能迷信权威，我们要追求文学经典评价的民主化、民主性。对一个时代文学的判断应该是全体阅读者共同参与的民主化的过程，各种文学声音都应该能够有效地发出。这个时代的文学阅读，最理想的状态应该是一种互补性的阅读。为什么叫"互补性的阅读"？因为一个批评家再敬业，再劳动模范，一个人也读不过来所有的作品。举个例子：现在我们一年有5000部以上的长篇小说，一个批评家如果很敬业，每天在家读二十四小时，他能读多少部？一天读一部，一年也只能读三百部。但他一个人读不完，不等于我们整个时代的读者都读不完。这就需要互补性阅读。所有的读者互补性地读完所有作品。在所有作品都被阅读过的情况下，所有的声音都能发出来的情况下，各种声音的碰撞、妥协、对话，就会形成对这个时代文学比较客观、科学的判断。因此，文学的经典不是由某一个"权威"命名的，而是由一个时代所有的阅读者共同命名的，可以说，每一个阅读者都是一个命名者，他都有对经典进行命名的使命、责任和"权力"。而作为一个文学研究者或一个文学出版者，参与当代文学的进程，参与当代文学经典的筛选、淘洗和确立过程，更是一种义不容辞的责任和使命。说到底，"经典"是主观的，"经典"的确立是一个持续不断的"过程"，"经典"的价值是逐步呈现的，对于一部经典作品来说，它的当代认可、当代评价是不可或缺的。尽管这种认可和评价也许有偏颇，但是没有这种认可和评价，它就无法从浩如烟海的文本世界中突围而出，它就会永久地被埋没。从这个意义上说，在当代任何一部能够被阅读、谈论的文本都是幸运的，这是它变成"经典"的必要洗礼和必然路径。

　　总之，我们所提倡的"经典化"不是要简单地呈现一种结果，不是要简单地对一个时代的文学作品排座次，不是要武断地指出某部作品是"经典"，某部作品不是"经典"，不是要颁发一个"谁是经典"的荣誉证书，而是要进入一个发现文学价值、感受文学价值、呈现文学价值的过程。所谓"经典化"的"化"实际上就是文学价值影响人的精神生活的过程，就是通过文学阅读发现和呈现文学价值的过程。可以说，文学的经典化过程，既是一个历史化的过程，更是一个当代化的过程。文学的经典化时时刻刻都在进行着，它需要当代人的积极参与和实践。因此，哪怕你是一个对当代文学的虚无主义者，你可以不承认当代文学有经典，但只要你还承认有文学，你还需要和相信文学，还承认当代文学对人的精神生活具有影响力，你就不应该否定当代文学经典化的重要性。没有这个"经典化"，当代文学就不会进入和影响当代人的生活，就失去了存在的意义。每一个人，哪怕你是权威，你也不能以自己的好恶剥夺他人阅读文学和享受文学的权利。

　　从这个意义上说，当代文学的经典化当然是一个真命题而不是一个伪命题。在一个资讯泛滥的时代，给读者以经典的指引是文学界、出版界共同的责任，而这也是我们编辑出版这套书的意义所在。

　　最后，感谢张明和张英先生为本套书付出的辛劳，感谢北京立丰天文化传播有限公司、北京金圣典文化有限公司的资金支持，感谢全体编委和北京联合出版公司各位编辑，感谢所有对本套丛书的出版给予大力支持的作家和他们的家人。

　　是为序。

吴义勤
2022年冬于北京

目　录
Contents

巴克夏的温柔____1

蛾的飞翔____45

哭　麦____185

秋鸣山____234

双驴记____281

巴克夏的温柔

杨超告诉我,他用了几十年研究猪这种动物,最终得出两个具有颠覆意义的结论。第一,猪是一种很干净的动物,更重要的是心地干净,单纯,善良。第二,从基因角度讲,猪与人很相近。杨超说,猪的皮肤经过特殊处理,可以在人的皮肤上存活几个月甚至更长时间。预计在不久的将来,猪的肾脏、肝脏乃至心脏等等一些重要器官都可以移植到人的身上。到那时,说一个人狼心狗肺也许仍属贬损,但猪头猪脑很可能就是一种褒扬了。

我相信,杨超的这种说法是有依据的,也经得起时间检验。杨超的父亲当年是研究哲学的,而且曾将研究领域延伸到生命科学。但1957年被打成"右派",送去农场喂猪。于是他又将自己的哲学研究投注到猪的身上。杨超的父亲养的猪不仅爱清洁,讲卫生,而且每天都坐在干松的稻草上细眯着眼睛思考或讨论一些深不可测的问题。每当遇有重大节日要杀猪庆贺,别的同伴在被拉走时意识到危险,都拼命挣扎着哀嚎，只有杨超的父亲养的猪，泰然赴死，嘴里还轻松地哼哼着如同唱歌。杨超的父亲对杨超说，它们已将这种杀戮和死亡上升到哲学层面，所以也就没有了恐惧。那时杨超只有两岁，但已经懂得尊重这些有思想的动物。后来他甚至养成一个习惯，喜欢在猪圈里和父亲的这些猪一起躺在干松的稻草上睡觉。杨超曾告诉我，和这些动物躺在一起的感觉是常人难以想象的。它们的身上很柔软，而且有一种甜丝丝的特殊香气，闻着这种气味浑身就可以放松下来。尽管后来杨超的母亲不准自己的儿子再去和猪一起睡觉，但杨超这种对猪的感觉却已根深蒂固。也正因如此，十几年后，当杨超再一次去农村时，才突然意识到自己对这种叫猪的动物竟然熟悉得不能再熟悉。当时杨超去插队的那个村庄遇到一件很棘手的事。不知是什么原因，生产队里饲养的生猪突然一头接一头地相继死亡。这样一来，他们那个村的生猪存栏数也就锐减。那时上级正号召"要大力发展养猪事业"，从县里到公社，对各村的生猪存栏数都有很严格的要求，如果达不到数量不仅是没完成任务的问题，还会被上升到政治高度。村干部一下都慌了手脚，问生产队里的饲养员这究竟是怎么回事。但饲养员也搞不清原因，说喂了几十年猪，还从没遇到过这样的事。就在这时，知青集体户的付强想出一个办法。上级只要求生猪存栏数，但并没具体要求存栏的生猪有多大，既然这样，我们死了多少大猪就再补多少小猪，只要保证栏里的生猪数量达到要求就是了。当时村里的集体户只有三个知青，付强，杨超，还有一个女知青叫刘阳。付强是集体户的户长。付强对养猪的事也很内行。据付强自己说，他父亲在食品厂下属的一个屠宰场工作，他从小就经常去看父亲杀猪，所以对猪这种动物的习性很了解。村干部经过研究，觉得付强说的倒是一个办法，付强对养猪又很在行，于是就决定让他去为村里买一批猪秧。所谓猪秧，也就是小猪。付强接受了村里的任务，表示没有任何问题。但这次要买十几头小猪秧，他担心自己忙不过来，就让杨超和他一起赶着一辆牛车去。事后杨超告诉我，他当时并不想去。他从没在村里说过自己对猪也很熟悉，而且这次买猪秧责任重大，万一出了什么问题也不好向村里交代。但付强坚持让他去。付强说不要杨超承担什么责任，也不用他干什么，只要帮着搭一把手就可以了。付强这样一说，杨超也就不好再推辞。

但是，杨超的担心还是应验了。

付强和杨超这次去买猪秧，原本很顺利。可是付强却犯了一个只有外行才会犯的错误。其实在此之前，杨超已看出村里生猪相继死亡的原因。生产队的猪圈盖得过于低矮，而且空间狭窄，为了追求存栏数饲养的密度也过大。当时正值盛夏，圈里又不通风，所以这些猪很可能是患了热射病而死的。杨超曾向村干部建议，把猪圈扩建一下，而且圈养的密度也小一些，但一直没有引起村干部的重视。这次出来买猪秧，杨超又建议付强，在品种上应该慎重，可以考虑长白猪，波中猪，或汉普夏，因为这些品种的猪都比较耐热，更适合夏季饲养。当时付强听了有些意外，他没想到杨超竟然知道这些猪的品种。但付强一向是一个很自信的人，他并没考虑杨超所说的长白、波中或汉普夏，而是坚持买了十几头叫巴克夏的小猪。杨超立刻提醒他，这种叫巴克夏的猪有欧洲血统，很不耐热，现在又是夏季，买这种小猪很可能成活率很低。可是付强仍没把杨超的提醒当一回事。付强觉得这种叫巴克夏的小猪很漂亮，通身漆黑，只有四只脚和鼻子尾巴是白的，所以认定，一定是一个很好的品种。但让他没想到的是，回来的路上，还没到村里就出事了。当时这十几头小猪是分别装在几个箩筐里。箩筐盖着盖子放到后面，由蹲在牛车上的杨超照看。可是箩筐密不透风，被中午的太阳一晒里面就更加闷热。这种叫巴克夏的小猪本来都很怕热，这样一闷，再相互拥挤，就在箩筐里大声地尖叫起来。这种尖叫声很有感染力，先是几头小猪，接着所有的小猪就都一声接一声地大叫起来。可以想象，十几头小猪一起这样大叫，在烈日下也就显得更加尖厉，也更加让人心烦气躁。就在这时，发生了一件让人意想不到的事。拉车的是一头黑白花的年轻牤牛，大概它实在无法忍受这些小猪的尖叫声，又已经被烈日晒得口干舌燥，突然一掉头就朝路边的水渠冲过去。当时付强正坐在辕子上赶车，慌忙去拽牛的缰绳，可是这头发怒的牤牛眼睛瞪得很大，已经不顾一切地拖着身后的牛车朝水渠里扎下去。与此同时，付强也被跌进渠里的牛车压在了下面。这辆牛车一点一点地朝水里沉下去，下面的付强也随之一点一点地往下沉，眼看就要被压进水底的烂泥。这时在后面车上的杨超已从水里将几个箩筐都捞出来放到岸坡上。他看到被压在水里的付强，又急忙赶过来救他。此时付强已被压得完全沉到了水里，水面上只还露出一个鼻子在勉强呼吸。他用力挣扎着喊，快啊……快啊。一边喊着，就有渠水灌进嘴里。杨超重新跳进水渠，先是想用两只手抬起牛车。但这辆牛车实在太重了，他抬了几下没有抬动，于是又把身子蹲到水里用肩膀去扛，就这样慢慢地将牛车扛起来，付强才趁机从水里钻出来。但就在这时，这辆牛车突然晃动了一下就又朝水里沉下去。杨超感到自己的一条腿被压住了，正一点一点被压进水底的泥里。接着，这条腿似乎发出嘎巴一响。杨超意识到，一定是腿骨被压断了。这时闻讯赶来的村人跳进渠里，合力将牛车搬开，才把杨超从水渠里拉出来。杨超看一看自己的这条腿，感到下面一截有些异样，显然已经断了。此时付强也将那几个装着小猪的箩筐打开。小猪都安然无恙，只有一头，大概由于呛了水已经不动了。付强拎起这头小猪的一条腿，把它扔到旁边的草丛里，又用脚踢了一下。就在这时，杨超拄着一根树棍艰难地走过来。他看到这头被踢到一边的小猪，一条后腿微微动了一下，于是立刻走过去。付强哼一声又朝那头小猪踢了一脚，啐口唾沫说，死了，已经淹死了。杨超没说话，只是看一看付强，又看看那头已被踢到岸坡下面的小猪。

关于这件事的具体过程，杨超事后没向任何人说起过。集体户的刘阳曾来问他。刘阳认为杨超被一辆牛车那样压在水渠里而没有淹死，简直是一个奇迹。杨超听了只是笑一笑。杨超的这条伤腿果然骨折了，幸运的是不太严重。村里有一个懂正骨的赤脚医生，为他看过之后说，这根腿骨虽然断了，万幸的是还没有完全断开，所以只要接好复位，固定一段时间就会长好。农村当然没有石膏，于是这个赤脚医生将杨超的伤腿小心复位，接好，又绑上几根木棍，就这样将这条腿固定起来。在那个下午，杨超拄着两根简易的拐杖又来到那条出事的水渠边。那头被付强认定已经淹死的小猪仍躺在岸坡的草丛里。杨超走过来伸手摸了摸，它的身上还有些温热，于是就将它捡起来抱回集体户。这时杨超感觉到，这头小猪在他的怀里又轻轻动了一下。杨超回来找了一块木板，将一边垫起来斜着放在地上，然后把这头小猪头朝下放到木板上。这样过了一会儿，就有一些水从这头小猪的嘴里流出来。又过了一会儿，这头小猪的眼睛就慢慢睁开了。它看看杨超，两条后腿蹬了几下，似乎想站起来。杨超将它抱到自己的炕上。这头小猪由于刚才掉进水渠，身上已被洗得很干净，看上去乌黑的皮毛油亮，四只脚和鼻子尾巴显得很白。杨超又找来一些米汤，为它灌下去，就这样又过了一会儿，这头小猪哼了一声，就摇摇晃晃地站起来。关于这件事，后来杨超曾对我说过。他认为这头小猪比他还要幸运。杨超说，这头小猪在出事时显然是呛了水，而且很可能已经呛到肺里。但后来付强将它扔掉，又用力踢了两脚，也恰好是这踢的两脚救了它。当时它被踢到水渠的岸坡下面，刚好是头朝下，这样肺里的水就一点一点控出来。那时杨超离我插队的村庄很近，相距只有八里，所以我们没事的时候就经常在一起喝酒。有一次他喝了酒对我说，你相信不相信，我曾经把这个道理给这头小猪讲了，它竟然能听懂，还冲我点点头。

杨超很认真地说，这是真的，我没有喝醉。

我在四十年前就发现，杨超是一个很低调的人。低调自然是一种很好的处世态度，但有时也会失掉一些机会。不过杨超似乎并不在意机会，他那时就很散淡。他曾对我说，不在意机会的人才不会活得太累。我当然知道，他这样说是有所指的。他那一次和付强去为村里买猪秧，后来对于付强就成为一个难得的机会。尽管在回来的路上出了那样一场意外，但正是这场意外，在客观上也帮了付强。可以想象，当时在那样的烈日下，那十几头小猪已在箩筐里闷了一路，如果就这样回到村里肯定会出问题。可是后来牛车翻到了水渠里，这也就等于为这些小猪洗了一个凉水澡，如此一来也就消除了一路的暑气。所以，这些小猪回到村里就都欢蹦乱跳。村里认为付强把这件事办得很漂亮，而且发现他果然对养猪的事很在行，于是索性就让他去生产队的养猪场专门负责喂猪。这对付强来说当然是求之不得的事。当时正是掰玉米的农忙季节，村里的社员每天都要顶着烈日去下田，相比之下喂猪就是很清闲的工作了。也就在这时，公社"知青办"的人突然来到村里。那时从县里到公社都设有"上山下乡知识青年办公室"，专门负责与知青有关的各种工作，简称"知青办"。公社知青办的人听说了付强和杨超为村里买猪翻车的事，认为这是保护集体财产的先进事迹，值得宣传一下，于是就赶来村里了解情况。他们先是来到集体户找杨超。当时杨超正拄着双拐,在为那头小猪熬粥。这头小猪虽然缓过来,但仍很虚弱,所以杨超每天要为它熬一点高粱米粥。公社知青办的人看到杨超拄着双拐,立刻问他,是不是在这次意外中受的伤。杨超点点头说是。公社知青办的人就让他把当时的具体过程说一说。这时杨超已经听到,那头小猪在里面的房间饿得不停地叫,于是只淡淡地说了一句,也没什么可说的。然后就端起高粱米粥去里面喂小猪了。几个知青办的人相视一下,只好又来村里的养猪场找付强。

若干年后杨超告诉我,后来的事,也就是从这时开始的。

在那个下午,刘阳突然来找到杨超。刘阳长得很漂亮,但性格有些像男人,说话很冲。她对杨超说,有一句话,叫路遥知马力,你知道吗。杨超说知道。刘阳又问,后面的话你知道吗。杨超说,日久见人心。刘阳说是啊,日久见人心,我今天才知道你是什么样的人。杨超听了看看刘阳,不知她这样说是什么意思。刘阳说你真不知道是什么意思吗。杨超说是,真不知道。刘阳说好吧,我问你,你这条腿究竟是怎样折的。杨超说,被牛车压在水渠里,就这样压折了。刘阳说,如果付强不拼死扛起那辆牛车救你,如果他不用肩膀顶住那辆牛车的车轮,你会只折一条腿吗,你恐怕连命都没了。刘阳说,付强不仅救了你,还救了他为生产队刚买的这些小猪,对不对。杨超听了很认真地看看刘阳,没说话。刘阳说,付强救了你,也保护了生产队的集体财产,这样大的事,你回到村里为什么不说,而且公社知青办的人来问你,你仍然不说,你心里究竟是怎样想的。杨超看着刘阳,仍没有说话。刘阳说,付强奋不顾身地抢救同学生命,抢救集体财产,这是难得的先进事迹,我们大草村出了这样一个值得宣传的先进人物,有什么不好呢。刘阳说到这里已经有些激动,她又对杨超说,公社知青办已经准备整理一份付强事迹的材料,报到县里去,虽然付强不想宣传自己,也不让公社知青办的人再来问你,但我还是希望,你能把当时的情况如实向上面说一下。刘阳这样说着,又朝炕里看一眼。那头小猪正趴在杨超的枕头上,很认真地听刘阳说话。刘阳问杨超,这就是那头小猪吗。杨超说是。刘阳说,付强说了,关于这头小猪如何处理的事暂且不讲,现在有一件事,明天公社知青办要请县里报社的一位记者过来,给付强拍一张照片,公社知青办的人说最好让他的怀里抱一头这次被救下来的小猪。杨超一听就明白了,付强是想把这头小猪抱去照相。但他搞不明白,既然如此,付强为什么自己不来,而是让刘阳来对自己说呢,而且,养猪场里有十几头刚买的小猪,他为什么偏要把这头小猪抱去呢。刘阳似乎看出杨超在想什么,她说,付强说了,养猪场的那十几头小猪已经放到圈里,身上滚得太脏了,而且欢蹦乱跳的恐怕也不听话,你这里这头小猪老实一些。刘阳这样说着,又朝炕上的这头小猪看了一眼。这时,这头小猪的两条前腿搭在杨超的枕头上,正眼睛一眨一眨地看着刘阳。刘阳有些诧异,又很认真地看看它,回头问杨超,它……会眨眼?

杨超点点头,说是。

关于猪会不会眨眼这件事,我曾经很认真地观察过。我发现,一般的猪上下眼皮是固定的,确实不会眨眼睛。但杨超告诉我,他的这头小猪真的会眨眼。杨超这时已为这头小猪取了名字。杨超觉得这头小猪应该有一个名字,但又想不出叫什么,于是就叫它巴克夏。

付强在那个早晨还是带着这头叫巴克夏的小猪去了公社。付强在自行车上绑了一个柳条篓,想把巴克夏装进去。但杨超看了不同意。杨超说巴克夏还很虚弱,禁不住这样的颠簸。杨超拿来自己的一个绿挎包,在里面垫了一条毛巾,把巴克夏放进去。付强显然有些不太情愿,但看一眼杨超,还是把这个绿挎包背走了。大草村离公社大约二十里,而且都是很难走的土路。杨超在心里计算了一下,付强骑车到公社大约要一小时,在公社拍照片还要摆布一阵,然后再和知青办的人说一说话,这样再骑车回来就要将近中午。于是,他吃过早饭,又为巴克夏熬了一点高粱米粥就去村边的麦场了。杨超的腿受伤以后,村里为照顾他,就让他去麦场看麦子。杨超在这个上午一直不放心。巴克夏这时还很虚弱,又要不停地喝水,所以他有些后悔,不该让付强就这样把巴克夏带走。将近中午时,杨超突然看到不远的路上有一个小东西朝村边跑来。这东西跑得并不快,一边跑还不时停下来,回头看一下。杨超起初以为是一条狗,但再看一看,似乎比狗的腿要短,而且跑起来屁股一撅一撅的。他突然意识到什么,急忙拄着拐杖来到路边。果然是巴克夏。巴克夏浑身都是泥水,一条腿有些跛,一只耳朵似乎也出了问题。巴克夏这个品种的猪和别的猪不同,耳朵是直立的,但此时,它的右耳朵已经软软地耷拉下来,显然是受了伤。它踉跄着来到杨超跟前,抬起头看看他,四条腿一软就瘫在地上。杨超连忙把它抱起来,这时才发现,它的嘴角也有一些血迹。

在这个中午,杨超把巴克夏抱回集体户,先用温水给它洗了一下,又喂了一些高粱米粥。这时付强回来了。付强的脸颊上有一块伤,看上去像是被什么东西咬了,还有浅浅的牙印,已经有些肿胀起来。付强看到杨超,脸色难看地说,那头猪跑了。杨超没说话,只是朝付强的脸上看了看。付强又哼一声说,这会儿,这畜生说不定已经死在野地里了。付强这样说着无意中朝炕上看去,两眼突然睁大起来。这时,巴克夏正把两条前腿搭在杨超的枕头上,朝付强看着。付强瞪着它看了一阵,说,这东西……已经回来了?巴克夏冲付强眨眨眼,那只受伤的耳朵动了一下。杨超的脸色也有些难看。他又看一眼付强说,它受伤了。付强嘟囔着说,受伤,哼……猪这东西早晚要吃肉的,伤不伤也无所谓。

这样说罢就转身走了。

杨超事后告诉我，他在当时就已经意识到，付强在这个上午带巴克夏去公社一定发生了什么事。但付强回来后一直闭口不提。不过后来，公社知青办的张主任还是把这个上午发生的事告诉了杨超。知青办的张主任是当成一件有趣的事对杨超说的。张主任说，付强在那个上午带来的那头小猪简直太有意思了，他在农村工作了这样长时间，还从没见过这样的猪。据张主任说，在那个上午，付强来到公社时，从县里请来的报社记者已经等在这里。按记者事先的设计，付强要抱着这头小猪站在办公室的墙边，身后是一幅彩色的宣传画，画上有几个肩扛锄头的男女知青，正意气风发地朝农田走去，旁边是一段毛主席语录：广阔天地，大有作为。如果按报社记者这样的创意，拍出的照片应该主题很鲜明，既突出了付强的知青身份，那头抱在怀里的小猪也表明了他这一次为保护集体财产奋不顾身的先进事迹。但是，到具体拍摄时却出了问题。当时付强把这头叫巴克夏的小猪从绿挎包里掏出来，大概是由于包里太闷，这头小猪已经无精打采。记者觉得它这样的精神面貌不行，体现不出人民公社小肥猪被英雄抢救之后的喜悦，于是向付强提出要求，想一想用什么办法让它精神起来。付强先是找来一块玉米面窝头，接着又换了一块白面馒头。但这头小猪对这些食物似乎没有多大兴趣。后来付强就有些不耐烦了，索性抓住这头小猪的脖子朝它的脸上用力扇耳光，扇得啪啪地响。可是连着这样扇了几下，小猪的嘴角已经被扇出血，却仍然耷拉着脑袋。公社知青办的张主任实在看不下去了。这头小猪毕竟是生产队的集体财产，而且还是付强奋不顾身抢救下来的，现在付强却这样扇它的耳光，他作为一个先进人物这样对待自己抢救下来的小猪似乎不太符合逻辑。付强也已经意识到自己有些失态，于是又将小猪抱在怀里，用手轻轻抚摸着它身上的毛皮。这时这头小猪的眼睛就慢慢睁大起来，看上去似乎有了些精神。但是，就在付强按记者设计的姿势抱住这头小猪，脸上扬起自豪的微笑，记者按动快门的一瞬，这头小猪突然从付强的怀里跳出来。显然，这张照片作废了。接下来又拍了两张，这头小猪仍然很配合，但都是在相机快门咔达一响的一瞬，不是扭动身子挣扎，就是痛苦地拼命大叫。就这样拍到第四张照片时，记者就不敢再拍了。那时拍照片还要用胶片，一卷胶片只有十几张，记者舍不得用如此昂贵的胶片为这样一头性情乖张的小猪拍来拍去。最后还是付强想出一个办法。付强又将这头小猪抱在怀里，对记者说，你拍吧，它这次不会动了。这一次，这头小猪竟果然乖乖地趴在付强的怀里，一动不动了。原来付强表面的一只手抱着这头小猪，底下的一只手却暗暗掐在它的裆里。这是一头小公猪，裆里的东西一被掐住，自然也就动弹不得了。但让人没想到的是，就在记者举起相机按动快门的一瞬，这头小猪突然又跳起来。它这一次跳得更高，而且一口咬在付强的脸颊上。付强没有防备，一下被咬得扭歪了脸，接着就疼得呀呀地叫起来。公社知青办的张主任急忙跑过来，但看一看也束手无策。猪与狗不同，嘴要尖一些，但牙齿很钝，这样一口咬在脸颊上看上去就很牢固。张主任试着用手抓住这头小猪的脖子，可是刚往下一拉，付强立刻又疼得大叫起来。最后还是那个记者想出一个办法。他把相机举到这头小猪的跟前，突然按动闪光灯，小猪的眼睛被灯光晃得一愣，稍一松嘴，付强趁机抓住它的一只耳朵用力一甩，就把这头小猪扔出去了。付强摸一摸自己的脸颊，已经有血流下来。公社知青办的张主任哈哈大笑，指着这头被摔在地上的小猪说，畜生就是畜生，不懂什么叫报恩，你拼死救了它，它反倒这样咬你，还不如一条狗呢。

这时，这头小猪听了，冲张主任眨眨眼，就转身一瘸一拐地走了。

杨超发现，这头叫巴克夏的小猪这次从公社回来，情绪一直很低落，每天只是趴在炕上眼睛一眨一眨地发愣，不知在想什么。杨超将喂它的高粱米粥改成玉米粥，去麦场看麦子时，也经常带它去场上跑一跑。这样它的情绪才渐渐好了一些。几天以后，刘阳又来找杨超。刘阳对杨超说，这头小猪不能总这样在集体户里，集体户是知青住的，不是让猪住的。杨超听了看看刘阳，不知她这样说是什么意思。刘阳又说，把这样一头猪整天养在集体户，太不卫生了，况且这头猪本来就是生产队的集体财产，现在当成自己的东西养在这里，也不太合适。杨超朝刘阳看了看，说，这头小猪当时已经死了，被扔掉了，是我捡回来的。刘阳立刻睁大眼说，你怎么可以这样说话，村里刚买的这十几头小猪，都是付强拼着性命才抢救下来的，怎么可能扔掉呢。杨超就不再说话了。刘阳又说，既然是生产队的集体财产，就应该还给生产队，所以这头小猪，还是应该放到养猪场去养。杨超听了又沉默一阵，抬起头问，是付强让你来对我说的？刘阳嗯了一声说，就算是吧。杨超问，为什么他自己不来呢。

刘阳没再说话，只是看了杨超一眼就转身走了。

当天下午，付强来找杨超。付强来的时候，杨超正在为这头叫巴克夏的小猪按摩后腿。杨超发现，巴克夏这条受伤的后腿并没有骨折，很可能只是伤了筋脉。付强进来看看巴克夏，又看看杨超，忽然笑了，然后哼一声说，你把这畜生当成人了，可真够享受啊。这时，巴克夏看到付强，那只受伤的耳朵动了一下，就慢慢竖起来。付强又耸起鼻子闻了闻说，这屋里什么味，真的快成猪圈了。小猪眼睛一眨一眨地看着付强。付强脸颊上的那块伤已经结痂，看上去像一个印章的痕迹。杨超没说话，仍然低着头为小猪按摩伤腿。好吧，付强点点头说，咱们也不用再绕弯子了，该说的话刘阳都已对你说过了，这头猪是生产队的，就应该还给生产队，意思就是这么个意思，再说你一个知青，整天跟一头猪睡在一起也不太像话。这头小猪听了看一看付强，又回头看看杨超。付强突然盯住它，很认真地看了看说，这东西……真能听懂我说话？杨超拿过一块抹布擦擦手，然后在小猪的屁股上轻轻拍了一下。小猪就趴到旁边的枕头上去了。杨超问付强，你一定要把它弄到村里的养猪场去吗。付强嗯一声说，这也是村里的意思。杨超说，好吧。这样说着又看一眼付强，不过，你恐怕养不了它。付强扑哧笑了，说，村里养猪场的几十头猪我都能养，这样一个小畜生我养不了吗。杨超说，我不是这个意思，我是说，它现在还很虚弱，身上又有伤。付强说行啊，到了养猪场我让它住单间，给它吃病号饭，这总可以了吧。他这样说着走过来，抓起这头叫巴克夏的小猪装进一个提篮就拎上走了。这头小猪扒着提篮，一直走出很远还在朝杨超张望着。

  付强还是过于自信了。其实他在这个下午已经听出来，杨超对他说，他恐怕养不了这头叫巴克夏的小猪，这话里还隐含着另一层意思，至少是一种提醒。但付强并没把这提醒当一回事。付强觉得这样一头只有十几斤重的小猪，一只手就可以把它掐死，它就是再鬼灵精怪又能闹出多大的事呢。付强在这个下午把这头小猪带回养猪场，并没让它住什么单间，而是拎着一条后腿直接扔进一个圈里。这是一个专门饲养大猪的猪圈，里面有几头二百多斤的公猪，都是做种猪用的。这头叫巴克夏的小猪被扔到这群大猪中间，一下就成了一只小老鼠。猪圈里的粪泥有一尺多深，而且已被踩得很稀软，这头小猪这样扔进圈里一下就陷进去，几乎只还露出一个头。它拼命挣扎到矮墙旁边，用力爬上一块土坯，身上就已经糊满了臭烘烘的稀粪。付强站在猪圈外面，把两个胳膊放在围栏上，探进头来饶有兴致地看着。他冲这小猪笑笑说，怎么样，感觉如何啊？你现在跟我一样，也是来这里插队了，插队你懂吗，就是吃苦受罪，就是跟贫下中农一起同吃同住同劳动，以后甭想再过你养尊处优的日子了。他接着又哼一声说，你不是听得懂人话吗，我现在告诉你，这才只是开始。

这头叫巴克夏的小猪站在土坯上，眼睛一眨一眨地看着付强。

付强笑嘻嘻地说，你不用这样看我，我是一个很有办法的人。

但接下来发生的事，却是付强没有想到的。付强在养猪场，每天给猪喂食的规律和人一样，也是早中晚三餐。不过晚上的这一餐为了让猪长夜膘，食物就要稠一些。在这个傍晚，付强用麸子稻糠和一些干猪草馇了一锅猪食。但他喂食的时候，突然发现这个圈里的种猪都不吃食了。付强起初怀疑是自己馇的猪食有问题。可是看一看别的圈里的猪，进食都很正常，只有这个圈里的几头种猪，似乎大家商量好了，都安静地趴在一起，嘀嘀咕咕地不知在干什么。付强又凑近看了看，这时才看清楚，原来那头叫巴克夏的小猪也趴在他们中间。它看上去趴得很舒服，这些大猪围成一圈，只在中间给它留出一块最干松的地方，而且还在上面拱了一些干草。这头小猪身上的粪泥已被干草刮得很干净。付强用木勺敲了敲猪食槽子，试图引起这些大猪的注意。但这些大猪仍趴在那里，没有任何反应。付强毕竟对猪的习性有一些了解，他知道猪是最贪吃的动物，如果它们这时不吃，应该就是不饿。可是第二天早晨，付强再来到这个猪圈时，发现这几头大猪竟仍然安静地趴在那里，槽子里的猪食丝毫没有动过。他这时才有些慌了。显然，这个圈里是出了问题。也就在这时，付强又看到了那头叫巴克夏的小猪。这头小猪又站在那块高高的土坯上，身上的毛皮已经油亮，它扬起头，正眼睛一眨一眨地朝这边看着，那只耷拉下来的耳朵也直直地竖起来。付强突然意识到了什么。他立刻走过去把这头小猪抓出来，想了想，转身扔进旁边的一个猪圈。

但是，到中午时，这个圈里也出了问题。

这边的圈里是几头待产的母猪。母猪这时的食量一般都很大。可是这个中午，这几头母猪突然也不进食了。付强试着又在食槽里加了一些精料，但这几头母猪却似乎视而不见，只是没精打采地趴在圈里，看上去昏昏欲睡。只有那头叫巴克夏的小猪，一边摇着尾巴在它们身边悠闲地走来走去。这一次付强真的有些慌了。这几头待产的母猪非同小可，一旦出了问题无法向村里交代。他连忙又把这头叫巴克夏的小猪从这个圈里拎出来，可是想一想，一时竟吃不准该把它怎么办了。付强把这头小猪放到大圈里，原本是另有用心的。留做种猪的公猪体魄都很强悍，把这头小猪放到它们中间，就是不被踩死，也会由于够不到食物而饿死。而怀孕的母猪在待产期间出于本能，对不属于自己的幼崽会充满敌意，所以把这头小猪放到它们中间，后果也就可想而知。但让付强没有想到的是，竟会出现这样的事情。付强想了一个下午，到傍晚时，只好把这头叫巴克夏的小猪和新买的那十几头小猪放到一起。傍晚的喂食似乎一切正常，付强总算稍稍松了一口气。但就在这时，这头叫巴克夏的小猪吃过东西似乎有了一些底气，突然把头一扬就大声尖叫起来。它的叫声像针扎一样刺耳，让人听了感觉头皮发麻。接着，这个圈里的十几头小猪就都扬起头跟着一声接一声地尖叫起来。这叫声立刻响彻养猪场，也在村里回荡。正吃晚饭的人们不知发生了什么事，都从家里来到街上。生产队长端着饭碗跑到养猪场，气急败坏地问付强，这又是怎么回事。付强这时已将这头叫巴克夏的小猪从猪圈里抓出来，正拎在手里，准备扔进养猪场旁边的水塘。生产队长看看问，这头小猪怎么回事？付强吭哧了一下，一时不知该说什么。就在这时杨超来了。杨超也是听到养猪场这边的小猪叫声才过来的。他走到付强的跟前说,我对你说过,你养不了它。

他这样说着伸手抱过这头小猪,就转身走了。

杨超后来告诉我,付强对养猪的事确实懂一些。猪吃东西的规律与人刚好相反。人是早晨吃饱,中午吃好,晚上吃少。人在早晨吃饱了,才可以为一天的活动储存足够的能量,而晚上吃少则是减少不必要的脂肪积存,说的好懂一点也就是避免长肉。但猪是恰恰要长肉的,所以晚上就要多吃,而且要让它们吃饱吃好。如果从这一点看,付强在当时的喂养方法还是正确的。但这种方法也有一定的问题。猪毕竟不是人,上午和下午不用出去工作,因此也就不必拘泥一定要在早中晚三顿饭的时间给它们喂食。正确的方法应该是少吃,多喂。猪的消化系统比人还要强大,如果一天只吃三顿饭,就会经常处于饥饿状态,这样营养跟不上也就不利于生长。所以,这种饲养方法导致的后果是,由于晚上有足够的食物积存长膘很快,但白天缺乏营养又使体量生长减慢,于是喂出的猪表面看上去很肥,身材却很矮小。但不管怎样说,付强在当时喂的这些猪个个膘肥体壮,看上去工作也就很有成绩。

公社知青办原想大力宣传一下付强,为抢救同学的生命和生产队的集体财产,奋不顾身地跳进水渠硬是用肩膀扛起一辆牛车,这应该是典型的英勇行为。但后来不知为什么,付强还是谢绝了公社知青办,他说不想这样宣传自己。他对公社知青办的张主任说,这件事已经过去了,就不要再提了。付强这样谦虚的态度反而让公社知青办更加认为值得宣传一下。也就在这时,知青办的张主任发现了付强的养猪场。其实张主任早已知道付强在村里的养猪场工作,可是没想到,付强竟然把这些猪养得如此肥壮。张主任是一次下去办事,经过大草村时偶然发现的。当时张主任看到村边的养猪场,想起付强在这里,就推着自行车顺便过来看一看。养猪场里没有人,张主任在每个猪圈巡视了一下。这一看竟让他大感意外,几乎每头猪都是滚瓜溜圆,看上去就像气吹的一样。这时付强回来了。张主任又问付强,他上一次救下的那十几头小猪怎样了。于是付强就带着张主任来看这些小猪。张主任来到这个圈前一看,更加吃惊了,只有短短的几个月时间,这些小猪就已经长大起来,浑身胀鼓鼓的很有精神。付强告诉张主任,猪的成熟期是8到10个月,再有几个月,这些猪就可以交配了。当时张主任听了只是点点头,没说什么就匆匆走了。但张主任的心里已经有了想法。上一次将付强的材料整理好报到县里,后来县里知青办又问过几次,只是由于付强不想宣传自己也就没了下文。现在这件事刚好又是一个由头。下乡知青一心扑在发展养猪事业上,刻苦钻研,科学饲养,将生产队里的大猪小猪个个养得膘肥体壮,这个事迹如果宣传一下也是一个很好的典型。张主任回到公社知青办和大家研究了一下,就决定在大草村的养猪场开一个现场会,全公社各村的知青都来参加,还要请县里知青办的领导再带一些其他公社的知青代表过来。现场会以参观养猪场为主,然后观摩付强馇猪食和喂猪的全过程,接下来让他为大家讲一讲,他是如何利用在学校学到的文化知识科学养猪的,再介绍一下心得体会和先进经验。显然,张主任的这个想法还不动声色地包含了另一个内容,在这个现场会上,也就可以把付强当初抢救同学的生命和集体财产那件事顺带说出来。这一次张主任有了经验,把这件事决定以后,并没有直接通知付强,而是把大草村的大队长叫到公社。大草村的大队长姓马。马队长来到公社,一听张主任说要在大草村的养猪场开现场会心里就不太愿意。首先,养猪场并不是随便谁都可以去的,一下弄这么多人呜呜嚷嚷地开什么现场会,猪一下受了惊就会影响进食。其次,马队长对付强的工作也并不是很满意。自从付强到养猪场，死猪现象确实减少了，可是又出现了新的问题。过去在养猪场喂猪的是村里的吴老二，吴老二虽然人笨一些，但舍得出力气，养猪场的猪草都是他自己去田里割，垫猪圈的秫秸也是自己从场上背回来。付强到养猪场却不一样了，猪草都要生产队的人在田里割了给他送去，秫秸也要为他准备好。这样一来村里的人就难免会有意见。此外还有一件事也让马队长不太满意。自从付强负责喂猪，养猪场里的猪确实很有起色，尤其后来买的这十几头小猪，看上去都长势喜人。可是与此同时，猪的上膘率虽然高，出栏率却很低。所谓出栏，也就是把长成的大猪交到公社。公社对各村的生猪出栏是有任务的，现在付强喂的这些猪却是雷声大雨点小，光看猪长膘，却不见长分量。马队长曾问过付强，这究竟是怎么回事。但付强似乎也说不出原因。所以这时，马队长嘴上不说，心里就对开现场会这件事有些不以为然。张主任看出马队长的心思，就笑笑说，这件事已经定了，今天叫你来，不过是通知一声，另外你回去也告诉付强，让他认真准备一下，在现场会上介绍心得体会最好有一个发言稿，我们先看一看，等这个现场会结束，争取把他的发言稿拿到县里的报社去发表一下，这样也会扩大影响。张主任又拍拍马队长的肩膀，笑笑说，这项工作很重要，你这个大草村的大队长可要支持啊。张主任说到这里忽然又想起一件事，问马队长，上一次的那头小猪，后来怎么样了。马队长知道张主任问的是杨超养的那头小猪，就哼一声说，那头猪简直是个怪物，当初付强把它弄去村里的养猪场喂了两天，把养猪场搅得乌烟瘴气，后来没办法，只好又给了那个叫杨超的知青，一直在集体户里当狗养着呢。张主任一听就笑了，摇着头说，我早就看出来了，这头小猪可不一般，你回去告诉付强，这一次还要把这头小猪弄来，它很可能会成为现场会上的一个亮点。

显然，张主任并不了解猪的习性。张主任想的很简单。以往现场会的内容都是老三样，参观现场，介绍经验，领导总结，形式既死板大家也没有多大兴趣。所以这一次，张主任就想别开生面，把现场会的气氛搞得活跃一点。张主任觉得上次付强照相时带来的这头小猪很有特点，不仅机灵，能听懂人话，似乎还可以与人交流。如果在这次现场会上把这样一头小猪展示给大家，再让付强当众跟它交流一下，大家一定会有兴趣。同时也从另一个侧面反映出付强科学养猪的优越性，这样喂出的猪不仅患病率低，上膘快，而且还很聪明。

但后来的事，却并不像张主任想的这样。

大草村的马队长虽然心里不太愿意，可是公社知青办的张主任毕竟还是公社革委会的领导成员之一，也就不好违拗。于是回到村里，就来养猪场找付强。付强听说公社知青办要在这里召开自己的现场会，想一想也没说什么。但一听马队长说，张主任又要把杨超的那头小猪弄来，立刻哼一声说，把那头猪弄来有什么意义，再说杨超也不会同意。马队长没好气地说，要我说开这个现场会都没啥意义，养猪就是养场，还开啥现场会，可张主任已经这样决定了，那个杨超不同意更好，他把这个现场会搅黄了才好哩。付强听了点点头，又想了一下就来集体户找杨超。这时已是中午，杨超刚吃过饭，正在看着这头叫巴克夏的小猪吃食。这时这头小猪也已经长成半大猪，已有六七十斤，虽然没有明显的肥膘，但骨架很大，看上去像一条狗的身形。杨超这时已不再喂它高粱米粥或玉米粥，只是把麸子发酵，再和碎猪草掺在一起闷一段时间，这样的猪食会有一种甜丝丝的味道，营养价值也很高。付强走进来，朝这头猪看了看问杨超，听说，它已经有了名字？杨超说是。付强说，叫巴克夏？这头叫巴克夏的猪听到叫自己的名字，立刻抬起头看看付强。付强点点头说，我已经看出来了，这头猪，确实跟别的猪不太一样。巴克夏看着付强，眨眨眼。付强就笑了，说，它真能听懂我说话。杨超看看巴克夏，又看一眼付强。付强就嗯一声说，好吧，我就直接说吧，今天来是想跟你商量一件事。然后，付强就把公社知青办要在村里的养猪场召开现场会的事说了。付强接着又说，现在公社知青办的张主任提出来，这次现场会上，还要把这头猪弄过去。杨超听了似乎有些不明白，看一看付强问，公社开你的现场会，把它弄去干什么。付强说是啊，我也搞不清楚啊，真不知道张主任是怎么想的。杨超点点头说，好吧，那就让它去吧。付强听了立刻睁大两眼看看杨超，问，你……同意了？杨超说是，同意。付强张张嘴，一时不知该说什么了。付强原以为，自己这样说了杨超会立刻坚决反对，如此一来也就正好有了借口，只要去告诉公社的张主任，杨超不同意也就是了。但让他没想到的是，杨超竟然这样痛快就答应了。付强吭哧了一下，又叮问一句，你……真的同意了？杨超嗯了一声，接着又看一眼付强说，不过我还是要提醒你，最好把它单独放在一个圈里。

付强没好气地说，行啊，这次我一定让它住单间。

付强接受了上一次的教训，把巴克夏弄到养猪场，真的让它单独在一个圈里。不过付强还是有些不放心。他注意观察了一下，巴克夏来到养猪场似乎很安静，每天除去吃食就趴在圈里睡觉，看上去好像没什么异常。这一来反倒让付强有些不踏实了。付强摸不透它的心里究竟在想什么。付强不敢相信，这头叫巴克夏的猪会这样老实。

开现场会这天，果然出了问题。

公社知青办的张主任对这个现场会很重视，提前来到养猪场先察看了一下，又叮嘱马队长和付强，这一次县革委会的主管领导和县知青办的领导都要来，所以千万不要出任何岔子。现场会是在上午举行。

全公社的知青都来了。县知青办的领导也带着外公社的知青代表前来取经，会议很隆重。按公社知青办张主任事先的设计，现场会一开始先让大家参观了一下养猪场的猪舍，接着又观摩付强如何馇猪食，如何喂猪。前面两个环节都进行得很顺利。如果按计划，接下来就应该是付强为大家介绍在养猪场工作的心得体会和先进经验，最后才是付强表演与那头叫巴克夏的猪进行交流。张主任把这个交流的环节放到最后也是有考虑的。猪在人们的意识中一向是一种又蠢又笨的动物，不可能有什么智商，更不会与人交流。也正因如此，这一次与会者看了一定觉得新奇，也会大感意外，这样也就可以把现场会的气氛在最后推向一个高潮。但就在这时，一位县革委会的领导看了付强馇猪食和喂猪的过程提出一个问题，这样的喂猪方法究竟科学在哪里，具体又有哪些效果呢。张主任听了，当即决定把后面的环节提到前面来，先让付强与这头叫巴克夏的猪表演交流，以此来证明，付强这种科学饲养的方法不仅能使猪迅速长膘，还可以开启猪的心智。于是付强就带着大家来到巴克夏的猪圈跟前。这时巴克夏正趴在圈里打瞌睡。其实付强并不想轻易招惹这个巴克夏，所以刚才为大家演示如何喂猪时，也就没有过来喂它，他摸不准这头性情古怪的猪随时会干出什么事来。但这时张主任一定让他表演与这头猪交流。付强没办法，也就只好硬着头皮来到这个猪圈的跟前。他先为大家讲解，这头猪的品种也是巴克夏，是一头尚未成年的雄性猪，将来准备留做种猪使用。接着又解释，由于它性格孤僻，不太合群，所以才单独养在这里。然后又告诉大家，这头猪是有名字的，它的名字就叫巴克夏，而且它知道自己的名字。付强说到这里就向大家提出一个问题，他问，猪这种动物会不会眨眼。县里的一位领导一听就笑了，说猪这东西整天乐呵呵的，两眼总是眯成一条缝，还从没听说过它会眨眼。付强很认真地说，这头猪，就会眨眼。这位领导一听立刻不笑了，看看付强说，不会吧，怎么可能有这种事。付强说，我叫它的名字，它就会眨眼。付强说着咳了一声，冲这头猪叫，巴克夏。这头猪听了慢慢抬起头，朝付强看了看，果然眨了一下眼睛。这时在场的人都愣住了。这位县领导立刻啧啧称奇，凑近猪圈朝这头猪仔细看了看，又回头对付强说，你……再叫它？付强就又叫了一声，巴克夏。这头猪又冲付强眨眨眼。张主任在一旁笑着说，这就是付强这种喂猪方法的科学之处，他喂的猪不仅能听懂人话，而且还很听他的话。这位县领导问付强，是这样吗。付强也没有想到，这头叫巴克夏的猪这一次竟会这样配合自己，于是心里一得意就大着胆子说，是，它很听我的话。这位县领导越发来了兴致，立刻说，那好，你现在让它趴下。付强就走到猪圈跟前，对巴克夏做了一个手势说，趴下。巴克夏果然听话地趴下了，两条前腿直直地伸出来，看上去像一条狗。这位县领导更加兴奋起来，连连摇头说，这……太不可思议了。然后又对付强说，你再让它站起来。付强就又对巴克夏做了一个手势说，站起来。这一次巴克夏看着付强，没动。付强又咳一下，对它说，站起来。巴克夏仍然没动。张主任走过来，看看圈里的巴克夏，又看看付强问，怎么回事？付强的脸有些涨红起来，提高声音又说，站起来。就在这时，巴克夏那只耷拉的耳朵就一点一点竖起来。付强立刻有了一种不祥的预感。但他还没反应过来，这头叫巴克夏的猪突然四腿一用力就从圈里跳起来。它这一下跳得很高，几乎是腾空而起，然后就像飞一样落到旁边的猪圈里。接下来更加让人意想不到的事情发生了。巴克夏如同一枚巨大的炸弹落到旁边的圈里，这个圈里的几头猪立刻受了惊吓，它们先是在圈里一边叫着四处乱跑，接着就都跳出了矮墙。而与此同时，这头叫巴克夏的猪已经再一次高高地跳起来，又飞着落到另一个圈里。这个圈里是几头刚产崽的母猪。这几头母猪原本正躺在角落里舒舒服服地给小猪喂奶，巴克夏突然这样从天而降，几头母猪立刻都本能地跳起来。其中一头身材高大的母猪一边叫着猛地朝猪圈的木门冲过去。这扇木门很单薄，也没有上锁，于是一下就被撞开了，接着几头母猪就这样带着小猪从圈里窜出来。而这时，这头叫巴克夏的猪已经又跳到另一个圈里。它就这样不停地从一个圈跳到另一个圈，看上去就像从一个水池跳到另一个水池，所到之处，圈里的猪就都像溅起的水花一样一边大声叫着从里面飞跳出来。养猪场里顿时乱成了一团。从猪圈里跳出的猪四处奔跑，一位县里的领导也被撞得倒在地上。现场会已经无法再进行下去了。这时最着急的还是马队长。马队长一边吆喝着试图把这些猪赶到一起。可是这些受了惊吓的猪已经窜出养猪场，显然，如果这样在野地里跑散就再也无法追回来了。马队长一把抓住付强说，你不是最有办法吗，你赶紧把这些猪给我追回来！但付强乍着两手也已经不知所措。这时还是公社知青办的张主任冷静一些。张主任对付强说，你赶快把那头叫巴克夏的猪控制住，毛病都在它那里。

但这时再找巴克夏，已经不见踪影了。

这一次的现场会显然很不成功。公社知青办的张主任也有些沮丧。不过张主任在会后还是安慰付强，这个现场会也有收获，至少大家亲眼看到了，这头叫巴克夏的猪确实可以与人交流，这应该就是大草村养猪场的独到之处，也是付强这种科学养猪方法的成果。可是付强这时已顾不上这些。付强考虑的是，自己该如何向村里交代。现场会上突然炸了圈，几乎所有的猪都跑出来，付强拼命往回轰赶也只拦住几头小猪崽，就这样，养猪场的猪已在村外跑散了。这显然是一件很严重的事。如果这些猪不能如数找回来还不仅仅是经济损失的问题，公社分派的养猪任务完不成，这可就要追究政治责任了。此时马队长更是心急如焚，眼看着好容易养起来的百十头猪就这样一哄而散，如果让别的村捡去了自然谁也不会送回来。于是赶紧组织起全村的人去野地里四处寻找。就这样一直找到傍晚，才在北河塴的下面找到了这些猪。这些猪挤在一个土坑里，那头叫巴克夏的猪像牧羊犬一样地站在一旁看守着。马队长和付强连忙过来数了数，一头猪不少。马队长这才稍稍松了一口气。这时付强慢慢回过头，盯住这头叫巴克夏的猪看着。巴克夏却似乎若无其事，哼了一声，就摇摇尾巴转身走了。

直到很多年后，我才知道杨超高考时为什么报的是农学院。那是第一年恢复高考，当时的政策还经常会变，谁也不知道第二年第三年还会不会有这样的高考，所以每个人都想抓住这千载难逢的机会，拼尽全力争取一次考中。这样一来也就出现了一个问题，尤其在农村插队的知青，填报志愿时想得更多的不是求学，而是谋生，很多人把高考当成一条尽快离开农村的捷径，因此哪个学校或哪个专业招生人多，就会作为第一选择。但尽管如此，报考农学院的人还是很少。农学院毕竟沾一个"农"字，这样毕业后就难免还会跟农村，至少和农业打交道。而当时每个知青心里想的是，只要离开农村，这辈子就永远不会再回来了。但杨超在填写志愿时，却报的是农学院，而且只报了农学院，这在当时让很多人不理解。直到上世纪的90年代初，一次我在商场偶然遇到杨超，他才告诉了我这件事的真正原因。当时他正准备去日本。那时出国还是一件很大的事，要专门订做服装。杨超告诉我，他是应中日友好协会的邀请，去日本筑波市的早稻田大学讲学。我也就是这时才知道，原来他在农学院读的是牧医专业，说的好懂一点也就是兽医，而且毕业后一直从事这方面的研究。杨超说，他主要研究的就是猪。他深有感触地对我说，猪是一种非同寻常的特殊动物，可以预计，在不久的将来，对猪的深入研究很可能会成为人类学与动物学的交叉学科，而这种交叉学科的形成也有可能使人类学的研究有突破性的进展。我一听就笑了，问他，你现在这些研究的灵感，是不是从当年那头叫巴克夏的猪身上得来的。

他很认真地点点头说，是。

杨超告诉了我一件事。他说，猪这种动物会流泪，你相信吗。我当然不相信。流泪应该是一种情感的表达，而在这个世界上，迄今为止，所有的有科学依据的研究表明，情感是人类独有的，至于宠物所表现出的情感只是人们的一种出于美好愿望的想象。

但杨超对我说，你错了。

杨超说，他曾经亲眼看到，那头叫巴克夏的猪确实在他面前流过泪。那是在那一年的秋天。那一年的秋天一直在下雨，杨超这条受过伤的腿也就一直在隐隐作痛。不过村里的赤脚医生告诉他，这是受伤的第一年，转年再过一个夏天就会没事了。就在这时，付强忽然来找杨超。付强自从那一次的现场会之后，在村里马队长那里也就失去了信任。马队长这时终于明确地向他提出一个问题，为什么养猪场的猪看上去都膘肥体壮，而体重却总是上不去，出栏率也一直很低。付强面对马队长提出的这个问题一时也找不出答案。马队长索性直截了当地说，如果养猪场的状况再这样持续下去，村里就要考虑换人了。付强这时已经听说，马队长曾去找过杨超。马队长发现，其实杨超对养猪的事也很懂，甚至比付强还要在行，于是就来找他。马队长先是绕了一个弯子，他对杨超说，听说这头总是闹事的猪一直是你调教的。杨超不知马队长这样问是什么意思，于是看看他，没置可否。马队长又问，你这头猪，现在有多少斤。杨超说，没称过，总有七八十斤吧。马队长就说，村里养猪场的那十几头猪跟这头猪是一起买的，可那些猪都只有五十来斤，你觉得……这是啥原因呢。杨超想了想，沉一下说，喂猪也是有讲究的，这你马队长应该很清楚，晚上喂长膘，白天喂长身架，现在养猪场每天只喂早中晚三次，白天猪总是吃不饱，所以不长身架，体重自然也就上不去。马队长听了瞪起眼看看杨超，问他，你也……喂过猪？杨超没说话。马队长又看了杨超一眼就转身走了。接着村里就有消息传出来，说是养猪场真的要换人了。

付强是在一个晚上来找杨超的。当时杨超正为巴克夏打扫猪舍。杨超为巴克夏搭了一个木板猪舍，虽然不大，但很干净，看上去像一座小房子。付强站在旁边看了一阵，对杨超说，告诉你一件事。杨超停下手，慢慢转过身看看付强。付强咳了一下说，我要祝贺你啊。杨超问，祝贺什么。付强说，你现在有一个机会，非常好的机会。付强说到这里忽然不往下说了。杨超看一眼付强，又继续打扫猪舍。付强说，你不想知道吗。杨超仍没说话。杨超知道，付强所说的机会应该是参军。那时还是秋季征兵，公社已下发通知，要求每个村推荐一名青年。当然只是推荐，最后审查是否能通过就是另外一回事了。付强对杨超说，是啊，我建议村里推荐你，村里已经同意了。杨超听了回过头，又眨着眼看一看付强。付强笑笑说，你这次如果能通过，可就是一名光荣的解放军战士了。杨超转过身去继续打扫猪舍。杨超觉得这件事有些奇怪，不仅是奇怪，简直可以说是滑稽。杨超的父亲在1957年就被打成"右派分子"，凭他这样的家庭条件不要说参军，就是选调进工厂恐怕都有困难。所以，杨超搞不懂，村里为什么要推荐自己。付强似乎看出杨超在想什么，于是语重心长地说，你也不要想的太多，家庭条件不能选择，但个人的政治表现还是可以选择的，你来农村之后，接受贫下中农再教育的态度一直很积极，所以说，这次也不是一点希望没有。杨超看着付强，忽然笑了。他想说，你自己说的这些话，自己相信吗。但话到嘴边还是没有说出来。当然，这件事最后的结果没有任何悬念，杨超还没进入政审，第一轮体检就被刷下来。当时负责体检的医生感到奇怪，这个年轻人有这样一条伤腿，村里怎么会推荐来参军。也就是在这时，杨超才知道自己的这条伤腿很严重。体检医生告诉他，这条腿骨折以后，由于没有完全复位，所以恢复的并不理想，如果这样下去，即使不留下残疾也会影响今后的生活。体检医生建议他，最好尽快去城市的专科医院，看一看还有什么补救办法。这样一来，这件事的性质在不知不觉中也就发生了变化。杨超原本是被推荐去参军的，现在却将这条伤腿的问题显现出来，于是不要说参军，他还能不能参加生产队的农业劳动都是一个问题了。杨超的心里一下也有些紧张起来。这条腿受伤之后，他确实有些大意了，原以为让村里的赤脚医生给接一下也就没事了，却没想到问题竟会这样严重。这时集体户的刘阳提醒他，也许，这反而是一件好事。刘阳说，你正好可以借这个机会申请回城。那时国家有一个政策，如果插队知青在农村患病或受伤，经医生确诊确实不适宜再参加农业劳动，可以提前回城，这个政策在当时叫"病退"。但杨超的心里很清楚，凭自己家庭的政治条件，是没有任何一个医生肯为自己开具这样一个诊断证明的。刘阳对杨超说，现在先不要说办不办"病退"，至少你要赶紧回去治这条伤腿，否则落下残疾可就是一辈子的事。可是杨超已经听说，就在前不久，公社知青办刚刚向各村下发了一个通知，这一年的冬季全公社要搞大会战，开挖一条排灌河，所以无论什么理由，所有的知青都不准请假回家。然而这条伤腿显然已不能再拖下去，于是，杨超想了一下就还是硬着头皮来村里找马队长请假。让杨超没想到的是，马队长竟然很痛快地就同意了。马队长对杨超说，你现在这条腿是这个样子，就是让你留在村里也没办法去挖河。马队长说，我原打算让你去养猪场喂猪,把付强替下来挖河,现在看来,只好等你回来再说了。

杨超听了,才稍稍松一口气。

杨超临走的这天晚上,付强又来找他。付强也显得心情挺沉重,摇摇头说没想到,真没想到,你这条腿怎么会伤得这样重,回去找个专科医院好好看一看吧,既然村里准了你的假,就不用急着回来,先踏踏实实把腿彻底治好再说。杨超很认真地看看付强,没说话。付强嗯嗯了两声又说,还有……还有一件事。他这样说着,朝旁边这头叫巴克夏的猪看了一眼。这时,巴克夏正像一条狗似的趴在杨超的脚边,仰起头看着付强。付强说,就是它,你准备把它怎么办呢。杨超也看一眼巴克夏。杨超的心里也正在考虑这件事。他当然不能把巴克夏带回城里去,可是又想不出该把它托付给谁。刘阳曾主动提出帮他照看。但杨超知道,刘阳一个女孩子是不可能做得了这种事的。而如果把巴克夏放到村里的养猪场去,付强又有些不放心。这时付强又看一眼杨超说,这样吧,如果你……嗯,就把它放到我那里吧。杨超仍没有说话。但他的心里明白,这已是唯一的办法了。

于是,他又想了一下,只好点点头。

杨超的这条伤腿确实有些麻烦。他回到城里,立刻去一家专门的骨科医院检查。医生看了说,这条腿在受伤时就很严重,而更严重的是当时没有接好,这一来就不好办了。医生对杨超说,现在有两种治疗方法可以选择,第一种是保守治疗,维持现状,尽量让这根伤骨恢复得好一些,不过即使这样恐怕也会影响今后的生活。杨超问,第二种方法是什么。医生说,第二种方法就是把伤骨重新断开,再重新复位,这是最彻底的治疗方法,不过这条腿要再断一次,所以肯定会有痛苦。杨超想了想咬牙说,那就……断开重接吧。杨超下这样的决心,显然不是常人都能做到的。不过这一次治疗很成功，腿骨重新接好，又在家里养了几个月，基本也就痊愈了。这时已是转年开春。这期间杨超曾给村里的马队长打过几次电话。那时打外地电话还属于长途电话，要去邮局先办理一应手续，填写单子，然后等待长途电话局给插转，有的时候一个电话要等几小时。杨超给马队长打电话一方面是通报自己治疗的情况，另一方面也是想问一下那头叫巴克夏的猪，他在城里这段时间一直对巴克夏放心不下。但马队长对巴克夏的情况似乎并不太清楚，只是告诉杨超，巴克夏一直在村里的养猪场。

这时杨超感觉这条腿已没什么事了，于是就回村来。

杨超是在一个傍晚回到村里的。当时刘阳正在集体户里洗衣服。刘阳看到杨超有些意外，说听村里的马队长说，你还要过几天才回来。杨超说，腿没事了，就提前回来了。刘阳笑笑说，你是对你的那头巴克夏不放心吧。杨超立刻问，巴克夏怎么样？刘阳说不清楚，平时不去养猪场，不太了解那边的情况。杨超听了有些奇怪，刘阳一直和付强的关系很好，甚至村里曾有议论，说他们两人在谈恋爱，现在刘阳怎么会说出这样的话呢。刘阳又说，这一阵，付强干得好像很不错，村里的马队长对养猪场的工作也挺满意。杨超听了点点头。但他觉得，刘阳说这些话时，表情有些怪怪的。杨超在这个傍晚简单收拾了一下，就准备去养猪场接巴克夏。就在这时，他忽然听到屋门响了一下，又响了一下。他走过去打开门，一下愣住了，竟是巴克夏站在门外。巴克夏抬起头看着杨超，就这样一下一下地看着。杨超立刻蹲下来，很仔细地看看它。巴克夏浑身脏兮兮的，散发着猪粪的臭味。它看上去很瘦，身上的毛皮已经像衣服一样松松垮垮地垂下来。杨超摸了一下它那只耷拉下来的耳朵。

这时，巴克夏慢慢低下头，眼里就有泪流出来。

杨超对我说，也许你不相信，巴克夏的眼泪很清澈，是那种近乎透明的蓝色。他说，也就是在那个傍晚，他才知道巴克夏竟然会流泪。当时杨超拍了拍巴克夏，让它来到屋里，然后端来一盆粥喂它。巴克夏似乎哽咽了一下，就狼吞虎咽地吃起来。这时付强来了。付强先跟杨超打了个招呼说，听村里人说，你回来了。然后又看一看正低头吃粥的巴克夏，哼一声说，我知道这东西会在这里。巴克夏抬起头看看付强，慢慢向后退了几步。付强的手动了一下，它立刻浑身一抖。付强回头对杨超笑笑说，这东西现在可听话了，在养猪场里很老实。说罢又回头看看巴克夏，然后声音不大地说，跟我回去吧。巴克夏似乎听懂了，但站着没动，只是回头看看杨超。付强又过去用脚拨了它一下说，走吧。巴克夏仍然站在那里没动。

付强看看它说，怎么回事？

巴克夏又回头看了看杨超。

杨超说，它不能跟你回去。

付强问，为什么？

杨超说，它一直跟着我，现在我回来了。

付强嗯了一声，说，可它是生产队的猪。

杨超说是，它当然是生产队的猪，但生产队的猪不一定都要去村里的养猪场。付强点点头说，好吧，如果马队长也这样说，它可以留在这里。付强这样说罢就转身走了。杨超看着他的背影，忽然说，你等一下。付强就站住了，慢慢转过身看着杨超。杨超又想了一下说，这样吧，我今晚给它洗个澡，明天一早送它过去。付强点点头说，好吧。说完看一眼杨超就转身出去了。这时杨超才发现，巴克夏一直仰着头在看自己。杨超又把粥盆往它跟前端了端说，快吃吧，我们还要出去。巴克夏低头哼一声，就转身朝屋外走去。杨超只好跟着它来到外面。在这个傍晚，杨超和巴克夏来到村外的水渠边。他坐在岸坡上，看着巴克夏跳到水渠里。水渠里有一团一团的水草，这些水草的叶子很长，叶边有很多锯齿状的皱褶。巴克夏在渠水里泡了一阵，就钻到这些水草里来回蹭着。很快，它身上的粪泥就都被蹭掉了。杨超带着巴克夏回到集体户，又找来一把刷子轻轻地为它刷皮毛。巴克夏显然很舒服，趴在地上眯起眼睛，似乎浑身都松弛下来。刘阳过来一看就笑了，说，它总算把你盼回来了。

这时，巴克夏已经响起了鼾声。

在这个傍晚还发生了一件事。天快黑时，村里的马队长来到集体户。马队长是听说杨超回来了，过来看看他。马队长先询问了一下杨超这条伤腿的情况，然后说，既然腿没事了，就去挖河吧。马队长告诉杨超，公社这一年冬天搞的大会战没有完成预定任务，挖的排灌河还没开通，所以各村要派人去参加收尾工程。杨超听了沉一沉，问，一定要我去吗。杨超知道，这种挖河的水利工程很辛苦，所以村里没有人愿意去。他这样问是包含了两层意思。一层意思是，他的这条伤腿刚刚恢复，虽然已经痊愈，但挖河毕竟是重体力劳动，所以还不太适宜。另一层意思就更不好说出口了。当初杨超请假时，马队长曾亲口说过，本打算让杨超去村里的养猪场，换下付强去挖河。不过杨超只是看一眼马队长，并没把这两层意思说出来。马队长似乎已经理解了，嗯嗯了两声说，公社挖这条排灌河已是收尾工程，应该不会太累，再说村里的养猪场，付强这段时间干得也挺好，所以就……马队长这样说着，又朝正趴在旁边的巴克夏看看说，对了，还有这头猪，它毕竟是生产队的财产，明天还是让它去村里的养猪场吧。马队长这样说着突然停住口，看看巴克夏，又看看杨超说，它怎么……这样看着我？杨超也看一眼巴克夏，点点头说，好吧，我明天一早就送它过去。

接下来的事情谁都没有料到。第二天早晨，杨超特意熬了一盆很稠的高粱米粥，让巴克夏吃饱，就赶着它朝村外的养猪场走来。巴克夏一路上默默地走着，不时停下来，回头朝杨超幽幽地看一眼。就这样来到养猪场，巴克夏忽然站住了。它慢慢低下头，似乎稍稍沉了一下，那个耷拉下来的耳朵就又慢慢竖起来。杨超立刻意识到什么，但他还没反应过来，巴克夏突然仰起头就一声一声地尖叫起来。它由于刚刚吃了一盆高粱米粥，所以底气很足，这样一来叫出的声音也就震耳欲聋。接着，养猪场里所有的猪就都跟着一起叫起来。这时正是春天，猪已进入发情期。进入发情期的猪情绪都很狂躁，叫起来声音也就更大，也更加声嘶力竭。付强拎着一根木棒从养猪场里跑出来。巴克夏看到付强手里的木棒，立刻低下头去不叫了。付强来到巴克夏的跟前，看着它点点头说，嗯，知道就是你。然后回头对杨超说，好了，把它交给我吧。杨超还想跟付强说什么，但犹豫了一下，就转身走了。

他走出很远，回头看时，发现巴克夏仍在朝他看着。

在这个上午，杨超还是带着行李去了公社的挖河工地。他来到工地才知道，村里的马队长并没有对他说实话。挖这条排灌河竟然是一个浩大的水利工程，全公社搞了一个冬季的大会战只完成了将近一半的土方量，后来由于各村开始春耕，工程才暂时停下来。所以这次重新开工，公社领导明确宣布，这将是一场艰苦的持久战，每个人都要有足够的心理准备。杨超的这条伤腿虽然已经痊愈，但从事这样沉重的体力劳动还是有些吃力，在工地只干了几天这条腿就又隐隐作痛。就在这时，马队长突然来到工地。马队长是在一天傍晚来的，当时杨超刚收工。马队长脸色难看地对他说，你还是回去吧。杨超不知发生了什么事，但这时离开工地毕竟是他求之不得的事，于是没多问就收拾起行李跟着马队长回村来。

杨超回到村里才知道，又是巴克夏的事。他去工地这几天，巴克夏已将养猪场闹得天翻地覆。巴克夏在杨超回城治腿这段时间，在养猪场里确实已经很老实。付强的手里有一根手腕粗细的木棒，大约两尺多长。这种木棒打在猪的身上非常合适，由于猪的皮下脂肪很厚，木棒落在上面会发出一种特殊的声响，虽然很疼却不会留下任何痕迹。所以，巴克夏一看到付强手里的这根木棒立刻就会低下头去。巴克夏这次回到养猪场，付强并没有立刻使用这根木棒。付强等杨超去挖河工地之后，就将巴克夏单独关在一个狭窄的圈里。这个猪圈带顶棚，所以巴克夏无法再跳出来。付强又找来一只粗瓷大碗，去村里的小卖店买了一碗地瓜烧酒，然后把一个干透的发面饽饽泡在里面。付强做完这一切，就端着这个粗瓷大碗来到猪圈跟前。他看着被关在圈里的巴克夏，心平气和地说，我知道，现在杨超回来了，你又有恃无恐了是吗。巴克夏两眼一眨一眨地看着付强。付强点点头说，好吧，你这样叫了一上午，也累了，我现在奖励你一个饽饽，别的事咱们以后再说。这样说着，就把这个浸泡过地瓜烧酒的发面饽饽扔到巴克夏的面前。巴克夏一时摸不透付强这是要干什么，但立刻闻到一股奇异的香气。它这一上午也确实有些饿了，于是低下头一口就把这个饽饽吞下去。与此同时，付强也跳到了圈里，举起手里的木棒就狠狠打在巴克夏的身上。巴克夏立刻感到疼痛难忍，但再张嘴叫时，却只是呵呵地发不出一点声音。付强停下手，用木棒敲了敲巴克夏的头笑着说，怎么样，这个饽饽是不是很好吃，我现在告诉你是怎么回事，你的喉咙已经被酒精腌了，至少三天，不要想再叫出声音，你现在有多大本事就随便使吧，我陪着你。巴克夏立刻把嘴闭上了，只是翻起眼皮一下一下地看着付强。付强哼一声就跳出猪圈，弹了一下身上的土。也就在这时，他一抬头，看到巴克夏的两条前腿已经搭在猪圈的矮墙上，正探出头朝外看着。接着，它又张嘴呵呵地叫起来。它这样叫几乎没有一点声音，但就在这时，养猪场里所有的猪似乎都听到了，于是立刻又跟着大叫起来。这一次的叫声更加尖厉，引得村里的狗也都跟着狂吠起来。

杨超回到村里，马队长对他说，这件事不能再这样下去了。马队长这时也已知道，这头总是带头闹事的猪叫巴克夏。马队长告诉杨超，现在这个巴克夏白天不叫了，只是趴在圈里睡觉，但夜里说不定什么时候就会带着所有的猪大叫起来，搅得全村鸡犬不宁。马队长对杨超说，这头猪是你养大的，你赶快想个办法吧。马队长这样说，其实还有一个更大的忧虑。这时正是春天，猪已开始发情，应该是配种的最好季节。这头叫巴克夏的猪在养猪场里这样带头一闹，搅得所有的猪都上蹿下跳，无论公猪母猪也就都没心思配种了。可是对这头猪又没有任何办法。生产队里饲养的猪已在公社登记，都是在册的，如果病死或出意外必须去向公社打招呼，否则村里无权处置。而更重要的是，这头巴克夏已经长成，应该是一头很好的种猪，这个春天村里还指望让它配种。所以，马队长对杨超说，你先不要去挖河工地了，我已经替你在那边请了假，这几天，你先看一看怎样安置这头猪吧。

杨超告诉我，他后来才知道，付强的两只脚竟然是扁平足。

杨超为我讲解，扁平足是一种先天的生理畸形。我们正常人的脚底并不是一个平面，在脚掌的内侧和中间向上隆起，这样就形成横向和纵向的两个足弓。杨超说，我们人类是这个世界上唯一有足弓的动物。足弓可以支撑全身的重量，减少运动对大脑的震荡，同时对脊椎和胸腹脏器也有保护作用。但扁平足的人，脚底却是平的，由于没有足弓也就很容易疲劳。杨超对我说，付强有扁平足这件事，还是刘阳告诉他的。那是他从挖河工地回来的第二天上午。当时他已将巴克夏又接回集体户。起初付强还不太同意。付强认为这头叫巴克夏的猪没有什么了不起，如果他连这样一头猪都不能制伏，就不要再喂猪了。但这一次村里的马队长已明确表示，这头叫巴克夏的猪以后不要再去养猪场，就留在集体户里由杨超喂养。在这个上午，杨超将巴克夏接回之后，从集体户里在自己的口粮中领出二十斤白高粱米，又去生产队要来一些打得很细的麸子。杨超发现巴克夏这一阵实在太瘦了，所以决定为它补充一下营养。杨超正在为巴克夏准备猪食，刘阳走过来。刘阳看一看蹲坐在旁边的巴克夏，对杨超说，我终于知道了，它真不是一头普通的猪。杨超停住手，回头看看刘阳。刘阳说，你应该明白我的意思。杨超笑笑说，我不明白。刘阳点点头说，我也是刚知道的。杨超觉得刘阳说话有些奇怪，问她，你刚知道什么。刘阳说，我现在问你，去年秋天你和付强去买猪秧，回来的时候把车翻在水渠里，当时究竟是怎么回事。杨超迟疑了一下说，事情已经过去这样久，记不清了。刘阳说，好吧，那你告诉我，当时是你被压在车的下面，还是付强被压在下面。杨超说，我真的记不清了。刘阳看着杨超，如果按付强后来说的，当时你被压在下面，是他用肩膀扛起牛车才把你救出来的，是这样吗。杨超没说话。刘阳说，如果真是这样，后来村里的人赶去时，为什么你还被压在车的底下，而付强却已经站在岸上呢。杨超又看一眼刘阳就转过身去，继续准备猪食。刘阳点点头说，我也是刚听说的，当时有人远远地看见了，是你扛起牛车把付强救出来的。刘阳说着走过来，站到杨超的面前，看着他问，你后来，为什么不解释。杨超说，这很重要吗。刘阳说，但是对付强就很重要了。刘阳说着把杨超手里的猪食盆夺过来，放到旁边，然后看着他说，你知道吗，付强有扁平足，这件事他不想让任何人知道，他一走路就会累，但是，刘阳摇摇头说，这也不是他这样做的理由。刘阳说着又看一眼趴在旁边的巴克夏，然后对杨超说，所以我说，你的这头巴克夏不是一头普通的猪。

　　杨超的喂养很见成效。巴克夏这一次回到集体户，几天以后就已经明显强壮起来。一天晚上，村里的马队长来到集体户。马队长还带来了一口袋豆饼。当时杨超正在看书，巴克夏趴在他的脚下。马队长看看巴克夏就笑了，对杨超说，这头猪到了你的手里就是不一样，才几天的时间就长膘了。杨超把书放下，看看马队长，又看看他背来的这口袋豆饼。马队长点点头说，是啊，有个事要跟你商量。马队长要跟杨超商量的，是生产队里的猪配种的事。去年秋天杨超和付强买回的这十几头猪秧，现在都已长成大猪。买的时候就有所考虑，按村里的意思这十几头猪都是成双配对的，这样也就为转年春天的繁殖做好准备。但这一年开春，这十几头已经成熟的公猪和母猪却似乎没什么性欲，对配种的事都漫不经心。马队长让付强筹备了几次，给几头种猪喂精饲料，让母猪也充分休息，可是到了配种的时候，尽管公猪看上去也有一些冲动，却显然力不从心，这样一来母猪也就更没了兴趣。马队长眼看着春天的大好时光就这样一天天过去，急得团团转却又无计可施。马队长认定，配种之所以出现这样的问题，付强应该有不可推卸的责任。一定是他的饲养方法影响了这些种猪的性能力。所以，在这个晚上，马队长对杨超说，现在只有看你的这头巴克夏了。杨超听了马队长的话并没有感到意外。当初杨超和付强去买这些猪秧时，曾提醒过付强，巴克夏这个品种的猪优点是适应能力强，生长快，早熟，但最大的缺点就是繁殖能力低，所以，从发展养猪事业的角度讲，选择这个品种是不太适合的。马队长摇摇头说，现在说这些都已经晚了，我原以为这个付强对养猪的事真的很在行，没想到也是半瓶子醋。

杨超看一眼马队长背来的这口袋豆饼。马队长说，现在就看你这头猪了，先给它喂几天豆饼吧，攒足了劲，看能不能配上。

巴克夏的配种也并不成功。巴克夏吃了几天豆饼，又经过杨超的精心调理，应该说无论在心理上还是生理上都做好了充分的准备。杨超带它来到养猪场时，它也非常尽心尽力。但养猪场里的这些母猪经过几次配种，已经对那几头软塌塌的公猪失去信心，也就对性事没了兴趣，所以巴克夏来到这里，尽管一直摇头摆尾地努力献殷勤，又做出威武雄壮的样子，这些母猪却只是敷衍了事，只让巴克夏趴上去动两下就不耐烦地将它甩下来。这样的配种显然不会有任何结果。几天以后，马队长又来找杨超。马队长来之前刚刚和付强研究过这件事。付强告诉马队长，他已经去公社的配种站咨询过了，据配种站的人说，这个春天配种不成功，应该是这些猪的性功能还没有完全成熟。所以，马队长对杨超说，看来这个春天只能这样过去了，养猪场里还有几头发情的母猪，这几天再让你这头猪去试一试，如果再不行，你就赶快回工地去吧，公社已经催过几次，这样大的水利工程咱们大草村总不能一个人都不去。马队长这样说着，无意中一回头，看到巴克夏正站在门口，似乎很认真地听他说话。

马队长一下笑了，说，看它倒像个懂事的样子。

接下来的几天，巴克夏的配种仍不成功。养猪场里的母猪似乎已对配种的事厌倦了，一看到巴克夏色情兮兮地凑过来立刻就夹起尾巴躲到一边，根本不给任何机会。马队长看了不住地叹气，摇摇头说，还是算了吧，认的不是亲戚，赶的不是买卖，照这样配种再怎么使劲也配不成。付强也在一旁笑笑，哼一声说，这头猪跟养猪场里的这些种猪是一起买的，别的猪配不成，它怎么就能配成呢。付强一边这样说，又朝杨超看一眼。杨超当然明白，付强说的只是半句话，那没有说出的后半句是，还是赶快收拾行李，去工地挖河吧。杨超这时已经收拾好行李。其实也没有什么好收拾的，只要把铺盖卷重新打起来，提上装着脸盆漱口盂的网兜就可以出发。只是这个巴克夏，杨超想不出该怎样安置。杨超这时已经感觉到了，付强对待巴克夏，绝不像他在自己面前表现的那样。所以，如果再把巴克夏放到养猪场，杨超就真的有些不放心了。刘阳已经看出杨超的心思，于是对他说，就把它留在集体户吧，不过一天喂几次，我照顾它就是了。杨超想一想只好同意了。杨超知道，尽管这会给刘阳带来很多麻烦，但把巴克夏交给她，已是最妥靠的办法了。

就在这时，突然出现了意外情况。

杨超去工地是在一个早晨，村里特意安排了一辆牛车去送他。在这个早晨，就在杨超把行李放到牛车上，正准备动身时，马队长突然匆匆赶来。马队长对杨超说，你……先不要走了。杨超看看马队长有些奇怪，不知发生了什么事。马队长又说，你把行李放回去，跟我去养猪场。杨超似乎意识到了什么。他放下行李，就跟着马队长一起来到村里的养猪场。马队长来到一个猪圈跟前。这个圈里有几头母猪。马队长指着其中一头母猪对杨超说，你看看这头猪。杨超已经注意到了，这头母猪背上的毛皮发亮，眼里也很有神。这时付强也跟过来。付强笑着摇头说，我已经说过了，这怎么可能。马队长回头看他一眼，又对杨超说，你仔细看一看。杨超就跳进圈里，蹲到这头母猪的跟前，伸手在它肚子底下的第二对乳头捏了一下。杨超立刻感觉到，在这对乳头里可以捏到硬硬的乳管，这应该是母猪受孕最明显的特征。

杨超站起来，对马队长点点头说，是。

付强立刻瞪起眼说，这……怎么可能？

马队长也一边摇头嘟囔着说，是啊，几次配种都没配成，这是……

咋回事呢。杨超这时也有些糊涂了，巴克夏几次来配种他都是亲眼看到的，母猪不可能受孕。可是现在，这头母猪又确确实实是怀孕了。马队长对杨超说，工地那边，你先不要去了。

他这样说罢，又看一眼付强就转身回村去了。

杨超的心里很清楚，显然，这头母猪怀孕应该是巴克夏配种的结果。他也看出来，这件事已经极大地鼓舞了马队长。当天下午，马队长又让杨超带着巴克夏来到养猪场。但这次配种又没有成功。巴克夏看上去不太用心，只是哼哼着凑到这头要交配的母猪跟前，似乎在耳语什么。母猪好像对做爱也没有太大兴趣，就这样和巴克夏哼哼唧唧地厮磨了一阵，就一起趴到圈里打瞌睡去了。马队长看了不住地摇头。付强也笑笑说，我已经说过了，别的猪不行，我就不相信这头猪有什么特殊的地方。杨超听了看看付强。付强张张嘴，没再说出话来。事情已经明摆在这里。不管怎样说，有一头母猪已经怀孕了，而且很可能别的母猪也已经怀孕，这总是一个不争的事实。马队长自言自语地说，是啊，这究竟……是咋回事呢。

在这个下午，杨超带着巴克夏回到集体户。这时刘阳走过来，蹲下身很认真地看看巴克夏。杨超觉得刘阳的表情有些古怪，问她，有什么事吗。刘阳摇摇头笑了，说，有件事，也许你不相信。杨超问，什么事。刘阳说，晚上吧，如果……我会告诉你。

刘阳这样说罢就起身走了。

杨超对我说，他在这时已经感觉到了，一定发生了什么事，而且这件事是他不知道也不可能想到的。杨超一向是一个心很细的人，而且对所有的事情都很较真。他这时怎么也想不明白，据村里的马队长说，养猪场的几头种猪都还没长成，所以没有配种的能力，而这头巴克夏去配种几次，他又亲眼看到都没有成功，可是养猪场的母猪却怀孕了，这个孕又是从哪来的呢。在这个晚上，杨超直到很晚还没有睡。将近半夜时，刘阳忽然来敲他的门。杨超放下书走出来，刘阳做了一个手势，意思是让他不要出声。然后，两人就来到屋前的坡下。这时杨超看到，巴克夏猪舍的门已经打开了。巴克夏的猪舍是在集体户屋外的坡下，这里向阳，也背风。巴克夏白天可以在集体户里随便地走来走去，只有到晚上才回这个猪舍睡觉。这时，刘阳朝远处指了一下。杨超已经看到了，黑暗中，巴克夏正独自朝村外的养猪场走去。它走路很轻，但闷着头走得很快。杨超和刘阳对视一下，就远远地跟上去。巴克夏径直来到养猪场，走到白天曾来过的那个猪圈跟前。它先是哼哼了两声。圈里的几头母猪立刻也哼哼地叫了几声。然后，巴克夏倒退了两步，一用力就朝矮墙跳上去。这时的巴克夏已经有一百多斤，虽然一直像狗一样散养，身形看上去很矫健，但毕竟已不太灵活，所以跳上矮墙时还是滑了一下。但它立刻在矮墙上站稳了，又朝圈里看了看就跳下去。杨超和刘阳站在不远处的黑暗里。接着，这个猪圈里就传出母猪的哼唧声。这时杨超已经睁大眼。刘阳低声笑笑说，我已经注意它几个晚上了，可是还不知道，它来养猪场竟然是干这种事。杨超一直朝这个猪圈看着。过了好一阵，才看到巴克夏又从圈里跳上矮墙。它显然已经有些疲惫，从矮墙跳下来，在落地的一瞬又趔趄了一下。然后，它朝四周看了看，就转身朝集体户的方向去了。

　　接下来的几天，杨超一直精心地为巴克夏准备饲料。每天中午还带着它来到村外的水渠边，让它在渠里洗澡。巴克夏洗完澡躺在岸坡的草地上，静静地看着杨超。杨超就用刷子轻轻地为它梳理皮毛。这天傍晚，马队长来到集体户。马队长先去坡下的猪舍，看了看已经趴在里面的巴克夏，然后来对杨超说，养猪场里又有几头母猪，看样子已经怀上了。杨超正在一个本子上写着什么。他抬起头看看马队长，哦了一声。

马队长又说，村里刚刚研究过了。

杨超看着马队长。

马队长说，决定让你去养猪场。

马队长这样说罢，没等杨超再说什么就转身走了。

在这个晚上，付强回到集体户。付强一直是住在养猪场，这时已将自己的东西都带回来。付强刚刚接到村里的通知，第二天一早要去公社的挖河工地。付强回来时，杨超刚给巴克夏喂过最后一次食。吃过食的巴克夏蹲坐在自己的猪舍跟前。春天的晚风吹拂过来，带着一丝青草的气息，巴克夏被微风吹得眯起眼。付强走到它的跟前，看着它点点头说，看来是我错了，过去，我真的小看你了。巴克夏慢慢抬起头，冲付强眨眨眼，那只耷拉下来的耳朵动了一下。付强又说，好啊，现在猪场是你的了。这时刘阳走过来。刘阳看看巴克夏，又看看付强，然后笑笑说，我给你贴了几个玉米饼，明天带着路上吃吧。

杨超和我同一年考上大学。那是第一年恢复高考，考试在冬季，记忆中应该是12月的8、9、10号三天。那几天出奇的冷，天不亮就要顶着寒风赶去几十里外的考场考试，所以印象很深。按当时规定，考试成绩是不对外公布的，但不知为什么，定了一个201分的体检分数线。据说参加体检的考生中，只有百分之六十的人可以被录取。我去县医院体检时，看到了杨超。杨超似乎心情不太好。他摇着头对我说，这次考得不理想。

但我知道，他录取应该是没问题的。

后来杨超告诉我，他接到录取通知书是在一个下午。当时他正在养猪场为巴克夏打扫猪圈。杨超这时已将巴克夏放到养猪场。但马队长特意叮嘱，一定要将巴克夏单独喂养。尽管杨超来到养猪场以后，经过一段时间调理，别的种猪也都陆续可以配种，但马队长还是认为，巴克夏为村里的养猪事业做出了巨大贡献，所以无论猪舍还是饲料，都要求杨超给它特殊的关照。马队长在这个下午是去公社开会，回来时径直来到村里的养猪场。这时杨超正为巴克夏的圈舍垫干草。巴克夏趴在一边打瞌睡。马队长来到猪圈跟前说，公社有你一封信。一边说着就将一个厚厚的信封交给杨超。杨超接过信封先是愣了一下，然后立刻打开看了看。马队长伸着脖子看看他问，哪里寄来的，啥事啊。杨超说，我考上大学了。

这时，巴克夏睁开眼，慢慢抬起头看着杨超。

杨超开始收拾行装。每天在公社和村里之间来回奔忙，办理各种手续。马队长对杨超考上大学感到有些遗憾。村里的养猪场刚刚有了起色，这一年产了十几窝小猪，生猪存栏数一下增加了几十头，还受到公社有关领导的表扬。现在杨超却要走了。但马队长很大度地对杨超说，考上大学毕竟是好事，总不能为村里的几头猪耽误了你的前程。所以，马队长说，生产队已经研究过了，由吴老二接替你，还让他去养猪场。

杨超听了没说话，只是看一看马队长。

在这个晚上，杨超来到养猪场。杨超已经几天没来养猪场，也没有看到巴克夏。这时，巴克夏的圈里空空的，猪食槽子里也是满的，似乎没有动过。杨超在养猪场里转了一下，没有找到巴克夏。他来到村边，朝田野里看着。田野里漆黑一片。微弱的星光下，隐约可以看到远处的一些树木。这时，他忽然听到一阵窸窸窣窣的声音。回头一看，是巴克夏站在身后，正仰起头朝他看着。只几天的时间，巴克夏身上的毛皮似乎松弛了，肩胛骨也挑出来，只是两只眼睛一眨一眨的仍然很亮。杨超蹲下来，很认真地看看它，然后说，我想跟你商量一件事。巴克夏慢慢低下头。杨超想对巴克夏说的，是关于付强的事。付强这时仍在公社的挖河工地。挖掘这条排灌河真的成了一场艰苦的持久战。公社领导后来才知道，当初论证这项水利工程时，有关的技术人员把土方量计算错了，待真正开工之后感到越来越不对劲，经过重新计算才发现，开挖这条排灌河的工程量竟然大得令人难以想象。但此时工程已经上马，而且被列为全县"农业学大寨"的重点水利工程，再想收手已经不可能。所以，全公社上下也就只好调集各村的劳动力硬着头皮一直这样干下去。付强已在工地上坚持了将近一年。刘阳曾去看过他几次。据刘阳回来说，付强那两只"扁平足"的脚已经磨烂了，一次推着独轮车上河坡，还从上面翻下来。但公社这时已明确规定，工地上所有的人无论什么理由一律不准请假。所以，付强也就只好在工地上一直这样硬熬着。在这个晚上，杨超蹲在巴克夏的跟前，看着它说，我的意思，你懂的。巴克夏沉默了一阵，眨眨眼，就转身走了。

　　杨超终于办好各种手续，也收拾好了行装。

　　就在这时，马队长突然来找杨超。马队长皱着眉说，养猪场里又出事了。杨超问，出什么事了。马队长说，不知这个吴老二是咋鼓弄的，猪场的猪好好儿的，突然就都不吃食了。杨超听了没说话，只是哦了一声。马队长摇着头说，可别是猪瘟啊，这养猪场一闹猪瘟可就毁了。杨超看一眼马队长。马队长又叹口气说，你这一走，对咱大草村真是一个损失啊。杨超又沉了一下，说，其实付强，对养猪的事还是很懂的。马队长立刻看看杨超说，你觉得，他行？杨超说，当然行，他当初在猪场，不是把猪喂得挺好吗。

　　马队长想一想说，嗯……也是。

杨超告诉我，他离开大草村是在一个早晨。在那个早晨，马队长坚持套一辆大车，要亲自送他。但他还是谢绝了。他想一步一步地走出大草村。他拎着行李从村里出来，原想再去养猪场看一看。但又想了一下，还是没有去。他知道，付强已经回来了，所以巴克夏不会还在养猪场。但他又想不出，如果巴克夏离开养猪场，又会去哪里呢。

杨超不知道，这样一头巴克夏今后能去哪里。

杨超就这样在路上一步一步地走了一阵，无意中一回头，突然发现了巴克夏。巴克夏竟一直远远地跟在他的后面。它看到杨超站住，立刻也站住了。杨超这时已经没有勇气再跟巴克夏说话。他立刻转身继续往前走。于是，巴克夏又远远地跟在后面。大草村离公路有二十几里。杨超就这样一路走着，巴克夏一直默默地跟在后面。快到公路时，杨超终于忍不住了，转身大步地朝巴克夏走来。巴克夏站住了，看着杨超走到自己面前，慢慢低下头。杨超很认真地看看它。他发现，它这一次没有流泪，眼里很平静，是一种蓝色的，深邃的平静。

杨超蹲下来，对它说，你回去吧。

巴克夏抬起头，眨着眼看看他。

杨超又拍拍它的头。

巴克夏就转身头也不回地走了。

杨超这样对我说时，似乎也很平静。他说，后来刘阳告诉他，巴克夏在那个早晨并没回大草村，从此不知去了哪里。据村里人说，每到傍晚，会看到巴克夏在村外的路上游荡。它朝公路的方向看着，偶尔会仰起头尖叫一声……

2015 年 5 月 15 日写于天津木华榭

蛾的飞翔

我与童亮高中同学两年，直到临近毕业，仍不知他有什么爱好。那时的童亮已生出浓重的络腮胡须，喉结也明显地突出来。他的喉结不是圆的，而是尖的，一说话来回扯动，像是里面有一根小木棒在撑着到处跑。他身材虽不高大，却很健壮，按理说应该爱好体育。当时我们学校也经常搞一些体育活动，比如长跑、篮球或足球等，先是各班之间比赛，然后全校，偶尔也去附近工厂跟青年工人赛一赛。那时虽然刚恢复高中教育，对文化课仍不能太关注，否则就有"走白专道路"之嫌。但体育总还可以，毛主席明确说过，要"发展体育运动，增强人民体质"，因此，体育也就成为我们在学校的主要活动内容。童亮却对此毫无兴趣，无论遇有什么比赛，哪怕是再重大的赛事，他也总像个局外人一样不闻不问。张焱为此很气愤。张焱曾不止一次说，童亮的这种表现不仅仅是不关心集体，也是生活态度问题，一个人怎么可以没有爱好？没有爱好的生活肯定是萎靡的，消极的，也是毫无生气的。张焱甚至断言，童亮的课外生活一定很单调，他每天在家里除去睡觉，大概再也没有别的事情可做。

童亮在家里究竟干什么，的确没人知道。

那时候，他的课外生活就像一个谜。

后来一个偶然的机会，这谜底才终于被揭开。一天童亮来学校，左臂突然吊起绷带。那绷带是雪白的，里面还打了夹板和石膏，一看便知是骨头断了。张焱立刻瞪起眼问，你受伤了？又问，怎么伤的？童亮只是笑笑，说不小心，摔了一下。尽管童亮回答得很淡，但张焱还是受到一些触动。张焱这才意识到，其实一直以来，自己对童亮的关心是很不够的，而作为一个学生班长，这样对同学漠不关心应该是一种失职。于是当天下午，他就对我说，他决定去童亮的家里看一看。你，和我一起去吧。他拉我和他一起去。

这次去看童亮，张焱才发现，他过去的判断的确错了。

童亮的生活显然并不单调。他家住在一个平房小院，院里搭着高大的葡萄架，还有几棵枣树和石榴树。正中一间被当作客厅的房间宽敞明亮，一进去就能闻到一股类似热带雨林的潮湿气息。屋里摆放着各种大型植物，靠窗摆着几个巨大的玻璃鱼缸，大约都有一人高，其中一个几乎占据了整面墙壁，里面有沙石假山和高大的水草，看上去就像一个水底世界。我认出那里面有"银燕""灰燕""墨燕""丽丽"和"巴拉米"，这在当时都是热带鱼里很名贵的品种。另一面墙壁上，挂着宝剑、大刀、三节棍，还有一些我不认识的兵器。直到这时我才想起来，曾在学校听外班同学议论，说童亮的父亲在旧社会给人家当过镖师，现在无事可干了，就在家里养些花草虫鱼。让我和张焱感到吃惊的是，童亮竟然正在压腿。他压腿的架势很老到，先将一条腿放到墙上，几乎举过头顶，然后侧着身体一下一下弯向那条腿，每弯一下,他的头和脚踝都能很轻松地挨到一起,就这样压完一条腿,又换另一条,那根伤臂吊在胸前似乎并无妨碍。他对我们的到来反应很淡,只问了一句,有事吗?说着就将那条腿从墙上放下来,又轻轻向前一伸,身体就坐下去,直至坐到地上。

我知道,这是一个难度极高的动作,叫"劈叉"。

如果没有一定功底,是无论如何做不出来的。

那天下午从童亮的家里出来,张焱大惊失色。这小子,他敢情会武功!张焱悻悻地说,你看他那条腿,能抬那么高!比头顶还要高!他一直走出很远,还在用手比画着说。他由此断定,童亮在家里一定是每天都在跟他那个当过镖师的父亲偷偷习武,而他那条伤臂,不用问,也一定是习武时不小心摔伤的。

但是,张焱这次又猜错了。

直到后来我才知道,童亮的那根伤臂的确是练功时摔的,但并不是习武。事实是,童亮的父亲从童亮很小时就逼迫他习武,而童亮却一直没有多大兴趣。童亮认为,新社会已不再需要保镖这种莫名其妙的职业,因此习武除去可以强身健体,也就再没任何实用价值。但是,一个偶然的机会,却让他彻底改变了这种想法。当时有一部叫《智取威虎山》的著名"革命现代京剧",其中最精彩也是最高潮的一场是"会师百鸡宴",这里有一个细节,正当侦察英雄杨子荣与小分队战友在"威虎厅"将敌人一举全歼时,一个匪徒突然跳向"座山雕"的座椅,在那把座椅的下面有一条暗道,他企图逃跑。也就在这时,侦察英雄杨子荣甩手一枪就将那个匪徒击毙了。杨子荣的这一枪打得很威风,但那个匪徒的动作更漂亮,他在跳到半空时,被一枪击中,身体还剧烈地抖动了一下,与此同时也刚好落下来两脚插进椅背,就那样直挺挺地仰在了那里。这个动作立刻将童亮吸引住了。他觉得这个匪徒的这一跳真是帅极了，简直出神入化。童亮毕竟有些武术功底，练过打蹀子和小空翻，因此深知这个动作的难度。他一下就迷上了这个匪徒，从此开始一边暗自揣摩，一边偷偷模仿着苦练。他甚至幻想着有一天自己也能登台扮演这个匪徒，在众目睽睽之下表演这个难度极高的惊险动作。

我想，他的那根手臂，很可能就是这样摔伤的。

但是，童亮自己也没想到，他的这根手臂竟然伤得这样重。据说后来医生为他拆石膏时，曾特意叮嘱他，他的肘关节已受到实质性损伤，今后即使痊愈，也要小心。当医生听说他正在刻苦练习京剧武功，更是连连摇头，说不行了，今后肯定不行了。

就这样，童亮的"匪徒梦"被彻底打破了。

童亮拆掉石膏后，那根左臂并没有什么异常。但他的情绪却明显低落下来，平时也就更不参加集体活动。后来没过多久，一件意外的事使他再次在班里受到瞩目。一天早晨，在我们的教室里突然发现一条很大的蛇。那时我们学校的后面是一片麦田，旁边还有一个长满芦苇的水塘，因此，有蛇出没也就并不稀奇。但在那个早晨，这条蛇却不知怎么爬进了我们的教室，而且就盘在讲台旁边的角落里，这一来就很骇人了。最先发现的是一个女生，她刚好去墙角拿扫帚，突然一下就尖叫起来。大家听到尖叫声跑过来。这女生脸色煞白地指着扫帚说蛇，有一条蛇。张焱大着胆子走过去，轻轻将扫帚拿开，立刻也向后退了一步。应该说，蛇这种动物的确令人不太舒服，单是它的样子和身上的花纹，无论谁看了就都会感到毛骨悚然。当时它盘在墙角，大约有一米多长，看上去就像一团很粗的绳子，由于受到惊吓，还将头高高地昂起来，嘴里一下一下地吐着芯子。当然，这时大家最关心的还是它的品种，也就是说，它究竟是否有毒。最先发现这条蛇的女生叫杨菲，杨菲惊魂未定地推了张焱一把，说弄出去吧，赶快把它弄出去吧。张焱也正在考虑该如何将它弄出去，但面对这样一条绿森森的大蛇，他一时有些不知所措。于是有人提议，用扫帚将它挑出去。这一来提醒了张焱。他立刻拿过扫帚，倒过来用木把将蛇轻轻挑起来。但他实在太紧张了，两手不停地微微发抖，就这样刚走出几步，蛇又叭地掉到地上。杨菲和另几个女生立刻又惊得尖叫起来。就在这时，童亮走过来。他先蹲下身，仔细观察了一下这条蛇，突然伸手抓住它的尾巴又往上一提，就将它倒着拎起来。这条蛇一定是感到很不舒服，试图掉过头来咬童亮，童亮却并不惊慌，一边轻轻抖动着，用另一只手在它身上轻轻一捋，这条蛇立刻就绵软地垂下去不动了。直到一年以后，我去农村插队时才懂得，原来无论什么蛇，都是最怕这一手的，只要将它从尾向头倒着一捋，它浑身的骨节立刻就会全部脱开，就如同我们人类的关节脱臼一样。在那个早晨，童亮将这条蛇倒着捋过之后，就又做了一件更令我们大家吃惊的事情。他掏出一把小刀，在蛇尾割了一下，剖开一道小口，然后揪住用力一扯，嘶啦一声，就将整张蛇皮血淋淋地扯下来。地上立刻滴滴答答地淌了一摊血。这张蛇皮后来被童亮派上了很大的用场。他先将它晒干，裁好，然后找来一只竹筒，蒙在一端，就制成了一把很地道的京胡。只是由于这蛇皮没经过特殊处理，听起来声音有些怪，似乎比普通的京胡更加尖利。

　　从此，童亮就将对京剧武功的兴趣又转移到这把京胡上来。他曾为我们讲解，京胡是京剧主要伴奏乐器"三大件"之一，所谓"三大件"，也就是京胡、二胡和月琴，而其中又以京胡最难掌握，因此只要学会京胡，也就等于学会了半个京剧。应该说，童亮在京剧方面的确有着超乎常人的悟性。他学京胡可谓无师自通。没过多久，他就可以很熟练地演奏"革命样板戏"中的几个著名唱段了。后来在一次全校大会上，童亮的京剧才能终于得以充分展现。那一次是学样组织全体初、高中应届毕业生举行"上山下乡动员誓师大会"，由张焱等一些学生干部和上山下乡积极分子上台表决心，并宣读申请书，还要请前几批的知青代表为我们讲话。学校为将这次大会的声势搞得更大，而且庄严隆重又不失生动活泼，就决定在大会最后，由各班再出一些文艺节目。当时我们班出的节目是让杨菲演唱革命现代京剧《智取威虎山》中小常宝的一段"只盼着深山出太阳"，由童亮用京胡为她伴奏。童亮和杨菲的这次表演可谓珠联璧合。直到这时大家也才知道，童亮不仅会伴奏，竟然还能演唱。

那时我们每一个人的心里都明白，随着临近毕业，下乡插队也离我们越来越近。"上山下乡"曾经激动过很多人。在我的记忆里，这应该是一件令人热血沸腾的事情。我刚进中学校门时，曾亲眼见过一个初中毕业生爬到一棵泡桐树上，扯着嗓子歇斯底里地高喊："革命青年志在四方！广阔天地大有作为！革命的同学们，到农村去——到边疆去——到祖国最需要我们的地方去啊——"他的样子很瘦，两根手臂很长，看上去就像一只猴子攀在树杈上，一边这样高喊，手里还使劲地舞动着一面很大的红旗，好像随时都会猎猎地飞起来。

但是，就是这个瘦猴，后来却不明不白地死在了黑龙江。

消息是我们即将毕业时传来的。据说瘦猴去的是黑龙江边境附近的一个农场，由于在劳动中表现突出，很快就成为一名光荣的拖拉机手。但没过多久他就发现了问题。这个农场附近的村庄都很贫穷，村民几乎没有粮食，每顿饭只能吃一些野菜草根甚至树皮和树叶。于是农场里的农工就经常偷了粮食弄出去，送给附近的农户，得到的回报则是跟这家的姑娘或媳妇睡一夜。这显然是一件双赢的事情，无论农场的农工还是附近的农户,都可以各得其所。但问题的关键是,最后受损失的却是国家。瘦猴发现这个问题之后非常气愤,他认为无论从哪个角度讲,这都是一种道德败坏的行为。于是,他立刻向农场领导举报了此事。农场领导接到举报非常重视,经过调查当即召开全场大会,公开处理了几个农工之后,又严肃申明,今后如果再有此类现象,发现一个处理一个,坚决严惩不贷!同时,也对瘦猴这种敢于揭发坏人坏事的行为给予了大力表扬,并号召全农场的职工都来向他学习。但瘦猴当时并没意识到,他这样做其实是很伤人的,不仅砸了附近村民的饭碗,也使农场的农工们又重新陷入生理需求的饥渴。因此,在他出事以后,专政部门的办案人员也就感到案情非常棘手,因为他们发现,对瘦猴不满的人实在太多了,有的甚至怀有刻骨仇恨。据说瘦猴的尸体是在一个早晨被发现的。当时已过收割季节。就在前一天的晚上,瘦猴原本应该上夜班,但直到黎明时作业班长才发现,瘦猴并没有驾驶着他的拖拉机去翻地,他的作业区还一片死寂。作业班长很生气,认为瘦猴是由于受到领导表扬,产生了骄傲自满情绪,于是就躺到功劳簿上睡大觉去了。作业班长当即来到瘦猴的宿舍,果然发现他仍躺在床上蒙着被子酣然大睡。作业班长上前推了推他,说起来,赶快起来。瘦猴却像没听见,还将被子裹得紧紧的一动不动。作业班长终于忍无可忍了,伸手抓住被子用力一拽,显然,他是想将瘦猴从被窝里掀出来。但他拽了几下被子却没有拽动。他感到似乎有一股很大的力量,将瘦猴与被子牢牢地粘在了一起。作业班长顿时有了一种不祥的预感。他将瘦猴轻轻翻过来,才发现瘦猴连头也缩在被子里,将自己裹得就像一只巨大的蚕蛹。作业班长费了很大气力才将被子掀开,或者更准确地说,是将被子扯开,立刻有一股浓重的血腥气味轰然而出。接着也才发现,被子里竟然全是干硬的血污,瘦猴就像一只巨大的血葫芦，不知什么时候已经断了气。后经专政部门的办案人员现场勘察，在瘦猴的前胸和后背一共发现了十几处刀伤。这些伤口都很小，但深达十几公分，凶手用的显然是一种狭长而且异常锋利的锐器。据办案人员分析，案发时间应该是在前一天下午，凶手潜入宿舍，趁瘦猴正在熟睡，掀开被子先往他身上猛扎了一刀。这时瘦猴应该被剧烈的疼痛惊醒，本能地翻身躲避，于是凶手随着他的来回翻滚又一连在他身上连捅十数刀。据此看来，凶手与瘦猴应该是有着深仇大恨的，否则绝不会下如此狠手。

但令人没有想到的是，这个案子最后竟不了了之了。

据说办案人员经过排查，发现有作案动机的嫌疑人竟然不下上百个，这其中有他的同事，有农场农工，甚至还有一些与他一起下来的知青战友，当然也包括附近村庄的村民。这就给办案人员一种感觉，似乎所有的人都想杀死瘦猴。如此一来案情也就没了头绪。于是办案人员又查了一段时间，就放下此案忙别的事去了。

这件事为我们即将面临的下乡插队带来很大负面影响。一天上午，一个中年妇女呼天抢地地来到我们学校，说是要见学校领导。据说这个中年妇女就是瘦猴的母亲。她要学校领导给她一个说法，她说她的儿子当初是跟着学校打着"上山下乡"的旗帜去的黑龙江，现在他在那里不明不白地被人杀死了，学校领导要为她找出凶手。我们学校的领导当然不会见她，只让政教处的老师出来对她说，你儿子已经去了黑龙江的农场，就应该算是那边的人了，现在他在那边被人杀害，追查凶手就应该是当地的事，与学校没有任何关系，再说连当地专政机关都没有破案，我们学校又怎么可能查出凶手呢。但瘦猴的母亲不听这一套，她仍然一声接一声地哭号。我还是第一次听到，一个母亲在为自己的儿子痛哭时竟然是那样的伤心，那样的声嘶力竭而且不遗余力。她的情绪由于不停的哭号而变得越来越激动，而这种激动的情绪又反过来刺激她更加用力地哭号，最后，她终于失去了理智，她突然像发疯一样地冲进学校领导的办公室，将一切可以砸的东西包括门窗玻璃和挂在墙上的奖状镜框统统砸得稀烂。这件事的影响极为恶劣。当时我们毕业班已进入上山下乡动员阶段，而且大家的心里都很清楚，既然下乡插队已不再是"报名"，而要"动员"，其性质也就不言而喻，试想，如果是一件好事，大家争都争不过来，学校又何必这样苦口婆心地动员呢？而就在这时，瘦猴的母亲又这样一闹，也就越发在我们的心里投下阴影。学校领导显然也意识到这一点，为避免事态进一步扩大，就立刻报告了附近的派出所。于是，在那个中午，瘦猴的母亲被几个身穿草绿色制服的民警连拖带拽地弄上一辆吉普车，就那样一路哭号着拉走了。接下来为消除影响，学校又为我们专门召开了一个会，学校领导解释说，瘦猴的母亲这样找来学校纯属无理取闹，她的儿子根本没有被人杀害，学校已接到黑龙江那边的通报，真实的情况是，瘦猴早已蓄谋投敌叛国，于是他先摸清了国境线一带的地形，一天夜里，就驾驶着他那辆"东方红牌"拖拉机跑到"苏修"那边去了。当时学校领导在台上说得振振有词，而我们却并不相信。相反，我们认为，校方对此事这样不厌其烦地反复解释，恰恰有"此地无银三百两"之嫌。

也就在这时，又发生了一件事。

这件事对我们的震动也很大。如果说瘦猴那件事离我们很远，还有可能以讹传讹，那么这件事就发生在我们身边，应该是千真万确了。我们的班长张焱，就在他积极报名下乡插队，并已被学校任命为第一批"上山下乡小分队"的队长时，他的姐姐，在农村突然被人强奸了。张焱的姐姐比张焱大四岁。我去张焱家时，曾见过她，给我的感觉是虽然不太漂亮，但很清秀，有一种淡淡的文静气质。张焱告诉我，他姐姐初中毕业那一年原本是可以不走的，在这座城市，那一届的初中毕业生几乎全部留下来。但他姐姐还是报名去了农村。因为在当时，他们的父亲已被遣送去"五七干校"劳改，她即使不走，也不会被分配工作。

　　据说张焱的姐姐是在一天夜里被人强奸的。当时她已被抽调到公社，正为革委会写一份总结材料。事后她向调查此案的人说，她始终没有看清那个男人的脸，只感觉他的力气很大，而且腮边有很多胡须。这一来就使调查人员感到很为难，因为她所提供的这两个特征并不是哪一个男人所特有的，应该说，几乎每一个男人的力气都会比女人大，腮边也都会长有一些胡须，尤其在发生这件事以后，那个公社大院里的所有男人为脱掉干系，都将胡须刮掉了，这一来也就更无从查起。调查人员经过分析，认为张焱的姐姐之所以这样说无非有两种可能，一是由于事发在深夜，当时又是在黑暗中，而张焱的姐姐又忙于挣扎也就确实没有看清对方的面孔。二是她其实看清了，而且很可能已认出对方是谁，但由于对方的身份比较特殊或别的什么原因，不敢说出来罢了。于是，调查人员就耐心地做她的思想工作，告诉她，上级领导的态度很明确，无论是谁，干出这样的事都要被严惩，决不姑息养奸，更不允许哪个人对她打击报复。但是，张焱的姐姐却只是哭，并一再坚持说没看清对方，真的没有看清对方。这一来调查人员就没办法了，只好问她，有什么要求。当时已有中央文件，文件中明确规定，凡是强奸上山下乡女知青的罪犯一律要严惩，受害者也可被照顾提前回城。但是，张焱的姐姐却并没有提出回城的要求，也许她是觉得出了这样的事，已没有脸面再回城，于是只提出一个请求，说这件事今后就不要再提了，永远也不要再提了。

就这样，她被安置到县里的一个文化单位。

关于这件事，立刻在我们毕业班传得满城风雨。

在此之前，社会上也曾有过类似传闻，说是哪个下乡女知青在农村被当地干部或农民如何如何了云云。但那只是传说。现在这种事突然就发生在我们身边，尤其女生，一下都有些恐慌起来。她们更加清楚地意识到，农村确实不像学校领导在动员会上描绘的那样美好，甚至还潜伏着各种想象不到的凶险。首先找到张焱的是杨菲。杨菲对张焱说，尽管她明白，这种事是不好问的，但她还是想知道，究竟有没有这回事。

张焱眨眨眼，问什么事。

杨菲说你不要这样，你当然明白我在问什么事。

杨菲又说，这件事，对我和杨扬很重要，真的很重要。

杨扬是杨菲的孪生妹妹，也在我们班。这一次，她姐妹二人都已被学校告之，要一起去农村插队。其实按那一年的上山下乡政策，她姐妹二人完全可以留下一个，她们的上面已有一个哥哥留城工作，这样到她们这里，就应该是"一走一留"。但校方明确表示，考虑到她们的父亲有严重的政治问题，因此不能享受这个政策。杨菲和杨扬的父亲是一个作曲家，据说曾写出过许多脍炙人口的歌曲，但后来这些歌曲都被定性为"大毒草"，他本人也受到歌舞团革命群众的批判。杨菲又对张焱说，我和杨扬，这一次恐怕都要去插队，我们的心情你应该理解。杨菲对张焱说这番话时，张焱正在用毛笔往一张黄纸上写通知，通知内容是当天下午，第一批报名插队的同学要集中开会，商讨动员其他同学报名事宜。张焱的毛笔字很漂亮，用红广告色写在黄纸上，看上去也非常的醒眼。他看了杨菲一眼，就又埋下头去继续写通知。杨菲想了一下，又说，我不要你回答得太具体，你只说是，或者不是。

杨菲说，你这样说了，你跟杨扬过去的那件事，就算扯平了。

张焱慢慢放下手里的毛笔，抬起头很认真地看看杨菲。

杨菲又说，我这个人你是知道的，一向说话算话。

杨菲所说的张焱和杨扬的事，当时在我们班里没有几个人知道。张焱当初并不是班长，他由于父亲的问题，在班里一直抬不起头来。他父亲是一家国营企业的厂长，后来自然被打成"走资本主义道路的当权派"。但是，就在他向厂里的造反派交代自己如何走资本主义道路的罪行时，无意中却又扯出生活作风方面的事，比如与厂里的哪个女中层干部有染，与哪个夜校女教师有染，甚至与哪个普通女工有染等等，粗略一算竟然也有五六个女人。如此一来问题就严重了。那时的社会风气还很纯净，人们的生活作风普遍都很正派，尤其当领导的，更加检点，一个个都是身正影直，倘若有半点绯闻立刻就会身败名裂。造反派一听说张焱的父亲竟然如此腐败，一下都惊得目瞪口呆，大家义愤填膺地将其狠狠批斗了一番，就押送到"五七干校"劳改去了。张焱的母亲也在这家工厂工作，是化验室的化验员，当她得知此事后，更加无法容忍，于是就在一天晚上，用一条围巾将自己吊在了化验室的门框上。张焱曾数次向我们的班主任老师表示，他一定要与自己的家庭划清界限，并经常主动地写思想汇报。我们老师鼓励他，说家庭出身并不能说明一切，还要重在个人表现。

后来，杨菲的妹妹杨扬，果然给了张焱一个表现的机会。

杨扬虽然与杨菲是孪生姐妹，性格差异却很大，她平时喜爱看书，在班里也很少说话。有一天，她将一本《艳阳天》还给张焱。这本书是她向张焱借的，在还给他时，她又特意说了一句话，她说，你把书拿好，不要掉了。大概是她说这话时的神色有些异样，张焱似乎感觉到了什么，回去将书翻开，果然就发现里面夹了一封信。其实公允地说，杨扬在这封信里并没有写什么过分的内容，她只是说，她一直在观察张焱，她觉得张焱的身上蕴含着一股热情，这种热情是积极向上的，因此很有感染力，她每次和他接触时，都会感到一种莫名的兴奋和愉快，她希望，今后能有机会经常跟他接触，一起读书学习，一起为人民服务。

关于这件事，后来就有了两种说法，其一是，张焱将这封信交给了我们的班主任老师，并向老师表明自己的态度。那时还没有"早恋"这种说法，张焱只是对老师说，这封信里充满资产阶级思想和一些不健康的东西，现在自己还这样年轻，正是努力学习和改造世界观的时候，怎么可能去想那些乱七八糟的事情。他的这番表态，当然受到我们班主任老师的赞许和鼓励。但是，张焱对这种说法却并不认可。据他自己解释，事实是这样的，他从杨扬的手里拿到这本书时，并不知道她在里面夹了什么东西，而杨扬也没有向他讲明，张焱说关于这一点，杨扬自己也可以证明，所以他在不知情的情况下不小心就将这封信掉出来，也不知掉在了哪里，而这封信又恰恰被班里的另一个男生捡到了，于是就拿去交给了老师。但无论是哪一种说法，这封信最终落到了我们班主任老师的手里，这毕竟是一个事实。老师看过这封信之后，就将杨扬找去谈了一次话。我们的老师是一个四十多岁的女人，据说从没有结过婚。她很严肃地告诫杨扬，年轻人要将精力花在正道上，不要想一些还不该想的事情。这件事对杨扬打击很大。据杨菲说，杨扬那天和老师谈话之后，回到家哭了一个晚上。杨菲为此感到很气愤，她找到张焱，当面问他这究竟是怎么回事。杨菲对张焱的解释并不相信，她说如果真像张焱说的那样，那么他对信里的内容也就应该一无所知，但事实是，他不仅知道得很清楚，还向老师表明了自己的态度，这又如何解释呢？张焱对此的确无法解释。但他仍然坚持说，这封信就是被另一个男生捡到交给老师的，如果杨菲不相信，他可以和她一起去找那个男生对质。这件事到后来，自然也就成为张焱在政治方面的一个筹码。我们的班主任老师原本就对张焱印象很好，认为他是一个积极要求上进的好学生，这以后不久，就让他担任了我们班的学生班长。张焱担任班长后，曾又一次找到杨菲，对她说，关于那封信的事以后就不要再提了，如果对杨扬有什么伤害，请杨菲代他向她道歉。然后，他又意味深长地说了一句话，他说，其实，杨扬人很好，他对她也一直是心存好感的。

张焱在那个上午一边写着通知，当然明白杨菲问的话是什么意思。但他只是答非所问地说，如果杨菲和杨扬已决定要走，不如趁早报名，赶在第一批走总比以后要主动一些。

杨菲盯着他，又说，我是在问你姐姐的事。

张焱没再说话，放下手里的毛笔就转身走了。

学校对张焱的姐姐这件事也一直采取讳莫如深的态度。但后来发现，欲盖弥彰，许多学生家长听到消息都找来学校询问此事。校方眼看已无法回避，就在一天上午组织全体毕业生，又特意请来一部分家长，召开了一个"上山下乡思想交流会"，会议内容只有一项，就是让张焱向大家谈一谈自己是如何在姐姐先去农村插队的情况下，毅然决定也走这条与贫下中农相结合的道路的。当然，更主要的还是为大家介绍一下他姐姐的近况。张焱在这个思想交流会上，又一次展示出极好的口才。他告诉大家，他的姐姐在农村插队这几年，无论从思想改造方面生产实践方面还是身体锻炼方面，都有了很大收获，她不仅得到当地贫下中农的好评，还受到上级领导的重视，由于她有写作方面的特长，现在已被抽调到县里的一个文化单位工作，并写出了很多很好的文章，县领导对她的工作也非常满意，将来还准备送她去进一步深造。张焱由此激情满怀地得出一个结论，我们社会主义新农村是不会埋没人才的，广大贫下中农的眼睛是雪亮的，只要我们有真才实学，只要我们能虚心接受贫下中农的再教育，广阔天地就会大有作为，我们知识青年的前途也就会一片光明！

应该说，张焱的这番话讲得非常得体，也恰到好处。他并没有刻意解释什么，只是不动声色地介绍了一些他姐姐在农村的近况，如此一来，那些传闻自然也就不攻自破了。

那一年的夏天燠热难当。我们每个人的心里也都很浮躁。

第一批下乡插队的日期已确定下来，是在十月十五日。学校为造声势，也为表示隆重，特意将校门在"欢度国庆"的主题上又增添了知青色彩。那时象征知青的鲜花是向日葵，"葵花向太阳"，暗喻广大知识青年听毛主席的话，永远沿着毛主席指引的方向奋勇前进，学校不知从哪里弄来许多向日葵，将学校的大门扎得像一个"花寨门"，左右两侧还插了各色彩旗，远远看去猎猎招展。我也在第一批报了名。那一年，我和我的妹妹同时中学毕业，我高中，她初中，肯定一走一留，因此我就主动以自己插队，换得她的留城。插队之前的各项准备是繁琐的。那时还是计划经济，很多商品都要凭票供应，比如买衣服要布票，买纺织品要用纺织票，就是买箱子棉衣脸盆和毛巾，都要有专门的购买票证。我的母亲为我列了一个很详细的清单，让我去商店买各种生活用品，而且每天都在增加，唯恐想不周全。

但是，我们这支首批"上山下乡小分队"的人数却迟迟凑不齐。这让校方很头疼。于是随着规定行期的一天天临近，上山下乡的动员工作也就渐渐进入白热化。当时童亮被认为是一个关键人物。他的上面已有两个姐姐留城，所以这一次，他必走无疑，但无论学校怎样动员，他也不说任何理由，却就是不肯报名，每天只是早出晚归，也不知去忙些什么事情。他的这种态度给学校的动员工作带来很大阻碍，也影响了相当一批人。有的毕业生索性公开说，为什么童亮可以不走？只要他报名，我们就报名，要走大家一起走。

于是，学校就下决心要拔掉童亮这根钉子。

这时学校已组织起专门的动员队伍，主要以毕业班老师和张焱带领的一部分小分队骨干成员构成。张焱和动员队的老师经过研究，就将人员分为早、中、晚三班，不分昼夜地对童亮家展开车轮大战，用当时的话说也就是"熬鹰"。张焱首先采取的策略是想办法将童亮关在家里，不再让他出门，因为只有这样，动员工作才有可能奏效。但张焱显然做不到。童亮的身材虽不高大，却很魁梧，又有一些武术功底，一般人要想拦他是拦不住的。所以，经常是张焱和动员队的老师从早到晚枯坐在童亮家里，面对着童亮的母亲，一个耳朵很聋的女人翻来覆去地说一些车轱辘话。而童亮则我行我素，还照样去忙自己的事情。

当时并没有人知道，童亮是去料理丧事。

那段时间，他的一位京剧老师刚刚去世。

童亮自从那一次登台为杨菲伴奏，便越发迷上了京剧。但是，京剧毕竟是一门专业性极强的艺术，仅靠一点悟性还远远不够。后来一个偶然的机会，他就认识了这位京剧演员。这个演员姓马，叫马绍良，跟当年的京剧表演大师马连良的名字只差一个字，而且也是本功老生，但在戏上跟马连良先生自然判若云泥。这位演员是童亮父亲的朋友，平时不唱戏时也练一练武功，因此就经常来童亮家，与童亮的父亲切磋一些武术上的事。童亮起初并没注意到这个五十多岁的男人,只听说他在京剧团工作,还是个"万金油"角色,号称"生旦净墨丑文武昆乱不挡",有需要时,还能架弦儿拉一拉京胡充当琴师。那时京剧团只排演一些"革命样板戏"的折子戏,政治条件不过硬的演员还不能上,于是,这位"万金油"演员也就无事可做,每天只是赋闲在家耍一耍刀枪棍棒。后来渐渐地,他来童家多了,童亮知道他懂戏,就与他熟识起来。一天,童亮忽然对他说,想拜他为师,跟他学戏。这位马演员一听就哈哈大笑起来,说京剧可不是随便学着玩的,这要冬练三九夏练三伏,还得是二五更的功夫,况且我也是个二把刀,跟我学戏,能学出什么德行样儿来。但他看看童亮,又觉得真像块京剧的材料,心里便有几分喜欢,于是点点头说,行啊,随便唱着玩玩儿还可以,反正我也没事,闲着也是闲着。就这样,童亮便开始跟着这位马演员学戏。那大概是童亮一生中最快乐的一段时光。他这位马老师并不是按部就班地教他,而是即兴式的,想到哪里就说到哪里,有时高兴了,也手把手地教他拉两下京胡。因此,他们的教与学看上去就更像是一种京剧常识的普及性教育。但由于童亮悟性极高,更重要的是他对这件事有着浓厚的兴趣,所以那段时间,他也就真学了很多东西。但没过多久,他的学业还是半途而废了。那是一天早晨,童亮又像往常一样来到马老师家里,顺便为他买来早餐。在这个城市,人们习惯吃的早餐是大饼油条,还有一种叫锅巴菜的稀食。这位马老师最爱吃这些东西,他说如果哪天不吃,唱戏就会没有底气。马老师在这个早晨吃完了童亮买来的早餐,一边心满意足地擦着嘴角就开始教戏。他教的是《红灯记》里李玉和的一段唱,但不知为什么,他好像吃得不太舒服,一边唱着不住地打嗝儿,脸上也渐渐变了颜色。童亮起初并没注意到,还在专心致志地拉着京胡。就在这时,马老师又语重心长地唱了一句:"同志,一路上,多保重,山高水险……"接着,又长长地叹息一声,就戛然而止了。童亮发觉不对劲,连忙上前来看,这才发现,老师的左手仍然拿着响板,另一只手里还持着皮鼓键子,却已经停止了呼吸。事后据医生说,他是死于心脏病猝发。老师的后事基本是由童亮一手料理的。童亮虽然并没有正式投身梨园这一行,却秉承了中国戏曲界的优良传统,一日为师,终生为父。他的老师孤身一人,终生未娶,于是,他就像个亲生儿子一样地抚尸恸哭之后,又像个儿子一样地将老师发送了。

童亮料理完老师的后事,回到家时,张焱和动员队的人仍在他家坚守阵地。这时童亮的母亲也已改变了战术。她不再只用两只很聋的耳朵去听张焱他们翻来覆去地说一些味同嚼蜡的车轱辘话,而是主动出击,不停地用油锅炸辣椒。油炸辣椒的气味可想而知,张焱和几个老师就是再有定力也难以忍受,于是,他们每一次都要捂着鼻子一边拼命咳嗽着迅速地从屋里撤出来。可是待气味散尽,刚刚回到屋里,童亮的母亲就接着又炸下一锅。张焱一边呛得流着眼泪质问童亮的母亲,她这样做究竟是何居心。张焱警告说,如果想用这种方法对抗,那可就是故意破坏上山下乡运动了,一切后果就要由自己负责了。

也就在这时,童亮一脚踏进屋来。

童亮看看张焱说,我母亲是在自己家里炸辣椒,她破坏谁了?

张焱说,可她炸辣椒并不是为了自己吃,而是故意要呛我们!

童亮说,不要忘了,现在是你们到我家来,即使呛也是你们自找的,如果你们怕呛,可以马上出去。童亮一边这样说,还做了一个向外驱赶的手势,说出去,马上都出去!

这一下空气立刻紧张起来。此时,张焱并不知道童亮刚刚料理完老师的后事,心情正不好,于是说,我们当然恨不能马上出去,如果你痛痛快快地报名去插队,我们还用来这里吗,你以为我们愿意在这种充满资产阶级臭味的地方待着吗?张焱由于已在童亮的家里坚守很长时间,自己也已被熬得疲惫不堪,所以说出话来也就难免恶声恶气。他又对童亮说,我劝你还是尽快退掉户口吧,这样对大家都好,否则闹出什么后果,那可就很难说了。

他这最后的话里,已明显带有一些威胁意味。

但童亮看着他,却冷冷地笑了。

童亮说,我今天倒要看一看,如果我不退户口会有什么后果。

所谓"退户口",在当时被视为是上山下乡的关键一步。一旦去派出所退掉户口,也就意味着下乡插队已铸成事实。就在这时,童亮的母亲突然像一头发怒的母狮子似的冲过来。童亮的母亲并不聋,刚才童亮与张焱的每一句对话,她都很清楚地听到了。她冲到张焱面前咬牙切齿地说,我们不退户口,我们为什么要退户口?你以为童亮也跟你一样吗?!

张焱的脸色立刻难看下来,看着她问,我怎么了?

童亮的母亲说,你那点心思以为别人看不出来吗,你不过是想表现积极,你父亲是个"走资派",还在厂里乱搞女人,否则你母亲怎么会走那条绝路?你就是不报名去农村,学校也不会为你分配工作的,难道你自己走还不甘心,还想拉那么多垫背的吗?

应该说,尽管童亮的母亲说这番话是气不择言,但还是有些过分了。张焱立刻僵在那里,脸色先是由红变白,渐渐又变得蜡黄起来。终于,他忍无可忍了,一连数日的耐心和疲惫此时突然都化成一股怒火喷发出来。但是,张焱毕竟还是有一些城府的,也比我们同龄的年轻人更加成熟,他即使发火,做事也很有分寸。所以,尽管他满腔怒火地抓起手边的一只板凳,但在砸向那些玻璃鱼缸的一瞬,就还是选择了一下，然后，只将其中一只很小的鱼缸打破了。但这一来也将童亮的母亲彻底激怒起来。于是，这个一直装聋作哑的女人就又说出一些更难听的话来，她说别看张焱这样年纪轻轻，简直比一个成年人还没有人味儿，他为了自己往上爬，竟然连在农村被人家糟蹋的姐姐都不管不顾，还觍着脸去帮学校撒谎，说他姐姐现在是如何如何的风光体面，即使她真的是那样风光体面，那是用什么换来的大家心里还不清楚吗。童亮的母亲说，张焱这样丧尽天良，将来一定会遭报应的。张焱先是瞪着童亮的母亲，咬紧牙关用力听着，后来，他突然大吼一声，就回手用那只板凳又砸破了一只更大的鱼缸。屋里顿时水流成河，五颜六色的热带鱼在地上挣扎着乱蹦乱跳，爆灭的彩灯在水里闪出阵阵弧光，电线也冒着蓝烟发出嘶嘶啦啦的声响。童亮的母亲看着眼前的一切，用尽全身气力哭号着高喊，小亮啊，你就这样看着他们砸咱的家吗，你平时练的那些本事呢，你到底还是不是个男人哪，啊？！她一边这样喊，还一边用两手不停地拍着自己的大腿。

　　童亮已被眼前发生的一切惊呆了，这时被母亲这样一喊，才突然醒悟过来。他立刻两眼血红地冲到墙边，唰地抽出一把宝剑就朝张焱砍过去。张焱本能地用手里的那只木凳去挡，宝剑立刻挂着风声当地砍在上面，与此同时，这只木凳朝旁边一歪就砸在了那只最大的鱼缸上。尽管事后张焱坚持说，他是有意将那只鱼缸砸破的，事情已到这一步，他还怎么可能不砸？他与破坏上山下乡的行为做斗争当然是决不留情的。但是，后来据当时在场的人说，张焱的这些话还是有一些水分。事实是，由于童亮的那一宝剑砍得用力过猛，而张焱虽然抵挡住还是有些心虚，就使他手里的那只木凳朝旁边歪去，于是，也就将那只几乎占据整面墙壁的玻璃鱼缸轰然打破了。当时的场面可想而知，真是壮观极了，那面巨大的鱼缸玻璃并不是应声破碎，而是随着木凳塌陷进去，然后，又立刻被一股强大的水流冲落下来。我想，那当时的情形一定比今天的美国大片还要惊心动魄。童亮不知怎么被翻卷的水流冲到一块巨大的破玻璃上，他像一个冲浪运动员，就那样乘风破浪地踩着玻璃挥舞着宝剑一路大呼小叫地被冲出门去了。这只鱼缸的容水量真是大得难以想象，滔滔的水流从屋里倾泻而出，先是奔腾到院子里，然后又汹涌澎湃地流到街上。张焱当时站的位置也是首当其冲，不知怎么竟被水流卷到童亮母亲的面前，他一抬头，刚好与童亮的母亲打个照面，两人对视一下，一瞬间似乎都有些茫然。但那女人突然浑身一震，就又挥舞着双臂歇斯底里地哭喊起来。

这喊声随着水流被冲到街上，一直漂出很远。

应该说，这是一起很恶劣的事件。学校动员上山下乡的人居然将被动员者的家给砸了，而且闹得一塌糊涂，这种事一旦传扬出去肯定好说不好听。但学校方面很快发现，此事的影响虽然恶劣，却也起到一定震慑作用，一些胆小的人还是赶紧去退了户口，于是也就采取了不闻不问的态度，只是提醒张焱，今后不到万不得已，最好不要再弄出此类事来。

当然，童亮的心里也很清楚。这一次事后，他曾偷偷对我说，其实他很明白，他不去下乡插队是没有任何道理的，他的两个姐姐都已留城工作，他还有什么理由赖在城里呢。但是，他说，张焱的所作所为使他感到，上山下乡实在不是一件什么好事，因此只要还有一分希望不走，他就尽量还是不走。这以后没过多久，童亮就从医院弄来一张诊断证明书，说是他的左臂关节由于受过损伤，已不适宜再参加重体力劳动。这张诊断证明书起到了决定性的作用。尽管张焱并不相信，对这张诊断证明的来路也有些怀疑，却找不出任何破绽。所以，到我们第一批"上山下乡小分队"出发时,童亮就终于还是没走。

没有人会想到,与童亮一起留下的还有杨菲。

杨菲原是要和杨扬一起参加我们小分队的,但就在她要报名时,学校却忽然动了恻隐之心。大概学校也觉得,让她姐妹二人一起走实在有些说不过去,于是就对杨菲说,你在文艺方面毕竟有些特长,又为学校做出过贡献,现在就给你一个机会,你去试一试,如果能考取就可以不去农村插队。学校所说的机会,是让杨菲去报考音乐专科学校。这座城市的音乐专科学校很有些名气,曾经培养出许多在国内外非常著名的歌唱家。按过去惯例,这个学校只在自己的附属中学里招生,但那几年音专附中已经停课,所以那一届就决定向社会招生。但由于是艺术院校,毕竟还有一些特殊要求,因此也就还要有一些简单的专业考试。杨菲这次去音乐专科学校考试的成绩究竟如何,我们大家不得而知。只听说她考的是作曲专业,由于她父亲是作曲家,平时耳濡目染,就应该还具备一些条件,据杨菲回来说,她在乐感和乐理知识等方面的测试也都还说得过去。但是,最后发榜的结果却迟迟没有下来。

直到我们插队以后,才听杨扬说,杨菲最终还是没有考取。

我始终不能理解杨扬。我搞不清楚,她对张焱究竟是怎样想的。无论当初她给张焱写信那件事的真相如何,张焱曾向老师明确表态,将这件事定性为"不健康的资产阶级思想",这一点总是事实,也仅凭这一点,就足以说明张焱曾严重地伤害过杨扬纯洁的感情。我想,尽管我不是女人,但道理应该是一样的,如果我对哪个女生的情感遭到如此回报,我肯定一生都不会原谅她。但是,杨扬下乡插队时却似乎已忘记这件事,她甚至还一再要求,要和张焱去同一个村庄。直到若干年后我才明白，女人要忘掉一件事，其实是很容易的。

杨扬终于如愿以偿。与张焱分去同一个村庄的还有我和林大明。

林大明就是当初被张焱认定捡到杨扬的信，并拿去交给老师的那个男生。后来张焱又曾向杨菲说起过此事。他说，他这样认定林大明是有着充分依据的，首先，林大明早就喜欢杨扬，关于这一点，就是林大明自己也不否认。我们上高中二年级时，去自行车厂参加学工劳动，厂里曾有一个青年男工总跟杨扬开玩笑，后来玩笑越开越甚，渐渐发展到语言轻薄，甚至还有调戏之嫌。林大明先是不动声色地保护杨扬，一天终于忍无可忍，就在那个青年男工试图对杨扬动手动脚时，他走上前去，一拳将他打倒在地。当时由于用力过猛，他的手背竟裂开一个半寸多长的血口子，当然，那个青年男工丢掉的则是两颗牙齿。尽管事后那个青年男工又叫了几个人，趁一天下中班时在路上截住林大明，将他狠狠痛打了一顿，林大明却并不感到后悔。他还在班里公开讲，为了杨扬，这些都是值得的，今后倘若再遇到类似的事他还会这样做。因此，张焱对杨菲说，既然林大明这样喜欢杨扬，那么在他捡到那封信时，心里就一定会感到很不舒服，所以，他拿去交给老师也就没有什么奇怪了。其次，张焱说，林大明的家庭出身很好，他一直在班里表现积极，虽然嘴上不说，但心里是怎样想的却不言而喻，他也很想当学生干部，如果从这个角度看，他将杨扬的信拿去交给老师也应是顺理成章。但杨菲对张焱的这种说法却不以为然。杨菲冷笑着提醒张焱，说林大明在政治上一直积极要求进步，这不假，可他是你的朋友，而且跟你是最好的朋友，你怎么可以在背后这样说他呢，你这样做是不是有些过分了？杨菲说，而且，正因为林大明的家庭出身很好，他才不会干出这种事来，他有什么必要非用这种方法来表现自己呢？杨菲说到这里，两眼盯住张焱，只有那些家庭出身不好的人，才会使用这些非正常手段不顾一切地往上爬，你说对吗？

张焱听了张张嘴，似乎想说什么，却没有说出来。

林大明的父亲是码头搬运工人。这是一座沿海城市，拥有着全国闻名的超大型港口，因此也就有着一支规模庞大的码头工人队伍。当时有一出"革命现代京剧"叫《海港》，虽然说的不一定是这座城市海港的故事，但其中的老工人"马洪亮"，却有着林大明他父亲的影子。林大明的父亲当年就是走着"过山跳"为资本家一步一颤步步颤颤地扛麻包，解放后扬眉吐气翻身当家做主人的那种码头工人。我们曾去他父亲工作的码头参观过，他父亲坐在半空里开着一架高大的龙门吊，一边工作一边自豪地唱着："大吊车，真厉害，成吨的钢铁，它轻轻地一抓就起来……"身上古铜色的肌肉在阳光下熠熠生辉。

林大明很像他的父亲，身上满是坚实的肌肉。我们下乡时，他几乎将大家的行李全部包揽下来，两个人抬着都很费力的箱子，他一个人很轻松地就能扛起来。为此，我也曾暗暗怀疑，林大明表现得如此勤快，甚至有殷勤之嫌，他的心里是不是有什么愧疚？也许，杨扬的那封信真是他拿去交给老师的？但我立刻又在心里否定了这种猜测。林大明为人坦诚，性情豪爽，我相信，他不会做出这种事来。刚到农村时，一天晚上，我曾无意中听到林大明和张焱的几句对话。林大明对张焱说，他想跟他谈一谈。

张焱问谈什么。

林大明开门见山，说是关于杨扬的事。

张焱一听就笑了，说杨扬的事，杨扬的什么事。

林大明说，大家不要憋在心里，我觉得，这件事还是说出来的好。

张焱似乎沉了一下，然后嗯一声说，如果是这件事，还是不说吧。

林大明不明白，问为什么。

张焱说，有的事，不说明白，也许更好。

然后，他又说，再说我也忙，还没有时间想这些闲事。

那段时间张焱的确很忙，不仅经常跑公社，还要和村里的大队干部商讨我们知青的安置问题。我们插队是到一个叫宁阳县的地方，虽然离这座城市仅一百多公里，但非常荒僻，也很贫穷，是一片盐碱洼地。到七十年代中前期，我们这座城市的知青插队已很少再有去云南、内蒙古或北大荒那些地方的，主要是安置在附近农村，而且按区划片儿。我们学校所在的这个区，就主要是宁阳片儿。那时村里的干部还不叫村干部，叫大队干部，我们村的大队干部对张焱的印象很好，尤其贫协主席，说张焱说话真是好听，简直就跟电匣子里的声音一模一样。贫协主席是一个六十多岁的老贫农，姓吴，村里人都叫他吴贫协。吴贫协在旧社会苦大仇深，新社会虽然翻了身，却还从没有进过大城市。他之所以觉得张焱说话跟收音机里一样，一方面是因为张焱确实说一口标准的普通话，吐字发音都很清楚，另一方面，张焱无论在什么场合，说出来的都是一些套话，听上去就像在读报纸。一次集体户里开生活总结会，公社知青办的人也来参加。知青办的人开玩笑说，张焱这种说话习惯很适合做报告。

后来没过多久，张焱果然又被我们学校请回去做报告。

我们第一批赴农村插队，其实只是那一年上山下乡工作的开始，后面接着还要有第二批第三批乃至第四批。当然，越到后面就越是一些钉子户，动员工作也就越难开展。于是学校就想出一个主意，请张焱回去做报告，让他从一个知青的角度现身说法，为大家介绍一下社会主义新农村的新气象，同时也讲一讲我们第一批小分队到农村之后，是如何受到广大贫下中农热烈欢迎的。张焱回去做了几场报告，确实收到一些效果。他的口才使他所讲的内容显得真实雄辩，而且很具感染力。他让大家相信，其实农村并不像传说中的那样可怕，广大贫下中农对知识青年也是抱着欢迎的态度，他们甚至把知青当成自己的孩子一样看待。

也就在这时，张焱又突发奇想。他与学校商议，是否将我们村的吴贫协也请来学校，让他代表广大贫下中农亲口向大家表一个态，这样更直接，效果也会更好。学校对张焱的这个想法非常赞同，当即派了一辆汽车，就将吴贫协接来城里。

事后听说，学校为吴贫协搞的这次报告会非常隆重。由于报告内容不仅涉及上山下乡，还有新旧社会对比，所以学校就组织了其他年级的学生也都来参加。当时吴贫协坐在台上，由于从没在这样多的人面前讲过话，一下兴奋得有些不知所措。根据张焱的事先设计，吴贫协要讲的内容共有两个部分，第一部分是忆苦思甜，侧重新旧社会两重天的对比，然后进入第二部分，讲新社会的新农村是一片如何广阔的天地，知识青年在这个广阔天地又是如何的大有作为。张焱原本还要为吴贫协列一个提纲，但吴贫协不识字，而且他很自信，说自己讲话从不拿讲稿，就是在村里的大会小会上发言也是想到哪里就说到哪里。

那天在报告会上，吴贫协真的是想到哪里就说到了哪里。他先为大家讲述了在万恶的旧社会下田劳动是如何的辛苦，旧社会的农活是如何的繁重，而旧社会的太阳又是如何的毒辣，然后又控诉了地主老财率领他们贫下中农下田只顾干活却不让他们休息。吴贫协忿忿地说，他们地主老财光顾着泼命干咧，他不怕累，难道咱贫下中农也不怕么，咱贫下中农到地头总得歇一歇儿抽袋烟不是。台下立刻一阵骚动，就有一个学生举手站起来。

这个学生诧异地问,你讲的,是哪个旧社会?

吴贫协说,还有哪个旧社会,就是过去的旧社会。

这个学生说,活报剧《收租院》我们是看过的,大地主刘文采剥削劳动人民如狼似虎,贫下中农一边挨打受骂一边脸朝黄土背朝天地当牛做马,怎么还能休息?还可以抽烟?

吴贫协的嘴里立刻发出喊地一声,不屑地说,光干活儿不休息那是啥人?那是想把光景过好了的地主老财!咱贫下中农又不想当地主,谁肯去流血流汗地拼命干?

这时,那个学生越发觉出不对劲了,问,地主也干活?

吴贫协的嘴里又是喊地一声,晃晃头说,他当然得干啦,不仅干,还得带头多干呢,他自己家的农活他不多干,咱贫下中农不就更不给他干啦?

这个学生似乎恍然大悟,哦哦了两声说对,地主是剥削阶级,他们每天吃鸡鸭鱼肉,干活当然有力气,而咱贫下中农吃的是猪狗食,再干那样的牛马活儿哪里还干得动。

吴贫协立刻又哼地一声,瞪起眼说,猪狗食?他地主吃啥咱吃啥!差一点都不行!吴贫协振振有词地说,就是在今天,你请人来帮工,给人家吃差了人家干么?然后,吴贫协又很自豪地说,如今在生产队里干农活,他们大家都夸咱为人实诚,从不偷奸要滑,其实这也是咱的光荣传统哩,不光现在,当年咱也是这样哩,就连他们地主东家都夸咱好人性哩!

报告会开到这里,就实在无法再开下去了。台下顿时乱起来,老师们面面相觑,学生们交头接耳,会场上一片叽叽喳喳的议论声。张焱一直坐在台上,这时,他看到我们的校长已在台下急得团团转,并连连向他摆手,示意不要再讲下去了。于是,他赶紧拿过吴贫协面前的话筒，很得体地打断他的话，又简单地圆了几句场，说吴贫协虽然没有文化，报告内容却朴实生动，都是直接来自生产实践的声音。然后就将报告会草草收场了。

这次报告会结束以后，就在张焱准备回农村时，无意间又发现了一件事。

一天上午，张焱去市中心医院的骨伤科看脚踝。他的脚踝在农村时不小心扭伤了，一直有些肿胀，因此这次走之前，他想让医生看一看，开几贴伤湿止痛膏。当他挂了号，来到骨伤科诊室的门口时，竟然无意中看到了童亮。童亮显然并没看见张焱。他正被一个中年男医生送出来。这个男医生的身材很单薄，身上的白大褂也白得耀眼。他一边走着不时地用手拍一拍童亮的后背，看上去很熟稔的样子，在走过张焱身旁时，嘴里还在说着，好的好的，没问题……以后有什么事，只管来找我就是了。张焱连忙闪到一旁。他看着这个男医生的背影，忽然想起一件事。当初童亮从医院开了诊断证明书，说自己的肘关节由于受过伤已不能再从事重体力劳动，张焱一直有些怀疑。后来他曾在暗中了解，据有人说，童亮的父亲因为好练武功，与市中心医院的一位骨科医生关系很好。这时，张焱回想，童亮的那张诊断证明好像就是从这家医院开出来的。于是，待那个男医生回来，张焱就走过去坐到他面前。他先不动声色地让这个男医生给自己看过脚踝，又开了药单。然后，他突然问，你认识童亮吗？

男医生顿时警觉起来，看看他问，童亮怎么了？

不怎么，张焱说，只是随便问一问。

男医生想一下，谨慎地说，我是认识一个叫童亮的。

但立刻又说，也许，也许跟你说的不是一个人。

应该是一个人，张焱说，他是45中学的学生。

男医生就不再说话了，一下一下地打量着张焱。显然，他在心里猜测着，这个貌不惊人但看上去很精明的年轻人突然问自己这样的话，究竟是出于什么目的。

你给童亮开那张诊断证明书，他给了你什么好处？

张焱的声音虽不大，却问得直截了当。

什么……什么好处？

你当然明白我在问什么。

我，不明白。

张焱忽然笑了，说，如果你这样说，就更说明这其中有鬼了。然后，他又心平气和地说，当初童亮的那张诊断证明就是从这里开出来的，我还记得，开证明的医生应该姓陈，刚才你开药时，我已经注意到了，你也姓陈，你们这里不会再有第二个陈医生吧？

姓陈的男医生不再说话了，放下手里的笔看着张焱。

张焱又问，童亮的手臂，真的不能参加劳动了吗？

陈医生说，他的左臂，确实受过伤。

这我知道，张焱说，我是问你，他的确不能再参加体力劳动了吗？张焱这样问过之后，就用两眼盯住陈医生，然后，一字一顿地说，你最好想清楚了再回答，否则就是开假证明，帮助别人逃避上山下乡，你应该知道这是什么性质的问题。

在那个上午，张焱从市中心医院一出来就直奔学校而来。学校领导听说此事后，也感到这件事很严重，当即派人去把童亮找来。这时童亮已因身体"残而不废"被转到街道待业，正在办理转档手续。学校领导见到他，先没说明是什么事，只让张焱将在医院了解到的情况又不指名地向他讲述了一遍。然后，学校领导问童亮，你听明白了吗?

童亮面无表情,说不明白。

学校领导说,这样简单的事,你怎么会不明白呢?

童亮说,我不明白的是,这件事跟我有什么关系?

学校领导问,真的跟你没关系吗?

童亮说,当然没关系。

这时,张焱就看着他笑了。

张焱说,市中心医院的陈医生,你总该认识吧?

童亮摇摇头,说不认识。

真的不认识?

当然不认识。

可是,陈医生说,他认识你。

童亮又摇摇头说,这不可能。

张焱说好吧,就算不可能,可是,就在今天早晨,我还亲眼看见你刚去找过这个陈医生,还送了他两条"海河牌"香烟,这又怎么解释呢?张焱又不慌不忙地说,你这一次给他送烟的目的,是想让他再帮你开一张诊断证明,不过这张是开给街道办事处的,你想证明自己这条受过伤的左臂并不是"残而不废",换句话说,你是怕影响分配工作,是这样吗?

童亮盯着张焱,脸色立刻变了。

张焱拍拍童亮的肩膀,又语重心长地说,要想人不知,除非己莫为,这是老师在课堂上教过我们的一句话,还记得吗?很深刻啊!

童亮咬紧下唇,半天没有说话。

直到很多年后,我还在想一个问题。人与人之间的关系的确很奇怪，有时说不出为什么，或者什么都不为，一个人与另一个人天生就是对头，其中一个所做的每一件事都会让另一个感到不舒服，而另一个说出的话或做出的事，也会与这一个针锋相对。这是命中注定的，没有任何办法，似乎一个的存在就是为了证明另一个存在的不合理。张焱曾告诉我，他的眼里从来不揉沙子，童亮无论干什么，他那点伎俩都不会逃过他的眼睛。而童亮也对我说，他与张焱之间有着不可调和的矛盾，这还不仅仅因为他曾带人砸了他的家，又跑去学校将那张诊断证明的事揭出来。他说，他发现，张焱这个人的品质有问题。

童亮咬牙切齿地说，来日方长，他迟早要找他算这笔账的。

童亮对我说这番话时，已经站在我们公社的门口。他的身旁堆着许多行李，正在等待他们村的拖拉机来接他们。与他一起下来并分到同一个村庄的还有几个人，我看到，其中有杨菲。关于杨菲的事我已听杨扬说过，她原以为考取音乐专科学校很有把握，没想到却名落孙山，而且连复试也没进，这件事对她打击很大。于是，她也就觉得一切都无所谓了，加之杨扬已先来这个公社，所以这一批就跟着一起下来。这一天我是去公社办事，恰好在公社的大门口遇到他们。当时其他村的知青都已被陆续接走，只剩下他们几个人还等在那里，据说已等了很久，因此，他们正在商议着想步行去村里。我立刻告诉他们，他们要去的那个村庄很远，大约有十几里路，而在农村十几里路就有可能是二十几里，又有这样多的行李，所以最好还是等村里的拖拉机。我这样说完因为还有事，就先走了。事后听说，童亮他们一行人那天一直等到傍晚，也没有等到拖拉机的影子。后来眼看天快黑了，就只好先将大件行李存放在公社，几个人还是步行去了他们插队的那个村庄。但由于道路不熟，田里里一望无际又找不到一个可以问路的人，就这样东撞一头西撞一头地一直摸索到半夜。他们当时的样子可想而知,由于都是在城市里长大,从没有到过农村,乡下的野路沟沟坎坎又没有路灯,等走到村里时一个个就都是灰头土脸,看上去像一群奇怪的难民。也直到这时,村里的大队干部才告诉他们,原本是通知了村里的拖拉机手的,但这个拖拉手下午去田里送了几趟粪,又到附近的农场拉了一车猪,回来觉得很累,喝了几盅酒一迷糊就忘记了。但是,大队干部又对童亮他们说,不过明天还是不能去公社拉行李,不仅明天不能去,恐怕后天也不能去,这一段时间都不能去。童亮他们不解,问为什么。大队干部说,现在举国上下都在"农业学大寨",村里的拖拉机忙生产还忙不过来,所以,那些存放在公社的行李要想弄回来,就只好自己想办法了。童亮他们当然想不出任何办法。他们唯一的办法就是再步行去公社,将那些装行李的木箱自己抬回来。那时知青用的木箱都是统一款式,统一规格,几乎和棺材一样大,这样的木箱再装了满满的衣物和生活用品,重量就可想而知。童亮他们基本是四个人抬一只箱子,因为要走十几里土路,只好大家轮流抬。这样,待将行李全弄回来,就足足用了十几天时间。

其实在当时,童亮他们还并不知道,村里这样对待他们也是故意的。他们去的那个村庄是全公社最偏远的,也最穷,因此对知青也就最不欢迎。那时一个村庄就是一个生产大队,从集体经济的角度讲,一个生产大队的农田是固定的,各种生产资料也是固定的,那么每一年打的粮食和经济收入自然也就是固定的,而这个固定的收入并不会因为几个知青的到来而增加,但是到年底结算时,他们每个人却都要分去一份钱粮,这无疑就给村里增加了负担。其实在当时,几乎所有的知青插队都面临这个问题,只不过童亮他们村更突出一些罢了。

就这样,童亮他们从一开始就与村里的关系不太融洽。

村里对童亮他们的到来基本采取不闻不问的态度。这一来也正中他们的下怀。去那个村庄的知青虽然每人的情况各不相同，有家庭出身不好的，有个人表现不好的，还有像童亮这样，家庭出身和个人表现都不好的，但大家所面临的处境却是一样，将来选调回城的希望都很渺茫。因此，每个人索性也就都不再想以后，大家得过且过，高兴一天算一天。他们用来消磨时光的主要手段就是喝酒，无论男生还是女生，一律喝，而且酒量都很大，下酒菜则是一种纯天然的绿色动物，青蛙，如果将其上升到野味范畴则应该叫田鸡。那时的农业科技还很落后，田里很少使用高效有机磷剧毒农药和化肥，因此生态环境也就很好，田里的青蛙很多，每到夜晚，村边的水塘里几乎叫成一片。童亮向杨菲要了一根女孩子用来编织手帕或窗帘的钩针，将其绑在一根紫穗槐的枝条上。紫穗槐是一种低矮的灌木，但每一根枝条都很直，看上去就像纤细的竹竿。童亮将钩针绑在枝条的一端，晚上就带了手电筒去塘边。这时的青蛙都漂浮在塘边的水草里，突然被手电筒一照，趴在水面一动不动，只要将紫穗槐枝条像鱼叉一样飞过去，就能将其扎在钩针上。童亮每晚去塘边转一遭，总能叉回一串青蛙。于是杨菲她们几个女生就开始忙着抱柴烧火。她们烹制青蛙的方法很简单，只用放了盐和花椒的开水煮一下，如果用今天时髦的说法也就是"白灼"。大家就这样每晚以"白灼田鸡"佐酒，喝了酒就开始放喉高唱，童亮唱戏，杨菲唱歌，其他人则跟着随声附和。后来渐渐的，村边水塘里的青蛙被他们越吃越少，连叫声也明显稀落下来。

他们真正的打猎生涯，也就是从这时开始的。

后来据童亮说，这种所谓的打猎真是奇妙极了，也充满刺激。他们最先捉到的是一只刺猬。那天傍晚，他们由于实在找不到可以下酒的菜肴，就一起来到村外。他们希冀能在田野里捉到一只可以食用的野物。也就在这时，他们突然发现了一只趴在草丛里的刺猬。当时大家面对这样一个浑身上下长满硬刺的东西都有些不知所措。最后，还是童亮想出一个主意。他到塘边挖来一些烂泥，将这只刺猬包裹起来，这样就成了一只巨大的泥团，然后架起干柴活活地烧。包了泥的刺猬被火一烧立刻发出一阵惨叫。刺猬的惨叫声非常独特，听上去就像婴儿的啼哭，非常骇人。当时大家都面面相觑，一下不知该如何是好。后来这叫声很快就小下去，直到将泥烧干，烧硬，从火里弄出来，再将泥剥掉，刺猬身上的硬刺和皮也就一起被带下去，只露出里面鲜嫩得像荔枝一样的白肉。吃起来味道极为鲜美。童亮这个烧刺猬的办法很具独创性，也为他们的下酒菜肴又开辟了一个资源丰富的新领域。那时刺猬很多，每到夜晚，田野里到处可以看到绿荧荧的亮点，那就是一双双刺猬的眼睛。当然，再美味的食物久而久之也难免会生出别的味道。村里的贫下中农先是经常听到从村外传来一阵阵婴儿的啼哭，这声音若隐若现，忽远忽近，于是就都有些恐慌。接着，又闻到飘来的阵阵香气。这香气不仅诱人，也很奇怪，使人想不出究竟是一种什么肉的味道。但渐渐的，这香气就不再那么诱人了，不仅不诱人，似乎还隐隐地含有一丝腥臊恶臭，让人闻了有种想呕的感觉。村里的贫下中农并不知道这些知青每天都在村外烧刺猬吃，只觉得他们每个人的面色都很可疑，尤其那个童亮，满是络腮胡须的脸上眼看着一天比一天红润，像是吃了什么大补的食物。童亮他们村的大队书记姓秦，秦书记，一天傍晚，秦书记就来到知青集体户，他想劝一劝这些知青，不要再弄些莫名其妙的东西吃，搞得全村的气味都很难闻。

秦书记走进集体户的院子时，童亮正坐在门前专心致志地团泥球。那些泥球都像鸡蛋一样大小，看上去圆润均匀，一个个还闪着水气的光泽。秦书记感到有些好奇，凭他仅有的一点阅历和经验，他想不出这个叫童亮的知青又在搞什么名堂。

于是，他蹲下来，歪起头，很认真地看了看。

你弄的……这是些啥东西？

童亮并不去看秦书记，仍然低头忙碌。

秦书记点点头，很肯定地嗯一声。

这东西可厉害，晒干了能打死人呢！

他一边说，还捏起一个掂在手里试了试。

童亮立刻抬起头，有些惊讶地看着秦书记。

你很聪明。

他说秦书记很聪明。

他这样说完，就又埋下头去继续团泥球。

　　童亮确实发现这个四十多岁的秦书记很聪明，他由这样一些很普通的泥球，居然会想到可以打死人，也就是说，他已猜到，这种泥球其实是可以用来当武器的。童亮也确实准备把这些泥球当成武器，但并不是用来打人，而是打野兔子。那段时间，童亮他们也已不再想吃烧刺猬。用杨菲的话说，是吃恶心了。烧刺猬总有一股土腥味儿，让人闻着很不舒服。也就在这时，他们突然又发现了奔跑在田野里的野兔子。秋天的野兔子很肥，体型也比一般的家兔要大，它们为了度过漫长的寒冬，一进秋季就开始为自己的体内储存大量脂肪，于是就在田野里不停地寻觅食物，不停地吃，尤其一些成年野兔，由于进食量过大都肥得几乎要跑不动。童亮自从有了这个发现，就发动大家一起来团泥球。这些泥球都是沉甸甸的，晒干后很应手。童亮投射泥球的力度和准确性简直超乎一般人的想象。他第一次去田野里打野兔时，让所有在场的人都瞠目结舌。那是一只很健壮的成年野兔，显然见多识广，它从草丛里被轰出来时，先是有些惊慌失措，但很快就发现，童亮的手里并没有武器，也就是说，他看上去不像一个猎人，于是立刻镇定下来，它甚至跑了几步还回过头来好奇地看看童亮。但是，它还是大意了，它并不了解知识青年，更不知道这些人的厉害，就在它转身准备大摇大摆地跳开时，童亮将手一扬，一颗泥球就嗖地飞过去。与此同时，那只野兔也刚好从地上跳起来。它跳的姿态非常优美，由于得意，头还高高地扬起来似乎在向童亮示威。童亮的泥球也就在这时挂着风声飞到了，不偏不倚正打在它的头上。只听叭地一声脆响，那颗泥球立刻四分五裂。这只野兔似乎迟疑了一下，又看看童亮，然后将头一歪就栽到田埂上。

那段时间，童亮就像一个神枪手，投射泥球百发百中。

一次我去找童亮，曾尝到这种炖野兔，味道确实不同寻常，似乎比别的什么肉都好吃。和我一起去的还有杨扬，她是去看她的姐姐杨菲。我和杨扬一走进他们集体户的院子，立刻感觉一股融融的气氛扑面而来，就像到了解放区。大家烧火的烧火，洗兔子的洗兔子，一边忙碌着还说说笑笑。吃饭时，童亮一边喝着酒得意地对杨扬说，我真不明白，你干吗非要跟那个张焱在一起呢，干脆到我们这边来吧。杨菲也说是啊，你看我们这里多热闹，大家大碗喝酒，大块吃肉，有福同享有难同当，简直就像梁山泊的共产主义！

杨扬却只是笑笑，并不说话。

童亮突然问，张焱那小子，最近怎么样？

杨扬没回答。显然，她听出童亮的敌意。

你回去告诉他，童亮说，我跟他的账还没算呢。

杨扬愣一下，问，算什么账？

你这样告诉他，他会明白的。

你们，要打架？

打架？我跟他？

童亮回头看看我,忽然笑了。

我并没注意到他们在说什么,我正闷头吃着炖野兔。我发现,这种兔子肉真是好吃极了,不仅香气浓郁,肉丝也很细嫩。我始终不知道杨菲他们究竟在里面放了什么特殊的作料,味道确实很独特,再佐以七角钱一斤的散装地瓜干烧酒,简直妙不可言。直到很多年后,我无论在"野味斋"还是"仙兔居",就是喝"茅台""五粮液"都再也吃不出这样的味道。

我曾做过这样的设想,如果杨扬和张焱没有一起插队,他们后来的关系会怎样?无非有几种可能,第一,杨扬插队了,而张焱没有。这种可能应该是最糟糕的,因为凭着张焱的为人,他如果留城了也肯定不会是平庸之辈,而倘若他一路春风得意,就不会也不可能会再想起远在农村的杨扬,这样他两人的关系自然也就越来越远,直至不了了之;第二,张焱插队了,而杨扬没有。这种情况可能会使杨扬很辛苦。杨菲曾说过,杨扬的性格与她不同,在情感方面很认真。既然认真,也就痴情,她甚至会经常带了各种张焱爱吃的东西跑去农村看他;第三种可能,当然,也是最不可能的一种可能,张焱和杨扬都没有插队,那么他两人就会进入一种爱情马拉松式的状态,张焱在前面朝着自己的理想和追求义无反顾,杨扬则跟在后面不辞辛苦地紧追不舍,直至最后,她终于追上了或没有追上——当然,我想,最大的可能还是后者。如此看来,这三种可能与杨扬和张焱一起插队比起来,对杨扬都不是太好。如果从这个角度想,我反而替杨扬庆幸。我一向同情一往情深的人。

当然,那时我还并不知道,杨扬和张焱一起插队,对她后来的命运更是一场灾难。

我之所以做这样的设想，是因为插队以后，杨扬与张焱的关系就更加明朗化起来。当然，这种明朗主要来自杨扬。比如张焱从村里开会回来，杨扬总是不动声色地为他端来一盆洗脸水，然后再将毛巾和肥皂放到他的手边。再比如，如果张焱回来晚了，杨扬就会去抱来柴禾，为他将焐在锅里的饭菜再热一热。她做这些事时虽然不声不响，却也并不避讳别人。这样一来，也就使林大明与杨扬的关系越发尴尬起来。林大明经过认真考虑，认为有必要找杨扬或张焱谈一谈此事，却又想不出应该找谁。最后，他还是决定跟张焱谈。他觉得这种事还是男人之间谈会更方便一些。于是，一天晚上，他弄了一些酒，等张焱从村里回来就将他叫到自己屋里。张焱平时不大喝酒。他一向认为，酒对男人是很致命的东西，它可以使一个男人失去尊严失去机会失去秘密乃至失去自己内心深处最隐秘的东西。但在那个晚上，张焱的情绪似乎很不好，来到林大明的屋里一坐下就自斟自饮地喝起来。林大明也没有绕弯子，一边喝着酒就直截了当地对他说，他请他过来，是想谈一谈杨扬的事。

杨扬的事？张焱将举到嘴边的酒放下来，问，杨扬的什么事？

林大明想了一下，很诚恳地说，我也喜欢杨扬。

嗯，这我知道。

张焱点点头。

我，一直很喜欢她。

嗯，你告诉过我。

张焱似乎已明白了林大明要说什么，扬头把碗里的酒喝尽，就起身要走了。他对林大明说，我现在很忙，没心思谈这些事，再说，这件事也没什么好谈的。

林大明却伸手拦住他，说你等一下，我还有话要问你。

张焱看看他，只好又坐下了。

林大明问，你，真喜欢杨扬吗？

张焱瞥他一眼，显得有些不耐烦。

林大明嗯一声说，明白了。然后，他又点点头，说好吧，其实我早就知道杨扬的心里是怎样想的，如果你也这样想，那我就只向你提一个要求，请你一定要答应我。林大明说着就又在两只碗里倒了酒，端起其中一碗递给张焱说你先喝了，我再说。

张焱把碗放下了，说，你有话就快说吧，我还有事。

林大明说，你以后，一定要善待杨扬，别辜负了她。

张焱只嗯了一声，淡淡地说，我知道。

然后就起身出去了。

林大明并不知道，张焱这天晚上的情绪的确很不好。自从我们来这个村庄插队，很可能是公社事先向村里介绍了有关张焱的情况，他就一直很受器重，甚至还有一种传言，说他很可能要被提拔为村里的团支部书记。但是，自从那一次他将吴贫协弄去城里，在我们学校搞了一场不伦不类的报告会，回来后村里对他的态度就有些变了。但张焱自己并没感觉到。那时他已列席参加村里的大队干部会议。就在林大明请他喝酒的那天晚上，他第一次在会上发表了一些自己的看法。那一晚原本是研究修水渠的事，但张焱却突然将话题扯到干部素质上来，他说，他来村里这段时间已越来越明显地感觉到，村里大队干部的素质亟待提高，这种素质是综合性的，即包括文化水平，也包括政治水平，同是还包括思想觉悟和世界观的改造。他说随着革命形势的不断发展，也向我们的大队干部提出更高的要求，我们只有不断学习，才能跟上形势，否则就会闹笑话，甚至犯错误。然后，张焱就将吴贫协在我们学校做报告的事当成例子举出来。他说吴贫协说的那些话影响很不好,有的还成了大家的笑柄。张焱说到这里,吴贫协还没有说话,大队书记却啪地磕了一下烟袋。我们村的大队书记姓唐,是个六十多岁的汉子,据说当年当过八路,曾参加许多著名战役,还跟日本鬼子拼过刺刀,至今胸口上还留有一块很深的刀疤。唐书记盯着张焱说,你的意思,是要给咱吴贫协也上一课?张焱并没注意到唐书记的脸色,点点头说对,我正在考虑这个问题。

唐书记也点点头,哦一声问,你是怎样考虑的呢?

张焱说,我觉得,还不光是吴贫协一个人的问题。

唐书记又嗯一声,意思是让他继续说下去。

张焱说,我想,应该给所有的大队干部办一个学习班。

唐书记忽然冷笑一声,说好啊,给咱办学习班好啊,不过我倒要问一问,你们知青来农村插队,究竟是要接受我们的再教育,还是让我们接受你们的再教育?

张焱张张嘴,一下愣住了。

唐书记又说,我不管吴贫协这次去城里都说了些啥,说了也就说了,谁敢笑话?谁敢笑话咱贫下中农他就是反革命!然后,唐书记看着张焱,又说,现在是讨论"农业学大寨"兴修水利的事,这可是百年大计,你不觉得把话扯远了么?再说,在这会上说话也要注意身份,这是大队革委会的领导班子会,让你来不过是列席听一听,村里的事,还轮不到你说话。

就这样,在这个晚上,张焱灰头土脸地回到集体户。

但张焱还并不知道,他的麻烦才刚刚开始。

接下来的事情是发生在一天中午。张焱在那个中午刚从田里锄地回来。自从那天晚上的大队干部会以后,张焱就采取了低调的态度,无论什么场合都不再轻易说话,每天只是跟着生产队里的社员一起下田。这个中午,他扛着锄头刚刚走到村口,突然看见一个知青模样的年轻人迎面走过来。这个人很细瘦,留着光头,在头顶上有一条长长的曲曲弯弯的银白色刀疤,看上去就像一道裂缝。他显然是有意在等张焱。在他身后的柳树上,还停靠着一辆用水管焊制的"铁驴"自行车。这时,他来到张焱面前,上下打量了一下问,你就是张焱?

张焱也看看他,说我是张焱。

又问,你有什么事?

光头说,童亮,你还记得吗?

张焱停住脚,立刻警觉起来。

是童亮让我来的,他叫你去。

光头点燃一支烟,喷出一口。

张焱沉了一下,问,去哪儿?

镇里,战斗饭庄。

你是谁?

光头笑了,我是谁跟你没关系。

张焱忽然也笑了,你认为,我会去吗?

光头眯起眼盯着他,这样说,你不去?

张焱的鼻孔里哼出一声,我为什么要去?

光头没再说话,扔掉烟头,转身骑上破铁驴就走了。

这件事很快就过去了,张焱也没放在心上。几天以后的一个傍晚,当张焱从田里收工回来,刚刚走到我们集体户的门口时,那个骑着破铁驴的光头又挡住他的去路。这一次他的手里还拎了一根齐眉高的木棒,看上去像是锄把。他不动声色地走到张焱面前。张焱并没注意到他手里的木棒,瞥他一眼说,你又来干什么,我已经说过了,我不会去的。

光头站在他面前，面无表情地看着他。

张焱又说，你回去告诉童亮，我跟他没什么好说的，他现在既然已经插队，最好还是虚心接受贫下中农的再教育，刻苦改造世界观，争取在思想上有一点进步。

张焱原本还想说些什么，但就在他的嘴再次张开，还没有发出声音时，光头突然抡起木棒就朝他劈头盖脸地打过来。由于这根木棒的一端很粗，而握在手里的一端又很细，就显得非常的应手，打在张焱身上立刻发出一阵很响亮的噼噼叭叭的声音。张焱被这突如其来的袭击打蒙了，他先是弯下身去用双手护住头，左躲右闪了一阵，两腿一软就倒在地上。光头立刻跟过来，木棒随着他的翻滚又雨点一样地落到他的身上。张焱痛苦地呻吟着，他试图爬起来，从光头的木棒底下逃开，但身体刚刚一挺就又被打下去。就在这时，杨扬从后面哇地扑上来，一边用身体挡住张焱冲那个光头嚷道，你怎么这样打人？你这样会把他打死的！

光头并不说话，但每一棒都能越过杨扬准确地打到张焱的身上。

就这样又打了一阵，光头就骑上那辆破铁驴头也不回地走了。

事后杨扬问张焱，这个光头究竟是谁，他为什么这样打他。张焱并没告诉她与童亮有关，他只是说，这件事你不要管，我自己会解决的。但张焱还是把事情想得太简单了，同时，也低估了童亮，他并没意识到，事情到了这一步已不是轻易就能解决的了。从这以后，光头就经常出现在我们村里。他总是骑着那辆破铁驴，或者中午，或者傍晚，给人的感觉是有意选在人最多的时候，而且手里永远拎着那根结实的木棒，见了张焱也不说话，过来就是一顿暴打，打完了扭头就走，似乎有意要将张焱的尊严在众人面前彻底打烂。渐渐地，张焱就像一只被打惊的兔子，整天提心吊胆，无论到哪里都惴惴不安地东张西望。

张焱终于撑不住了，他感觉自己快要崩溃了。

一天中午，他告诉光头，他可以去见童亮。

当天傍晚，张焱来到镇里的战斗饭庄。他见到童亮时已经有些不敢认。童亮的络腮胡须更加浓密，脸膛也已是黑红色，他坐在饭馆里的一张餐桌前，敞着衣襟，将一只脚踏在旁边的凳子上，看上去俨然像一个当地人。他看见张焱进来，一边卷着旱烟哈哈大笑地说，张焱，张队长，见你一面可真不容易啊！这时，站在旁边的光头凑过来，划着一根火柴为童亮点燃旱烟。童亮用力吸一口，指指光头问张焱，你们已经认识了？

张焱瞥一眼光头手里的那根木棒，没说话。

光头也没说话，脸上的表情就像那根木棒。

童亮说，介绍一下吧，他也是咱们学校的，绰号老蛋。

张焱看看光头。显然，他并不认识这个老蛋。

你当然不会认识，童亮说，像他这种经常挨学校处分的个别生，你这学生干部怎么会认识。童亮说着，又很认真地打量了一下浑身青紫的张焱，点点头说，看来，他把你打得不轻啊，不过我提醒他了，千万不能打你致命的地方，更不能把你打残了，你知道为什么吗？

童亮忽然笑了。

如果把你打成个残而不废，反倒帮了你，那样你就能提前回城了。

张焱喘出一口气，问，你找我，究竟有什么事？

童亮盯着他，微微一笑说，你应该知道。

我……不知道。

那你就惨了，那你这些日子的打可就算白挨了。

童亮点点头，又说，好吧，如果你真不知道，现在就让你知道知道。

他一边说着伸出右手,做了一个武功动作用力张开,又攥起来,然后再张开,几根手指的骨节立刻发出一阵嘎巴嘎巴的声音。

跪下。

他的脸上仍然微笑着,让张焱跪下。

张焱愣住了,一时有些不知所措。

童亮说,看来你这两条腿,还没打软啊。

他说着朝身边看了看。老蛋立刻将手里的木棒掂了掂。张焱瞟一眼那根木棒,迟疑了一下,就慢慢跪下了。童亮满意地点点头,嗯一声说好,这就对了。

然后,他又对其他人说,上菜吧。

那时在饭馆吃饭还不像今天,吃什么要去售菜窗口自己取。张焱直到这时才发现,和童亮一起来的都是他们集体户的人,其中竟然还有杨菲。但杨菲似乎并不认识张焱,不说话,脸上也没任何表情。他们就这样把菜一盘一盘地端过来,有鱼,有肉,有各种炒菜,还有一只很完整的熏野兔,很快就摆满一桌子。童亮眯起眼朝桌上的菜看了看,对张焱说,当初你砸我家的鱼缸时,不会想到有今天吧,当然,如果想到了,你也不会跑去中心医院找那个陈大夫。童亮很愉快地点点头,说好啊,今天你就这样跪着,陪我们吃顿饭吧。

在这个傍晚,童亮的胃口很好。和他一起来的几个人兴致也普遍很高,大家吃得非常尽兴,还喝了几瓶白酒。童亮酒足饭饱之后,一边用衣襟扇着凉儿对仍然跪在旁边的张焱说,我的家庭出身不好,这一次,又是被你搞成这样才不得不下来插队的,所以,我这辈子恐怕是回不去了,既然回不去我还怕什么?他说着又伸手拍拍张焱的肩膀,心平气和地说,今天我就正式通你,从现在开始,咱俩的账要一笔一笔慢慢算，直到算清为止。

他这样说完站起来，抬脚迈过张焱，就带上人扬长而去。

童亮这顿饭一共吃了三十多元。当然，最后是张焱付的账。三十多元在当时是一笔很大的数目，足够一个五口之家吃一个月。张焱付账时，将身上的钱全翻出来仍然不够，最后连手表也押给了人家。他付过账后发现还剩半瓶白酒，就坐到桌前，一边吃着那些残羹剩菜独自喝起来。他的膝盖还在隐隐作痛，刚才由于跪的时间过长，裤子沾了许多污渍，而且已磨得有些破。他这时一定又想起了自己的父亲。他曾经看见过父亲以同样的姿态跪在台上，那一次父亲被工人斗得死去活来，他的两根胳膊几乎被拧断，腰弯得就像一只蜗牛。后来他实在站立不住，两腿一软就跪到台上。当时张焱躲在台下的角落里，听到父亲在跪下去的一瞬还发出咚地一声。张焱想到这里，眼泪就止不住地流下来。泪水滴进酒杯，使酒变得浑浊起来。他就这样一杯接一杯地喝着。一直喝到很晚，才从镇上跌跌撞撞地回来。

张焱并没意识到，在这个晚上，他还忘记一件很重要的事情。

他摇摇晃晃地回来时已是半夜。在村口遇到杨扬和林大明。张焱在这个傍晚去见童亮，并没告诉我们集体户的任何人，因此这一晚，也就没有人知道他究竟去了哪里。杨扬吃晚饭时没见到他，有些不放心，就去问林大明。林大明也说不知道。但林大明说，有人看见，张焱好像去了镇里。杨扬一直等到半夜，见张焱仍没有回来，就拉林大明一起来到村口。

杨扬一见张焱的样子吓了一跳，连忙问他出了什么事。

张焱冲她摆一摆手，却没有说出话来。

林大明问，你去镇里，见童亮了？

张焱又含混地摆摆手，没置可否。

杨扬看看张焱，就有些明白了。

唐书记在等你。她说。

今晚放水，该你值班。

林大明也说。

张焱愣了愣，才突然想起来。

林大明又说，麦田那边出事了。

这时张焱的酒已醒了一半。他看看林大明，忙问出了什么事。

这天晚上，麦田那里确实出了事。这时已进深秋，正是为越冬小麦上秋水的季节。上秋水一般要昼夜不停，而且须设专人看管，于是，生产队就为每个社员排了班。我们知青也是社员，自然不能例外。张焱原本应该在这天晚上值班，但他一去镇里就忘记了。在他前面值班的是吴贫协，也就是说，吴贫协要等他来接班之后，才能回去吃饭。但吴贫协在这个晚上一等再等，却始终不见张焱。后来他有些不耐烦了，又感到饥渴难耐，就擅自回家吃饭去了。也就在这时，麦田里由于无人看管突然发生了大面积跑水。我们插队的这个村庄虽然地处瘦龙河边，却非常缺水。由于瘦龙河上游的水资源有限，沿岸村庄的农业用水就都要受到严格限制。我们村好容易被批准用一些河水浇田，在这个晚上却白白流失了这样多的水，一下就成为一场很严重的责任事故。既是责任事故，自然就要追究责任。大队干部们一致认为，吴贫协不应该有过错，他在这个晚上回家吃饭并不是导致这场事故的主要原因，换句话说，发生这场事故也并不在吴贫协值班的时间内，所以，他对此不应负有任何责任。

如此一来，不言而喻，责任也就全落到张焱的身上。

张焱在这个晚上回到集体户时，已知道发生了什么事，所以看到唐书记的脸色也就并不感到意外。唐书记正坐在我们集体户的伙房里抽烟，这时一见张焱浑身酒气地进来，就抬起头沉着脸问他，这一晚究竟去了哪里。张焱虽然酒已全醒，但说话时还有些含混不清，他告诉唐书记，下午临时有事，去了镇里，又被事情绊住了所以刚刚回来。

唐书记问，给麦田浇水的事，你忘了吗？

张焱张张嘴，想说什么却没有说出来。

唐书记眯起两眼，看着张焱冷冷一笑说，你前几天不是还在会上说，咱们村的大队干部素质差么，你不是还要办个啥学习班，给大家提高提高政治水平么，你连给麦田浇水这样大的事都忘了，却跑到镇上去喝大酒，还把自己喝成这个熊样子，你这叫个啥素质？

张焱似乎想打酒嗝儿，连忙用手捂住嘴，喉咙里发出咕地一声。

唐书记沉了一下，你是不是想吐？

不，不吐。张焱立刻摇摇头。

我现在说话，你能听懂么？

能，能听懂。

好，那你听好。

于是，唐书记就向张焱宣布了村里对他的处理决定。唐书记说，考虑到张焱插队以来的一贯表现还算突出，而且这次跑水给村里带来的损失也无法具体估算，所以，只罚他十个义务工，也就是去麦田里连续值班放水五天五夜，同时再给村里写一份深刻检讨也就算了。杨扬立刻在一旁说，放水可不是一般的工作，一边看机器，还要不停地去田里来回巡视，不要说睡觉，连喘口气的时间都没有，这样连续干五天五夜，人怎么受得了？

唐书记没再说话，看一眼张焱就起身走了。

张焱就这样在麦田里干了五天五夜。我还是第一次知道，一个人如果连续五天五夜不睡觉，记忆就会发生严重的混乱甚至倒错。在这五天里，一直是杨扬去田里给张焱送饭，但张焱渐渐地就将吃饭的事全搞乱了，比如在中午，他会莫名其妙地问杨扬，刚刚吃过午饭怎么又给他送来。杨扬只好耐心地为他解释，说上一次吃的是早饭，现在要吃的才是真正的午饭。而到了晚上，他明明刚吃过晚饭，却又冲着去为他送水的杨扬发脾气，质问她为什么还不给自己送晚饭来。这时的张焱已蓬头垢面，眼睛里布满血丝，浑身上下都是脏兮兮的，嘴里也由于一连几天没有刷牙而且缺乏睡眠发出阵阵臭气。而且，他为了振奋精神，开始不停地抽烟，只几天时间手指就已熏得焦黄。杨扬实在看不下去了，就去村里找到唐书记。她对唐书记说，不能再让张焱干下去了，再这样下去他就毁了。

唐书记说，还有一夜，到明天早晨他就可以休息了。

杨扬说，他坚持不到明天早晨，他已经累坏了。

唐书记说是吗，你们知青就这样娇气吗？

杨扬看着唐书记，问，我替他，可以吗？

唐书记愣了一下。显然，他没料到杨扬会这样说。

但是，唐书记当然不会同意杨扬去替张焱。张焱就这样干满五天五夜，直到第六天早晨才摇摇晃晃地从麦田里回来。在那个早晨，当他拖着铁锹走进集体户时，大家看见他的样子都吃了一惊。他就像是刚从水渠里爬出来的，浑身上下满是泥水，一条裤腿也撕开一道很长的口子，脚下只剩了一只鞋，据他自己说，另一只陷在麦田里找不到了。

接下来发生的事我一直无法考证。但林大明却说得非常肯定。据他说，是张焱在一次喝醉酒后亲口告诉他的，当时张焱还指天发誓，说他说的千真万确。

我想，如果事情确实如他所说，那童亮就真的有些过分了。

我一向认为，无论出于什么理由，做事情都不应太过分。

林大明说的是童亮让张焱买酒的事。据林大明说，在张焱放水回来的那个早晨，我们大家都去下田以后，他就一头扎到炕上睡着了。也就在这时，那个叫老蛋的光头又拎着木棒来我们集体户里找他。他走到张焱的炕前，先用木棒捅捅他。但张焱实在太困了，老蛋一连捅他几下都没有捅醒。老蛋有些不耐烦，就抡起木棒在他腿上狠狠敲了一下。张焱立刻疼醒了，睁开眼刚要发火，一看是老蛋站在自己面前，就揉着眼慢慢坐起来。

老蛋笑着说，都这时候了还睡大觉，真舒服啊。

我，刚下夜班。

张焱看看老蛋说。

是啊是啊，老蛋苦起脸，值夜班很辛苦啊。

这时张焱的心里已有预感，自己又要有麻烦了。

果然，老蛋说，镇里的供销社刚进了一批高粱酒。

然后，又加重语气，是童亮让我来告诉你的。

张焱立刻明白了老蛋的意思。但上一次在战斗饭庄，他已亲眼见过童亮这些人的酒量，他知道，如果给他们买酒，肯定不会是一瓶两瓶，而在当时，这种当地生产的高粱酒也算著名品牌，价格高达两元二角一瓶，倘若买四瓶就要八元八角，买六瓶甚至要十三元二角。老蛋似乎已看透他的心思，摇摇头说，六瓶当然不够，童亮说了，至少要买一箱。张焱一下睁大两眼。他迅速在心里算了一下，一箱白酒应该是十二瓶，也就是说，要二十六元四角。他想告诉这个老蛋，上一次在战斗饭庄，他已将身上所有的钱都为他们付了账，他现在已经一文不名了。但他看看老蛋手里的那根木棒，话到嘴边又咽回去。

他点点头说，好……好吧。

老蛋又说，童亮说，下午在村里等你。

他这样说罢，就出去骑上破铁驴走了。

张焱在这个上午是否真的去买酒了，我们集体户的人无从知晓。但那天中午吃饭时，他确实不在。据林大明说，张焱确实去了。张焱看着老蛋走了以后就连忙起身赶往供销社。我们村离镇上的供销社大约十二里路，这样待他赶到又买了一箱高粱酒，就已是将近中午时分。当时他觉得实在没有力气再给童亮送去了。他试着掂了掂这箱酒的分量，沉得难以想象，一瓶白酒是一斤，如果再加上瓶子的重量就应是二斤左右，十二瓶也就是二十四斤，而供销社距离童亮他们村庄至少要十八里，他想，这时如果让他扛着这样二十多斤的重物走十八里路，他无论如何也做不到了。于是，他就在供销社里往童亮的村庄挂了一个电话。那时的乡村电话还很古老，都是手摇式的，要先叫通总机的接线员，然后再插转过去。张焱费了很大周折才跟童亮通上电话。但童亮在电话里告诉他，不行，他必须亲自把这箱高粱酒送过去。童亮还特意强调，如果让别人送，或者搭顺路的大车都不算数，他必须自己扛过去。

童亮在电话里一个字一个字地说，你必须自己扛过来。

当时张焱举着电话听筒半天没有说出话来。过了好一会儿，他才颤抖着声音问，你就这样……恨我吗，你……还要把我怎么样？

但童亮并没有回答他。他已在那边将电话挂断了。

张焱没办法，只好扛起这箱高粱酒，咬着牙从供销社里走出来。

张焱在这个中午还饿着肚子。他从早晨到这时没吃一口东西。他走了一段路，先是感到饥肠辘辘，后来就实在支撑不住了。插过队的人应该都有这种体验，在从事重体力劳动时最痛苦的感觉并不是疲惫，而是饥饿。因为人一饥饿体内的血糖就会急剧下降，而一旦降到一定程定，那种从身体深处弥散出的感觉是非常可怕的，心慌，气短，头晕，目眩，四肢无力，头重脚轻，浑身的虚汗就像水一样渗出来，似乎随时都会死去。张焱就这样挣扎着又走了一段路，后来实在走不动了，两腿一软就瘫倒在路边。深秋的田野已有些荒凉，高粱和玉米都已被放倒，微黄的阳光也有了一丝凉意。张焱歪在路边，被风一吹心里稍稍安定下来，但肚子里仍在咕咕地叫。也就在这时，他突然想到了纸箱里的白酒。于是，他拿出一瓶咬开盖子，试着喝了一口，又喝了一口。高粱酒是地道的粮食酒，味道很纯正，喝到嘴里辛辣的同时，也有一股浓郁的谷物香气。张焱就这样一连喝了几大口，感觉渐渐好起来，似乎胃里有了内容，身上也恢复了一些体力。他看看已经天色不早，就将那瓶打开的酒藏在路边的草丛里，做了一个标记，然后扛起那箱白酒又继续朝前走去。

张焱来到童亮他们的村庄时，已是傍晚。

童亮看了这箱高粱酒，表示比较满意。

他点点头说，好，很好。

然后，他又说，你可以回去了。

张焱当然并没奢望童亮会留自己吃晚饭。他一听他这样说，就像得到大赦令一样地赶紧从他们村里出来了。在返回的路上，他又找到了那瓶高粱酒，于是坐在路边独自喝起来。这时天已大黑，泛青的月色泼洒下来，将田野映得一片惨白。张焱一边喝着酒，忽然有种奇怪的感觉，似乎自己的脑子里被塞得满满的，又好像是一片空白。他就这样一口接一口地喝着，听着高粱酒汩汩地流进自己喉咙，又落到空荡荡的胃里的声音。

后来他就醉了，醉得全然失去了知觉。

在这个晚上，首先想到要去寻找张焱的自然又是杨扬。杨扬突然想起来，上午张焱曾去田里找过她，向她借了三十元钱，但却没有说要去干什么。所以，到了晚上，当杨扬发现张焱仍然没有回来，就提出让我们和她一起出去寻找。她说去找找他吧，他这一阵心情不好，可不要再出什么事情。我和林大明下田都已很累。我原想对她说，张焱这样大的人，不会出什么事的。但是再看她那担心的样子，就只好和林大明一起出来。我们打着手电筒一直找到深夜，才在路边的一个土坑里发现了张焱。他蜷缩着身体，手里还攥着那只空酒瓶子，跟前有一摊呕吐的黏液。那些黏液是黄绿色的，看上去很脏，还散发出一股令人作呕的气味。

大家费了很大劲，才将张焱弄回集体户来。

这一次张焱醉得很厉害，一连昏睡了三天。直到第四天的早晨，他才慢慢清醒过来。杨扬一直守在他身边，这时见他终于醒来就问，究竟是怎么一回事。

张焱眨眨眼，说什么怎么回事。

杨扬说你不要这样，你知道我在问什么，你那天从麦田回来时已经累成那样，为什么不休息，突然又跑出去把自己喝得醉成这样？你究竟遇到了什么事？杨扬说，其实我早就想问你了，那个光头究竟为什么，他怎么总来找你的麻烦？

杨扬伤心地说，你看看你自己，现在成什么样子了。

张焱说，你不要问了，这是我的事，跟你没关系。

杨扬突然盯住他，这件事，是不是跟童亮有关？

张焱有些不耐烦，说你就别问了。

杨扬点点头，说明白了。

杨扬决定去找童亮。她认为童亮这样对待张焱实在太过分了，不管怎样说，大家当初毕竟是同学，就算在学校时有过一些这样或那样的矛盾，现在也不至于把事情搞成这样。而更让她气愤的还是她的姐姐杨菲。她无论如何没有想到，杨菲竟然也搅在了这件事里。但是，就在杨扬正准备去找童亮和杨菲时，却突然传来消息，杨菲那里出事了。

这件事发生得非常偶然。

童亮和杨菲他们插队的那个村庄叫大秦庄。自从他们去大秦庄，一直没有参加过生产队里的劳动。当然，村里认为这样也好，不仅可以省去工分，大家也正好井水不犯河水。那时童亮他们捕猎野兔已很困难，一方面野兔越来越少，另一方面也都被打惊了，只要稍有风吹草动立刻就会窜进田野的深处不再出来。一天下午，童亮突发奇想，就用大头针做了几枚鱼钩，然后和大家一起去瘦龙河边钓鱼。深秋正是丰水季节，河水很大，水流也很急。童亮他们正蹲在岸边钓鱼，突然听到杨菲尖叫了一声，接着就发现，河里正有一个人从上游顺水漂下来。其实在当时，所有的人都已看清楚，那不过是一具尸体，但杨菲还是立刻将手里的鱼线朝那边甩过去。事后有人说，杨菲这样做的动机很模糊，而且让人感到有些莫名其妙。不过有一点大家都看清楚了，那具尸体是一个非常结实的小伙子，身上肌肉很发达，尤其中间的那个部位，还像一顶小帐篷似的将短裤支撑起来。

当时那具尸体就这样一冒一冒地漂到杨菲跟前。杨菲将鱼线甩过去，显然是想用鱼钩钩住它。但鱼线有些短，与那具尸体还有一段距离。于是她就又将两脚朝水边挪了挪，与此同时也将身体朝水里探去。也就在这时，她的脚下突然一滑就扑进了水里。

杨菲这一扑，后来就被说成是"奋不顾身"。

没有人知道怎么会这样巧。就在杨菲试图打捞河里的那具尸体时，刚好有一个公社"知青办"的人从河堤上经过。这个公社知青办的人将杨菲落水的全过程都看在了眼里，于是一下就激动起来。当时知识青年的思想工作已越来越难搞，不仅人心涣散，也出现了很多不健康的倾向，县知青办正准备在知青里抓一个选进典型大力宣传一下，树一树正气。这个公社知青办的人立刻搞了一份材料报去县里。当然，事情一旦被搞成材料，也就从事实升华了一步。材料将这件事的发生地点说成是在大秦庄的固堤工地上。材料上说，杨菲在这个上午正和其他知青一起参加紧张的固堤劳动，突然发现有一位不慎落水的贫下中农从上游漂下来。当时情况十分危急，眼看这位贫下中农就要被湍急的河水卷走。就在这关键时刻，杨菲的脑海里立刻闪现出无数的英雄形象，这些英雄形象极大地鼓舞了她，也使她浑身上下力量倍增。当时险情就是命令，时间就是生命，只见她朝身后把手一挥，冲大家大喊一声：跟我来！就奋不顾身地跳进冰冷的河里。但是，无情的河水转瞬间就将她冲走了，一直冲到下游的几里以外，才被随后赶到的贫下中农救上岸来。这时的杨菲已被河水冻僵了，但她睁开眼的第一句话就是，那位落水的贫下中农……得救了吗？材料上说，当时在场的贫下中农无不感动得流下热泪，他们说，这样优秀的知识青年，我们广大贫下中农最需要！

杨菲由此被树为知青的典范。她舍己救人的英勇事迹很快传遍瘦龙河两岸，一时成为家喻户晓的英雄人物。她由于在河里呛了水，出现一些肺感染症状，很快就住进县医院的特护病房。在她的床前挂满锦旗和大红花，每天都有数不清的领导、群众和新闻记者前来探望。她的事迹出现在报纸上，广播里。后来还被编成一段女声小演唱，参加了那一年全市的"知青文艺汇演"。演出获得巨大成功,并在社会上产生了深远的影响。今天这座城市里四十多岁的人,倘若有过插队经历,应该还记得当年那首叫《向阳花》的女声小演唱:

  知识青年向阳花
  上山下乡——
  把根扎呀么把根扎
  舍己救人
  嘿呀——
  传佳话呀么传佳话
  我们大家——
  都来好好学习她
  哎呀都来学习她

  杨菲出院时,县里是用大红彩车将她送回我们公社的。公社革委会的江主任又亲自率人敲锣打鼓地把她送回大秦庄。公社江主任是个五十多岁的中年汉子,看上去很魁梧,人也很精明。他向大秦庄以秦书记为首的大队干部们宣布,杨菲同志已被县里评为"学习毛著积极分子",并授予她"知青模范"的光荣称号。公社江主任一再叮咛秦书记等大队干部,一定要照顾好杨菲同志的生活。公社江主任严肃地说,在咱们公社出了这样一个英雄人物不容易,倘若有半点差错,就拿你们是问。秦书记等大队干部一下都感到很惊讶。他们搞不懂,在这些整天只知道烧刺猬打野兔的知青里,怎么会突然又冒出一个"英雄人物"?

  杨菲回来的当天晚上,他们集体户专门为她庆贺了一番。大家认为最值得庆贺的还并不是在他们集体户里出了这样一个全县闻名的"英雄人物",而是由于杨菲成了"英雄人物",他们今后也就可以更加理直气壮地不去生产队里参加农业劳动,因为他们每天都要开会学习,讨论杨菲先进事迹对于上山下乡的重要现实意义和深远的历史意义,而且根据公社明确要求,这样的学习讨论生产队里要记全勤工分。因此大家在欢欣鼓舞之际,就一致认为有必要用喝酒的方式庆祝一下。童亮特意从村外的水塘边抓来几条菜青蛇。这种蛇的颜色像青菜一样翠绿,体形也很肥大,一条约有七八斤重,因此很适合食用。童亮对剥蛇皮一向很在行。他将剥掉皮的蛇肉先在冷水里浸泡一下,拔掉血气,然后烧一些花椒,捻成粉末,再和盐一起均匀地撒在蛇肉上,做完这一切,就用一根铁条穿上放到灶膛里去烧。直到将蛇肉烧得吱吱地冒出油花,味道也渗进去,再取出来切成一段一段。看上去很像今天的韩国烧烤。

也就在这天下午,杨扬来到大秦庄。

杨菲正在兴头上,一见杨扬很高兴。她以为杨扬是特意来看自己的,就留她一起吃晚饭,说吃过晚饭还要跟她好好聊一聊。但杨扬告诉她,她不想在这里吃饭,她来只是想问一件事,问完了立刻就走。杨菲这才发现,杨扬的脸色有些不对头。于是问她什么事。杨扬并没有直接说是什么事。她看了看杨菲带回村来的那些锦旗和大红花,冷冷一笑。

她说,你这些东西,挺风光啊。

杨菲得意地一笑,说这是他们硬给我的。

杨扬用力看看杨菲。

杨菲说,从公社到县里,他们非让我这样风光不可,我有什么办法呢?

可是，你自己对这种事也并不反感。

别人还求之不得，我为什么要反感？

你在学校时，不是总嘲笑张焱假积极吗？

这是两回事。

我看是一回事。

好吧，就算一回事。

杨扬说，如果是一回事，你就不要五十步笑百步。

杨菲在学校时从不认真学习，平时也不爱看书，所以，她并不懂五十步笑百步是什么意思，她只是感觉出，这应该不是一句好话，于是点点头说，我知道你为什么来了。

杨扬说，如果你猜到了，就说明你自己也明白不该参与这件事。

杨菲说，你还真说错了，这是张焱跟童亮之间的事，与我没关系。

杨扬说，既然与你没关系，那天在镇里的战斗饭庄你为什么还要去呢，童亮敲张焱的竹杠，你不劝也就算了，还跟着一起去帮吃帮喝，这在事实上是不是起到推波助澜的作用？

杨扬说这些话时，童亮和老蛋他们几个人一直在旁边喝酒。这时童亮已听出来，杨扬的这些话其实并不只是冲杨菲说的，就笑着把话接过来。

他说杨扬，你说这话是什么意思？

杨扬慢慢转过身，看着童亮。

我的意思都已说出来。

你说，我敲张焱的竹杠？

难道你没敲吗？

我怎么敲他竹杠了？

那顿饭，是怎么回事？

杨扬说着,又回头看看杨菲。

你们吃的那顿饭,让他花了多少钱你们知道吗?

杨菲张张嘴,没说出话,脸却一下红起来。

杨扬说,还有那箱酒,那箱酒又是怎么回事?

童亮哼一声,笑笑说,那是我跟张焱的交情。

交情?你跟张焱有交情吗?杨扬很认真地看着他说,咱们都是同学,你觉得,你这样说话大家会相信吗?她说着,又指指旁边的老蛋,还有他,他跟张焱又是怎么回事?他三番五次去找张焱的麻烦,还把他打成那样,是不是你让他去的?你怎么可以这样对待同学?

童亮盯着杨扬,沉了一下问,你今天来,究竟想干什么?

杨扬也盯着童亮,你不是很爱喝酒吗,我来陪你喝酒。

童亮听了愣一愣。显然,他没明白杨扬的意思。

杨扬接着又说,我陪你喝酒,只有一个要求。

什么……要求?

如果你喝不过我,以后就不要再找张焱的麻烦了。

童亮笑一下,说明白了。

然后又摇摇头,你这样做,不值得。

杨扬并没理睬,盯着他问,你敢喝吗?

童亮瞥一眼旁边的杨菲,点点头说,好吧。

没有人会想到,杨扬竟然有如此的酒量。在这个晚上,她和童亮是用漱口杯喝的酒。这种漱口杯是我们插队时统一发的,上面还印有"上山下乡光荣"六个红漆大字,容积很大,一瓶高粱酒刚好倒两杯。他两人一连干了两大杯,到第三杯时,童亮就有些撑不住了。他摆摆手说,他不习惯喝这样的急酒。杨扬却似乎没听见,端起杯子又喝下去。这时他们集体户的所有人都在一旁看着,童亮自然不能输这个面子。他咬一咬牙，端起杯子也喝下去。但是，他把杯一放下脸上就变了颜色，先是发红，然后发黄，再然后发白，接着虚汗也滴滴答答地淌下来。杨扬看看他，微微一笑，又为自己斟满一杯酒，扬头一口气喝下去。

以后，你如果再想喝酒，我还来陪你喝。

她这样说罢，又瞥一眼旁边的老蛋，就转身走了。

就在杨扬去大秦庄的这天下午，唐书记来到我们集体户。

唐书记是来找张焱的。张焱在这个下午没去下田，正蹲在门前洗衣服。他洗衣服的方式比较繁琐，要先打上肥皂，反复搓洗，然后再分别放到几盆清水里，一遍一遍地涮净，拧干之后还要从衣领开始一点一点押平，最后才晾到晒衣绳上去。唐书记在一旁看着感到奇怪，他搞不懂，为什么要将衣服洗得这样复杂。唐书记这样看了一阵，就走过来说，先不要洗了，赶快去收拾行李吧。张焱有些奇怪，抬起头看看唐书记，问收拾行李干什么。

出河工。唐书记说，村里派你去出河工。

出，河工？

唔，马上走。

为……什以？

张焱搞不清这是为什么。

那时每到冬季农闲，县里经常要搞水利工程，或疏浚河道，或挖排灌沟渠，一般是将河工任务分摊到各公社，再由公社派给各村。如果赶上待遇好的工程也很舒服，每天可以补助二斤高粱米，在工地上还能顿顿吃到大米白面。当然，这样的机会通常是轮不到我们知青的。只有那些又脏又累又没油水，贫下中农都不愿去的苦差使才会派到我们知青头上。张焱的心里很清楚,这次派他去的,自然又不会是什么好事。但他想不明白,自己是知青集体户的户长,按道理,出河工这种事就是派谁去也不该轮到自己头上。

所以,他问唐书记,为什么单让自己去。

唐书记一听就笑了。

唐书记说,为啥派你去,你心里还不清楚么?

张焱说,不清楚。

好吧,唐书记说,如果真不清楚我就告诉你。

唐书记告诉张焱,这次派河工是村里大队革委会研究决定的,因为村里担心,如果张焱再喝酒说不定会给村里惹出什么事来。唐书记说,你最近的表现自己应该是有数的,在贫下中农中间影响很不好,所以,这次村里才决定,让你去挖河工地上锻炼一下。张焱立刻不说话了。他明白,如果村里派自己的河工是出于这个原因,那么再说什么就都已没有意义。唐书记又语重心长地说,去出这次河工也好,离开村里一段,也让大家转变一下印象。

好吧,张焱点点头,我去。

这就对了。

唐书记满意地嗯一声。

又说,要有心理准备。

什么,心理准备?

挖河工地不比村里,很艰苦。

不怕,张焱说,再苦也没什么了不起。

但是,张焱还是把这次挖河的艰苦程度估计过低了。这一次是为瘦龙河上游清淤。瘦龙河的上游是一片盐碱洼地,除去野草,只有一片片的荒坟。这些荒坟看上去都已模糊不清,只有坟上的土还比较干松。河工们就将窝棚搭在这些荒坟上，再将坟丘摊平，在松土上铺一些秫秸和麦草。张焱起初搞不懂，他认为住到坟地里，还这样睡到坟丘上，简直是一件不可思议的事情，坟地里只能用来掩埋死人，活人怎么可以跑到这种地方来睡觉？但他很快就明白了其中的道理，盐碱洼地一般都很潮湿，即使铺上再厚的干草也会透过来，而如果将坟丘上的松土摊开，自然就形成了一个土台，这样再垫上厚厚的秫秸和麦草也就成了一个地铺。但是，尽管如此，睡在这种地方还是感觉很不好。第一天夜里，张焱躺到地铺上，他一想到就在自己的身下还躺着一个人，而且是一具不知什么时候死去的尸体，就感到毛骨悚然。他在心里猜测着，它是一个男人还是一个女人？是老人，还是孩子？他想，这具尸体最好埋得深一些，如果太浅，那么跟自己的垂直距离就不过一两尺，甚至还要近。

他一想到这里，就似乎隐隐闻到一股腐烂的气味。

张焱很快就对这种生活更加无法忍受。这时已进入严冬，每到夜里，冰冷的寒风透过窝棚的缝隙吹进来，冻得张焱简直无法入睡。他和贫下中农们为了抵御寒冷，只好相互挤在一起。而这样一来，他的身上渐渐也就有了虱子。虱子是一种很小的昆虫。这种昆虫在今天已不多见，它专爱寄生在人的身上，而且繁殖力极强，在很短的时间内就能成团地漫延开来，在身上爬来爬去搞得人很不舒服。而且，在一般人的观念中，虱子也是一个不太体面的标志，因为只有那些不常洗澡不爱换内衣的人，身上才会滋生这种东西。张焱从小生活在很干净的环境，他的母亲是一个极爱清洁的女人，他家的床单几乎三两天就要换洗一次，被褥也总是白得耀眼。因此张焱从小就养成很讲卫生的生活习惯。当张焱第一次在自己身上发现了虱子，简直大吃一惊。后来他向我描述，那是一只长着尾巴的大黑虱子，身长竟然约有两毫米。

当时他还并不知道，虱子的体积一般都很小，能长成如此巨大是极为罕见的。张焱说那天夜里，他已预感到要出什么事。因为他在地铺上躺了很久一直睡不着，总感觉在自己内裤的裤腰上似乎有个什么东西一直在拱，不停地拱，拱得他很不舒服。于是他爬起来，翻开内裤仔细看了看，却并没发现有什么异常。但是，他刚刚躺下，那个东西就又开始拱起来。后来他实在忍不住了。他过去也曾听说过这种叫虱子的昆虫，因此开始怀疑，是不是自己身上也有了这种可怕的东西。他一想到这里就感到身上更加奇痒难忍，似乎有无数只小虫子在到处乱爬。他立刻又坐起来，索性脱下内裤一点一点地翻找。也就在这时，他突然发现在内裤裤腰的皱褶里，正有一只黑色的小虫子在探头探脑。他将它捏出来看了看，又试着用两个大拇指的指甲挤了一下。因为他曾听说，如果是虱子，用指甲一挤就会发出清脆的声响。他就这样将这只小虫子轻轻挤了一下，果然发出剥地一响。他立刻断定这就是虱子了，跟着浑身的毛发就都竖起来。他无论如何没有想到，在自己的身上竟然也会有了虱子！他连忙将自己的衣服都抱过来，一点一点在衣缝里搜寻，然后是枕头，再然后是被子，最后索性连下面的褥子也翻腾起来。睡在旁边的贫下中农见他这样光着屁股翻来翻去，渐渐都有些不耐烦，问他大半夜不睡觉，究竟在找什么。张焱说虱子，他的身上有了虱子。旁边的贫下中农一听，立刻都轻蔑地笑起来，说虱子有啥稀奇，谁的身上还能没几个虱子？张焱一听更加吃惊，连忙问，你们身上，都有虱子？当即就有几个贫下中农唰地扒下内裤举到张焱面前。张焱果然看到，在这些脏兮兮散发着腥臊恶臭的内裤上，竟都爬满了大大小小的虱子，有黑的，有棕的，有花的，有长着尾巴的也有没长尾巴的，甚至还有一团一团白色的虫卵。张焱直到这时才终于明白，那只大尾巴的黑虱子正是这些贫下中农传给自己的！自己还没有接受他们的再教育,却先接受了他们身上的黑虱子!他看着他们,脸立刻苦起来。其实贫下中农的心并不粗。他们虽然没有太多的文化,却都异常敏感。他们立刻从张焱的表情看出他心里在想什么。

于是,一个贫下中农沉下脸说,你嫌弃俺们。

另一个也说,你们城里知青,嫌弃俺们的虱子。

还有的说,有虱子怕啥,有虱子才叫贫下中农。

张焱对虱子的厌恶激怒了所有在场的贫下中农。贫下中农一致认为,张焱厌恶他们的虱子也就等于厌恶他们。于是有人大喊了一声,怕虱子就出去睡去,外面干净!立刻有人说对,外面还凉快哩!接着哗地拉开门,群情激愤之下就将张焱的被褥衣物一件一件都扔到窝棚的外面。张焱的衣服一飞出窝棚就在寒风中向远处飘去,一边飘着,还发出猎猎的声响。

张焱从挖河工地回来时,已是那一年的年底。

这时村里已开始结算,用当时的话说叫分红。

那天中午,我们刚刚吃过午饭,张焱推门走进集体户的院子。大家看见他都吓了一跳。只见他衣衫褴褛,头发蓬乱,蜡黄的脸上渍着厚厚的一层污垢,看上去就像一个乞丐。林大明走到他跟前,上下看看说,你……怎么成了这个样子?张焱神情木然。他将手里的行李扔到地上,只对旁边的杨扬说了句,给我烧点热水,就头也不回地进屋去了。

杨扬连忙烧了一盆热水,让我给张焱端过去。

我端着热水走进张焱的屋里,不禁吓了一跳。张焱已脱得精赤条条,正坐在炕沿上埋头摆弄自己的下处。我走到他跟前才看清楚,原来,他正用刮脸刀小心翼翼地刮自己的阴毛。我朝那里瞥一眼,他的阴毛乱糟糟的，脏得就像一团麻。

　　都是虱子了，阴虱，没办法。

　　他一边刮着，头也不抬地说。

　　干脆，把毛儿都刮掉算了。

　　他叹口气，又说。

　　刮脸刀在他手里，发出嘶嘶的声响。

　　张焱的下处刮掉阴毛显得干净了许多，看上去就像刮掉胡子的下巴。他将那些阴毛收拢起来，捧在手里，朝左右看了看小心地放到一张纸上，然后就开始洗澡。我转身从屋里走出来。林大明和杨扬还站在院子里。林大明问，他在干什么？我当然不好当着杨扬说张焱刮阴毛的事，我说，他正准备洗澡。是啊是啊，林大明摇摇头，他可真该好好洗一洗了。就在这时，屋里传出张焱洗澡的水声。这声音听上去很响亮，也有些凶狠，似乎要将身上搓下一层皮。就这样洗了一阵，张焱终于开门走出来。他这时已换了干净衣服，上身是灰毛衣，下面是一条蓝制服裤子，看上去就像换了一个人，只是刚洗过的头发由于太湿，也太长，用梳子一梳都趴在头皮上，给人的感觉有些油头粉面。他走到院子里，拎过那卷行李，往上面浇了一些煤油，然后就划根火柴点燃起来。火焰在中午的阳光下是橘黄色的，被风一吹跳跃着越烧越旺。张焱将换下的衣服也都扔进去，火堆里立刻发出一阵噼噼剥剥的声响，听上去非常可疑。我想，那大概是烧虱子时发出的声音。接着，张焱又将那一捧阴毛也扔进火里。阴毛被火焰映成金黄色，在火里像纤细的羽毛一样轻轻飞舞着，飘动着，很快就消失了。火堆里立刻散发出一股烧猪毛的焦煳气味。

　　什么味儿？

　　林大明耸耸鼻子，回头问。

你，烧了什么？

杨扬也皱起眉头，问张焱。

张焱没有说话，只是默默地看着火堆。

就在这时，唐书记扇披着棉袄来到我们集体户。唐书记一走进院子就皱着眉说，这是烧啥呢，弄得到处是烟。然后一回头，就发现了正站在他身后的张焱。

哦，你果然回来了。

张焱看着唐书记。

谁让你回来的？

张焱仍然没说话。

唐书记盯着他，工程完了？

张焱蹲下去，掏出一支烟，点燃一口一口地吸着。

唐书记哼一声说，实话告诉你，你还没到村里，那边的电话就已打过来，你知道你这是啥行为么？如果当年在部队上，这就叫逃兵，而且是临阵脱逃，临阵脱逃可是要枪毙的。

张焱慢慢抬起头，看着唐书记，那你就枪毙我吧。

你就是枪毙我，我也不会去了。他说。

唐书记有些惊讶，睁大两眼看着张焱。

你宁愿被枪毙，也不想再去挖河？

张焱又低下头去，继续抽烟。

唐书记的脸色就一点一点难看下来，说，你这次在工地上的表现，我都已听说了，人家对你很不满意啊，你在工地上跟贫下中农相处得很不好啊。唐书记说着，回头看看那堆仍在燃烧的被褥和衣服，又点点头说，好吧，你既然已经回来了，村里当然不能枪毙你，可那边的工程还没结束，你就还得赶紧回去。

还要……回去？！

张焱抬起头，惊愕地瞪着唐书记。

当然要回去，明天就回去。唐书记很严肃地说，如果所有的河工都像你这样，动不动就从工地往回跑，那"农业学大寨"还学不学了？水利工程还搞不搞了？唐书记将肩上的棉袄很威严地往上耸了耸，接着又说，张焱，我提醒你，你当初刚下来时可是知识青年的骨干，现在又是知青集体户的户长，这些事像你做出来的吗？

唐书记这样说完，就扭头走了。

张焱愣在那里，半天没有说话。

唐书记的话显然对张焱打击很大。

他没吃午饭，整整一下午都把自己关在屋里。杨扬几次去敲门他都不开，在里面也不吭声。快到傍晚时，杨扬实在有些担心，她对我和林大明说，他一天没有吃饭，可不要在里面出什么事啊。我和林大明只好从窗子跳进去。张焱正两手抱头躺在炕上，瞪着屋顶愣愣地出神。我凑过来想安慰他两句，想了想，却又不知该说什么。

最后，还是林大明拉他一把，说走吧。

林大明说，晚上去镇里，我请你喝酒。

我连忙说对对，喝酒，大家给你接风。

就这样，我和林大明才硬将他拉出来。

在这个傍晚，杨扬也和我们一起去了镇上。我们又来到那家"战斗饭庄"。我不知不觉喝了很多酒。我喝酒是因为心里很乱。张焱的事让我感到很难过。大家毕竟都是知青，面临的处境是一样的，自从来农村插队，眼看选调回城遥遥无期，有时真怀疑这辈子是否还能回去。再看张焱受的这份罪，挖河工地上的情形可想而知，那一定不像是人过的日子,如果一辈子就这样待在这里,真不知今后该怎么办。林大明和杨扬也喝了很多酒。他们喝酒是为了陪张焱。但不知为什么,张焱在这个晚上不胜酒力,只喝了很少一点酒就说自己醉了。回来的路上,大家都已有些跌跌撞撞。快到村口时,张焱忽然站住说,他和林大明还有点事,让我和杨扬先走。我想,他们可能要撒尿,就和杨扬头前走了。这时我已感到头重脚轻,路上被冷风一吹,肚子里的酒直往上翻。勉强回到集体户,往炕上一躺就什么都不知道了。

也就在这天晚上,我们村里出了一件大事。

这件事尽管闹得轰轰烈烈,一时成为一个令人瞩目的事件,但总让人感觉有些奇怪。当然,感到奇怪的还不仅是我。但每个人的嘴上却都不说出来。直到很多年后,我才从林大明的口中得知了这件事的真相。这件事的真相的确令我吃惊。我没想到会是这样。

据林大明说,在我们去镇里喝酒的那天晚上,其实张焱并没有喝多。当时张焱看着我和杨扬走远了,就慢慢转过身,对林大明说,他有一件很重要的事要跟他谈。他的声音非常清醒,也有些陌生,这让林大明感到有些意外。

林大明问他,什么事。

张焱并没有立刻说,而是先让林大明发誓。

他说这件事只限于他和他之间,即使有一天他两人反目,也不能将此事说出去。林大明见张焱的神色异样,知道他要说的事一定非同小可,于是当即发了誓。张焱这才重重地喘出一口气,跟着眼泪就流下来。他说,我……不能再回挖河工地了。

如果再回去……我会死在那里。

他又说。

林大明点点头，也表示同意。

但他想想问，可是，村里怎样交代？

就在刚才，我已经想出了一个办法。

什么办法？

张焱盯着林大明，突然说，我知道，你还在喜欢杨扬。

林大明的脸立刻红起来，刚要说什么，张焱却摆一摆手，说没关系，喜欢就是喜欢，杨扬的确长得很漂亮，人也很好。林大明就把头低下去。张焱说，只要你帮我把这件事做成了，杨扬就是你的，我……把她让给你。

林大明猛一下抬起头，盯着张焱。

张焱似乎看透他在想什么，淡淡一笑。

你放心，这件事包在我身上，杨扬那边，我去对她说。

林大明又很认真地看看张焱。显然，他摸不透张焱究竟要搞什么名堂。

你，到底想的什么办法？

你……真的不会说出去？

我刚才已经发过誓了。

好……好吧。

张焱点点头，这才把自己想好的计划说出来。

林大明听了立刻大惊失色。

这样搞……行吗？

张焱叹一口气，说行不行，也只能这样干了。

然后，他又咬紧牙关，杨菲的事就是榜样，她行，为什么我不行？

林大明却摇摇头，这跟杨菲的事不一样，真传出去，还怎么得了？

所以，我才让你发誓。

张焱看着林大明，这件事无论成与不成，你都要烂在肚子里。然后，他又拍一拍林大明的肩膀，我之所以敢对你说，也是因为相信你。

张焱这样说罢，就从怀里掏出一只酒瓶子。

你……这是？

我已经准备好了。

张焱拿着这只酒瓶子，两眼盯住林大明。

说吧，帮我，还是不帮？

林大明又低头想了一下，点点头说，好吧。

在这个晚上，张焱和林大明鬼鬼祟祟地来到村边的麦场上。这时林大明的手里已拎了一把锋利的镰刀。这把镰刀的形状很狰狞，它并非那种普通的割草镰刀，而是专门用来割谷子的，不仅飞薄锋利，还非常的轻巧。张焱朝四周看了看，先将瓶子里的液体泼洒到一个高粱垛上。这个高粱垛是用高粱穗垛起来的，非常高大，看上去就像一座小山包。旁边与之相连的还有一个更高大的玉米垛。张焱由于过度紧张，动作的姿态有些不雅，看上去像在倒什么肮脏的东西。他做完这一切，又朝四周看了看，然后划着一根火柴就将高粱垛轰地点燃起来。火焰很快噼噼剥剥地漫延开，并迅速朝粮垛的顶上窜去。

张焱回过头，对林大明说，来吧，别……别手软。

林大明突然又有些犹豫了。他低头看一看自己手里的镰刀，一时不知该如何是好。但这时的大火已熊熊燃烧起来，夹裹着浓烟和火星腾空而起。显然，退路已经没有了。

张焱低声催促道，快，快动手啊，再晚就来不及了！

林大明狠一狠心，把两眼一闭，就举起屠刀朝张焱猛砍过来。张焱本能地抬起左臂来挡，于是挨了重重的一刀，接着屁股和腿上也一连被砍了数刀。他摇晃了摇晃险些栽倒，但还是坚强地站住了，抬起头看一看，见林大明已扔下屠刀一溜烟地跑回村去，才扯开喉咙用尽全身的力气拼命的高喊起来："来——来人哪！有——阶级敌人——搞破坏……"

张焱的喊声在夜空里回荡着，惊醒了村里正在熟睡中的贫下中农。

村里顿时沸腾起来。冲天的火光中，铁桶铜盆和一切用来盛水的容器都被敲响了。人们从四面八方朝麦场跑来，吆喊声泼水声响成一片。

直到将大火扑灭，人们才发现了倒在血泊里的张焱。

张焱被贫下中农一声一声地呼唤着，慢慢苏醒过来。他吃力地睁开眼，看看大家，然后艰难地说："不要管我，快……快去抓阶级敌人……"贫下中农告诉他，虽然搞破坏的阶级敌人还没有抓到，但大火已被扑灭了，集体财产保住了。张焱听到这里，脸上露出胜利的微笑，但由于失血过多，头在贫下中农的怀里一歪，就又昏了过去。

这件事立刻被定性为阶级斗争新动向。在这个晚上，公社革委会的江主任得到消息连夜率人赶来我们村。经对失火现场进行勘察，果然发现了一只空酒瓶子，从瓶子里遗留的气味初步断定，很可能装过易燃液体，由此也就推断出，这应该是阶级敌人仓皇逃跑时丢下的。接着就又发现了一把带血的镰刀。但是，令公社江主任困惑不解的是，经村里的贫下中农辨认，这把镰刀竟然是张焱自己的，张焱总不会将自己的镰刀交给阶级敌人，再让人家残忍地把自己砍伤。后经调查人员向张焱核实，张焱对这一证物也并不否认。

据张焱解释，事情的经过是这样的，在这天晚上，他和集体户的几个知青去镇上吃完了饭就匆匆赶回来，因为他还要抓紧时间收拾行李,以便第二天一早赶回挖河工地去。但是,张焱说,就在他走到村口时,突然发现一个人影鬼鬼祟祟地一闪就朝麦场那边去了。于是他立刻提高了警惕。张焱在这里特意强调,他在回来的路上因为拉了一泡屎,就落在了大家的后面,所以发现这个人影时就只有他一个人。但这时他已顾不上再叫其他人。他首先想到的是应该有一件应手的武器,于是就先去了附近的一个柴屋,取来他存在那里的一把镰刀,然后就朝那个人影追过去。这时那个人影已溜到麦场的高粱垛前,正在泼洒着什么东西。他立刻断定,是阶级敌人在纵火,妄图烧掉生产队里的粮食。张焱说,粮食是贫下中农的劳动果实,是集体财产,在这关键时刻,他就是牺牲自己的生命也不能让阶级敌人的阴谋得逞,于是他来不及多想就奋不顾身地扑上去,与阶级敌人展开了殊死搏斗。公社的调查人员问他,那个阶级敌人有什么特征,比如长脸还是圆脸,高个还是矮个。但张焱说,当时由于情况危急,他并没有看清对方的脸,只感觉此人很魁梧,力气也很大,而且非常的穷凶极恶。张焱说他一边与他搏斗,一边想去扑火,不料就在这时手里的镰刀竟被对方夺过去。就这样,自己的身上多处被砍伤,渐渐感到头晕目眩,后来就失去了知觉。

公社江主任听完情况介绍,立刻兴奋起来。

江主任说好啊,好啊好啊,咱们公社可真是英雄辈出啊,知识青年用鲜血和生命保护人民公社的集体财产,这是多么典型的事迹!这时学习杨菲的热潮还没有平息。公社江主任当即决定,将张焱的英勇事迹再搞一份材料报去县里。江主任感慨地说,榜样的力量是无穷的,就因为有了杨菲这样一个知青模范,才会有我们今天的大好局面!

对这起阶级敌人纵火案的调查工作并不顺利。因为张焱提供的线索很有限，而仅凭这有限的一点线索，要想抓到一个连面孔都没有看清也没留下太多蛛丝马迹的阶级敌人，简直就如同大海捞针。但这时，公社江主任的兴趣已不在这里。江主任认为这件事的真正意义在于我们公社又涌现出一个英雄人物，至于抓不抓得到那个阶级敌人已并不重要。这时我们公社的知青工作已走在全县的最前列，就在知青的情绪普遍消沉，精神状态整体滑坡的时候，我们这里却涌现出一个杨菲，还被县里树为"知青模范"，这就使我们公社的知名度在全县大大提高，当然，江主任也就有机会频频和杨菲一起去县里参加各种会议。外面早已有传闻，说江主任很可能要被调去县里，担任县革委会的常务副主任，而就在这时，又出了张焱这样一个不顾个人安危保护集体财产的"英雄人物"，江主任自然更加兴奋起来。

江主任当即决定，要召开一个很隆重的全公社知青大会，一来大力宣扬张焱的英勇事迹，二来也检阅一下我们公社知青中的先进人物。江主任做出这个决定之后，还亲自往大秦庄挂了一个电话，叮嘱杨菲，提前做好讲话的准备。

江主任在电话里说，这个大会很重要。

但杨菲却说不能参加。

她说，她没有时间。

这时杨菲的处境已越来越尴尬。县里将她树为"知青模范"，自然想让这模范的形象更加完美，色彩也更加丰富，于是就擅自做主，又不动声色地往她的先进事迹中添加了"扎根农村"的新内容，说她已明确表示，将来不再回城，决心在农村扎根一辈子，真正走与贫下中农相结合的道路。杨菲当然从没这样想过，她也不可能甘心在这种地方待一辈子。可是话已被县知青办的人喊出去，她又有口难辩。而更要命的是，很多贫下中农一听到这个消息立刻蜂拥而至，纷纷向她介绍自己那里的男青年甚至是自己的儿子有多么的出色，在政治上是多么的要求进步，身体又是多么的强壮，言外之意显而易见，就是要为她介绍对象。杨菲被弄得哭笑不得，又不好将事情说破，整天心烦意乱疲惫不堪。也就在这时，她接到公社江主任的电话。杨菲已不想再参加任何会议，这段时间，她开各种会议早已开得厌烦了。

她告诉公社江主任，她不能参加这个大会。

江主任问为什么，为什么不能参加。

杨菲想想说，县知青办那边有事。

江主任说开会时间还没定，你怎么就知道县里有事？

江主任在电话里沉一下问，你最近，是不是有什么事？

杨菲支吾了一下，说没有。

江主任说这样吧，下午我没事，你到公社来，我要跟你谈一谈。

杨菲听了迟疑一下，没有说话。自从她成为"知青模范"，一直尽量避免与公社江主任单独接触。她感觉这个五十多岁的男人身上有一股气味，这种气味让她闻了感到很不安。杨菲觉得江主任是一个很难揣摩的人。她过去也曾听到一些有关他的传闻，说他跟公社的妇女主任有过如何的关系，还说他曾经把哪个村里的女知青如何如何了等等。但这些传闻都已无法证实，因为那个被传闻的妇女主任已调去县里，而那个据说被江主任如何如何了的女知青后来竟然成了他的儿媳妇。但从表面看，江主任又似乎不像这种人。江主任给人的感觉很正经，尤其在台上讲话时，看上去有一股凛然的正气。现在他要找杨菲谈话，杨菲当然不能拒绝。杨菲毕竟是江主任亲手树起的一面大旗，她没有理由不去。

杨菲只好在这个下午来到公社。

杨菲走进江主任的办公室时，江主任已经在等她。

江主任很严肃地说，你最近的情绪，好像不太对头。

杨菲沉了一下，说没有。

江主任说，你不要不承认，你最近有些消极。

杨菲就低下头，不说话了。

说一说吧，究竟怎么回事？

江主任盯着杨菲，问她究竟怎么回事。

杨菲一时吃不准，不知该不该把自己的真实想法说出来。

你只管说吧，江主任点点头，心里怎样想的，就怎样说。

杨菲想一想也对，无论怎样，自己总要把这件事说破的，否则将来吃亏的还会是自己，况且这也是一个难得的机会。于是，她索性就对江主任把自己的想法全说出来。她最后又说，县知青办这样做是不妥当的，他们怎么可以不征求我本人意见，就擅自把这种话说出去？

江主任听了，脸色一下更加严肃起来。

他看着杨菲问，这样说，你是不想在这里扎根了？

杨菲摇摇头，说不想。

杨菲说，她从来都没这样想过。

江主任嗯一声，说好吧，这件事以后再谈吧。

杨菲问江主任，以后再谈，是什么意思。

江主任说，以后再谈，就是现在不便谈。

杨菲问，这样简单的事情，有什么不便谈的？

江主任说简单？这件事，恐怕没有这样简单。

为什么？

杨菲不明白，这是为什么。

江主任摇摇头，说现在的事情，已不是我和你能决定得了的了，既然你被县里树为"知青模范"，你也就不再仅仅代表自己，你的一举一动，一言一行，全县的知青都在看着，你想一想，即使我同意让你走，县里会同意吗，就是县里同意，你现在还走得了吗？

江主任说，这件事就说到这里，以后不要再提了。

这次知青大会搞得很隆重。县里一个什么领导小组的丁副组长也专程赶来参加。丁副组长不仅主抓知青，也分管全县文化工作，所以还带来了县文化馆的文艺宣传队。这一来就使大会更加热闹起来。其实知青们对张焱的所谓先进事迹并没有多大兴趣。那是一个盛产"事迹"的年代，说不定什么时候，就会在什么角落里冒出一个什么样的先进人物，然后就是关于他或她的一连串感人事迹，当然还有豪言壮语，再然后就会掀起一个向此人学习的热潮。大家早已见怪不怪。倒是这个从县里来的文艺宣传队，一下提起了很多人的兴趣。当时文娱生活实在很少，尤其在农村，文化更加贫乏，知青当中曾经流传过一句话，在田里屙屎时，看到一张擦屁股的报纸都会感到亲切。能有机会观看一场这样的文艺演出，当然也是很难得的文化享受。公社江主任也很高兴。江主任知道杨菲会唱京剧，开会前就把找来。

江主任对她说，这件事我想过了，你今天不想发言就算了，不过一会儿文艺演出时，咱们公社的知青也该出个节目，你就唱一段革命样板戏吧。

杨菲不想唱。她说自己的嗓子已经不行了。

自从上一次谈话，杨菲的情绪更加低落。

她想一下，就向江主任推荐了童亮。

这次大会虽然开得很隆重，也很热闹，给人的感觉却有些不伦不类。按照事先安排，要先向大家介绍一下张焱关于舍身保护集体财产的英勇事迹，再宣布公社号召大家向他学习的决定，然后还要让他谈一谈自己插队以来接受贫下中农再教育、在广阔天地锻炼成长的心得体会。但张焱当初是我们学校第一批"上山下乡小分队"的队长,很多知青对他的底细都很清楚,这时见他摇身一变又成了"用鲜血和生命保护人民公社集体财产"的英雄,都觉得很好笑。于是他发言时,有人到旁边去抽烟,也有人不住地打口哨,还有人干脆一边往台上扔着牛粪高喊,下去吧!赶快下去吧!我们要看文艺节目!张焱坐在台上越讲越尴尬,后来会场已乱成一团,眼看实在讲不下去,只好在一片起哄声中面红耳赤地草草收场。

张焱从台上下来时,刚好遇到童亮。

童亮正在等着演出。他看见张焱就笑着走过来。

童亮说,几天不见成英雄人物啦,进步得真快啊!

张焱愣了一愣,一时有些不知所措。

童亮又说,可你刚才说的那些事迹,我怎么听着都不像是你能干出来的呢?张焱立刻朝周围瞥一眼,又看看童亮。童亮忽然又拍拍他的肩膀,心平气和地说,好好儿干吧,我已经看出来,你迟早会当英雄的,像你这样的人不可能甘当平庸之辈。

张焱摸不透童亮说这话是什么意思。但童亮已经转身走开了。

童亮的演出被安排得比较靠后。这样的位置显然分量很重,但对于童亮也十分不利。前面宣传队的演员已演过一些节目,唱也唱了,跳也跳了,到他这里自然有一个比较,水平稍差一点立刻就会感觉出来。但童亮却似乎并不在意这些。他一上台,立刻博得底下的一片掌声。我们公社的知青大多是我们学校的毕业生,即使不是,也早对童亮有所耳闻,这时见他登台亮相,果然有些专业风范,立刻就都使劲为他叫好。童亮表演的是革命样板戏《智取威虎山》中杨子荣的一段唱,《打虎上山》,由宣传队的乐队为他伴奏。他由于曾受过专业演员的指点，演唱时还带着身段，一招一式都很地道。他的身材也很好，看上去很匀称，这就使他的表演越发显得不俗，不仅符合英雄人物的高大形象，还透出几分帅气。童亮的这段演唱让文艺宣传队大感意外。他们没有想到，在我们公社的知青里竟然还有这样的人才。于是童亮刚一下台，宣传队的队长就朝他迎过来。宣传队长是个长着一双凤眼的年轻女孩，叫丁香。丁香队长先向童亮做了自我介绍，然后问他，过去是不是专业学过京剧。

童亮一下被问得有些不好意思，说学是学过一点，但谈不上专业。

丁香队长由衷地说，你唱得很好，非常好。

童亮谦虚地笑一笑，脸上却露出一些得意。

丁香队长又说，咱们合作个节目，怎么样？

童亮当即爽快地答应了。

他问，唱什么？

丁香队长想想说，就唱《智斗》吧。

《智斗》是革命样板戏《沙家浜》里一段很著名的三人对唱，当时几乎脍炙人口。这段《智斗》果然表演得更加精彩。童亮唱"刁德一"。丁香队长亲自动手为他化妆，在脸上打了一些腮红，又淡淡地描了一下眉眼，还让他穿起一身"抗日救国军"的军服。"阿庆嫂"则由丁香队长扮演。丁香队长还特意挑选了一个宣传队里的台柱子唱"胡传魁"。没有人会想到，这竟然是一个最佳组合，童亮是天生的一条生角儿嗓子，丁香队长的花旦也唱得很纯正，那个唱"胡传魁"的演员则更是地道的花脸，三个人唱得水乳交融，天衣无缝。接下来在大家的一致要求下又一连数次返场。丁香队长也越唱越兴奋，先和童亮又合作了一段《龙江颂》，然后是《海港》，再然后是《杜鹃山》，最后又唱了一段《平原作战》，台下的掌声叫好声接连不断。童亮也一下得意起来,最后还乘兴用京胡为丁香队长伴奏了一段《杜鹃山》里柯湘的一段唱,"飞云飞"。尽管我和童亮是高中同学,而且早知他会京戏,但也没有想到,他的京剧功底竟然这样深厚,与专业演员一起合作都毫不逊色。

这次大会一直开到中午才结束。公社江主任将杨菲和张焱留下,让他们陪县里的丁副组长和宣传队的演员一起吃饭。江主任还特意让童亮也留下来。但童亮并不想在这里吃饭,他不喜欢这种气氛,他已跟他们大秦庄的几个知青约好,中午要去镇里的"战斗饭庄"喝酒。江主任告诉他,留他吃饭,是县文艺宣传队的丁香队长的意思。然后,江主任又说,你知道这个丁香队长是谁吗,她就是县里丁副组长的女儿。

童亮听了一笑。他才不管这个丁香队长是谁的女儿。

他对江主任说,他中午有事,确实有事。

就在这时,丁香队长朝这边走过来。

丁香队长看看童亮说,怎么,你要走?

童亮说,我已跟别人约好,还有点事。

丁香队长一笑说,有事?有事也要吃饭啊!

可是……

可是我们宣传队太小,你这大城市来的知青瞧不起,是不是?

不不,不是这个意思。

那是什么意思?

童亮看看江主任,就不好再说什么了。

事后童亮对我说,如果他在这个中午坚持要走,也就是说,他没在公社吃这顿午饭,也许后来的事情就不会发生了。他吃饭时究竟喝了多少酒,后来始终说法不一。据张焱说,其实童亮并没喝太多的酒,当时公社江主任和县里的丁副组长都在,这样的场合他不可能喝太多。但杨扬却说,童亮才不会理睬谁在不在场,他在这个中午确实喝了很多的酒。杨扬说,她也是后来听杨菲的。本来杨菲是和童亮坐在一起,但丁香队长走过来,一屁股硬是坐到了他们两人的中间。吃饭时丁香队长不停地为童亮斟酒,童亮也不推辞,斟一杯就喝一杯。就这样,他不知不觉就喝了很多。杨扬说,正因为他喝了那样多的酒,才发生了后来的事。

杨扬所说的事,是发生在那顿午饭以后。

在那个中午,童亮和杨菲吃过饭就从公社里出来。杨菲一路说话很少。童亮却很兴奋,一边走着嘴里还在不停地唱。后来杨菲被他唱烦了,就站住对他说,你安静一会儿好不好,已经这样唱了一上午,难道还不觉得累吗?童亮听了立刻停住口,有些惊讶地看着杨菲。在他的记忆里,杨菲还从没这样对他说过话。

他忽然笑了,问杨菲,最近怎么总不高兴。

我为什么要高兴?杨菲说,我可没有你那样的兴致。

童亮越发莫名其妙,看看杨菲问,我的兴致怎么了?

杨菲阴阳怪气地说,那个丁香队长,很欣赏你啊!

童亮立刻得意地笑了,说我唱得好,她当然欣赏。

刚才吃饭时,你看她那样子!

杨菲的鼻孔里哼一声。

童亮突然盯住她。

你……吃醋了?

我吃醋?

杨菲冷笑一下。

我会为你吃醋?

她哼一声，就继续朝前走去。

童亮没有说话，突然盯住杨菲的背影。

童亮从没向我提起过对杨菲有什么想法。不过我知道，从在学校时，他对杨菲的评价就很不错，这主要是从两个方面，一是杨菲的嗓子，他说她嗓子的条件确实很好，如果唱京剧，应该是标准的青衣或花衫；第二就是她的相貌，童亮说杨菲长得很像当时的一个女电影演员，该女演员曾在一部电影里扮演一个"反潮流"的革命小将，虽然演得意气风发斗志昂扬，却仍然掩盖不住有些洋气的妩媚。但童亮也只是说说而已，却从未表示过要与杨菲如何，下乡以后他与杨菲的关系似乎也还正常，并没看出有什么可能发展的倾向。事后童亮也承认，这件事发生得很突然，连他自己都没有想到。在那个中午，他看着杨菲的背影，就那样看了一阵，突然，不知怎么就猛地扑过去，从后面一把将她抱住了。童亮的这一扑非常果断，也很迅速，他的两根胳膊就像两个翅膀一下将杨菲按住，几乎没给她任何反应的时间。杨菲脚下一绊，两个人就一起跌倒在地上。接下来，他们就把应该发生的一切都发生了。事后童亮对我说，也许是因为喝多了酒，在那一刻，他的意识有些模糊，他觉得自己就像一个盲人在笨笨磕磕地摸索着，而杨菲则似乎在冥冥之中引领着他，直至将他带进一扇柔软而湿润的门。当时田野里很静，初春的阳光将路边的干草晒得有些温热。他们完事以后，杨菲坐起来，一边整理着衣服忽然对他说，忘了这件事吧，咱们之间，什么都没有发生过。

童亮感到意外，也有些奇怪。

他问，这样的事，怎么能说忘就忘了？

不可能的。杨菲站起来，拍拍屁股说。

明白了吗，我和你之间是不可能的。

她一边说着系上裤子,就朝前走去。

走了几步,又回头说,其实,你这人挺好。

童亮没起来,仍然坐在那里看着杨菲。

你比张焱那种人,强多了。

杨菲这样说罢,就转身走了。

童亮是否真的比张焱强,在我看来似乎很难比较,这就像说胶皮鞋有用还是斧子有用一样。应该说,它们各有各的用处。胶皮鞋虽然可以防水却不能劈柴,而斧子再锋利也不能穿在脚上。不过张焱在政治上显然比杨菲成熟多了。他成为"英雄人物"以后,对这种角色的把握也更加老练。他又重新开始忙碌起来,经常去县里和公社出席各种会议,或者在集体户里埋头写一些发言稿和心得体会。根据公社江主任的指示,我们村里已让他担任团支部书记,同时兼任民兵连长。没过多久,他又接到通知,要去县里参加三级干部学习班的学习。接着就有消息传来,说他学习回来以后,很有可能去公社接任团委副书记的职务。

张焱临走的前一晚,林大明过来找他。

林大明拎着一瓶酒,说要跟他一起喝。

张焱立刻正色说,他现在已经不喝酒了。

林大明也没再让,坐下来咬开瓶盖,就独自一口一口地喝起来。张焱等了一会儿,见他不说话,就说,我明天还要去县里学习,现在手头有很多事。

林大明仍然不吭声,只是不停地喝酒。

张焱说,你如果有话就说出来,不要这样闷着。

林大明这才放下酒瓶子,说,说出来就说出来。

人总得讲信用,对不对?

他盯视着张焱,这样说。

张焱问,我怎么不讲信用了?

林大明说,那个晚上你是怎样对我说的,就是你当上英雄的那个晚上,你说杨扬那里包在你身上,可现在,她对我根本就没有那种意思,你究竟对她说了没有?

张焱连忙起身出去,朝外看了看,把房门关紧。

然后回来问林大明,究竟怎么回事。

这时林大明的脸就已涨红起来。他确实在杨扬那里遭到过几次难堪。有一次杨扬甚至脸色铁青地警告他,如果他再对她说一些疯疯癫癫不着边际的话,她就要告到公社知青办去。当然,事后杨扬又心平气和地对他说,大家本来都是同学,关系一直很好,也很纯洁,她希望能把这种纯洁的关系保持下去,不要轻易就破坏掉。林大明搞不明白,如果张焱真决定把杨扬让给自己,如果他真的在杨扬那里替自己做了工作,杨扬怎么会对自己是这种态度?在这个晚上,林大明问张焱,这究竟是怎么回事。他说这件事一定要说说清楚,否则张焱明天去县里学习,他却在集体户里每天都要面对杨扬,这让他怎么跟她相处?

张焱忽然歪嘴一笑,说你是男人,怎么相处还用别人教吗?

林大明立刻正色说,我现在跟你说的,是正经话。

接着,他又说,你自己说过的话,不会不算数吧?

张焱说当然算数,其实这件事,我早已对她说过了。

林大明说,这种事没这样简单,是说一说就能解决的吗?

张焱说,那你说,我该怎样对她说?

林大明一下被问住了。显然,他也不知该怎样对杨杨说。

张焱又想了一下就站起来，说好吧，我现在就再去找她。

张焱确实已对杨扬说过此事。但这种事是没有办法讲明的，也不可能讲明，他只能对她含糊其辞，吞吞吐吐，这一来反而让杨扬更加摸不着头脑。当然，张焱的心里很明白，杨扬毕竟不是一件物品，可以随意被人让来让去，即使可以这样转让杨扬还有自己的感情，她会认为这样做是对她莫大的侮辱。但在这个晚上，张焱还是硬着头皮又一次来找杨扬。

杨扬正坐在自己屋里看书。她见张焱进来，就说，我知道你来干什么。

张焱说，你知道更好，我就不用绕弯子了。

然后，他又说，其实林大明这人，挺好的。

杨扬点点头说，他确实挺好。

张焱问，那你，为什么还不同意？

杨扬说，因为他挺好，我就要同意吗？

杨扬这样一问，反而把张焱问得没话说了。

杨扬说，我正想问你，你究竟跟林大明说了什么？

张焱立刻说，没，没说什么。

张焱说，我，真的没说什么。

杨扬说不对，如果你没说什么，他不会对我说那些话。

他对你，说了什么？

张焱只这样问了一句，就不再问了。

杨扬说，你的事，我原本不想多问。

张焱试探地看看她，无所谓地一笑。

你问吧，随便问。

杨扬突然盯着他，你这个英雄，究竟是怎样当上的？

张焱没想到杨扬会问这件事,看看她,就慢慢坐下来。

杨扬说,这件事,我一直觉得很奇怪,那天晚上从镇上回来时,你和林大明在后面都说了些什么?后来,又究竟发生了什么事?先是林大明浑身是血地跑回来,跟着就听说,你在麦场那边成了英雄,即使别人相信你们说的那些话,你以为,我也会相信吗?

张焱忽然轻松地笑了,说你不相信,我也没办法。

然后,他又说,其实这件事,跟你没什么关系。

杨扬冷笑一声说,这件事当然跟我没什么关系,可是事后,你为什么突然又把林大明使劲往我这里推?这就跟我有关系了,林大明为什么在我面前那样理直气壮?在出事的那个晚上,你跟他究竟都说了什么?你们之间又达成了什么交换协议?

张焱看看杨扬,忽然叹息一声,说这件事,以后就不要再提了。

杨扬点点头,说好吧,听你的,不提就不提。

然后,她又说,我的事,以后也不用你操心。

张焱在这个晚上从杨扬那里回来,林大明还等在这里。张焱摇摇头对林大明说,没办法,这就没办法了。林大明看看张焱的脸色,没明白他是什么意思。张焱说,她已经说了,她的事不用我操心。接着,他沉了一下,不过你放心,早晚……她都是你的。

张焱在县里学习三个月。再回来时,就已临近麦收。

麦收在农村是大日子。一旦开镰,就要日夜抢收,等麦子上了场还要赶在雨季之前抓紧脱粒,抓紧晒场,这也就是所谓的夏收农忙。因此在麦收前,知青都要回城探家。当然,这其中还有一个更重要的原因,夏收季节虽然很长,但真正最累的也不过就是割麦子的那十几天,如果在家里拖延一下,也能躲一躲辛苦。因此这一年麦收前,我们集体户的知青就都相继回去了。让张焱没有想到的是，杨扬竟然没走，还独自留在集体户里。张焱当然明白杨扬是在等自己，但故意问她，为什么没和林大明一起回去。杨扬似乎已把前面的事忘记了，歪头一笑说，如果都走了，你回来冷屋子冷灶，谁给你做饭。

她一边这样说着，就将一杯水端过来。

张焱这时才发现，杨扬在这天穿了一件洗得发白的绿上衣，梳起两个小抓鬏，还特意扎了红头绳。这在当时是很时髦的装束。杨扬发现张焱在看自己，就故意将鼓胀的胸脯挺了挺，说怎么样，我今天的打扮，你看着满意吗？张焱张张嘴，突然发现，这是一个让他无法回答的问题。于是嗯了一下，就赶紧把目光转开了。

张焱这一年夏收确实没打算回家。他在县里的一次会议上发言时透露，这次学习结束后，他要回村和贫下中农一起割麦子，他说割麦子是最令人激动的时刻，在金灿灿的麦田里和贫下中农一起并肩劳动，挥镰收割，这对于知识青年应该是一个很好的锻炼机会。公社广播站得知这个消息，同时又了解到，张焱自从下乡插队还一直没有回过家，就提前做了安排，准备等张焱回村之后，将他与贫下中农一起开镰收割的热烈场面采写下来，搞一个长篇通讯。这时也有确切的消息传来，张焱已正式被公社任命为团委副书记，很快就要走马上任。公社广播站还准备组织一些当地的青年团员来村里看望张焱，与他搞一次座谈。

张焱和杨扬这样说话时，已接近傍晚。西沉的太阳落下去，在窗外弥散起最后一抹余晖。张焱想一下，对杨扬说，你……还是回去吧，我送你，还能赶上最后一班车。

杨扬眨眨眼，问为什么？

张焱说，集体户里，只有你和我。

我和你，怎么了？

这恐怕……影响不好。

杨扬突然睁大眼，看着张焱。

你，就这样……在乎影响吗？

张焱微微笑了一下，没说话。

杨扬忽然叹息一声，说，我也不知为什么，就这样喜……

她说到这里突然停住口。但张焱已经听明白，她后面没有说出的话是"喜欢你"。他立刻把话岔开了，说好吧，不走就不走，留下来一起割麦子，多一个人还能多一份力量。这时村里已响起鞭炮声。这是瘦龙河沿岸的风俗，每到麦收季节，在开镰之际，村里都要放一放鞭炮，各家还要吃饺子。杨扬端来煮熟的水饺，又拿出一瓶白酒。她说，饺子是她下午特意包的。然后又说，明天一早，村里就要正式开镰。她故意将"明天一早"几个字说得很重，与此同时瞟过来一眼，就往张焱面前的杯子里斟酒。

张焱立刻说不不，我现在，已经不喝酒了。

杨扬的眼里忽地一暗。

她说好吧，我自己喝。

杨扬这样说着，就往自己的杯子里倒酒。

张焱立刻拦住她说，你也不要喝了，酒这东西不好，容易让人失态。

杨扬抬起头，说，今晚只有你和我，你就是失态……又能怎样？

张焱笑一下，还是把酒拿开了。

杨扬看着他，摇头说，你现在，又像是过去的你了。

张焱端来两杯热水，把一杯放到杨扬的面前，说今天晚上，咱们就以水代酒吧。

好……好吧。

杨扬瞟一眼张焱，扑哧笑了。

在这个晚上，张焱和杨扬的食欲很好。他们一边吃着饺子，还不时地端起水来碰杯。初夏的天气已开始有些燠热。杨扬后来就将绿上衣脱掉了，露出里面的衬衫。这件衬衫是明黄色的，看上去很别致，质地也很柔软，绷在杨扬的身体上显得格外耀眼。

杨扬忽然说，问你个问题可以吗？

张焱说，当然可以，问吧。

你这样表现，究竟为了什么？

张焱低头想了一下，没回答。

想回城？杨扬问。

张焱笑了，你呢？

我，只想……跟你在一起。

杨扬这样说着，就慢慢凑过来，把头贴在张焱的胸前，两手在他身上轻轻抚摸着。张焱先还僵直着身体，坚韧地坐在那里，但渐渐地，喉咙里也像牛似的喘息起来。他也伸出手，在杨扬的身上轻轻摸着。突然，他猛地将她按到炕上，开始忙乱而又笨拙地解她的裤带。

事情就从这里，开始出现了分歧。

事后张焱坚持说，事情并非如此，当时的事实是杨扬主动来解他的裤带。张焱为使自己的说法更具说服力，还竭力将每一个环节都描述得非常详尽。他说尽管自己在当时也已被搞得冲动起来，但还是有些理智的，他当然明白，如果在违背女方意愿的情况下以暴力或胁迫手段强行与之发生性关系，就应以强奸论处。张焱说，他是一名上山下乡知识青年，又是全县知青学习的榜样，还是村里的团支书记和民兵连长，他怎么可能去强奸自己的女同学？张焱甚至委屈地说，当时就是让他强奸，他都不知该如何强奸，因为在那一晚之前，他对这种事的具体要领还一无所知。张焱说，当时的实际情况是，杨扬主动来解他的裤带，而他起初还不肯答应，他对她说，她不是曾对林大明说过，希望与他保持那种纯洁的同学关系吗，他也希望与她保持这种关系，他不想把这种关系就这样轻易地破坏掉。但就在这时，杨扬的一只手已经伸进了他的裤子，这只手灵巧得像一条鱼，一钻进来就准确地抓住了位置，这一来他就彻底失去了反抗能力，只能瘫软在炕上任由杨扬摆布了。所以，张焱说，他们在那一夜所做的事，实际是杨扬骑在他身上完成的，也正因如此，才出现了后来大出血的恶果。

但杨扬的姐姐杨菲的说法却截然相反。

杨菲对县知青办的人说，据她妹妹杨扬说，当时是张焱扑到她身上，强行按住她的双手然后将她的裤带解开的。杨菲说，虽然她妹妹杨扬一直都很喜欢张焱，但她也不愿以这样的方式将自己给了他，当时张焱如此粗暴，甚至还让她感觉受到侮辱，所以她从始至终都在奋力挣扎着反抗。杨菲还指出，如果县知青办的人不相信，可以去看一看杨扬的双臂，在她的双臂上至今还留有累累的伤痕。杨菲说，这些伤痕是张焱抵赖不掉的证据。杨菲又说，你们也可以去检查一下张焱，在张焱的身上应该也有同样的伤痕。

后经县知青办的人查验，果然在张焱的身上也发现了伤痕。

但张焱向县知青办的人解释，他和杨扬身上的伤痕都是在那个晚上做爱时相互抓出来的，当时他们两人都已冲动起来，既然这样搞到一起，索性也就四敞大开地不管不顾。张焱为此还提出两点证据，首先，杨扬在那一晚发生了大出血，张焱说，如果杨扬不是跟自己做爱做得如此疯狂，她又怎么可能会发生大出血呢？

但这一点，当即遭到杨菲的驳斥。

杨菲说，仅从杨扬大出血这一点，就能说明她在那个晚上确实遭到了张焱的野蛮强奸。她说，可以想象，如果不是发生了这样的大出血，而且到后来情况越来越严重，恐怕张焱还不肯罢手。但张焱立刻又提出第二点证据。他说，退一万步讲，就算那一晚的事不是杨扬主动，至少也是他和她两厢情愿，这里根本不存在强奸的问题。张焱说，他从县里回来的那天下午，集体户里的所有知青都已回城探家去了，而唯独杨扬自愿留下来，并向他明确表示，她这样做就是为了等他。张焱说，杨扬总不会主动留下来，等着让他回来强奸她。

关于这一点，县知青办派下的调查组也在我们村里的贫下中农那里得到间接证实。我们村里的贫下中农公允而且客观地说，张焱自从来村里插队，缺点当然是有一些的，但总的来说还算品行端正，尤其在春季，他还曾为了保护人民公社的集体财产奋不顾身地与阶级敌人展开殊死搏斗，他的英勇事迹在全公社乃至全县都已闻名，这样出色的知识青年怎么可能干出强奸女人的事来？我们村里的贫下中农说，倒是那个叫杨扬的女知青，自从来村里从早到晚不说一句话，总让人有些捉摸不透。同时又有几个贫下中农，其中还包括一名妇女出来作证，说早在麦收前，杨扬就曾透露，说她不准备回城探家，她要留下等张焱。贫下中农们说，既然她这样说了，也就肯定是出于自愿，并没有谁逼迫她留下来。

贫下中农的这些证词言之凿凿，但如果认真分析起来，也只是一些推测，似乎并没有太大的实际价值。于是，县知青办的调查组就又将注意力集中到林大明这里。

林大明的态度基本是中性的。据他说，他在这次回城前曾不止一次地问过杨扬，是否和自己一起回去。但杨扬的回答十分肯定，她说不想回去了。当时林大明听了还有些奇怪，问她为什么。杨扬告诉他，因为张焱就要从县里回来了，她怕他回来时一个人冷清。杨扬这样说完还冲他讳莫如深地一笑，说她已经想好，等他回来时，她要跟他好好谈一谈。林大明最后又对调查组的人说，根据他对张焱的了解，他认为，强奸这种事的可能性的确不大。

杨扬在那个晚上确实发生了大出血。

那不是一般的大出血。事后据张焱形容，杨扬的那个地方简直就像一眼汹涌的喷泉，用几包卫生纸都没有堵住。当时张焱真的吓慌了，他搞不清自己究竟将杨扬的身体里弄出了什么问题。杨扬先是手足无措，后来就哭起来。她像是做了什么非常不该做的错事，哭得伤心而又痛悔，将身体弯在血泊里一下一下地抽搐着，喉咙里还发出咝咝的声响。就这样，过了一阵，那底下的血竟然渐渐止住了。于是他二人连忙穿好衣服。应该说，张焱在这个晚上表现得很像一个男人。他出于责任心，坚持要连夜送杨扬去公社的卫生院。

但杨扬不肯。她说想回家。

于是第二天一早，她就坐上长途汽车回城去了。

后来的事情谁都没有料到。张焱说，他也没有料到。

就在张焱正准备去公社上任团委副书记时，县知青办突然来人调查此事。虽然最后也没调查出个结果，但事情总是这样一件事情。在那个年代，尤其是在农村，一对青年男女还没结婚就搞到一起，而且还搞出了这样大的动静，这是关乎道德品质的大问题。公社考虑到这件事的负面影响太大，又已闹到县里，认为不宜再对张焱过多宣传，提拔他担任公社团委副书记的事也就搁置下来。那段时间，张焱又陷入尴尬的境地。他原本已将民兵连长和团支部书记两摊工作都移交给村里，连自己办公桌的钥匙都交给了下一任。现在公社突然不去了，无形中又沦为普通社员，于是每天就只好扛着锄头随大家一起下田。

当然，更尴尬的还是杨扬。闹过这样一场风波之后，杨扬再回到村里也就没人理睬。这时我们村里的舆论都是倾向于张焱的。贫下中农们认为，张焱毕竟曾为保护村里的集体财产流过血，又已要提拔去公社当干部，这应该是我们村的骄傲，而就在这时，杨菲突然跑去县里告他这种事，这无异于是往他的身上抹屎，同时也是给我们村抹屎。甚至还有贫下中农很直白地说，如果母狗不翘尾巴，公狗是无论如何也插不进去的，当时又没有人看见，谁知道那天晚上究竟是咋回事。杨扬试图向人们解释，但没有人肯听，无论是村里的贫下中农还是我们集体户的人，大家都不想听。后来，一天下午，杨扬在田里拉住林大明。她对林大明说，她知道，她现在无论对谁说都不会有人相信的，但她还是恳求林大明，耐心听她解释一下。

她说，这件事跟我没关系，真的没关系，我也是后来才知道的。

林大明听了将信将疑，问她，杨菲去县里举报，你真的不知道？

杨扬说，我和张焱的事你应该是了解的，我怎么可能去告他？

林大明很认真地想了想，点点头，表示同意。

杨扬立刻看着他说，我的话……你相信了？

林大明说，你说的，也确实有些道理。

杨扬立刻感动得哭起来，说好啊，总算有人相信我了。

林大明说，可大家都是同学，杨菲又为什么这样做呢？

杨扬说，我也这样问过她，她说，她觉得这对我应该是一个机会，上面早有文件，如果女知青在农村被人强奸，可以提前回城，而张焱的身份也是知青，就是告了他也不会有太大的事，所以，她才决定这样做的。杨扬说着摇摇头，她想得太简单了。

杨扬说，这一来，她把我和张焱都害了。

杨扬这样说着，就又难过地流下眼泪。

林大明想了一下，说好吧，我可以去向张焱解释。

杨扬立刻用满是泪水的眼睛瞪着林大明，你……为什么要这样帮我？

林大明说不为什么，其实我一直认为，这件事应该与你无关，因为你不是这样的人。林大明说，如果真是这样，那就应该让张焱知道。杨扬点点头说，我也是这样想的，我知道，出了这样的事，今后……我和张焱已经不可能了，但这一次究竟是怎么回事，我还是……想让他搞清楚。然后，她又看着林大明，过去，我真不了解你，甚至还……伤害过你……

林大明摆摆手，没让杨扬再说下去。

他叹口气，就转身回集体户去找张焱。

林大明在这个下午回到集体户时，张焱正埋头写一份材料。这份材料是写给公社江主任的。张焱想向江主任把这件事的原委解释清楚，同时检讨自己，在思想深处确实存在着不健康的资产阶级思想，所以这一次才在生活作风的问题上没经受住考验。他向江主任保证，自己今后一定要加强世界观的改造，他请江主任看他的实际行动，并再给他一次机会。

他正专心致志地写材料，林大明就推门走进来。

林大明开门见山地说，有件事，我要跟你谈一谈。

张焱抬起头，问什么事。

张焱从林大明脸上的表情，已感觉到什么。

他立刻说，如果是杨扬的事，就不要说了。

林大明说，就是杨扬的事。

林大明说着，就坐到他面前。

你错怪她了。

我，错怪她？

张焱笑了一下。

你听我具体说。

你不用说了。张焱将手里的笔放下，看着林大明说，你应该最清楚，她这一次把我伤害得有多严重，我这一段时间的努力……都白费了，我本来可以……

张焱忽然停住口，难过地低下头。

沉了一下，他又抬起头。

这件事，我不想再提了。

如果从时间推算，杨菲应该是和杨扬一起出的问题。

当时并没有人知道，杨菲那一次去县知青办，实际是举报了两个人。她除去举报张焱强奸了她的妹妹杨扬，同时还举报我们公社的江主任强奸了她。她对县知青办的人说，这个江主任一贯流氓成性，曾多次利用职权强奸她，并已给她造成很严重的后果。杨菲这样说着，就拿出一张从县医院开出的诊断证明书，那上面盖着一枚鲜红的长方形印章——妊娠尿检，阳性。杨菲悲愤地说，阳性就是怀孕了，她已被那个江主任强奸得怀孕了。县知青办的人立刻意识到问题的严重性。杨菲毕竟是"知青模范"，是县里树起的一面旗帜，现在她突然出了这样的事，负面影响可想而知。而更为严重的是，这一次竟然还是两个女知青，而且是一对孪生姐妹同时被人强奸，这种事不要说在我们全县，就是在全国恐怕也很罕见。因此，县知青办当即派人兵分两路，一路去我们村调查张焱，另一路则去公社调查江主任。

在调查江主任时，遇到一些阻力。江主任听到这件事的第一反应是很惊讶，他说怎么可能，他亲手培养起来的知青典型怎么可能突然跑去县里告他这种事？接着，他又觉得有些可笑。他对县知青办的人说，自从上面发下那个关于强奸女知青的"红头文件"，确实保护了很多女知青的合法权益，但同时也坑害了一大批当地干部。江主任说，一些女知青就是利用这个文件，豁出去跟当地干部睡一觉就可以回城，而更为恶劣的是，她们有的人明明没睡也硬说睡了，害得当地干部有口难辩。江主任对县知青办的人说，至于事实究竟如何，就要由你们自己判断了。但是，当县知青办的人再次询问杨菲时，杨菲竟又说出一些更令人吃惊的细节。她说，她曾多次向江主任提出过自己的想法，她并不想在这里扎根一辈子，她说无论在哪里都是干革命，革命工作只有分工不同，没有高低贵贱之分，所以，她将来还是想回到城市去干革命。当时江主任听了她的话，是这样回答的，只要杨菲再让他睡一年，他就让她选调回城，而且保证为她选择一个最好的去向。但杨菲说，她已不想再等一年，也不想再让江主任睡，更重要的是她发现自己已经怀孕，所以她才决定告发他。杨菲说到这里，还特意向县知青办提供了一个证人，就是公社传达室的老刘头。她说自己每次被江主任强奸之后，出来时都会在门口看到这个老刘头，这个老刘头应该是知道此事的。县知青办的人当即找到老刘头取证。老刘头也做出证明。据老刘头说，确曾有过几次，他看到那个叫杨菲的女知青从江主任的宿舍里出来。老刘头说到这里还猥亵地一笑，说都是过来人，他们刚干过啥，一看那样子就清楚。那时还没有DNA检测，人证就是最好的依据。

　　于是，事情就这样定了案。

　　事情确定下来以后，江主任又将杨菲叫去过一次。

　　杨菲原本不想去的，但想一想，毕竟是最后一次，也就答应了。那是一个傍晚，杨菲来到公社大院。当时公社的人都已下班，院里很静。江主任的宿舍是在大院的角落里，隐在一片花草和灌木丛的后面，看上去非常隐蔽。杨菲轻车熟路地来到这里，没有敲门就走进来。江主任正斜倚在床上抽烟。他头发蓬乱，脸色灰暗，看上去情绪很不好。这时，他看见杨菲，就笑着坐起来，说你还真来了，我以为到这种时候，你不敢来见我了呢。

杨菲说，我为什么不敢来见你？

江主任点点头，说好，过去我还真小看你了。

杨菲面无表情地说，这件事，你怨不得别人。

江主任眨眨眼问，你这话，是什么意思？

杨菲说，这就像买东西，东西是没有白拿的，你拿了人家的东西就要向人家付钱，而且越贵重付出的代价也就越大，这是天经地义的事，很公平，有什么可抱怨呢？

江主任看着杨菲，脸上突然恶狠狠起来，他说，其实你想回城，完全可以对我明说，我让你走就是了，你何苦这样坑害我，我本来已经要去县里，很有可能担任县革委会的常务副主任，是常务副主任啊，现在你这样一闹，我后面的事全完了！你算是把给我毁了！

杨菲冷冷一笑，说毁你？恐怕还没有这样简单吧。

江主任说，你……你还真要把我送进监狱去不成？

杨菲说，如果只进监狱已经不错了，强奸女知青，可是要枪毙的。

江主任听了怔一下，两眼慢慢瞪起来。

杨菲说，你以为女知青是随便强奸着玩儿的吗，你想得太简单了。

江主任突然扑过来，抓住杨菲稍一用力，就将她提起来。江主任的身材很魁梧，手上的力气也很大，杨菲试图要挣扎，但身体动了动却无济于事。江主任说，你要想嚷就只管嚷，现在外面已经没人，再说就是有人我也不怕，我已经担了强奸女知青的罪名，就是再强奸一次也没啥了不起。江主任这样说着，就将杨菲按到床上，然后，像打开一个包裹似的三下五除二就将她打开了。这一次江主任干得极为凶狠，他似乎要以这种方式发泄仇恨，或者说是惩罚杨菲，他一下一下大动着，将杨菲顶得就像一团凉粉在床上悠来荡去。但是，他显然力不从心，没顶几下就稀地软下来。江主任还不肯罢休，他索性将杨菲的衣服全剥下来，然后取出一根绳子，先把她的双手和双脚绑住，再将绳子倒着用力一拉，手脚就被反捆到一起。杨菲的身体就像一张弓，立刻向后弯过去。江主任做完这一切，又点燃一支烟，然后走到床前。杨菲本来并没感到太痛苦，她甚至还觉得这样被江主任捆来捆去很好玩，似乎从身体深处生出一股愉悦的快感。但这时，一见江主任举着一支烟走过来，立刻有了一种不祥的预感。

你……你要干什么？

她问江主任要干什么。

江主任的鼻孔里哼出一声，说，你们女人都太会打如意算盘了，你们的那个地方无论让多少男人干了，都不会留下任何痕迹，所以你们才敢放心大胆地去胡作非为，不惜拿它当成一种交换条件，反正完了事达到了目的，只要洗一洗提上裤子就可以不认账，还照样去装贞节烈女，今天，我就要在你的这个地方留下一个标记。

杨菲的脸色立刻变白了。

江主任又说，将来让别的男人看了，不要再上你的当！

江主任这样说着，又把烟狠吸了两口。这支烟的火头立刻红得耀眼起来。然后，他突然伸出手，就把这烟头用力按到杨菲的那个地方。江主任特意选择杨菲的小腹以下，这里最茂盛，也最浓密，恰好是一个倒置的三角形，烟头一按上去，立刻哧地冒起一股白烟，杨菲也疼得随之大叫了一声。江主任说，你最好不要叫，你这样一叫更刺激我，如果把我刺激起来，我说不定还会干出什么别的事来，所以你配合一下，一会儿就完事，这样对你对我都好。江主任一边这样说，就又把烟头按下去，然后又一下，又是一下……杨菲的那个地方原本浓黑茂密，而且闪着乌亮的光泽，但这时已被烧得焦黄卷曲，败落得就像一片沼泽。江主任又把烟放到嘴里吸了一口，显然不是味儿，他皱了一下眉头就扔到地上。杨菲终于被解开手脚。她低头朝自己的下面看了看，黑乎乎的已看不清伤口，只是感觉很痛。当时杨菲还并不知道，江主任是在她的那个地方搞了一个很精致的图案。后来，当伤口痊愈，图案才渐渐显露出来，一共是五个烟头的疤痕，均匀有序地组合在一起，看上去就像一朵绽放的桃花。后来杨菲被照顾提前选调时，由于是去民航，而且将来要当"空中小姐"，体格检查就相当严格，当她在医生面前脱去内裤，露出自己的这朵桃花，连见多识广的妇科医生也露出惊异的神色。那个时代还没有文身，即使有文身也不是这样的纹法，妇科医生搞不懂，这个仰身躺在自己面前的漂亮女孩，她在这个地方的这朵桃花究竟有什么特殊含义。

杨菲去体检之后就再也没回大秦庄。后来是杨扬去村里替她办理的各种手续。大秦庄的贫下中农故意问杨扬，公社江主任是否已被逮捕，将来会不会被枪毙。其实江主任是在全公社公判大会上被当众宣布逮捕，然后砸上手铐脚镣押走的，大家这样问杨扬，显然不怀好意。江主任在大秦庄一向很有群众基础，大秦庄曾是他亲手搞起的"农业学大寨"试点，对村里的春耕夏榜秋收冬藏每项工作都很关心。现在他出了这样的事，村里的贫下中农自然都感到忿忿不平。甚至有人说，他们早就发现这个叫杨菲的女知青不地道，漂亮得就像一只狐狸。村里的大队会计一边为杨扬办理着手续，忽然不动声色地问，杨菲这一次选调去了什么地方。杨扬说民航，是在飞机上当空中服务员，国外也叫"空中小姐"。

那时飞机还是一种很神秘的交通工具,尤其在农村,广大贫下中农只在天空深处极遥远地看见过。于是大家都面面相觑。这时大队会计就说,应该让江主任,跟她一起上飞机。

杨扬看看这个大队会计,眨眨眼,没有听懂他的意思。

大队会计说,这是一个谜语,打一句革命成语。

旁边的贫下中农一听,就都嘻嘻嘿嘿地笑起来。

杨扬想了想,还是想不出来。

她问,什么……革命成语?

大队会计说,一日千里。

杨菲出事以后,童亮的情绪倒并没受到太大影响。一次我去大秦庄那边办事,顺便去村里看他。他向我提起杨菲的事已很平淡。他说从一开始,他就没想过会跟杨菲有什么结果,因为他发现,杨菲是那种心很大的女孩,所以,当她告诉他,她可能怀孕了,他也就并没感到太意外,他甚至都没问她那个男人是谁,因为他觉得无论是谁都不奇怪。他说杨菲那一次去县医院检查,还是他陪着一起去的,当时杨菲拿到化验单,一看自己果然怀孕,立刻高兴得跳起来。她当即让童亮请他吃饭。童亮说,又不是我把你搞怀孕的,干吗让我请客。杨菲说你怎么就这样肯定不是你搞的,难道你没搞过我吗?童亮说,那一次的事,你自己心里应该最清楚,你当时刚刚来过例假,好像才干净几天,怎么可能怀孕?童亮说,不要忘了,这还是你自己告诉我的,而后来你就再也没让我搞过,你躲我就像兔子躲猎枪,我怎么会把你搞怀孕呢?杨菲就笑了,说我并没说一定是你搞的,也没有让你负责的意思,我说让你请客,是因为我这一次真的要走了,以后你就是再想请我，都没有这样的机会了。童亮说，当时杨菲这样说，他还没有听懂是什么意思，直到后来，他才终于明白了是怎么一回事。

但是，童亮说，杨菲的事也使他们知青跟村里的关系更加紧张起来。

杨菲被选调以后，村里的贫下中农就将对她的怨气都转移到童亮他们的身上。也就在这时，突然又发生了一件事。这件事是发生在那个叫老蛋的光头身上。

老蛋其实叫高天。高天在学校时很爱打群架，但不知为什么，他只佩服一个人，就是童亮。当初他插队时，是主动要求和童亮一起分来大秦庄的。后来他就跟集体户里的一个女知青谈起恋爱。这个女知青叫郝青青，是从外校分来的，我去大秦庄时曾见过她，一个相貌平平的女孩，但身体很壮实，浑身上下丰满得圆滚滚的。因此，高天也就很喜欢她。据说郝青青虽然性格腼腆，却有一个极特殊的习惯，一做爱就会发出声音，而且那不是一般的声音，听上去简直就是大呼小叫。高天和她只在集体户里做过一次，童亮就来找到高天。童亮说这样不行，以后不能再这样搞了，不仅弄得集体户里鸡犬不宁，影响也很不好。高天立刻涨红脸，说知道，他和郝青青也都为此事很难为情。就这样，他们后来再做爱就去了村外的田里。

事情出在杨菲选调以后。

这时已是秋季，田里的高粱和玉米非常茂密。这就为高天和郝青青提供了非常理想的做爱场所，高天可以酣畅淋漓地随心所欲，郝青青也能尽情地放开喉咙高声叫喊。但是，没过多久就又出了问题。那时每到临近秋收，各村都要将基干民兵组成巡逻队去田里巡视，为的是保护一年的劳动果实，称为"护秋"。一天夜里，两个护秋的基干民兵巡逻到一块玉米地里，突然听到从茂密的深处发出一阵呜嗷呜嗷的声音。这声音听上去很奇怪，显然是什么动物在交配时发出的叫声，却又很难分辨出究竟是什么动物。两个基干民兵悄悄蹲下来，侧起耳朵仔细听着。就这样听了一阵，终于明白了，是人。他们相互对视一下，微微一笑，就蹑手蹑脚地朝这声音溜过去。这时高天和郝青青正干得热火朝天，自然都没注意到就在他们附近，正有两双睁得很大而且充满兴奋和好奇的眼睛。

　　两个基干民兵看过之后，一边兴奋地往回走着还都感觉意犹未尽。于是其中一个突发奇想，就出了一个极为有趣又能带来一些收益的主意。他们当即将其他巡逻的民兵都找来，先向他们宣布，可以让他们看一件绝对好看的事情，这种事看过之后，保证让他们一夜都睡不好觉，但条件是，他们必须共同集资，去村里的小卖店搞一瓶白酒，还要一点下酒的咸菜，他们特意强调，必须要那种带有五香面的"老腌儿芥菜"，这样等看完之后，大家就可以坐到田埂上一边喝酒一边品味。护秋的民兵们先还不肯相信，以为这两个人闲得无聊，故意这样说想蒙一些酒吃，但再看他们的神色又不大像，就问，究竟是哪一类的事，他们要权衡一下，看值不值这瓶酒和这些咸菜。这时那两个民兵才说出来，是村里的两个知青，正在玉米地里干那种事。民兵们一听立刻都来了兴致，自从村里出了杨菲的事，他们就都对女知青充满向往，他们简直想象不出，如果跟女知青干那种事会是一种什么味道。于是当即纷纷表示，不要说一瓶酒，就是两瓶也没问题。还有人说，如果真有这样的事，还可以考虑再加一盒"午餐肉"罐头，多出来的费用由他个人承担。大家这样说定，就跟随那两个民兵朝这边摸过来。这时高天和郝青青已进入新的回合。新的回合更加高潮迭起，持续的时间也更长。几个护秋的基干民兵都是二十岁左右的年轻人，就这样蹲在附近，眼看着两个活生生的知青脱得精赤条条地在自己面前一边大呼小叫一边做着这种事，渐渐就都有了生理反应。有人一不留神，弄出一些动静来。高天立刻在郝青青的身上停止了动作，抬起头问，谁？就在这时，民兵们又做了一件极不该做的事情。他们突然都将自己手里的手电筒打亮了，一起朝高天和郝青青照射过来。当时的情形可想而知，正赤裸着摞在一起的高天和郝青青顿时都惊得目瞪口呆。就这样愣了大约有一分钟，高天突然跳起来，先扯过一件衣服盖到郝青青的身上，然后就怒骂着扑向手电筒。民兵们立刻关掉手电，一边嘻嘻哈哈地笑着就朝田野深处跑去。

这时民兵们还并没意识到，他们已经惹出了一个很大的麻烦。

高天在这天夜里怒不可遏。他一边疯狂地向前追赶，突然捡到一支民兵们慌乱中丢弃的步枪，这是一种老式步枪，俗称"三八大盖儿"，护秋的民兵们由于没有子弹，就在枪头上了刺刀。高天捡起这杆大枪，立刻端着向前冲去。这时几个民兵都已跑得上气不接下气，刚要停下喘一喘，不料高天已端着刺刀从后面扑过来，冲着一个民兵就捅过去。这个民兵吓慌了，赶紧朝旁边一闪。这时大家才明白，高天是动了真格的，于是一哄而散就都朝村里跑去。高天并没有看清这些人的脸，也就不知道究竟都是谁，但他已不管这些，在这个晚上，他就这样端着大枪一直追到村里，然后挨家挨户砸门，怒骂着让那几个民兵出来。村里的贫下中农不知发生了什么事，出来一看，见高天正光着屁股端着一杆大枪在街上窜来窜去，立刻都吃了一惊。也就在这时，知青集体户那边又传来消息，说郝青青突然昏死过去。

郝青青在玉米地里，直到高天将那些护秋的民兵追远了，才想起要穿衣服。但她坐起来，刚刚穿好内衣，就感到一阵头晕目眩，接着四肢也有些僵硬。她勉强穿好衣服，跌跌撞撞地走回集体户，刚一进门就口吐白沫四肢抽搐着栽倒在地上。

郝青青被连夜送到公社卫生院。但卫生院的医生也没见过这种病症,检查了一下就连连摇头,让赶紧转去县医院。就这样,待将郝青青转到县医院,就已是第二天上午。县医院的医生听了事情原委,又对郝青青做了一系列检查,最后确诊是一种惊厥。医生说这种惊厥也是人体的一种应激反应,在做那种事时,人的中枢神经处于一种高度兴奋的状态,这时如果有什么突发事件,全身的神经就会立刻闭合,于是也就出现这种惊悸昏厥的症状。医生说,这种症状纠正起来并不麻烦,但麻烦的是,一旦有了第一次,也就会有第二次甚至第三次,更有甚者,也许今后就再也不能有性生活,一做这种事就会出现这样的惊厥。

但郝青青也因祸得福。这时国家关于知识青年下乡插队的政策已越来越建全,就在当时刚刚又出台一个新的规定,下乡知青如果在农村突然患病,经医生诊断确实已不再适宜参加农业劳动,就可以无条件地提前办理回城手续,人事关系暂归街办事处,用当时的说法叫"病退"。郝青青的病症虽然是特殊原因造成的,但毕竟是在农村,而且与村里也有直接关系,因此就还是拿到县医院开具的一张诊断证明书,就这样,提前办理了病退手续。而高天与村里的关系却并没有因此而缓和。他声称,一定要将那天夜里的护秋民兵全找出来。他为此找到村里的秦书记,向他追问,在出事的那天夜里,村里究竟都派了哪些民兵去护秋。秦书记当然不能告诉他都派了谁,说事情过去太久,已经记不清了。

高天说,你不是不记得,而是不想说出来。

秦书记说,我就是不想说出来,又咋样?

高天说好吧,如果你不说出来,我就冲你说话。

高天这样说罢就扭头走了。当天下午,秦书记就发现他家一只最爱生蛋的老母鸡死在不远的田埂上。第二天，又丢了两只鸭。到第三天，竟然有一只老母猪莫名其妙地死了。秦书记的女人站在村边，呼天抢地地冲着知青集体户这边跺脚哭骂，却又因抓不到任何证据，哭骂半天也不敢指名道姓，更不敢过来。童亮担心再这样闹下去会出大事，一天下午就劝高天，童亮说，其实这件事的结果也并不坏，郝青青毕竟已经病退回城，你当然明白，凭她家里的政治条件，要想正式选调是很困难的，所以，你如果真喜欢她，就应该为她高兴。

童亮又对高天说，其实这件事，是应该庆贺一下的。

童亮这样说罢就找出一条布口袋，然后拉高天来到村外的水塘边。

在这个下午，童亮捉了很多蛇。童亮捉蛇很有办法，他先抓起一些烂泥扔进水塘，这样水里的菜青蛇就会纷纷游上岸来。他正好将它们捉住，然后一条一条塞进布袋。童亮和高天在这个下午捉了满满一口袋蛇。回到村里，就在井台上开始剥皮。他们两人配合得很默契，一个从布袋里抓出蛇，将其用力一甩摔到井台上，另一个用刀子在尾巴上一割，再用力一拽，然后，就将这些剥掉皮的蛇一条条血肉模糊地挂起来。鲜红的血水像一条小溪，弯弯曲曲流出很远。应该说，他们两人跑到村里的井台上这样杀蛇，也有向贫下中农示威的意思。村里的贫下中农哪里见过这样骇人的场面，都躲得远远的吃惊地看着。只见童亮又将剥下的蛇皮一张张整理好，摞在一起，然后就和高天拎起那些蛇回集体户去了。没有人知道这些知青究竟怎样吃这些蛇。在那个傍晚，只闻到从集体户里飘出一阵阵奇异的香气。

直到很多年后，我仍在想一个问题，人在一生中真的是有很多值得渴望的东西，比如男人渴望漂亮女人，女人渴望雄壮的男人，再比如金钱，地位，名誉，优越的生活等等等等，这些渴望一旦强烈到一定程度，就会成为欲望。而这种欲望的力量又往往强大得难以想象，它可以控制一个人的思想、行为、价值取向乃至一切，甚至让他深陷其中不能自拔。但是，已经很少有人还能想起，当年在农村插队的知青们，他们的欲望竟然是那样的简单，那样的单纯，这个简单而又单纯的欲望只用两个字即可概括，就是"选调"。

当然，也可以用另外两个字来表述——回城。

我不得不承认，张焱真的是很聪明。一个人，怎样才算聪明？我认为聪明的标志就在于他能审时度势，并迅速抓住某一个时段的问题关键所在。张焱写给江主任的那份检讨材料当然不会有什么结果，新上任的公社革委会主任也不会再对张焱有任何兴趣。张焱立刻明白了，农村已不再是久留之地，他的下一个奋斗目标，应该是选调回城。这时已开始陆续有选调任务。知青普遍人心浮动。大家嘴上虽然不说，但每个人都在暗暗为自己打算，不失一切时机地寻找着可以选调的机会。张焱很认真地考虑了几天，终于想到一条出路。

张焱想到的出路是他在县文化馆工作的姐姐。他的姐姐叫张燹。张焱自从下乡插队，从没去看过张燹。上一次在县里学习时，他曾给她打过一个电话，但张燹在电话里的态度很冷淡，只说了几句话就将电话挂断了。这时，张焱想，他现在只有这一条路了。

张焱在一天上午来到县文化馆。他并没有进去，而是将张燹叫出来。

张燹没想到张焱会来。她显然正在忙，手里还拿着几张文件纸。

她看看他问，有什么事。

张焱说，也没什么大事，只是来看看你。

张燹说，是吗，你如果没事，会想起来看我吗？

张焱的脸一红，说我一直很忙，抽不出时间。

然后，他又很关心地问，你最近的情况，怎么样？

张燊淡淡一笑说，我的情况怎么样，你还不清楚吗，你来下乡前，不是还在学校做过报告，说我受到公社重用，已被调来县里，县领导还要送我去继续深造吗？

张焱迅速地瞥了张燊一眼，脸上就有些不自然。

我当时，那样说，也是出于……工作上的考虑。

你考虑工作，就可以拿我的事去随便乱说吗？

张焱低下头，不再说话了。

张燊又说，听说，你当英雄了？

也没什么，那都是……过去的事了。

我真奇怪，怎么什么事都让你遇到了呢？

张燊摇摇头，忽然轻轻叹息一声。

不过，我还是要劝你一句，现在是在农村，不比城里，无论做什么事最好还是有一点分寸，不要太过分，否则不给自己留余地，将来也就没有退路了。

我现在……已经没有退路了。

张焱突然抬起头，盯着张燊说。

张燊睁大眼，没明白他的意思。

树我当典型的那个公社领导，已经倒台了。

我听说了，张燊说，这件事，在县里闹得很大。

我想选调回城。张焱说，

他沉了一下，又说，你在县里……应该有一点关系。

张燊点点头，终于明白了张焱突然来看自己的意图。

但她笑一下，说，你以为，我在县里会认识什么很重要的人物吗？我不过是这文化馆里的一个打字员，我能认识谁呢？她叹一口气，又说，你是我弟弟，你如果能早一点回城，还可以照顾家里，我当然愿意你回去，可我，实在没有办法。

张焱有些悻悻，摆摆手说，好了好了，你不要说了。

张燊又想一下，说好吧，我想办法，给你问一问吧。

其实……你也不要太清高。

张焱说着，表情忽然有些古怪。

你这话，是什么意思？

我在县里学习时，就听到有的领导议论你。

议论我？议论我什么？

说你人很漂亮，就是太清高，其实跟领导接近，没有亏吃的。

张燊突然睁大两眼，看着张焱，你……怎么可以这样说话？

张焱连忙说，好好，我不跟你争。

他这样说罢，就赶紧转身走了。

那时的冬天非常寒冷，尤其农村，走在田野里，呼出的热气立刻就会变成一团霜雪，眼看着纷纷落下去。这时除去挖沟渠，生产队里已没有什么农活。贫下中农们从早到晚聚在会计的办公室里，围着火炉一边抽烟一边闲聊。但我们知青并不敢回家，因为已有规定，知青每年出工必须在三百天以上才有资格参加选调。所以，我们只能耗在村里。

我没有想到杨扬会答应林大明，更没有想到经历那样一场变故，林大明仍还对杨扬痴情不改。那一年冬天，他们竟然真的谈起恋爱。他们的这种关系似乎一进入就很平缓，没有激情，也不张扬，看上去就像一对老夫老妻。我曾经提醒林大明，我说姑且不论杨扬的人品，当然，她的人品应该也没有太大问题，但问题是，她已经和张焱闹出那样大的一场风波，几乎搞得公社和县里都议论纷纷，现在大家对这件事还没有完全忘记，你就这样急急忙忙地跟她确立这种关系，这是不是有点太仓促了？我甚至更明确地对他说，你应该理智地想一想，有些事是不容忽视的客观存在，你在感情上，是否真的能接受？

我的话显然太过直率，林大明一下有些尴尬。

但他想了一下，还是很认真地告诉我，他是真心喜欢杨扬的，既然真心喜欢，他也就不会在意她的过去。林大明说，况且那些事，也并不完全像村里传说的那样。

林大明很认真地说，我，真的很喜欢杨扬。

我说我知道你很喜欢杨扬。

既然喜欢，我就什么都不在乎。

外面的那些议论，你也不在乎吗？

不在乎。林大明不假思索地说。

然后，他又苦笑了一下，我的家庭出身虽是"红五类"，可我父亲毕竟只是一个扛大包的码头工人，人家杨扬的爸爸是知识分子，凭我的条件……真怕配不上她，如果我这一辈子……能找到这样一个女朋友，我也就心满意足了。他从我脸上的表情，似乎看出我没有说出来的意思，于是又说，她跟张焱的事，那不过是一段插曲，过去也就过去了，当初大家都是同学，以后还要在一个集体户里，过去的事也就没必要再提了。

后来据张焱说，类似的话，林大明也曾对他说过。但张焱听了满腹委屈。张焱反过来埋怨林大明，说其实这件事，本来就应该是这样的，如果林大明再早动作一点，或者即使碰了钉子也再坚持一下，说不定那段不愉快的插曲也就可以避免了。林大明听了很愧疚，点点头说是啊是啊，责任在我，这件事的责任都在我。

但是，林大明还是把这件事想得过于简单了。

接下来发生的事，大家谁都没有想到。

那一年元旦前夕，县知青办召开全县知青大会，要表彰一批扎根农村干革命的"选进典型"。这些典型有的已跟当地贫下中农结合，有的虽然尚未结婚，但也已正式宣布不再参加选调。令人没有想到的是，在受表彰的名单里竟然还有童亮他们的大秦庄集体户。在此之前，大秦庄集体户一直是出名的"问题户"。用童亮的话说，他们集体户的人不是家庭出身不好就是个人条件不好，总之心里都很清楚，将来肯定无缘选调。于是大家也就都不再想回城的事。如此一来，反而渐渐都想明白了，即使选调回城，即使分配工作，又能怎样？还不是天天挟着个破饭盒上班下班早出晚归。当年在学校时参加学工劳动，那些工厂里的工人每天怎样工作是都亲眼见过的，从早到晚守在哐当哐当的机器前忙碌，连上厕所的时间都没有。与此相比倒不如这样自由自在地待在农村喝酒痛快。于是，他们集体户的知青也就都彻底绝了回城的念头，索性打起"扎根农村干革命"的旗号。县里得知此事，自然很高兴，这一次就将他们列入"扎根典型"的名单，准备在大会上大张旗鼓地表彰一下。

开会这天的场面很壮观，几乎整个县城都被知青占领了。商店和饭馆里，到处是三五成群的男女知青，到午饭时，有喝醉的知青就开始在街头群殴起来。张焱原本和林大明在一起，但林大明的身边有杨扬，他总觉得有些别扭。于是，他们三个人在一家饭馆吃完了饭，张焱就借故先出来。也就在这时，他刚好遇到迎面走来的高天。高天仍然留着光头，浑身上下俨然已是当地人的做派，开了花的破棉袄掩在胸前，用根草绳胡乱扎着，脚下是一双黑棉布胶鞋。他的身边还有几个人，显然都刚喝过酒。他们一见张焱就围上来。

高天打着哈哈说，张焱队长，少见哪！

一边这样说着，还拍了拍张焱的肩膀。

好啊好啊，敢情你这种人，也会干坏事啊！

张焱站住了，看着高天。

我，干什么坏事了？

高天立刻眨眨眼，朝左右看了看。

这小子，他不知自己干了什么坏事！

旁边的几个人也跟着一起笑起来。

高天突然把脸一沉说，你身为"上山下乡小分队"的队长，还强奸女同学，你不觉得这样做很可耻吗？他一边说着就慢慢眯起眼，你是个道貌岸然的伪君子啊！

他这样说着，底下突然飞起一脚，狠狠踢在张焱的下处。

张焱立刻疼得叫了一声，弯下腰。与此同时，高天就又在他脸上狠兜了一拳。这一拳正打在他的鼻梁上，他朝后一仰就倒在了街上。

这件事的过程很短，前后还不到半分钟。但还是被杨扬看到了。杨扬出来是要去马路对面的公厕，她见此情形尖叫一声，连忙回过头去喊饭馆里的林大明。这时林大明也已听到外面的声音，立刻跑出来，和杨扬一起扶起满脸是血的张焱。

高天看着林大明，面无表情地说，你走开，这里没有你的事。

林大明慢慢站起来，他的身材明显比高天高大一些。

他问，我要是不走开呢？

高天一笑，那就是你自找了。

就在高天这样说话时，已经有一个人绕到林大明的身后。他伸手拍了下林大明的肩膀，林大明一回头，他就一拳朝他的左眼打来。林大明没有防备，立刻捂住眼，跟着另几个人也一起扑上来。在这个中午，林大明被高天这几个人打惨了。尽管他在遭到围攻时凭着身材高大前抵后挡，最后还是吃了很大的亏，他的两眼都被封起来，衣服也给扯下一只袖子，连踝骨都险些被打断。但是，这些皮肉伤他还可以忍受，最让他无法容忍的是，他在回村的路上才突然意识到，自己的这顿打竟然是杨扬指使他去替张焱挨的。这使他感觉受到愚弄，就像吞了一只苍蝇越想越不是味道。他一回村就瞪起眼来问杨扬，这究竟是怎么回事。

他问，你跟张焱，你们究竟是怎么回事？

杨扬正给他端来一盆洗脸水，说没事啊？

没事？你还敢说你们没事？！

杨扬张张嘴，不解地看着他。

林大明一把打掉她手里的水盆，你是不是还对他旧情难忘？！

杨扬的眼泪立刻流下来，说不是，那些事情早已都过去了，还有什么旧情可言。林大明却哇地一声吼起来，说你还敢说没有？你看见他挨打心疼了是不是？当时你喊我出来，就是想让我去替他挨打是不是？！不是，真的不是，杨扬拼命摇头。

杨扬说，根本没有这回事。

林大明说，你还敢不承认？你平时经常跟他眉来眼去，以为我是瞎子吗？

林大明的脸扭歪起来，你既然忘不了他，你干吗还要答应我？！

林大明这样嚷着，就抓起一只漱口杯朝窗子狠狠扔过去。

漱口杯砰地撞破窗玻璃，挂着风声飞出去。

杨扬慢慢蹲在地上，流着泪说，可是……你让我怎么办呢。

这件事，还只是一个开始。

从这以后，林大明的脾气就越来越坏，不管在什么场合，也不管当着什么人，想起来就冲杨扬大吵大闹一阵，而且动辄摔砸东西，有时甚至还大打出手。一次在田里挖渠时，杨扬流着泪对我说，自从闹出那一场风波以后，她的日子已越来越难过，想回家回不去，想选调又选调不成，村里的贫下中农都将她视为仇敌，整天冷言冷语，她现在可以说话的人只有林大明了，可是，杨扬伤心地说，现在林大明又对她这样，她觉得今后的路真是越走越窄了……她这样说着，就哽咽起来。我本想安慰她几句，却又不知该说什么。我发现，她站在冬天的太阳下显得脸色蜡黄，皮肤干皱，看上去已没有过去那样的漂亮。她这时已跟林大明住到一起，于是从精神到身体，更都受到严格管束。她告诉我，她白天不要说跟张焱说话，就是多看他一眼，晚上回去林大明都要跟她大发脾气。

后来没过多久，林大明终于想出一个办法。

林大明对我说，他觉得这应该是一个最好的办法了。

林大明不知从哪里打听到，公社的电话总机那里需要一个接线员，于是请了几天假，咬牙从城里拎来两只鼓鼓囊囊的旅行袋，弄到公社不知送了谁。没过多久，杨扬就被调去公社当了总机的接线员。应该说，这的确是一个两全其美的办法，杨扬既可以不再看村里贫下中农的白眼，也避免了在集体户里整天与张焱碰面的尴尬。只是由于路途太远，不能每天回来与林大明同住。林大明为避人口舌，也不敢轻易去公社找她。

这大概是杨扬最快乐的一段时光。我每次要电话，都能从她接转的声音里听出，她的情绪已明显好转，精神也渐渐放松起来。有时我去公社办事，遇到她，发现她的气色也比过去好看了很多，大家闲聊时，她偶尔还会开几句玩笑。据说她在公社干得很好，领导也对她的工作比较满意，在几次突发事件中，由于她坚守岗位，业务过硬，表现得还很出色。那时大家议论，倘若杨扬照这样干下去，今后选调回城都有希望。

没有人想到，杨扬还会出事。

这件事发生在转年的夏天。先是杨扬在电话总机里的声音有了一些变化。她过去每次接通电话时，第一句话总是说："喂您好！"喂和您好连在一起，中间没有停顿，让人听起来感到活泼欢快，然后她会说："为人民服务，请问要哪里？"但后来不知从什么时候开始，她接电话的声音渐渐就低沉下来。大家猜测，她是不是又出了什么问题？

果然，没过多久，杨扬就回村来了。

据说杨扬是主动要求回来的。原因很简单，她为了躲避公社武装部的一个部长。这个武装部长是复员军人，自从杨扬去公社总机，他就经常去她那里闲聊，有时甚至从中午坐到晚上。杨扬当然明白他的意思，却又不敢得罪他，就只好婉转地对他说，自己已经有男朋友，如果他来找自己，看到他在这里，会不高兴的。但这个武装部长却很坦荡，当即表示，自己与杨扬都在公社工作，是革命同志关系，杨扬的男朋友总不能干涉她与革命同志的正常交往。武装部长又说，退一步讲，就算自己真有追求杨扬的意思，也未尝不可，杨扬只要一天没有结婚，就有追求和被追求的权利，他与杨扬在革命工作中建立起革命友谊，又由革命友谊发展成革命爱情，这又有什么不可以呢？杨扬一听武装部长这样说，就更不敢与他接触了。而从这以后，这位武装部长也就索性对她展开了猛烈的追求攻势。

杨扬回村以后，林大明很快就知道了这个武装部长的事。一天晚上，他脸色铁青地问杨扬，究竟是怎么回事。杨扬说没什么事。林大明说，如果没什么事，你怎么突然回来了，你知道我为了让你去公社花费了多大力气吗？林大明说实话告诉你，你在公社跟那个武装部长的事我都已知道了，你是跟他睡了觉，又不想跟他好了才跑回来的对不对？

杨扬立刻脸色惨白地看着林大明，半天没有说出话来。

林大明确实在村里听到一些议论。据村里的贫下中农说，这些事都是那个武装部长自己讲出来的，他是因为突然找不到杨扬了，才故意将他跟杨扬的事散布出来。他说一开始他一直是去总机那里找杨扬，但后来有一天，总机出了故障，他就去了杨扬的宿舍。当时由于天气炎热，杨扬在宿舍里穿衣服很少，他一进去愣了一下，就赶紧想退出来。但就在这时，杨扬却向他招手，杨扬说没关系，你进来吧。这个武装部长说，当时他真的有些犹豫，他毕竟曾是一名革命军人，在革命的大熔炉里锻炼了这些年，同时他也想起了前任的江主任，江主任就是因为这种事，最后栽在了女知青的手里，而那个女知青又正是杨扬的姐姐，他想，她们姐妹俩会不会使用同样的手段？但是，武装部长说，男人到了这种时候都会枪上膛，箭在弦，已经不能不发，所以，他最终还是没有经受住考验。武装部长说，这次以后，他们又有过几次，他没有想到杨扬在这方面的欲望竟然这样强烈，她甚至在电话总机的接线室里，一边接转着电话还跟他干过这种事。武装部长得意地说，如果这样，还能叫强奸吗，如果一次不叫强奸，那么后来的几次还能叫强奸吗？所以，武装部长说，他比当初的江主任聪明，比知青更聪明。武装部长说，你要想玩儿女知青，就得比女知青聪明。

但是，杨扬却流着泪对林大明说，不是，不是这样的。

林大明说，你不要告诉我，是那个武装部长强奸了你。

杨扬说，这件事，她至今仍搞不懂究竟是什么性质，那一次是武装部长去她的宿舍，当时她正在洗澡，武装部长一闯进来，站在她面前愣愣地看了一阵，突然就给她跪下了。他求她先不要穿衣服，他说自己已是三十多岁的男人，却还从没见过光着身子的女人，他说杨扬的身体真是太好看了，他求她再让他看一看。他一边这样说，还伤心地哭泣起来。

林大明问，这样说，这件事是真的发生过了？

杨扬点点头，说是的，是发生过。

林大明的脸色立刻涨得青紫起来，他问，你……为什么不去告他？！

杨扬说还能告吗，当初杨菲就是因为这种事走的，弄得大家议论纷纷，现在如果再告他，还会有人相信吗，况且，这件事也真的让人搞不懂，这究竟算不算是强奸呢？

这以后，杨扬的处境可想而知。

事后张焱曾说，当时来自林大明的压力还只是一方面，后来杨扬走上绝路，其实他也是负有一定责任的。我知道张焱说的是什么事。那段时间，林大明几乎从早到晚都在跟杨扬吵，如果他们吵闹时张焱不去劝阻林大明，或者在劝阻时，他不替杨扬说话，也许他们的矛盾就不会进一步激化了。出事是在一天中午。在那个中午，不知为什么，林大明从田里回来时情绪很不好，一边吃着饭始终都在恶声恶气地骂杨扬，他说，其实他早就应该知道，杨扬频频闹出这种事来并不是偶然的，这不过是她的本性所致，俗话讲泰山易改本性难移，看来真是有道理。接着，他就又说出一些更不堪入耳的话来。

也就在这时，张焱朝他走过来。

张焱说，你不该这样说杨扬。

林大明被张焱说得一愣。

张焱又说，这件事，肯定不像传说的那样。

林大明把饭碗从嘴边拿开，一下一下地看着张焱。

张焱问林大明，你想过吗，这件事并没有第三个人看见，杨扬完全可以不承认，她现在承认了，就说明她说的应该是真实的，否则她干吗将这一盆污水往自己身上泼呢？

张焱说，凭她现在的处境，她会这样傻吗？

也恰恰是张焱的这几句话，反而将林大明激怒了。

当时林大明并没对张焱说什么，却转过头去对杨扬破口大骂，说好啊好啊，你看你有多威风啊，在公社让别的男人操了，回到集体户还有另外的男人替你说话，你他妈的可真是一辆破自行车，谁逮着谁骑啊！他就这样冲着杨扬一口气说出许多污言秽语。当然，林大明跟杨扬这样吵，在我们看来已不是什么新鲜事，但当着全集体户的人如此污辱她，应该还是第一次。当时大家都不吃饭了，只是静静地看着杨扬。

但出人意料的是，这时，杨扬反而很安静。

她慢慢抬起头，看看林大明，就起身出去了。

杨扬这个反常的举动并没有引起林大明的注意。林大明这样吼过之后，就拎起锄头下田去了。但是，在这个下午，林大明的心里还是突然生出一种很奇怪的感觉，似乎意识到将要发生什么事情。于是，他只耪了半垄地就扛着锄头返回村来。他一推开集体户的院门，一眼就看见了那只滚落在院子当中的玻璃瓶。那是一只用来装"1605"的瓶子。"1605"是一种剧毒农药，在当时，其毒性令人谈之色变。林大明立刻有了一种不祥的预感，他连忙闯进屋去，果然闻到一股刺鼻的农药气味，跟着就看到了正窝身倒在地上的杨扬。杨扬这时面色惨白，两眼微睁，嘴角已淌出一摊浓浓的暗黄色的黏液。

林大明扑过来扶起她问，你喝了什么，你到底喝了什么呀？！

杨扬无力地睁开眼，用手朝门外指了指。

林大明说，你等一等，我……这就送你去医院！

他一边说着就起身朝村里跑去。他想找一辆牲口大车。但在这个下午，我们村里的所有牲畜都被牵去田里干活了，牲口棚里空空如也。林大明像风一样地在村里转了一圈，最后只好绝望地跑回来。他不顾一切地背起杨扬朝公社卫生院跑去。杨扬就像一只松松垮垮的口袋，在林大明的背上软弱无力地一颠一颠。林大明已感觉到她嘴里溢出的黏液正顺着自己的肩膀流淌下来。他流着泪说，你坚持一下，再……坚持一下啊！

杨扬在他背上喃喃地说，我想回家，我想……回家……

林大明似乎意识到什么，停住脚步，将杨扬轻轻放下来。

这时才发现，杨扬已经断了气。

杨扬死后，来为她处理后事的竟然是杨菲。

这时的杨菲与过去相比已判若两人。她穿一身细瘦合体的民航制服，留着罕见的高束发髻，皮肤白皙，略施淡妆，一眼看去简直不敢认。据说她这时已是国际航班上的空姐，专飞北京至阿尔巴尼亚首都地拉那的航线。但是，她交过许多男朋友，却一个都没有成功，有的甚至已进入实质性阶段，但人家一看到她那个地方的那朵"桃花"，立刻很惊异，因为这"桃花"显然不是自然生长而是人为的，而杨菲对这朵人为的"桃花"又无法做出一个合理的解释。因此，她也就只能带着这朵绽放的"桃花"，孤独地在天上飞来飞去。

县知青办原想做一做杨扬家属的工作，将尸体就地处理，一看来的竟是杨菲，就对她说，她当初毕竟是这里的知青，又曾是那样一个特殊身份，应该支持这里的工作，是否通情达理，配合县知青办将这件事顺利解决也就算了。但杨菲操着略带英语口音的普通话对县知青办的人说，既然她妹妹直到临终前还在说着想回家，就应该满足她这最后的遗愿。

杨菲说，还是，让她回家吧。

县知青办的人见事已至此，也就不好再说什么。

杨扬走的那天，我们集体户的所有人都去公社送行。用张焱的话说，这毕竟是我们集体户里第一个回城的同学，应该送一送。公社卫生院的门口停着一辆蓝色的"雁牌卡车"，为拉运尸体，还特意用帆布将车厢蒙起来。杨扬的尸体从卫生院里抬出来时，我们大家都过去看了看。杨扬的遗容不是很好，眉心微微皱着，像是还有许多话没说出来。她的脸色是那种透明的淡白，像落了一层晶莹的霜雪。我们集体户的几个女生将一只用野花编织的花环放到她身上，然后就都低低抽泣起来。杨菲却没有流泪，看上去很平静。她看着杨扬的尸体被抬上车，安放好，然后回头对我们笑一下说，没想到，杨扬最后……是这样回城的。

这样，也好，她又说，她总算是……回家了。

送走杨扬的这天晚上，我们将她的遗物都堆到院子里，有衣服、被褥、枕头和床单，还有笔记本和一些书籍。我看到，那其中有一支"金星"钢笔，那曾是杨扬最心爱的东西。我的心里一阵难过。张焱将我们当初那面"上山下乡小分队"的旗帜也翻出来，扔在这堆杂物里，然后，林大明浇上煤油，就轰地点燃起来。纸张和衣物都是易燃品，又浇了煤油，烧起来就很旺，不时有一团团的灰烬从火堆里飞出来，这些灰烬还闪着火星，就那样纷纷飞向夜空，看上去像一群耀眼的飞蛾。张焱和林大明站在火堆跟前。张焱的手里拿着一瓶白酒，不时喝一口，又递给身边的林大明，林大明喝一口，再递给他。两人喝得很默契。我听到，林大明突然面无表情地说了一句话，他说，我要回去了。

张焱回头看看他，问，回哪？

回城。林大明长长地喘出一口气，过去有杨扬在，我回不回城都无所谓，可现在，既然她已经先走了，我待在这里……也就没什么意思了。

张焱苦笑一下说，想回城？哪那么容易啊！

我听到关于童亮的事，是在那一年的秋天。

其实此前，我也曾听到过一些有关他的传闻。据说他竟然跑去县城，走街串巷卖起了乐器。他卖的乐器是他自己制作的京胡。童亮经常在村里和高天他们一起吃蛇，渐渐剥下的蛇皮越积越多，于是有一天，他灵机一动就又想到了制作京胡。当时公社还存放着一些青竹篙，专门用来搭台用的。童亮去公社挑了一根扛回来，截成一段一段，再按着他当年那位京剧老师教他的方法用火烤干，打磨成竹筒。可以想象，这根竹篙并不是什么好竹子，而那些蛇皮也没经过特殊处理，所以，童亮制作的京胡也就一定很粗糙。但拉起来，声音还是很清脆，听上去也非常的激昂高亢。就这样，童亮突发奇想，就背起这些京胡跑到县城去卖。

他第一次出现在县城的街上，立刻招来许多惊异的目光。那时小商小贩已经绝迹，也决不允许这种资本主义现象的存在，人们都搞不懂，这个背着许多京胡的知青模样的年轻人究竟想干什么。童亮卖京胡的方法也很奇特，他并不叫卖，更不吆喝，只是手持一把京胡，边走边拉,边拉边唱。他的嗓子还是那么好,无论唱"杨子荣",唱"少剑波",唱"李勇奇",唱"胡传魁",还是唱"李玉和"或"郭建光",一腔一调都很纯正,也有板有眼。于是竟招了许多人跟在他后面听。但童亮这样唱了一上午,走了几条街,却一把京胡也没有卖出去。童亮原指望能用卖京胡的钱吃午饭,这时摸一摸兜里,竟没有几个钱。

他想一想,就走进街边的一家饭馆。

他问一个服务员,领导在哪里。

服务员上下看看他,问什么事。

吃饭,童亮说,吃饭的事。

服务员一听就笑了,说吃饭的事不用找领导,找我就行。然后一边擦抹着桌子让童亮坐下,又告诉他,吃什么可以看小黑板上的菜谱,先买牌,再去售菜窗口自己取。

童亮看看他说,我,身上没钱。

服务员眨眨眼,没钱?没钱吃什么饭?

所以……我才要找你们领导。童亮说。

服务员摆摆手,你没钱,找领导也没用。

童亮有些生气了,甭管有用没用,你先给我找来!

就在这时,一个身穿蓝色制服的中年男人走过来。

他看看童亮说,我就是这个饭店的领导,什么事?

童亮也看看他,说,我是知青。

中年男人唔一声,点点头。

这条街上,到处都是知青。

我想,吃饭。

童亮又说。

中年男人把手一指，那边交钱。

我，没钱。

没钱？中年男人笑了，那就等有钱再来吃。

中年男人一边说，还做出一个向外请的手势。

童亮立刻把手里的京胡举到他面前，这个给你，换一碗炸酱面，够了吧？

中年男人并没去接这把京胡，只是笑笑，我们这里是饭馆，饭馆不唱戏。

他说罢，看了一眼旁边的服务员就转身走开了。服务员立刻走过来，用两手轻轻推着童亮说，因为我们是为人民服务的，所以，如果我们有缺点，就不怕别人批评指出，现在正是吃饭时间，请你不要影响别的革命群众吃饭，就这样吧，好，再见！

就这样，童亮被人家推出门来。

童亮在街上站了好一阵，仍然没有回过神来。他已经感觉到了，自己是一直强忍着才没有发脾气，同时，他也明白，发脾气是没有任何用处的，人家饭馆里的服务员说得很对，不交钱当然不能给你饭吃。但是，刚才那个饭馆领导的话也提醒了童亮，饭馆不唱戏，他们要京胡当然没有任何用处，那么唱戏的地方呢？童亮恍然意识到，看来自己是找错了地方。他转身就朝县文化馆这边走来。县文化馆是在一条很僻静的街上。童亮来到门前的一棵大槐树下，坐到一块石头上，就冲着文化馆又自拉自唱起来。这时，他突然有一种很奇怪的感觉，似乎自己卖京胡的意义已有了一些变化，他原本是想来县城转一转，顺便卖几把京胡也可以挣些酒钱，而这时，却有了卖唱糊口的味道。

想到这里，他的心里就有几分酸楚。

童亮正这样边想边唱，突然有两个身穿绿上衣的人走过来。其中一个沉着脸问，你是干什么的？童亮抬起头，看看他们胳膊上的红袖章，知道他们是县里专政指挥部的。

我是知青。

他立刻说。

哪个公社的？

前进公社。

哪个村？

大秦庄。

你出来这样卖唱，你们村知道吗？

我……不是卖唱。

不是卖唱？不是卖唱你在干什么？

我……坐在这里唱着玩儿的。

拿上东西，跟我们走吧。

我为什么要跟你们走？

去了你就知道了。

两个人说着就一左一右，伸手来抓童亮的那些京胡。童亮呼地跳起来，将手里的那把京胡倒过来握在手里。京胡很短，这样倒着握在手里，立刻就像了一把锤子。童亮憋了一中午的闷气终于要忍耐不住了，他挥舞着京胡说，你们哪个敢动?!其中的一个人看看他，冷笑一声说，你以为是知青，我们就怕你了吗？实话告诉你，我们专门能对付知青！一边这样说着，就又凑上来。童亮立刻将手里的京胡横着抢了一下。他这一下用力很猛，在那两个人的眼前一扫而过，呼地带起一阵风声。两个人一惊，立刻都本能地跳开了。

童亮瞪着眼说，我正活得不耐烦，如果你们也不怕死，就过来！

那两个人一时有些不知所措，对视了一下，都愣在那里。

就在这时，县文化馆里走出一个人来。他径直走到童亮面前说，你应该把这些京胡直接送进去，我们还等着用呢。童亮看看这个人，并不认识，一时有些摸不着头脑。这个人又转身对那两个人说，这些京胡，都是我们县文艺宣传队订作的。

他这样说罢，又塞给童亮一些钱，就将京胡都抱进去了。

接下来的事情更富有传奇色彩。据说没过多久，一天上午，公社突然给大秦庄打来电话，让通知童亮，马上到公社去一下。大秦庄的秦书记一放下电话没敢怠慢，赶紧来找童亮。当时童亮正在集体户里埋头制作京胡。他对秦书记说，他没有时间，再说他跟公社的人也没什么来往，一定是秦书记听错了。秦书记却立刻说，不会有错，公社的人就是这样说的，让你去，马上去。秦书记又说，好像，还是关于唱啥戏的事。

唱戏的事？

童亮立刻放下手里的工具，慢慢直起身来。

对，就是唱戏的事。

秦书记点点头，很肯定地说。

童亮想了一下，又小心地问，公社，还说什么了？

就说让你赶紧去，秦书记说，好像，还挺紧急呢！

童亮赶来公社时，公社知青办的人已经在等他。知青办的人一见童亮就问，是不是认识县里的什么人？童亮想了一下，说不认识，他从来就不认识县里的什么人。公社知青办的人就耐心地对他说，即使认识也没关系，反而是好事，如果你真的认识，最好能说出来。童亮就有些不耐烦了，说不认识就是不认识，如果认识，我还会待在这里吗？

公社知青办的人一拍大腿，说对啊，正因为这样我们才问你啊。

然后，知青办的人就告诉童亮，县里已经来人，准备调他去县文化馆工作。童亮一听有些摸不着头脑，他想了想，却怎么也想不出这究竟是怎么一回事。公社知青办的人也说，这件事我们也仔细分析过，要论特长，你的确有一些文艺才能，唱革命样板戏也挺不错，这是大家都知道的，但客观地说，如果调你去县里的文艺宣传队搞专业，恐怕还没到这个水平，县里怎么会专门派下人来，指名道姓地要调你去县文化馆呢？公社知青办的人又说，县里的人还在等你谈话，也许，等谈过话之后你就知道了。

童亮没有想到，跟县里的来人谈话竟然非常简单。来的是两个干部模样的人，态度很严肃，说话也很少。他们只是了解了童亮的一些基本情况。

家庭出身？

个体职业者。

父亲职业？

无业。

母亲？

家庭妇女。

本人受过什么奖励？

没有。

受过什么处分？

也没有。

插队以后的表现？

你们，可以调查。

两个来人对视一下，又问了几个关于对革命文艺路线看法的问题，就起身走了。

没过多久，县里的调令就直接送来村里。

童亮的知青生涯，就这样结束了。

据说童亮去县文化馆报到之前，曾有一位县里的领导将他找去谈话。这位县领导有些神秘，并没有介绍自己是谁。但童亮的记忆力很好，他一眼就认出来，这个领导就是当初江主任召开那次全公社知青大会时，特地赶来参加的丁副组长。这位丁副组长的职位显然已经更高，童亮听到，他旁边的人都叫他丁书记。丁书记似乎对童亮今后的打算很感兴趣。

他问童亮，今后是怎么想的。

什么，怎么想的？

童亮没有听懂。

丁书记说，比如，你还想不想选调？

童亮立刻笑了，说选调谁不想，做梦都想。

这样说，你，将来还想回城？

丁书记皱皱眉，耐心地问。

如果能回去，当然好。童亮叹口气，可是，这辈子……恐怕回不去了。

丁书记笑了一下，和蔼地说，所以，我现在要告诉你的是，如果来县文化馆工作，就等于选调，也就是说，你今后已不再是知青身份，也没有选调回城的资格了。童亮也笑笑，他告诉丁书记，说自己来时已有这样的思想准备。又说，他所在的那个大秦庄集体户早已是全县闻名的"扎根典型先进户"，他在村里时就已不再想选调的事了。

童亮去县文化馆报到时，见到了县文艺宣传队的丁香队长。其实在跟丁书记谈话时，童亮的心里就已明白是怎么回事，所以，在他见到丁香队长时,也就并没有感到太意外。这时的丁香队长已是县文化馆的革委会副主任。丁香副主任接待了童亮。丁香副主任看上去已更加成熟,也显得更漂亮,只是在说普通话时,不小心还能露出一些当地的口音。这使童亮想起一种当时很盛行的食物。那时白面称为细粮,而玉米面和高粱面以及其他谷物则称为粗粮,人们为使粗粮的食物口感好一些,在蒸粗粮饽饽时就经常掺进一些细粮,称为"两掺儿"。这种两掺儿的饽饽蒸出来往往会有一种很奇怪的味道,反不如只吃粗粮感觉更好。童亮觉得,这个丁香副主任说的普通话让他听了浑身不自在。丁香副主任的态度很平淡,她只对童亮说,根据他的特长,准备先让他到文艺宣传队的乐队工作,一边拉京胡,也负责修一修乐器。但丁香副主任又说,不过你过去的那些京胡,最好就不要再做了。

丁香副主任笑一下说,那些东西,太业余。

童亮到县文化馆没多久,就见到了张燊。

当然,他这时还并不知道她就是张燊。他在一天上午到文化馆的打印室来,要为乐队打印一份乐谱。当时打印室里没有人,但打字台上的台灯是开着的,显然,人没有走远。童亮忽然发现,在打字机的旁边还放着一只水杯。这只水杯的样子很平常,大概是装蜂蜜或什么水果罐头的,但它的套子却很精致。这套子是用透明的塑料头绳编织的,由于用了不同的颜色,编织的图案非常巧妙,看上去就像一朵很大的绽放开的莲花。童亮感到好奇,端起这只水杯看了看,这时才发现,里面还凉了一杯开水。童亮忽然感到有些渴,于是喝了一口,然后又喝了一口,就在他要喝第三口时,忽听身后有人说,你怎么可以随便用别人的水杯?童亮连忙把水杯放下了,慢慢回过头,发现身后站着一个二十多岁的女孩。她的手里拎着一只暖水瓶,正在看着他。

童亮从她的穿着立刻判断出，应该也是一个知青。在县城这种地方是很难分辨知青和当地人的，因为知青在农村锻炼一段时间之后，身上都已沾染了当地人的痕迹，而当地人由于向往城市人的生活，也都有意模仿知青的举止穿戴，尤其在县城，似乎这种差异就更小。但不知为什么，几乎所有的知青都有一种共同的感觉，知青就是知青，无论土气成什么样子，不用开口说话，一眼就能看出来，而当地人则就是当地人，他们即使穿了再地道的城里人的衣服，甚至连说话都刻意模仿城里人的腔调，还是能看出他是当地人。因此，在这个上午，尽管站在童亮身后的这个女孩只穿了一件很普通的蓝上衣，脚下是一双县城里卖的偏带布鞋，童亮还是一眼就看出她也是一个知青。这时，她已放下手里的暖水瓶，走到童亮面前。她盯着童亮又说，你怎么可以随便用别人的水杯？

童亮笑了，说，知青连洗脚盆都可以盛菜，还在乎这个吗？

女孩愣了愣问，你怎么知道……我也是知青？

童亮有些得意地说，知青都是有标记的。

你，就是那个刚来的？

女孩用力看了童亮一眼，就端起水杯，将里面的水倒掉，然后又放到一个洗脸盆里，很仔细地开水浇着烫了一阵。突然，这只水杯发出咔地一声。这声音很清脆，连童亮也吓了一跳，然后他就笑着说，好啊好啊，这下省事了，你也不用再嫌脏，扔掉算了。

女孩小心地将炸破的水杯碎碴拿出来，扔到字纸篓里。

然后，回头问，你究竟有什么事？

童亮这才将手里的乐谱递给她。

她朝他手里看一眼说，放下吧。

童亮就放到打字台上。

她看看童亮,你还有事吗?

童亮连忙说,哦,没事了。

童亮走出打字室时,听到她在身后说,下午,你来取。

童亮没想到在县文化馆竟然还有这样的女孩。他觉得她很安静,这在女知青中是很少见的,一般就是再安静的女孩,只要插队一段时间也会变得风风火火起来,当然,这种风风火火如果换一个说法就是开朗。同时,童亮感觉到了,这个女孩脸上的表情有一种忧郁,这忧郁使她的脸色很苍白。如果按常理,一个女知青能到县文化馆这种地方来工作,应该在县里至少是公社有很硬的背景,而这样的女知青一般也都底气十足。但是,看这女孩的样子,童亮想象不出她会有什么样的背景。中午吃饭时,童亮又在食堂里看到这个女孩。这时他已知道她叫张燚。童亮觉得张燚这个名字有些耳熟,却又一时想不起曾在哪里听到过。县文化馆的食堂中午很热闹。文化馆实际是由两部分组成,一部分是机关人员,另一部分则是文艺宣传队,平时各忙各的,只有在吃饭时才都到一起,大家相互打着招呼,有人跟女演员嘻嘻哈哈地开玩笑,还有人则干脆高声唱起歌来。张燚坐在一个角落里,独自埋头吃饭,跟任何人都不说一句话。童亮买了饭朝她走过来,坐在她对面,打着招呼说,你好。

张燚抬头看看他,只说了声你好,就端上饭盆站起身走了。

童亮看着她的背影,想了想,觉得自己并没有说错什么。

下午,童亮来打印室取乐谱。这时张燚的神情已平和了一些。她显然为中午的事有些不好意思,只是没头没脑地说了一句,她吃饭时,不习惯跟别人聊天。童亮立刻笑了,说这是个好习惯,食不言睡不语,有利于身体健康。

张燚一听,脸立刻红起来。

她忽然问，你叫，童亮？

童亮说对，我叫童亮。

是从……前进公社来？

是，前进公社。

张焱，你认识吗？

童亮突然盯住张燚，看了一阵。张焱，张焱，他的心里立刻明白了，跟着也就想起来，张焱当初在学校做报告时，曾经提到过，他的姐姐就叫张燚。

他笑了，说，张焱，当然认识，我们是同学。

他是，我弟弟。

我已经猜到了。

张燚的脸突然红起来，然后就低下头。

从这以后，童亮就经常来打印室。他要拜张燚当老师，让她教他打字。他说反正今后也不准备回城了，在这文化馆里工作，多学些东西没坏处。张燚起初并不想教他。她说他是文艺宣传队那边的人，只要做好那边的事就行了，学打字并没有什么用处。但禁不住童亮一再坚持，也就只好同意教他。那时的所谓打字，还要使用铅字盘，须记住每一个铅字的位置，是一件很麻烦也很枯燥的事。但童亮却学得津津有味，而且掌握很快。没过多久，他竟然就能代替张燚打字了。这时已接近年终，各部门的总结材料都堆到打印室来。童亮索性一有时间就跑来打印室帮张燚打字，有时从早忙到晚。一天上午，童亮正在打印室里忙得不可开交，突然有人来找他，说丁香副主任叫他去。童亮放下手里的事来到丁香副主任的办公室。丁香副主任正在看一份什么文件，她的脸色不太好，抬头看见童亮进来，先让他坐下，然后说，你调来文化馆有一段时间了，一直想找你谈一谈，却总没抽出时间。

然后，又关切地问，在这里工作，还习惯吗？

童亮说挺好，挺习惯。

这时，丁香副主任就说出了自己的想法。她说其实在调童亮之前，馆里就已有所打算，准备先让他熟悉一下文艺宣传队的工作，然后接任副队长的职务。丁香副主任说，早在那一次她带领宣传队去前进公社演出，就已发现童亮是个人才，只是当时的条件还不成熟，后来她一被提拔为文化馆副主任，首先想到的就是童亮。丁香副主任说，童亮虽然没受过专业训练，但天赋很好，尤其在革命样板戏方面，对各个行当都很熟悉，甚至还懂乐器，因此是文艺宣传队副队长的最合适人选。丁香副主任说，今天找你来，就是想跟你商量这件事。童亮低着头，没有说话。丁香副主任又说，如果你同意，馆里准备送你去学习，最近正好有一个机会，市里要搞一期基层文艺干部的培训班，咱们两人……可以一起去。

丁香副主任说着，又用力看了童亮一眼。

童亮仍然低着头，不知在想什么。

丁香副主任有些不悦了，问，你怎么不说话？

童亮慢慢抬起头，说，这件事……我怕干不了。

干不了？丁香副主任摇摇头，这可不像你说的话。

我，恐怕真的干不了。

丁香副主任一笑，我了解的童亮，可不该是这种性格啊。

童亮说，那也许，是你了解错了，我一直是这样的性格。

丁香副主任突然问，听说，你最近经常去打印室？

我，是去学打字。

谁让你学打字了？

我自己……想学。

那个张燊是什么人，你知道吗？

童亮看看丁香副主任，脸色也开始难看下来。丁香副主任并没注意到童亮的脸色，又问，你知道，她是为什么来的文化馆吗？童亮盯着丁香副主任的脸，一字一顿地说，她是怎么来文化馆的跟我没关系，我也不想知道，再说学打字，是我自己的事。

他这样说罢，就转身走出来。

这一年的元旦以后，我去县里办事。这时由于张燊已有消息被选调，我就接替他担任了我们集体户的户长。我到县里是要找县知青办的人反映情况。这两年我们前进公社的知青出了太多的事，这一来不仅影响了我们公社知青的声誉，更严重的是也影响了我们的选调。上面每次下来选调任务，我们公社的名额总是最少，似乎因为曾经出过那样一些事我们所有的知青就都表现不好似的。大家认为，县里这样做不公平。我们公社也认为上面如此处理问题有失公允。我们知道，其实公社是很希望我们知青选调的，他们恨不能我们一下都走了才好，有我们这些人整天待在这里，实在是一些不安定因素，给他们的工作也造成很大压力。因此，在全体知青和公社领导的一致推举下，我们几个村的知青集体户长就作为代表，到县知青办来请愿，要求他们去找县里的有关部门磋商，增加我们前进公社的选调名额。事情办得还算顺利。县知青办的人也承认，这个情况他们是了解的，他们也觉得县里这样做不太妥当，是谁的事就是谁的事，不应让其他知青也跟着受连累，这样做对那些一贯表现很好的知青是不公平的。县知青办的人当即答应，尽快去县里找有关领导协商此事。

办完这件事，我顺便来县文化馆看童亮。童亮没想到我会来，一见面就高兴地拉住我，说要请我吃饭。我笑着对他说，我来看他也是这个意思，但吃饭不用他花钱，我请客。他却立刻正色说，现在不比过去了，他已经上班，有工资。他忽然想了想，又说，你先等一下，我再去叫个人。他这样说着就又进去了。一会儿，他走出来，摇摇头说算了，她不想去。我已经猜到他是去叫谁，但并没有问。我们就一起朝街里走来。

吃饭时，我发现童亮喝酒很少。

我对他说，你喝酒不像从前了。

他点点头说，是啊，在这里工作不像当初在村里，喝了酒一睡，昏天黑地，一会儿还要回馆里上班，喝得满脸酒气影响不好，咱现在毕竟是国家工作人员了么。

他忽然又问，你知道我刚才去叫谁吗？

我看着他，笑而不答。

他说，你为什么不问？

我说不用问，我知道是谁。

他叹口气，神情一下沉重起来。他告诉我，如果他事先知道来这里会是这样，是无论如何不会来的。他现在的处境真是越来越艰难，张燚对他永远是那样一个态度，不像冰，就像一块铁，虽然冷冷的却怎样也无法融化。他试着用了很多办法，而她却永远是那样的平静，平静得近乎平淡，平淡得近乎冷淡。一天晚上，他实在忍不住了，就对她说，你总不能永远这样下去，无论你对我怎样，也无论我们将来的关系如何，问题是你不能把自己这样包裹起来，跟身边的一切隔离。他对她说，你这样下去，要什么时候才是一个头呢？但张燚低头沉默着，并不开口。最后，她只对他说了一句话，她说，我知道你的好意，也……心领了，你不要再管我，也不要总来找我了。从这以后，无论童亮再跟她说什么，她都永远是这样一句话。童亮说，也就在这时，那个丁香副主任又将他找去谈话。她对他说，她已经认真考虑过了，准备将童亮调来自己身边工作，让他当她的助手。这时丁香副主任已升为县文化馆革委会的正职主任，主抓全面工作。丁香主任对童亮说，县里的工作不比市里，还是很有干头的，而且，只要站稳立场任劳任怨，进步也会很快。丁香主任说到这里甚至还暗示童亮，如果他干得好，将来说不定还会有更大的进步。但是，童亮还是谢绝了丁香主任的美意。他对丁香主任说，自己并不适合做这种纯行政的工作，也没有这样的思想水平，他说这几年插队，已在农村散漫惯了，到宣传队里拉一拉京胡，修一修乐器还勉强可以，干别的就不行了，所以，他还想待在宣传队里。丁香主任听他这样说当然很不高兴，不过也并没有太多的批评他，只是很严肃地说，如果不想到这边来就不要来，还在宣传队里干就是了，但有一点要注意，今后如果没事，不要再去打印室，更不要去帮那个张燊打字。丁香主任皱一皱眉，又对童亮说，你这一段时间整天泡在打印室里，在群众中已经引起很多议论，要知道，那个张燊的名声并不是很好，当初又是因为那样一个特殊的原因才调来文化馆的，所以大家对她的事也就格外敏感。再有，丁香主任说，打印室应该算是馆里的一块重地，一些内容不宜外传甚至保密的文件都要在这里打印，不相干的人经常去那里，也不太合适。

丁香主任这样说罢，又意味深长地看看童亮。

影响，关键是在群众中的影响啊。

童亮叹口气，对我说，当初，真不该来这个地方啊。

我笑了笑问他，你是不是，真爱上那个张燊了？

不知道。他摇摇头说不知道。

他说着，就露出痛苦的表情。

我说，根据你现在的样子，可以肯定，你是真的爱上她了。

童亮说，我甚至想过，也许……我应该去找张焱谈一谈？

我摆摆手，告诉他，张焱现在已没时间，他正忙着选调。

张焱确实正在忙着选调。据说这一次，他是我们公社唯一被选调的知青。

张焱的选调对大家刺激很大。尤其是林大明。林大明自从决定要回城，对选调的欲望就一天比一天强烈起来，他经常在集体户里说，他越来越发现，农村这地方真不是人待的，他一定要尽快离开这里。但是，我们集体户的每个人都明白，尽管林大明的家庭出身很好，个人的政治条件也不错，但杨扬自杀的事却对他影响很大，这件事过去以后，虽然公社从没找过他，上面的舆论却对他很不利，认为杨扬的死与他整天跟她吵架有直接关系。如此一来，倘若再有选调任务，自然也就轻易不会考虑到他。同时还有一个更大的问题，我们前进公社一共有十八个生产大队，也就是十八个自然村，如果平均每村有十个知青，也就是一百八十个，而每年下给我们公社的选调任务不过两三个名额，这样要全部选调走，至少也要八十年！八十年啊，面对这样一个令人绝望的数字，每个人的心里都明白意味着什么。

张焱的选调是神不知鬼不觉的。等大家知道又有选调任务，张焱该做的工作都已准备就绪。据村里说，他这次选调村里的贫下中农并没有推荐，是公社直接派定的。张焱临走前，曾经找到我，他对我说，今后这个集体户就交给你了，一定要担起户长的责任。我看着他，一时不知该怎样回答，我觉得他这样一本正经地对我说话有些滑稽。但接着，他就又告诉了我一件事。我听了心里立刻沉重起来。张焱说，就在几天前的一个晚上，他和林大明喝过一次酒。当时林大明流下泪来，他对他说，他已经看出来了，今后的选调真是越来越渺茫。每年只有一两个名额啊,最多不过三个,他伸出手指比划着说,这要等多少年?别人都没有希望,像我这已经在公社挂了号的,就更没指望了。当时张焱劝他,说希望总还是有的。对,他说,希望总还是有的,办法也是人想出来的。林大明说到这里,就凑到张焱的跟前压低声音说,他已经想好了,正准备办"病退",选调要有名额限制,而病退是没有限制的,只要有病,随时都可以回去。张焱一听险些笑出来,说你这身大力不亏的样子,说有病?谁相信?林大明却很认真地说,他患有很严重的高血压症。张焱以为他喝多了,说的是酒话,但突然又想起来,他确实曾在林大明的枕边发现过一种小玻璃管,并认出是注射器。那时还没有吸食毒品,更不讲注射吗啡,张焱曾问过林大明,用这种小注射器干什么。当时林大明只是支支吾吾地说,这是他去公社卫生院看病时,随便要来拿着玩儿的。张焱想,林大明说他患有高血压,会不会跟这支小注射器有什么关联?当然,张焱告诉我,这只是他凭直觉的一种猜测,并没有任何根据。但就在他和林大明喝酒的那个晚上,他这个猜测果然被证实了。

　　那天夜里,张焱一觉醒来,发现林大明的屋里还亮着灯。他走过去,扒着门上的玻璃往里一看,发现林大明正用那只小注射器在往自己的胳膊上注射什么。他立刻推门进去,问林大明在干什么。林大明抬起头,愣了一下,连忙慌乱地将东西藏起来。这时,张焱就已闻到一股奇怪的味道。他问林大明,你到底在干什么?

　　林大明低下头,没有说话。

　　张焱走过去,从林大明的手里拿过那只针管,放到鼻子底下闻了闻,立刻闻到一股刺鼻的煤油气味。他吃惊地说,你在注射煤油?你……你想找死啊?!

　　林大明的眼泪立刻流下来。他说没办法,我,真的没有别的办法了。

他说，要想办病退，只有这一条路能走了。

这时张焱已经全明白了，于是没好气地问，你这样做，就能办病退吗？

林大明告诉他，他这也是从别人那里学来的办法，只要定时定量地往身上注射一点煤油，血压就可以升上来，而依照有关规定，插队知青如果确实患有高血压症，就可以无条件地办理病退。但是，林大明又很苦恼地告诉张焱，说不知是因为不得要领，还是用的剂量不够，他的血压总是达不到要求。林大明说，如果他的血压再升不上去，这种办法就不能再用了，最近一段时间，他的身上已开始出现问题。他这样说着就从手臂上挤出一滴血。这滴血珠晶莹地落到桌子上，在灯下闪动着殷红的光泽。

你看，奇怪不奇怪。

他说着划着一根火柴点上去，这滴血珠竟然立刻燃烧起来！

林大明苦恼地说，你没发现吗，我现在……已经不敢抽烟了。

张焱对我说到这里，重重地叹了一口气。

你劝劝他，千万别再这样做了。他说。

我没说话，心里也像压了块石头。

林大明，真是太可怜了。张焱又说。

我想对张焱说，我们这些知青，谁又不可怜呢？但是，话到嘴边，却没有说出口。我们两人这样说话时，是在准备第二天去挖渠工地的工具。其实按道理，张焱已通过体检，只等通知书下来就可以回城报到。他完全没必要再去挖渠。但我们村的唐书记坚持让他去，说可以一边挖渠一边等通知。张焱到这时表现出超乎常人的冷静，没说任何话就着手准备工具。我明白张焱的心里是怎么想的。我不得不佩服他的成熟。知青即使选调，办理手续也要先从村里开始，也就是说，如果村里故意刁难你，找个理由不给你办，你也没有任何办法。当然，手续最终还是要办的，但拖你几天，再罚你往公社来回跑几趟也很麻烦。因此，应该说，张焱为避免不必要的麻烦，对村里的唐书记采取这样的态度是很明智的。

我没有想到还会出事。

这一次挖渠是公社的重点工程。每个村都出动了所有的劳动力，而且，根据公社指示，各村的知青也全都来到工地上。出事是在一天上午。在这个上午，我们正在挖土，只见高天挑着一副空桶从我们村的工地走过，看样子是去挑水。这时的高天仍然留着光头，头皮黢青发亮，显然刚刚刮过。他一看见张焱就走过来，不阴不阳地笑着说，听说你要选调了，怎么还来干这种苦大力的活儿呀？这时张焱和林大明抬着一筐泥，正从渠底艰难地上来。

张焱看看高天，心平气和地说，还没接到正式通知。

高天又看看林大明，嘿嘿一笑说，你是完了。

林大明放下扁担，慢慢直起腰，我怎么完了？

高天说这还用问吗，你真的不知道吗？

林大明说，我不知道。

高天说好吧，如果你真的不知道我就告诉你，你把你们集体户的杨扬逼死了，这件事公社没找你追究责任已经便宜你了，你还想选调吗？做梦去吧你呀！

他这样说着，把头一仰就哈哈大笑起来，肩上的两只水桶也随着来回乱晃。但这一次，高天显然忽视了一个问题，他的身边没有其他人，也就是说，他是在单独面对林大明。林大明自从那一次在镇上被高天等人痛打，心里还一直憋着一股火。这时，他盯视着高天，突然转身抄起插在地上的铁锹。他的这个动作不仅出人意料,而且娴熟连贯非常之快,以至当高天反应过来时,那把铁锹就已来到他的眼前。事后据目击的贫下中农说,当时林大明抄起的幸好是张焱的铁锹,张焱一贯手懒,铁锹并不太快,而倘若他抄了自己的铁锹那后果就更不堪设想了。林大明有一个习惯,平时总喜欢在井台或石头上磨他的铁锹,因此他的铁锹也就像刀子一样的薄而飞快。但是,即使林大明抄起的是张焱的铁锹,即使这把铁锹并不太快,铲过去的这一下也相当严重。当时高天面对着这突如其来的铁锹,脸上露出惊讶的表情,他张开嘴,刚刚啊地叫出一声,那把铁锹也到了,只听咔嚓一声,他的半边嘴就一下被铲到了耳边。人的头颅真是一个很奇怪的东西,如果将嘴这样铲开,整个脑袋也就似乎被铲开了一半,那样子不仅吓人,也非常的难看,一颗秃光光的头颅就像是一只被切开的西瓜。

高天发出一声很难听的惨叫,立刻捂着脸倒在了地上。

林大明当即被弄去了县里。这时知青工作已越抓越紧,县专政指挥部和县知青办为狠煞知青打架斗殴的歪风,正准备抓一个典型好好整一整。这一来林大明刚好撞到枪口上。县专政指挥部的人将他押回挖渠工地,当众宣布对其拘留之后,就在众目睽睽之下给他砸上手铐脚镣押走了。林大明却并无半点惧色,昂首挺胸走得大义凛然。

但是,林大明并没在县里羁押多久。县知青办的人经过研究认为,按当时有关条文的规定,像林大明这种情况应交还原户口所在地的公安机关处理更为合适。于是经过与县专政指挥部多次交涉,最后竟就将他押解回城了。

林大明被押送回城的那天,汽车先开到我们公社。押送他的人要为他办理一些相关手续。与此同时,张焱也已接到正式通知,刚好来公社办理选调手续。张焱从公社办公室里兴冲冲地走出来时,迎面正好碰到戴着手铐的林大明。这时的林大明已被剃成光头。

他冲张焱一笑问，你也要回城了？

张焱怔一下，冲他点点头，嗯一声。

我也回去！林大明很自豪地朝身后一指，有车送我！

我相信，在我这个年龄的知青中，应该有很多人对1977年刻骨铭心。就在这一年的冬季，大约12月中旬，中国发生了一件意义深远的大事。这件事至今想来仍然激动人心，它不仅改变了许多知青的命运，从某种意义上说，也改变了我们这个国家的历史。是的，就在那一年冬季，中国又重新恢复了高考制度，也就是说，上大学已不再由伟大的工农兵群众推荐，而是又要经过文化考试了。也就在这一年，我考取大学，终于离开了前进公社。

我接到录取通知书已是第二年的二月。去公社办理手续那天，正下着大雪。在我的印象里那场大雪真是非常的罕见，雪片的形状就像梅花的花瓣。我没有想到，在公社门口竟然又遇到了张焱。乍一见面，我几乎有些不敢认，他蓬头垢面，穿一身满是油渍的再生布工作服，像是刚从什么遥远的地方回来的。他告诉我，他这一次被选调，竟然被分到一个石油勘探单位，然后就去了一个远得难以想象的地方。那里风沙弥漫，荒无人迹，连野生动物都极为罕见。他只在那里待了几天就意识到，倘若再继续待下去，还不如回来继续插队。于是，他重新又经过一番努力，好不容易才又将自己的关系重新办回来。他告诉我，现在，他已重新获准插队，来公社是报到的。他很自豪地对我说，他现在已又是一名光荣的知识青年了！

这时，他才突然想起问我的情况。

我没忍心告诉他，我已考上大学。

我只是问他,听没听说关于张燚的事。

张焱的脸色暗了一下,说是啊,听说了。

张燚是在初冬的一个夜晚喝下一瓶安眠药的。在此之前没有任何迹象。据宣传队的女演员说,有人看见,张燚在那天下午很认真地洗了一个澡,她几乎在浴室里待了整整一个下午,将自己身体的每一个角落都很仔细地选过,回到宿舍又换了一身洁净的衣服,就躺到床上。童亮发现她已是第二天的上午。因为她没去打印室,童亮来宿舍找她。事后童亮对我说,她躺在床上,身体很冷,很硬,摸上去就像一块石头。童亮流着泪说,也许,是因为他对她说了太多的话,他真不该对她说那些话。但是,童亮却并没有告诉我,他究竟对她说了些什么。

张焱沉默了一下,对我说,张燚的后事他没赶上。

我说是啊,我也没赶上,我是事后才听说的。

我还想对张焱说点什么,却又一时想不起还能说什么。就这样,我们就各自走了。这以后,我就再也没见过张焱,也没听到他的任何消息。很多年后,一次在街上,我偶然遇到林大明。林大明是从路边的一辆咖啡色"林肯牌"轿车里钻出来的,他显然是看到了我,有意让车停下来。他的样子跟过去相比已判若两人,西装革履,油头粉面,离得很远就能闻到一股古龙水的气味。他告诉我,当年他从公安局里放出来,一直没有正式工作,所以,到后来他也就成为中国第一批先富起来的人。我没问他做的什么生意,不过看得出来,他的生意一定做得很大。我向他问起张焱和童亮的情况。他的神色一下有黯然。他告诉我,童亮不知去了哪里,张燚死后不久,他在一天晚上离开那个县文化馆,从此就再也没有了下落。

张焱呢?我问,张焱在哪儿?

张焱,已经不在了。

林大明咳一下，说。

林大明告诉我，张焱第二次插队竟然去了大秦庄，和高天在一起。如此一来，他的处境也就可想而知。后来高天将所有的关系都扔在农村，只身回了城里，与他当年的郝青青终成眷属，两人开了一爿小店，专卖早点和小吃，生活还算过得去。而张焱只想光明正大地选调，就这样在大秦庄耗了很多年，直到后来连病退也不能办了，就窝在了村里。再后来，他回到城里四处想办法，还去市里的一些机关部门乱撞，像个疯子一样逢人便打听落实知青政策的事。但这时已没有知青办，各种专门负责知青工作的机构也都已撤销，就这样，他又跑了几年，就彻底绝望了。大约是在一个春天的傍晚，张焱爬上县城里一座最高的建筑，他先将一桶汽油浇到自己身上，然后轰地点燃，就在那个建筑的楼顶上疯狂地奔跑起来。直到最后，他从楼顶一脚迈出来，就飞向生机盎然的大地。当时县城里的很多路人都亲眼目睹了这个骇人的情景。张焱身上的火光刺破天空，像一只火蛾在飞翔。

林大明说罢，拍拍我的肩膀，就钻进他的"林肯"走了。我发现，这辆咖啡色的"林肯"竟然也像一只蛾，在街上倏地一飞就远去了。我看着，突然觉得喉咙里涩涩的。

2006年元月5日定稿天津木华榭

哭　麦

　　今天生长在城里的年轻人已经很难想象真正的麦田是什么样子。真正的麦田并不是黄色的，而是金色，金光灿灿，一望无际，远远看去铺天盖地让人不寒而栗。那时曾有一首流行歌曲是这样唱的：麦浪滚滚闪金光，棉田一片白茫茫，丰收的喜讯到处传呀，社员人人心欢畅……丰收无论对谁当然都是喜讯，但在当时，对于我们这些被驱赶来农村的年轻人却未必。我们的口粮是由国家供应，每月百分之四十面粉，百分之六十的玉米粉和高粱米，也就是所谓的商品粮。从这个意义上说，村里的麦子丰收与否跟我们没有任何关系。如果硬说有，也就是到了收割季节我们要流更多的汗水，付出更多的艰辛。

　　没有人能想象得出，在田里弯腰割麦是一种多么可怕的事情，那种感觉简直就像世界末日。来农村之前，我们只在课本上读到过有关割麦的事，说是有一种叫"康拜因"的联合收割机，在前苏联的集体农庄被普遍使用，前面一边割麦，后面就已打成捆并将脱穗的麦粒直接装入汽车，非常现代化。但是，我们来到农村才发现，我们中国的人民公社跟人家苏维埃的集体农庄根本不是一回事，我们不仅没有"康拜因"，甚至连20马力的"东方红牌拖拉机"还不普及，割麦只能用镰刀。用镰刀割麦看似容易，其实是农村著名的"四大累"之一。所谓"四大累"也就是四种最繁重的体力劳动，它包括：割麦子、脱坯、养孩子、××。其中第四累是第三累的原因，第三累是第四累的结果，这里就不必细说了。由此可见，割麦即使在重体力劳动中也居首位，应属重中之重。我至今仍无法准确地形容，一个人长时间地弯腰在田里割麦子，手掌被镰刀磨出层层血泡，脸颊让锋利的麦芒刺得伤痕累累，从脖颈到腰背一直放射到脚跟疼痛得近乎麻木，那是一种什么样的感觉。我曾在一块巨大的麦田里收割过一条长得难以想象的麦垄，据当地农民称，足有5里长。但这样的5里并不是我们通常所说的5华里，更不是2.5公里的2500米，要知道，农民说这种话是从不负责任的，他们告诉你5里，就有可能是6里或7里，甚至8里。起初我并没意识到事情的严重，但渐渐地就感觉这条垄开始阴险起来，似乎不动声色地越拉越长。直到我感觉自己的腰出了问题，疼得已快要支撑不住，再抬起头看一看竟然还一眼望不到头。而此时我两旁的村民都早已割到前面去，只留下我这条垄像一堵矮墙似的立在光秃秃的麦田里。这对于割麦者当然是一种奇耻大辱。于是，我只好咬着牙又弯下腰去继续拼命往前割，就这样割到傍晚，割到天黑，一直割到半夜才总算割到了地头。也就从这一次，我再看到麦田立刻就会本能地感到头晕目眩，两腿发软，甚至大小便都要失禁。其实又何止是我，几乎我们集体户的每个人，每到农历的三四月眼看着绿油油的麦子一天天疯长起来，又由绿变黄被风吹起波澜壮阔的惊涛骇浪，就都会出现程度不同的生理反应。而且那麦子越是长势喜人，我们也就越是一筹莫展。

我至今还记得1977年的那个初夏。

在那个初夏,我们村的小麦呈现出历史罕见的大好长势。当时用的是一种叫"反修3号"的新品种。没有人会想到,这个新培育的"反修3号"竟会有如此优良的性状,不仅穗长坚实,颗粒饱满,而且株高挺拔抗倒扶,走在田里几乎能没腰际。显然,这一年的丰收已成定局。那段时间,村庄里的大喇叭从早到晚都在播放着那首"麦浪滚滚闪金光"的歌曲,村民们也都喜气洋洋地磨着镰刀,收拾绳索,准备开镰收割大干一场。而与此同时,我们的情绪也都已坏到了极点。首先是杨鸣。杨鸣在一天中午去生产队长那里请假碰了钉子。他请假的理由看似很充分。他对队长说,刚刚接到家里拍来的电报,他母亲病了,而且病得很重,他家里只有他这一个儿子所以要马上赶回去。但杨鸣在说这番话之前显然没有考虑周全,因此也就有一个很大的漏洞。按以往惯例,我们村里有谁来电报都是一件很大的事,乡邮员要先去大队部,将电报交到大队会计的手里签字盖章,然后再由大队会计用大喇叭通知谁谁去领。但在这个上午,村里的大喇叭一直在播放"麦浪滚滚闪金光",从没有间断过,这也就说明并不曾有电报送来。但生产队长还是给杨鸣留了一些面子,并没有当即揭穿他。我们村的生产队长姓常,由于是著名的割麦能手,每两镰割下的麦子就能捆成一大捆,因此在村里被人称为常二捆。这时,常二捆眯起眼问杨鸣,他母亲得的是什么病。杨鸣仍然不动声色,说目前还不清楚,电文只有几个字,母病重速归。

别的就没有了吗。

杨鸣说没有了。

杨鸣为常二捆解释,电报是要按字算钱的,当然不会写得太细。

然后又说，也正因为没写详细，他才更加担心，因为他母亲的身体一直不好，长年患有多种慢性病，比如高血压，心脏病，动脉粥样硬化以及脉管炎等等，因此这一次，无论犯了哪一种病都很严重。

杨鸣和常二捆这样说话时，常二捆正蹲在自己家的门前捧着一只粗瓷大碗喝玉米粥。他这时把碗放到地上，又拿起一块秫面饼。所谓秫面也就是高粱面。那时的高粱大多是"东方红1号"，这个杂交品种产量极高，但品质也极差，不仅口感粗糙，用它做的面饼稍稍一凉就会像石头一样坚硬。常二捆从这个面饼上掰下一小块，朝前面不远的土垣瞄了一眼，突然一挥手扔过去。只听吱地一声，杨鸣回头看去，就见一只硕大的田鼠被打死了。这只田鼠显然正在专心致志地挖洞，因此没注意到身边的危险。常二捆这一下打得很准，那块面饼刚好击中它的额头，所以它连动也没动，一伸腿就死在了那里。常二捆起身走过去，从地上捡起那块面饼，小心地吹去粘在上面的泥土就放到嘴里，然后一边嚼着对杨鸣说，看见么，这就是秫面饼，馒头是啥样子，你在城里长大应该比我更清楚。杨鸣一时没明白常二捆是什么意思，眨眨眼看着他，问秫面饼怎么了，馒头又怎么了。常二捆说，秫面饼是用秫米做的，而馒头是用麦子做的，你们都是文化人，这点道理还不懂吗。杨鸣立刻明白了，常二捆的意思是想表明，用高粱做的食物质量很差，甚至坚硬得能打死老鼠，而用麦子蒸出的馒头则不同，从品质到口感都不言而喻。他是想以此来强调收割小麦的重要性。

常二捆点点头，说对，就是这个意思。

接着常二捆又说，现在村里马上就要开镰了，麦收可是当前的头等大事，你说你母亲病了，如果黄小毛也来找我，说他父亲病了，怎么办？王松再来找我，说他姥姥病了怎么办？还有杜红呢，我都让你们回去吗？如果都回去了，村里的麦子还收不收？常二捆这样说完，就又埋下头去继续喝玉米粥了。杨鸣直到这时才终于明白,尽管常二捆没有把话说透,其实他早已识破了自己,因此,无论再跟他扯什么理由也都无济于事了。

杨鸣在这个中午碰了钉子,情绪很低落,回来时就从小卖店买了一瓶地瓜烧酒。他这次去找常二捆原本是想先行一步。往年每到麦收季节,我们集体户的每个人都会想尽各种理由请假躲回城里去,一般当然是最先请假的更容易获准,越到后面也就越难。但这一次却出人意料,常二捆从一开始就把口封得很死。这让杨鸣很沮丧。

在这个中午,杨鸣拎着地瓜烧酒走出村外,就在快要来到我们集体户时,突然听到一个很奇怪的声音。这声音显然是用两根木棒敲出来的,虽然不大,却很清脆。接着,他就看见了孙羊倌儿正站在我们院子的附近。孙羊倌儿是个相貌丑陋又很邋遢的中年男人,平时为村里看管几十只山羊。他的视力很不好,无论看什么都要用力眯起眼,但脑筋却异常灵活,最善于跟人狡辩。杨鸣一见孙羊倌儿立刻就警觉起来。他发现,孙羊倌儿的手里正拿着两根油光光的枣木棒。孙羊倌儿一向很懒惰,放羊从不肯走得太远,只在村庄的周围转来转去,因此附近的青草渐渐也就所剩无几。但孙羊倌儿也有自己的办法。他的那些山羊经常会在他的唆使下悄悄潜入人家的院子偷吃干草,孙羊倌儿则在外面为它们望风,一旦发现什么情况,只要敲一敲手里的枣木棒那些羊立刻就会装作若无其事地走出来。曾经有人问过孙羊倌儿,究竟是用什么方法训练的这些羊。孙羊倌儿却笑而不答,再问就矢口否认。在这个中午,杨鸣一见孙羊倌儿立刻就意识到了什么。接着,果然发现正有几只羊像散步一样大摇大摆地从我们集体里走出来。杨鸣顿时感到很恼火,立刻朝孙羊倌儿走过去。

他质问他，为什么说话不算话。

就在这一年春年，孙羊倌儿曾多次指使他的羊溜进我们集体户偷吃干草。这些干草对我们来说真的是来之不易。那时按村里规定，每年春天，社员都要向生产队缴纳一定数量的干草作为牲畜饲料。我们知青也是社员，当然不能例外。但我们平时下田累得筋疲力尽，回来时就已没有力气再去割草，而且往往割回一筐青草，晒干之后却所剩无几，因此能攒下这样一垛干草很不容易。我们发现了孙羊倌儿的羊经常来偷吃干草，就去找他理论。孙羊倌儿起初当然不肯承认，他说他的羊口味很高，而我们知青割的草质量又很差，就是请他的羊来吃它们都不会吃。但就在这时，杨鸣却从一颗羊粪蛋上发现了问题，他走过去，一脚将那颗粪蛋踏扁，然后就从里面抻出一根红色的塑料头绳。这根红头绳显然是杜红用过的，不知怎么丢在了干草堆里。这一来孙羊倌儿才无话可说了。当时杨鸣坚持要卸下一条羊腿，作为对我们干草的补偿。但这显然不太现实。羊是生产队的集体财产，孙羊倌儿无权做任何处置。他只是捶胸顿足指天发誓，说下一次决不再让他的羊干这种事，如果再有类似的事情发生无论我们怎样做他都绝无二话等等。在这个中午，杨鸣质问孙羊倌儿，既然他在不久前刚刚发过毒誓，为什么又指使他的羊来偷吃我们的干草。但这一次，孙羊倌儿却显得若无其事。他讪笑着问杨鸣，是吗，我的羊吃过你们的干草吗。

杨鸣说当然吃了，我亲眼看到的。

杨鸣说，你的羊刚从我们集体户的院子里出来，而且如果我没听错，还是你敲那个枣木棒把它们叫出来的，你现在怎么能不承认呢。孙羊倌儿却仍然不慌不忙，说我不是不承认，我的意思是说，这种话可不是随便乱说的，你要拿出证据来，如果你还能从它们的粪蛋里找出一根玻璃头绳，我当然会承认。孙羊倌儿这样说显然是在胡搅蛮缠，杜红不可能有那么多的塑料头绳让孙羊倌儿的羊来吃。孙羊倌儿眯起两眼看看杨鸣,又得意地嘿嘿一笑,说你刚才没有听错,我确实敲过枣木棒,但我敲枣木棒是因为我的羊跑散了,这里几只那里几只,我是想把它们叫回来,这跟你们的干草没任何关系。

杨鸣盯住孙羊倌儿问,如果我能找到证据呢?

孙羊倌儿立刻愣了一下,问什么证据。

杨鸣说,当然是你的羊偷吃我们干草的证据。

孙羊倌儿的嘴张了几张,却没有说出话来。

杨鸣问,你是不是就承认了?

孙羊倌儿忽然笑了,说当然,只要你能拿出证据我就承认,而且,就算这些羊都是生产队的,如果它们真干出违法的事来我也要负责任,我还可以对你们做出赔偿。

好吧,杨鸣点点头说,咱们一言为定。

杨鸣没再跟孙羊倌儿纠缠下去,转身就走进集体户的院子。但是,他一进院立刻愣住了。在我们集体户的窗根底下晾着几十棵白菜,这是我们几天前刚从村民那里买的。我们虽然吃的是商品粮,平时的副食却很差,只能吃一些腌咸菜,于是大家商议,一旦收割小麦会很辛苦,就事先买了这些白菜,准备万一请假不能获准,也可以改善一下伙食。但在这个中午,杨鸣走进院子才发现,这些白菜都已被什么动物啃得面目全非,有几棵甚至只剩了几片破碎的菜叶散落在地上。杨鸣立刻看出这是被羊吃过的,接着就想起刚才见到的那几只鬼鬼祟祟的山羊,嘴角确实还沾有一些菜叶。杨鸣立刻脸色铁青地转身走出来。他刚要去找孙羊倌儿理论,无意中一回头,发现有几只羊正站在不远处朝这边偷觑,于是又停住脚,想了一下就转身走回来。杨鸣一向是个心很细的人,手边备有各种常用药品。我们平时遇到哪里不舒服,都会来找他。这时,他来到屋里取出小药箱,在里面翻了一阵找出一只白色的小药瓶。事后他告诉我们,这是一瓶叫"奋乃静"的安眠药。说是安眠药,其实也就是一种强镇静剂,化学名称叫"羟哌氯丙嗪",是专门用来控制精神病人的。我不知这种药在今天是否还有使用,但据杨鸣说,在当时,这种"羟哌氯丙嗪"应该是力量相当强大的镇静药之一。在这个中午,杨鸣找出这瓶"羟哌氯丙嗪"就又来到院子里,从一颗白菜上扯下一片很大的菜叶,倒出大半瓶药片小心包好,又重新塞回到那棵白菜的菜心里,然后就将它摆放到门口一个很显眼的位置。杨鸣做完这一切,走出院子看了看。这时孙羊倌儿已站到很远的地方,做出一副他的羊无论再干出什么事都与他无关的样子。但杨鸣发现,那几只羊仍然躲在土坡的后面贼心不死地朝这边看着。于是,他又捡来几片菜叶故意扔在院子门口,就转身回来了。

杨鸣回到屋里,特意选了一个最佳的观察角度。在这里刚好可以看到外面的一切,外面却看不到屋里。他打开那瓶地瓜烧酒,坐下来一边慢慢喝着,耐心地等待着。没过多久,就见那几只羊又鬼鬼祟祟地来到我们院子的门口。不过看得出来,它们确实训练有素,似乎知道这院子的主人正躲在暗处,所以并不贸然进来,只是探头探脑地朝院子里张望。但是,当它们吃了杨鸣故意扔在门口的几片菜叶,偷吃的欲望立刻又膨胀起来。也就在这时,它们突然发现了那棵摆放在院子当中的大白菜。先是一只身材瘦小的白色山羊终于按捺不住。它的样子很机灵,先试探着朝前蹭了几步,又蹭了几步,然后扬起头朝窗子里看了看。不过它显然没看到什么,那扇窗子悄无声息。但它似乎仍不放心,又伸长脖颈朝四周张望了一下,当确信院子里真的没什么危险,才转过身去用力一扑,以令人难以置信的速度一口将那棵白菜叼在嘴里。它原本是想将这白菜叼到外面去,找一个安全的地方再慢慢地吃，但回头一看，身后的几只羊正用贪婪的目光盯视着自己，于是立刻又改变了主意，索性将白菜放到地上用力咬了一大口，接着又咬了一大口。这时，它很可能感觉出这白菜里有一股奇怪的异味，抬起头愣了一下，但立刻就咯嘣咯嘣地嚼着一伸脖用力咽下去。这种叫奋乃静的镇静药我曾经听人说过，的确很苦，而且有一股说不出的味道。这只山羊此时一定感觉口腔里很不舒服，于是连忙又低下头去三口两口就将剩下的白菜全吃光了。

杨鸣始终坐在屋里，耐心地朝窗外看着。

又过了一会儿，这只山羊显然觉出哪里有些不对劲，于是慢慢转过身，就像喝醉了一样摇摇晃晃地朝门口走去。但只走出几步，身体一歪就倒在地上。

这天中午，我们从田里回来，一进门都吓了一跳。只见杨鸣浑身酒气，正蹲在地上摆弄着一只死羊。黄小毛立刻兴奋起来，问杨鸣是从哪里搞到的，说这下好了，下午剥了它，晚上就有羊肉吃了。但我看了杨鸣的脸色，却立刻有种不祥的预感。杨鸣在这个中午去常二捆那里请假，其实我们是知道的。但我们心里想的是，他先去也好，可以试探一下常二捆的态度，如果常二捆很痛快就批准了，我们再去也就有了把握。不过现在看来，显然事情没有这样简单。是啊，杨鸣垂头丧气地说，事情确实没有想象的这样简单。

我问，常二捆……怎么说？

他说今年麦子大丰收，所以无论谁，都不准以任何理由请假。

我和杜红听了相视一下，心里立刻都沉重起来。

如果真如杨鸣所说，那也就意味着，这次割麦子我们每个人都在劫难逃了。黄小毛也意识到事情的严重性，看看我和杜红，不再说吃羊肉的事了。就在这时，我突然发现，那只躺在地上的羊轻轻动了一下。杜红也看到了，立刻吓得倒退了一步，说呀，这东西还没死。杨鸣嗯一声说，它确实没死，只是睡着了，一会儿就会醒过来。这时我们已经猜到是怎么回事，院里那些散落的菜叶已经说明了一切。黄小毛压低声音说，还是先把它藏起来吧，孙羊倌儿发现丢了羊，一定会来找的。杨鸣想了想，从小药箱里翻出一卷医用胶布，就将这只羊的嘴严严实实地缠起来。杜红看了感到奇怪，问他这是干什么。我却立刻明白了，杨鸣是担心这只羊醒了会叫。羊的叫声虽然不大，却能传得很远，而且咩咩的非常难听。

我们商议了一下，就将这只羊抬到放粮食的库房里。

也就在这时，孙羊倌儿一脚踏进我们的院子。

孙羊倌儿走进来并没有立刻说话，只是低下头很认真地看了看散落在院里的菜叶，又绕到干草垛的后面去看了一下，然后才走到杨鸣的面前，盯着他说，黄毛不见了。

杨鸣若无其事地扫着院里的菜叶，说不会吧。

孙羊倌儿说怎么不会，就是不见了。

杨鸣抬起头说，黄毛刚回来，正躺在屋里。

孙羊倌儿满脸狐疑地看看他，立刻走到窗前，伸头朝屋里望了一下，果然看到黄小毛正躺在炕上。孙羊倌儿转过身，脸色难看地对杨鸣说，我说的不是黄小毛，是黄毛。这时黄小毛已经闻声走出来。黄小毛一向对孙羊倌儿把他的那只羊叫黄毛很反感，因为他的黄小毛叫起来有些绕嘴，我们平时就叫他黄毛。他曾经找到孙羊倌儿很认真地谈过此事，对他说，不要再把那只羊叫黄毛，这样容易造成混淆，同时也是对他的侮辱。黄小毛甚至威胁过孙羊倌儿，说如果他再这样叫，他就要不客气。但孙羊倌儿对黄小毛的威胁却并不在意，他对黄小毛说,他这样叫也是有道理的,因为这只羊浑身雪白,只在鼻梁上有一小撮黄毛,看上去非常的显眼。孙羊倌儿说不叫它黄毛,难道还叫它白毛不成。这时,黄小毛不动声色地走到孙羊倌儿的面前,问他找自己有什么事。孙羊倌儿并不想理睬他,又转身对杨鸣说,我现在警告你,这只羊可是生产队的集体财产。杨鸣听了一笑说,我知道是生产队的集体财产,可是,这跟我又有什么关系呢。孙羊倌儿说当然有关系,你刚才回来时,是见过黄毛的。

杨鸣说是吗,我见过吗。

孙羊倌儿说你当然见过。

杨鸣翻起眼皮问,我在哪里见过呢。

孙羊倌儿看一眼地上的菜叶,张张嘴却没说出话来。

杨鸣又心平气和地说,你刚才自己已经说过,你的羊从没进过我们的院子,更没吃过我们的干草和白菜,所以,你现在来我们这里找羊是没道理的。另外,杨鸣又说,我再提醒你一句,你的工作是为生产队放羊,现在羊丢了,你有不可推卸的责任,你还是抓紧时间快去找吧,否则天黑了,它说不定会被什么野物儿拉去吃掉呢。

孙羊倌儿被杨鸣说得张口结舌,脸上红一阵白一阵。

他又用力看一眼杨鸣,点点头说好吧。

然后,就转身走了。

这天下午,我们都已无心再去下田。割麦子的事就像一个巨大的阴影,一下将我们每个人的心头都笼罩住了。吃过午饭,杨鸣提议去挖田鼠。挖田鼠是一件很有趣的事,不仅可以开心解闷,还能为我们带来一些收益。其实挖田鼠最好的季节是在秋天。田鼠是一种计划性很强的动物,每到秋季,它们就开始忙着为过冬贮备食物。这时正值秋收，田里有各种粮食，因此也就为它们提供了充足的食物来源。更有趣的是，田鼠的生活也很有条理，它们的洞穴就像人类，也分为若干个功能性房间，比如卧室、婴儿室、起居室、贮藏室以及卫生间等等，而且贮藏室里的粮食也分门别类，存放得井然有序。在挖田鼠时，首先要搞清楚它的洞穴结构，找准贮藏室。偶尔遇到规模庞大的家族洞穴，一次竟能起获几十斤粮食。这种粮食当然不能再食用。因为田鼠搬运粮食的方式很奇特，它们的两腮各有一个嗉囊，要先将粮食吃到嘴里，装入嗉囊，等回到洞穴再一点一点吐出来。所以，我们只用这些粮食去向当地村民换鸡蛋。当然，我们是不会说出这些粮食的来路的，不过即使说了也无所谓，当地村民并不在意这些。在这个下午，我们实在觉得无聊，就扛着铁锹一起去了田里。

挖田鼠说起来简单，其实也并非易事。它们的洞口一般都有很多，有的是真的出口或入口，也有的则只是用来迷惑人或其他动物的。在此之前，我们一直使用很笨的方法，就是往洞里灌水。但后来发现不行，这种方法只能把田鼠灌出来，洞里的粮食却无法再挖。接着我们很快发现，杨鸣竟有一种超人的本领。他的嗅觉异常灵敏，只要趴在几个洞口闻一闻，立刻就能判别出哪个洞里有田鼠，哪个洞里有粮食。在这个下午，我们原本只想挖些粮食，拿去村里换点鸡蛋，这样也可以为割麦子再筹备些副食。但来到田里，杨鸣却忽然改变了主意，想挖完粮食再捉几只田鼠。田鼠的性情一般都很暴烈，当它们发现自己辛辛苦苦弄回的粮食被人类挖走，用力一跳就会气死，即使没有被气死，也会疯狂地相互撕咬，以此来发泄对人类的仇恨。因此，这也是我们平时娱乐的一个项目，偶尔捉几只田鼠带回去，放到一个盆里欣赏它们撕咬。这些田鼠大都凶残无比，在面对自己的同类时决不嘴软，它们往往会相互咬得鲜血四溅，到最后甚至扯得七零八落。我们在这个下午没费多大气力就找到一个规模庞大的洞穴群。这显然是一个人丁兴旺的田鼠家族，就在一片麦田附近。杨鸣先趴在地上观察了一下几个洞口，又伸着鼻子到处嗅了嗅，就将一条布口袋罩住其中的一个洞口，又让我们分别把住另几个洞口，然后用力地向洞里吹气。田鼠一般都很怕风，一旦感到空气流动立刻就会顺着风向跑，这样一来也就都从杨鸣的那个洞口钻进了口袋。我发现，这只口袋很快就鼓胀起来，至少钻进几十只田鼠，里面一片吱吱的叫声。接着，我们在杨鸣的指挥下又挖开另一个洞口，果然是一间贮藏室。这一次收获很大，竟然挖出满满的一袋粮食，而且都是小麦。黄小毛笑着说，这些小东西，它们已经抢先收割了！

我们有了这样的收获，心情总算好了一些。

这天傍晚，我们将这些麦子和田鼠背回来，商议如何处置。杜红认为，现在还不能把粮食拿去村里换鸡蛋，因为麦收还没有正式开始，这时弄了这些麦子去会被村民怀疑，你说是从田鼠洞里挖出来的，可是谁又会相信呢，如果常二捆硬说是从麦田里偷来的怎么办，这种瓜田李下的事是无论如何都无法说清楚的。大家一听也觉得有道理，就先将这些麦子藏起来。接着，我们就开始准备让田鼠咬架。黄小毛将那只装满田鼠的口袋拎进屋里，又找来一只大一些的洗脸盆。但就在这时，我们听到一阵呜呜的声音。这声音并不很大，有些低沉嘶哑，似乎是什么动物憋着喉咙叫出来的。

黄小毛立刻说，是黄毛！

这时我也已经听出来，这声音确实是从库房那边传来的。于是，我们立刻来到库房。杨鸣轻轻打开门，果然发现黄毛已经醒了，它大概由于吃了过多的"奋乃静"，看上去有些憔悴，两个下眼皮有了明显的眼袋。这时，它正站在一口装满粮食的大缸旁边扬起头用力叫着。

它显然很不习惯这样的叫法，由于嘴被胶布牢牢封住，所以每叫一声，为使气息顺畅地从喉咙里出来就不得不伸长脖颈，这样一来也就只好把头高高地扬起来。但它的叫声确实很难听，有些让人不寒而栗。这时，它回头发现我们进来立刻就不叫了，一边向后退缩着，眼里露出惊恐的目光。

黄小毛冲它笑着说，你终于醒啦？

黄毛睁大两只乌黑的眼睛，用力瞪着他。

黄小毛又说，你不知这是什么地方吧？

黄毛扬起头，呜地又叫了一声。

这时杨鸣走过来，嘟嘟囔囔地说，你不是爱吃我们的白菜吗，其实还有好东西呢，今天就让你吃够了。他一边说着就将一根手指粗细的麻绳套在黄毛的脖子上，然后将它牵来刚才的房间。这时黄小毛已做好一切准备，又将那些捉来的田鼠分到两个口袋里，然后兴致勃勃地放到杨鸣面前说，每个口袋里是二十八只，大小都有搭配，你先挑一个吧。杨鸣看也没看就拎过其中的一个口袋。但他刚把手伸进去，立刻被里面的田鼠狠狠咬了一口。他抽出手放到嘴里吸吮了一下，然后才又小心地伸进去，抓出一只田鼠放进盆里。

黄小毛看看他，也从自己的口袋里抓出一只田鼠放进来。

他抬起头问，还是，老规矩？

杨鸣点头嗯一声，说老规矩。

杨鸣和黄小毛所说的老规矩，是指让田鼠咬架的规则。他们以往的规则是这样的，双方各抓出一只田鼠放在盆里撕咬，直到角出胜负，将被咬败的一只抓出来当场摔死。这时，被放进盆里的两只田鼠显然已在口袋里闷得晕头转向。可以想见，它们在这样一个风和日丽的下午原本好端端地待在自己的洞里，而且到处洋溢着丰收的喜悦，却突然莫名其妙地就被赶进一只这样的口袋，而且辛辛苦苦收来的麦子也都被挖走，家园遭到毁灭性的破坏。它们的心里一定怒火中烧。所以这时在盆里一见面，立刻就像两个角斗士似的怒目相视，接着吱地大叫一声就同时冲上来咬到一起。田鼠的撕咬声虽然并不大，却极为惨烈，听起来简直惊心动魄。黄小毛的那只田鼠体魄明显健硕一些，因此很快就占了上风，它突然张开锋利的牙齿一口咬住杨鸣这一只的脖颈，然后猛一低头，又狠狠一拧，只听噗地一声，一股鲜血立刻喷溅出来，有一缕还飞到了盆外。与此同时，我们突然听到身后咕隆一响。回头去看，才发现黄毛已经跪在了地上。它显然从未听到过如此骇人的惨叫声，更没见过这样血腥的场面。这时，它试图重新站起来，但两条前腿一直在不停地发抖，看上去已经没有了一点气力。

黄小毛得意地抬起头，看着杨鸣。

杨鸣绷紧嘴唇，从盆里抓起那只被咬败的田鼠啪地摔在地上。这只田鼠叫也没叫一声，两条后腿一蹬就不动了。接着，杨鸣又转身揭掉黄毛嘴上的胶布，掰开它的牙齿，突然从地上抓起那只死田鼠就塞进它的嘴里。黄毛绝没料到杨鸣会这样做，在它仅有的一点记忆中只知道吃草的味道，最多也就是再吃一些菜叶，现在嘴里突然被塞进这样一团软囊囊而且味道奇怪的东西，顿时有些不知所措。它拼命挣扎着扭出头，呜呜地叫了两声，一用力就将这只可怕的死田鼠从嘴里甩出来。杨鸣看它一眼，转身又从口袋里抓出一只田鼠。这只田鼠比前一只更瘦小，虽然一放进盆里也是呲牙瞪眼，一副怒气冲天的样子，却立刻被这盆里浓重的血腥气熏得愣了一下。而此时黄小毛的这一只也已经咬红了眼，用力一窜就扑过来。杨鸣的这只小田鼠显然头脑灵活一些，看出自己不是人家的对手，一转身就撒腿拼命逃窜。但它并没意识到这是在一只盆里，无论跑得多快也只是在盆底一圈一圈不停地转。而黄小毛的这一只却突然出人意料地改变了方向,猛地掉转头又向回跑,就这样,一口咬住了这只小田鼠的喉咙。但这只田鼠毕竟太小了,只被它轻轻一甩就从盆里飞出来。杨鸣看着这只小田鼠在地上跌跌撞撞地跑了两步,突然抓起来一转身又塞进黄毛的嘴里。这一次的问题就有些严重了。黄毛感觉到,这只被塞进自己嘴里的东西竟然还在不停地乱爬,而且无论怎样努力都无法将它吐出来。而此时的这只小田鼠也已在黄毛的口腔里彻底转了向,它感觉就像是进了一间桑拿浴室,不仅热气腾腾,而且到处都是湿乎乎的,也就在这时,它突然发现了一条通道,于是看也没看就纵身一跃朝下跑去。但它做出的却是一个极其错误而且危险的选择,这当然并不是什么通道,而只是黄毛的喉咙。它这样朝里面一跑,黄毛立刻忍无可忍,于是呜地大叫一声就将这只小田鼠重新呕回到嘴里,接着上下牙齿又本能地一嚼。它嚼的这一下用力很大,只听咔哧一声,这只小田鼠的身体立刻被咬破了,一股血和汁液顿时流满了整个口腔。黄毛突然有了一种异样的感觉,就像是喝了一口烈性烧酒,精神猛然一振,浑身仍被"羟哌氯丙嗪"麻痹着的神经也随之兴奋起来。它还从没尝过味道如此奇妙的食物。它搞不明白,自己嘴里这个奇怪的软东西究竟是什么。于是,就又试着嚼了一下,接着又嚼了一下。它很快发现这个软东西的确很好吃,而且还有一些韧性,就像是口香糖一样越嚼越有味道,于是索性就连续不断地大嚼起来。黄小毛立刻睁大两眼,伸过头来很认真地看看黄毛,又扒开它的嘴朝里面看了看,然后回头瞪着杨鸣。

这家伙……它把老鼠给吃了?!

杨鸣显然也没料到竟会是这样。这时,他正目不转睛地盯着黄毛。此时的黄毛已将那只田鼠彻底咽下去。它甚至还伸出舌头,意犹未尽地舔了舔自己的嘴唇。

杜红也惊愕地说，它……它是一只羊啊，怎么能吃老鼠?!

杨鸣没说话，又从口袋里抓出一只田鼠。但这一次，他没再把这只田鼠放到盆里，而是直接举到黄毛的面前。这只田鼠似乎已经预感到什么，一边在杨鸣的手里吱吱乱叫，四条腿拼命挣扎着来回乱蹬。杨鸣试探着将它举到黄毛的嘴边，想看一看它是否还会吃到嘴里。但黄毛显然被这只挣扎的田鼠吓着了，连忙把嘴躲开，又向后退了一步。

这真是一个令人愉快的傍晚。我们玩得很开心，几乎已将割麦子的事完全忘记了。但杨鸣的头脑仍很清醒。他看一看外面的天色就拿出胶布又将黄毛的嘴重新缠起来。他说这件事不会就这样算完的，孙羊倌儿发现黄毛不见了，一定会到处找的。

杨鸣果然没有说错。天黑以后，我们正吃晚饭，孙羊倌儿就来到我们集体户。我们见到孙羊倌儿的样子都吃了一惊，他一定是为寻找黄毛跑过很多地方，看上去疲惫不堪，好像还在哪里跌了一跤，脚上满是泥水，一条裤腿也扯开一条很长的口子。他一进来突然愣了一下，耸起鼻子闻了闻，接着两只混浊的眼睛就倏地亮起来。

他问，你们……在吃煮肉？

我们确实正吃煮肉。但我们煮的并不是羊肉，而是大雁肉。黄小毛有一支制作精良的弹弓，手柄是一种猛禽的胸骨，皮筋是医生听诊器上的胶管。这支弹弓不仅拉力强大，据黄小毛说，用起来也非常的得心应手。黄小毛打弹弓几乎弹无虚发。每当我们想改善一下伙食，就指望他用这支弹弓去打猎。我们这一带是大洼地区，水源很充沛，不仅河道纵横湿地也很多。因此每到春季，各种鸟类就会聚集到这里。黄小毛打弹弓很讲究，要用小孩子玩的那种玻璃球，这种玻璃球的杀伤力可想而知，但成本也很高，因此，一般的飞鸟他是不屑打的，只打野鸭鹭鸶或大雁一类的大型飞禽。在这个下午，我们从田里挖田鼠回来的路上，黄小毛又乘兴打下两只很肥的大雁，所以这天晚上，我们的餐桌上也就显得很丰盛。孙羊倌儿听说我们煮的并不是他的黄毛，而只是两只大雁，立刻有些失望。但他并不肯轻信，又走过来伸头朝桌上看了看。这时我们的餐桌上已狼藉了很多啃过的骨头。但这些显然不是羊骨。因为羊骨都是粗而短，而我们桌上的却细而长，一看就知道，应该都是禽类的尸骨。杨鸣抬起头看一眼孙羊倌儿，不动声色地说，也来喝一杯吧。

孙羊倌儿立刻摇摇头。他这时当然没心思喝酒。

他想了一下，忽然说，其实……你们误会了。

我们有些奇怪，立刻抬头看看他。

他又说，你们一定以为，我是来找黄毛的。

黄小毛问，怎么，难道不是吗？

当然不是。孙羊倌儿说，我是来向你们道歉的。

道歉？

我们几个人相互看了看，又都回过头去看着孙羊倌儿。

孙羊倌儿的样子很诚恳，他对杨鸣说，今天中午，是我骗了你，我的羊确实跑进你们的院子，不仅偷吃了很多干草，还啃了你们的白菜。

杨鸣立刻笑了，摆摆手说没有，没有这回事。

孙羊倌儿张张嘴，看看杨鸣。

杨鸣说，白菜是我自己吃的。

你……自己吃的？

当然是我自己吃的，杨鸣说，我这一阵天天吃咸菜，实在有些馋了，今天中午就趁他们不在熬了一锅白菜，吃完之后又故意做成被你的羊啃过的样子,这件事我已经向他们承认过错误,他们也原谅我了。杨鸣一边说,又回过头来看看我们。我们尽管都没反应过来,不知杨鸣这样说究竟是什么意图,但还是立刻沿着他说的方向朝孙羊倌儿点点头,表示杨鸣说的确有其事。事后杨鸣告诉我们,孙羊倌儿在这个晚上来向我们道歉,其实用心是很险恶的,他首先承认自己的羊偷吃了我们的干草和白菜,只要我们一承认,也就等于承认了他的羊曾经来过我们的院子,接下来也就可以理直气壮地向我们要羊了。杨鸣说,也正因为他看穿这一点,所以才绝口否认那些羊来吃过我们的菜。但在这个晚上,孙羊倌儿并没有立刻要走的意思,他索性在我们桌前坐下来,说这一下午找羊也够累了,喝一杯就喝一杯。我们立刻被他身上散发出的腥膻臊臭熏得皱起眉头。杜红沉了一下,婉转地对他说,你还是……不要喝酒了,赶快去找你的羊吧。黄小毛也说是啊,如果再不找就更危险了。孙羊倌儿已经看出我们并没有真心请他喝酒的意思,于是讪讪地站起来说,其实他为生产队看管这几十只羊也很不容易,每天起早贪黑,挣的工分却很少。他苦着脸说,一天只有8工分啊,还不及一个壮劳力,现在分值这样低,一个工分才5分钱,干一天只能挣4角钱,如果再丢一只羊,至少要赔生产队20多元,那就等于两个月白干了。孙羊倌儿一边这样说,还用力挤了挤那两只混浊的烂眼。杨鸣说是啊,所以我们才劝你赶紧去找,羊这东西不像狗,一旦走丢了自己是不会回来的。杨鸣一边这样说着就站起来,做出向外送他的意思。但就在这时,突然从库房那边传来呜地一声。这一声立刻引起孙羊倌儿的注意。

他很认真地听了听,问,这是……什么声音?

杨鸣并不回答,已经半推半送地将他拥到门口。

孙羊倌儿仍然很用力地侧起耳朵。但他只顾外面,却没有注意到脚下，刚一迈腿只听吱地一声。他立刻吓得跳起来。低头看一看，才发现是踩到了一只鼓鼓囊囊的口袋，而且这口袋里还在一下一下地动着。他蹲下身去，用手轻轻捅了一下问，这里面……是什么？

杨鸣不动声色地说，没什么。

孙羊倌儿说没什么，没什么这里面怎么还在动？

杨鸣拍拍他的肩膀说，这跟你没关系，还是去找你的羊吧。

孙羊倌儿盯住杨鸣，突然说，我要看一看这只口袋。

杨鸣说，我已经对你说过了，这跟你没关系。

孙羊倌儿慢慢拨开杨鸣的手，又蹲下身去。

他说，我一定要看一看。

杨鸣问，你非要看？

孙羊倌儿说，要看。

好吧，杨鸣点点头，说可以。

杨鸣一边这样说着就将扎在口袋上的绳索解开，然后对孙羊倌儿说，你可以伸进手去摸一摸，只要一摸就知道是什么东西了。孙羊倌儿似乎有些迟疑，但又很认真地看了看杨鸣，然后皮笑肉不笑地说，我知道黄毛不会在这里面，我只是……嗯……有些好奇。他这样说着就伸进手去，摸了一下，皱皱眉头，接着又摸了一下。突然，他哇地大叫一声抽出手，身体也随之跳起来，然后瞪着杨鸣嚷道，你……你弄这些老鼠来干啥？！

杨鸣笑笑说，我已经说过了，这里面的东西跟你没关系。

孙羊倌儿没再说话，转身气哼哼地走出门去。但是，就在他来到院子里，走过前面一排房子时，突然一伸手就推开了库房的门。当时谁都没有料到他会这样。杨鸣的脸色立刻变了。但是，孙羊倌儿探进身去，拉亮电灯，伸着脖颈朝屋里看了好一阵却并没发现什么。他悻悻地缩回身来关上门，又回头对我们说了一句，看来这东西真是跑丢了，如果你们看到它，一定替我捉住，我会好好谢你们的，然后就朝院子外面走去。

我们送走了孙羊倌儿连忙又来到库房。这显然是一件不可思议的事情。就在刚才，我们明明将黄毛关进这间库房，为什么孙羊倌儿没有发现呢。我们推门进来，在屋里四处寻找了一阵，才发现黄毛竟躲在门后的角落里，正悠闲地卧在地上为自己啃痒痒。

关于这件事，一直是一个谜。我们始终搞不明白，在这个晚上，当孙羊倌儿来库房寻找黄毛时，它完全可以让他发现自己，然后趁机被营救出去。但它却没有这样做。它反而把自己藏在了门后。它当时这样把自己藏起来究竟是出于什么目的呢？

黄小毛说，也许它还想吃田鼠，所以才不愿被救出去。

黄小毛的话似乎有些道理，却让我们不敢相信。

在这个晚上，我们喝了很多的酒。用黄小毛和杜红的话说，能成功地骗过孙羊倌儿，也就意味着黄毛已经属于我们。这让我们兴奋不已。当然，我们留下黄毛并不是为了吃肉，至少暂时还不想吃它。我们只是觉着好玩。山羊竟然也能吃老鼠，如果不是亲眼所见，恐怕谁都不会相信。杨鸣的情绪也明显好起来。后来他啃着一只大雁的翅膀，忽然笑了。

黄小毛和杜红看看他，问他笑什么。

他说，你们听说过杀鸡给猴看的事吗。

这是一个并不生僻的成语，我们当然都听过。

但他又问，具体是怎么一回事，你们知道吗。

他这样一问，还真把我们都问住了。我们是恢复高中教育的第一届，当时学制还是两年，而这两年里又只有第一年是坐在教室里上文化课，第二年则几乎都在工厂参加学工劳动，如此短暂的学习时间，老师自然不会为我们讲什么杀鸡给猴看的事。杨鸣告诉我们，过去在南方的山林里，野猴都很机警，无论下绳套还是用别的方法都无法捉到它们，后来就有人想出一个办法，先弄来一只活鸡，让它们看清楚，然后一刀割断鸡脖子。猴子们一见鲜血四溅立刻都吓得用手捂住眼，这样就可以将它们一只只捉进笼子。我们听了觉得有趣，一下都笑起来。黄小毛忽然有些明白了，问杨鸣，是不是也想用这个办法吓一吓黄毛。我和杜红也都来了兴致，当即表示赞同。杨鸣笑了笑，就去库房把黄毛牵过来。这时黄毛已经无精打采，它刚刚吃过两只田鼠，又被我们连惊带吓地折腾半天，看上去已有些困倦。但它一进来，看到地上那两只装着田鼠的口袋，两眼立刻又倏地亮起来。这时黄小毛已从外面找来一把柴刀和一块木板。杨鸣先从口袋里抓出一只田鼠。拎着尾巴在黄毛的眼前晃了晃。这是一只很肥的硕鼠，显然在家族中有些辈分，看上去眉眼和唇边的胡须都已有些发白，这一来也就显得尾巴更细，被杨鸣拎着一晃，立刻就像一只钟摆似的来回摇动起来。黄毛先是有些好奇，它大概还没搞清楚自己刚吃下去的究竟是什么动物，于是便凑过来，歪起头很认真地看了看。杨鸣等它看清楚了，就将这只田鼠放到木板上，接着突然举起柴刀咔嚓一声就将它拦腰剁成两截。由于他剁的速度极快，这只田鼠并没有立刻就死，它的两只前爪还拖着上半截身体向前爬了几下，后半截也在原地不停地打转。接着，腹腔里的脏器和肠子一下就都汹涌地流出来。黄毛立刻睁大两眼，一下僵在了那里，它显然从没见过如此恐怖的场面，跟着稀稀哗哗地一阵水响，就有一股尿液从底下流出来。杨鸣看看它，又从口袋里抓出一只田鼠。这一次他没再拎田鼠的尾巴，而是将它放到地上。这只田鼠已被吓得魂飞魄散，哆嗦着刚爬出几步，杨鸣突然又抓起它放到木板上，咔地一刀剁成两半。黄毛终于站不住了，身体就像融化了似的一点一点瘫软下去，然后一歪就倒在地上。

杨鸣回过头，朝黄小毛示意了一下。

黄小毛立刻明白了，于是走过来，掰开黄毛的嘴。杨鸣拎起半截血淋淋的死田鼠就放进它的嘴里。黄小毛为了防止它吐出来立刻又将它的嘴合上了。但令人没想到的是，黄毛却并没有要吐的意思。它的眼球微微动了动，嘴里轻轻咀嚼几下，似乎渐渐缓过气来。那半只田鼠在它的口腔里显然流出了更多的东西，我甚至看到，它的脖颈还用力地蠕动了几下，好像是将一些汁液吞咽下去。接着，它打了一个滚儿就站起来，将身上的毛抖了抖，嘴里越发啧啧有声地大嚼起来。但山羊毕竟是食草动物。我曾在一本书上看到过，食肉动物与食草动物虽然同属哺乳纲，但牙齿却有很大区别，食肉动物的牙齿一般都很锋利，这是专门用来切割食物的，而食草动物却没有，它们只有咀嚼草根的板形齿和臼齿。所以，黄毛这时在咀嚼这半只田鼠时就显得有些吃力，上下两排板形齿和臼齿像个老人似的磨动着，甚至还有一些口水流淌出来。但黄毛却连这些口水也不舍得放过，一边咀嚼着用力向回吸吮，这就使它的嘴里发出一阵稀溜稀溜的声音。终于，它扬一扬脖子，将这半只田鼠咽下去。杨鸣看看它，就又拎起另半只田鼠举到它的面前。不过这一次不用黄小毛再去掰它的嘴，它自己就主动伸过头来，轻轻一叼将那半只田鼠吃到嘴里，然后熟练地嚼了嚼咽下去。

就这样，这几块碎田鼠很快都被黄毛吃光了。

直到这时，我们仍没觉出事情有什么不对劲。

第二天上午，常二捆突然来到我们集体户。他显然是要去下田，手里还拎着一杆锄。他并没有直接说出来意，只是问我们为什么不去下田。黄小毛说，眼看快开镰了，我们要做一些准备。常二捆问做什么准备。黄小毛说，磨一磨镰刀，拴一拴扁担，还要养精蓄锐。常二捆一听脸色就难看下来，说磨一磨镰刀拴一拴扁担还可以，养精蓄锐有这个必要吗，眼下离开镰还要有几天，如果大家都像你们这样养精蓄锐，田里的高粱玉米还耪不耪了，别的农活还干不干了？这时杨鸣就走过来，面无表情地对常二捆说，我们昨晚一直在说话，所以睡晚了。常二捆回头看看他问，说什么话，这样晚？杨鸣说，我母亲病重，你又不准我假，他们都来安慰我。常二捆一听脸上立刻有些不自然，但咳了一下又正起颜色说，我不准你假也是村里决定的，不光是你，从现在开始任何人都不准请假。

杨鸣听了翻一翻眼皮，没再说话。

杨鸣的眼睛有些特殊，眼白比一般人要大，黑眼球却很小，所以当地村民都叫他死羊眼。这时，他又翻了一下死羊眼就转身进屋去了。

常二捆立刻叫住他，说等一等，我还有事要问你。

杨鸣站住了，慢慢转过身，问常二捆还有什么事。

常二捆说，你听说了吗，昨晚，村里丢了一只羊。

杨鸣一听就笑了，说村里丢羊，跟我有什么关系吗。

常二捆嗯嗯了两声说，也许没关系，但也许有关系。

杨鸣又翻了一下死羊眼，说这话怎么讲？

常二捆说很简单，据说这只羊，昨天下午来过你们这里。

杨鸣说是吗，它来过吗。

常二捆摇摇头，说你这样说话就不对了，你这样说话，我就要怀疑你跟这件事真有什么关系了。常二捆说，昨天下午的事孙羊倌儿都已告诉我了，有几只羊溜进你们集体户来偷吃白菜，只有你一个人看到了，当时你还去找孙羊倌儿理论，现在怎么又不承认了呢。杨鸣又翻一下眼皮说，想起来了，好像有这回事，可是这又能说明什么呢，就因为那几只羊偷吃了我们的白菜，你就要怀疑我吗。杨鸣这样说着，忽然又微微一笑，你常队长的家是在村外，你每天回家都要经过麦田，如果那片麦田里丢了麦子就说跟你有关，或者干脆认定就是你偷的，你会答应吗。常二捆立刻被问得张口结舌，支吾了一下才说，好了好了，咱们不用再绕弯子了，直说吧，丢的这只羊如果是一只普通的羊，也就算了。杨鸣立刻打断他，说你这话不对，羊是生产队的集体财产，哪怕是丢一只普通的羊也不能随随便便就算了。常二捆被杨鸣的话呛了一下，喉咙里发出哏儿地一声，挥挥手说好吧好吧，我的意思是说，丢的这只羊很重要，它虽然不起眼，却是生产队刚引进的新品种，将来它的骨架比一般羊都要大，而且上膘快，生长期也短，如果真被谁偷了去，那可就不是一般的偷窃行为了。

常二捆这样说罢，又意味深长地盯住杨鸣问，我的意思，你明白吗。

杨鸣说不明白。

常二捆说，不管你是真不明白还是装不明白，我事先已经提醒过你了。然后就又向前逼近一步，说，现在我再问你一遍，那只羊，你究竟看到过没有？

杨鸣说没有。杨鸣说，我已经说过了，我从没见过这只羊。

好吧，常二捆点点头，转身对我们说，你们大家都听到了。

我们几个人相互看了看，又眨着眼看看常二捆，都没说话。

常二捆在鼻孔里哼了一声，就转身走了。

直到这时，我们才真正意识到这件事有些麻烦了。常二捆这次来的目的显而易见，其实我们下不下田并不重要，生产队里所有的壮劳力都去耪大田作物了,少了我们几个人是无所谓的事情,他来的真正目的就是寻找黄毛。但杨鸣却对此事矢口否认,这一来也就使我们陷入骑虎难下的境地。换句话说,即使我们哪天想改变主意,也无法再将黄毛送回去了。

也就在这时,杨鸣突然想出一个主意。

他先让黄小毛去把院门关紧,然后牵出黄毛,又找来一把推子。推子是一种专门用来为男人理发的工具。这种工具在今天已不多见,它的原理与剪刀相似,但由于安装了弹簧,用起来也就比剪刀更省力。那时还没有美发厅或理容院,尤其在集体户里,我们大家都是相互用这种推子理发。杨鸣的理发技术一向最好,他的手里有一套很精良的理发工具。这时,他蹲到黄毛跟前,就开始用推子为它剃身上的羊毛。我们立刻明白了他的用意,他是想将这些剃下的羊毛扔到村外去,搞出一个黄毛被什么野物吃掉的假象,这样一来常二捆和孙羊倌儿都死了心,也就不会再来找我们的麻烦。杨鸣的理发技术这一次得到了充分的发挥。他很快就将黄毛身上剃得干干净净。黄小毛为了做得更逼真,还特意找来一些猪骨。但猪骨显然与羊骨有些区别,我们经过认真筛选,最后挑出几块勉强与羊骨相像的,连同那些羊毛又蘸了一些田鼠的血迹,就趁着村外没人扔到一条水渠的旁边。

但是,在这个上午,我们从村外回来时却又发现了一个新问题。原来羊是披惯一身皮毛的,尽管山羊的毛比绵羊要短,但突然被剃光也很不适应,这就像一个人穿惯衣服却突然被剥得精光,不仅不舒服也会冷得无法忍受。这时,我们看到黄毛蜷缩在角落里,浑身上下不停地瑟瑟发抖。杨鸣想了想,就从炕上拽下他的狼皮褥子。杨鸣的这条狼皮褥子其实就是一张很完整的狼皮,连头部的耳朵鼻子和嘴都很完好,倘若铺在炕上,一眼看去简直就像一只狼活脱脱地趴在那里。

他的这张狼皮还是他父亲传给他的。据说他父亲当年曾是东北抗联的一名骑兵战士,最善使用马刀。后来他跟随部队开到中蒙边境,配合苏联红军抗击日本侵略者。当时与他们并肩作战的是苏联的一支哥萨克军队,这支军队是由白匪改编的,因此军纪很差。一次一个哥萨克上尉正要强奸当地的一个蒙古族妇女,被杨鸣的父亲撞见了。杨鸣的父亲上前劝说,却被这上尉一枪打在皮帽子上。杨鸣的父亲大怒,当即抽出马刀砍掉了这个上尉的一只耳朵。但从此以后,这个哥萨克上尉竟跟杨鸣的父亲成了生死之交,不仅并肩作战还经常在一起喝酒。后来这个哥萨克上尉要回国去了,临别时就送了杨鸣的父亲这张狼皮。这个哥萨克上尉显然是一个梳理兽皮的高手,不仅将这张狼皮剥得很完整,也处理得非常柔软。现在三十年过去了,皮毛仍然蓬松油亮,看上去栩栩如生。杨鸣曾经告诉我们,这是一只草原狼。据他父亲说,草原狼与山狼不同,山狼由于道路崎岖,经常蹿蹦跳跃,身形都很矫健,而草原狼生长在相对平坦的地域,加之各种食物充足,因此也就比较肥壮。这时,杨鸣拿过这张狼皮就包裹在黄毛的身上。黄毛立刻感到暖和了一些,渐渐也不再发抖了。

黄小毛在一旁看着黄毛,忽然笑了。

他问我和杜红,你们看,它像什么。

我已经发现了,黄毛披上这张狼皮,看上去就像是一只怪异的动物。

杜红也点点头,说样子确实很怪,不知道的乍一看,能吓人一跳呢。

事后杨鸣告诉我们,当时就是我们的这几句话才一下提醒了他。在这个上午,他突然盯住裹着狼皮褥子的黄毛,看了一阵,就去取来一把剃刀。这是一把老式的剃刀，专门用来给人刮胡须的，刀锋约有三寸长，木制的刀库恰好是手柄，看上去非常的应手。杨鸣打开剃刀，先用拇指试了试，然后就开始在黄毛的身上轻轻刮起来。黄毛身上的羊毛已被推子推掉，只剩了一层很短的毛茬，这时再这样被剃刀一刮，立刻就露出里面的肉皮。我们发现，它的肉皮竟是粉红色的，还有一些弯弯曲曲的毛细血管纵横交错，看上去就像人的皮肤。但杨鸣毕竟是第一次刮这种羊皮，手头不太有准，因此在刮到角落或凹陷处时就难免有些失误，等将黄毛的全身刮净，竟有许多处渗出血来。这时我们忽然都愣住了。我们没有想到，把一只山羊的身上刮净皮毛竟会这样难看。

杜红也笑起来，指着黄毛说，你们看，它像不像一只大老鼠。

我倒并没觉出它像老鼠。我发现，它这时的样子更像是一个被剥得精赤条条的人。接下来就又遇到了问题。尽管这张狼皮很柔软，但如何才能将它固定在黄毛身上呢。杨鸣首先想到的是一个最原始也最残忍的办法，他索性用剃刀在黄毛的身上割开很多口子。黄毛立刻疼得哆嗦起来。但试了试显然不行，伤口流出的血虽然黏稠，却还不足以将这张狼皮粘在身上。就在这时，黄小毛突发奇想，转身跑去库房找来一堆猪皮鳔。这些猪皮鳔还是村里的木匠为我们集体户修建房屋时剩下的，已经有很长时间。那时还没有化学性的胶水，在做木器家具或盖房固定木结构时，就多使用这种传统的猪皮鳔胶。这种用猪皮熬制的鳔胶黏性很大，倘若将两根木料粘在一起，待干透以后，即使从别的地方断裂黏合的地方也不会开胶。我突然明白了黄小毛的用意，把猪皮鳔刷在黄毛的身上，再将狼皮粘上去，这真是一个天才的想法。杨鸣对黄小毛的这个办法也很欣赏。他立刻让杜红找来一只小铁桶，然后在院子里架起几根木柴，没过多久，就将猪皮鳔熬成一桶黏稠的鳔胶。

黄小毛用手试了一下,满意地点点头,说果然很黏。

但是,我们事先都没想到,刷猪皮鳔对于黄毛来说却是一个极为痛苦甚至可怕的过程。熬化的猪皮鳔必须趁热才能使用,否则一凉就会凝结,但将滚烫的猪皮鳔刷在身上,那感觉让人一想都会不寒而栗。杨鸣为了防止黄毛嗥叫,又将它的嘴用胶布缠起来。他在为它的身上刷猪皮鳔时娴熟得就像一个油漆匠,无论黄毛被烫得怎样痛苦地扭动身体,他的刷子始终没有停下来。最后一直刷到黄毛的屁股,刷完最后一刷子,他才轻轻吐出一口气。与此同时,黄小毛也已将那张狼皮的里面刷好了鳔胶。刷了鳔胶的狼皮显得热气腾腾,也更加柔软,杨鸣在我们的帮助下将这张狼皮小心地拎起来,然后就一点一点地粘在黄毛的身上。这显然曾是一只非常慓悍的雄狼,体型很健壮,但黄毛的身材却瘦小了一些,这样披上这张狼皮就显得有些松松垮垮,像是穿了一件很不合体的裘皮大衣。而且头部也有些问题。这张狼皮的头部虽然完整,两只眼睛的地方是两个洞,刚好在黄毛两眼的位置,但黄毛的头上还顶着两只犄角,这就不太好处理,狼是从不长角的,披了一身狼皮的黄毛再顶着两根一寸多长的犄角,看上去就有些滑稽。好在这张狼皮的头部也相对大一些,杨鸣索性将两只狼耳包在犄角上,这样一来耳朵恰好也就直挺挺地竖起来,反而更增添了几分威风。杨鸣做完这一切,就用一些布条将黄毛的全身缠起来。他说这样会起到固定作用,使狼皮在它的身上黏合得更加充分。此时黄毛也渐渐安静下来。它身上的猪皮鳔已开始凝结,因此不仅不再灼热,反而还有了一些暖意。直到这时,我们也才都松了一口气。

问题也就是从这时开始的。我们为黄毛的身上粘贴狼皮,原本是想让它暖和一些,就像为它增添一件御寒的衣服。但在这个下午,当我们再次把它从库房里牵出来时却意外地发现，它竟然真有了几分狼的样子。这个发现不仅让我们觉得有趣，也立刻兴奋起来。黄小毛先去院子的外面看了看，然后栓紧大门，就将黄毛放到院子里。黄毛立刻被外面的阳光刺得眯起眼。它在院里来回走了几圈，先是不停地扭动身体。这身皮毛粘在它的身上的确有些大，看上去很臃肿。它自己也显然对这身新的毛皮很不适应。此时它心里一定很奇怪，自己怎么会一下被搞成了这副怪样子。黄小毛从屋里抱出一面锦镜。这面锦镜还是我们当初下乡插队时，临行前学校赠送的，这时用红漆写在上面的字迹已有些斑驳，但镜子本身仍很明亮。黄小毛来到黄毛跟前，将这面镜子竖到地上。黄毛从镜子里看到自己，突然吓得倒退了一步。它长这样大当然还从没见过狼，它只是觉得，自己这样子本身就有些可怕。但是，我发现，它又在镜子的前面照了一阵，接着又来回走了走，突然就扬起头来。这时缠在它嘴上的胶布虽然已被揭掉，但大概已经习惯了这两天的叫法，于是张开嘴，又冲着天空"呜——！"地叫了一声。它的叫声立刻把我们都吓了一跳，我们感觉它这一声真是叫得太像了，也太贴切了，就像我们穿着褪了色的绿军装高唱"革命青年，志在四方"一样贴切。也就在这时，黄毛大概由于放松下来，扑哧一声又屙出一摊粪。黄小毛低头看了看，突然瞪起眼说，这东西……它拉的不是粪球，是……是粪条！我和杨鸣立刻走过来，蹲下身观察了一下。果然，黄毛屙出的已不像羊粪，羊粪都是球状的，看上去很像小孩子们玩的那种玻璃球。而这时黄毛拉的却是一条一条的，有些像人粪，如果再细看，里面竟还有一些老鼠的毛皮和没有消化的碎骨。这时黄毛的神情也开始放松下来，它已适应了这身毛皮。很可能也意识到这身新毛皮的意义。于是挺起胸，昂起头，连走路的姿态也有了几分神气。杨鸣又看看它，就从屋里拎出那只装着田鼠的口袋。

口袋里的田鼠被闷了这样长的时间,又相互拥挤相互踩踏,叫声已明显微弱下去。但黄毛听到这叫声顿时精神一振,接着就用两眼盯住这只口袋。

杨鸣从口袋里抓出一只田鼠,试着放到地上。这只田鼠已经很虚弱,在地上踉踉跄跄地爬了几步就有气无力地站在那里。也就在这时,黄毛做出了一个让我们大家都感到意外的举动,它慢慢走过去,竟然一口就将这只田鼠叼到嘴里。它这一次已叼得很娴熟,为了咀嚼充分,还不停地将这只田鼠在嘴里变换着位置,接着一扬脖就咽了下去。我们都没有说话,只是惊愕地瞪着它。杨鸣又掏出一只田鼠。这只田鼠看上去要欢实一些。但是,杨鸣刚刚将它放到地上,让它跑了几步,黄毛立刻就扑上去。但黄毛还是扑得笨拙了一些。它毕竟是一只偶蹄动物,没有食肉动物的那种利爪,所以在扑食的时候由于巨大的惯性两只前蹄就向前滑行了一下。而那只田鼠则趁机在它的两蹄之间钻了出去。黄毛一下被激怒了,立刻又追上去,就在跳到那只田鼠跟前的一瞬,它的一只前蹄无意间将田鼠踢了一下。那只田鼠立刻像个软耷耷的皮球骨碌碌地被踢出很远。这一来反而引起黄毛的兴趣,它跟着追过去又踢了一脚。那只田鼠刚刚爬起来,还没缓过神就又被踢了出去。黄毛就这样跟在后面不停地将这只小田鼠踢来踢去,直到踢得它一动不动了,才意犹未尽地叼起来一口吃掉了。

这真是一个有趣的游戏。在这个上午,我们就这样将一只只田鼠放出来,然后看着黄毛去追逐,再像玩一只皮球似的踢来踢去,直到最后将被踢得晕头转向的田鼠一口吞到嘴里,再津津有味地嚼着吃掉。黄毛越玩兴致越高,脚下也更加熟练。后来还是黄小毛提醒才让它停下来。黄小毛说,吃肉毕竟不像吃草,多了会消化不良。

杨鸣的办法果然开始奏效。几天后的一个傍晚，孙羊倌儿在水渠边发现了那堆羊毛和猪骨。他一眼就认出那些羊毛是黄毛的，跟着也就认定猪骨一定是羊骨。孙羊倌儿先是感到很吃惊，搞不清楚他的黄毛怎么会被吃成这样，他惊恐地朝四周看了看，就赶起羊群跌跌撞撞地回村来找常二捆。常二捆在这个傍晚正召集几个副队长开会，部署开镰收割小麦的具体事宜。孙羊倌儿一步跌进来，上气不接下气地说这回完了……彻底完了，不知给什么野物儿吃掉了，只剩……只剩一堆烂骨头了。常二捆被孙羊倌儿这几句没头没脑的话说得一愣，然后就有些不高兴地说，你没看到这里正在开会，有什么事等散了会再说。

孙羊倌儿瞪着两眼说，吃了……黄毛……给吃了。

常二捆这才听出了问题，连忙问，黄毛被什么吃了，是那些知青吗。

孙羊倌儿摇摇头，说现在还不清楚，不知是知青还是别的啥动物。

孙羊倌儿说着就将兜来的那堆羊毛碎骨呼啦一下倒在桌子上。常二捆和几个副队长立刻凑过来仔细看了看，又捏起带血的羊毛和碎骨放到鼻子底下闻了闻，显然，还都有新鲜的血腥气。但这就有了一个更严重的问题，这只黄毛虽然还没长成，毕竟也是一只羊，能把一只羊吃成这样的动物自然比羊要大，至少在体型上应该跟它相差无几，而在我们这一带，还从没发现过这样的大型野物，田里偶尔会有野狗出现，但那些野狗连兔子都不敢吃，更不要说这样大的羊了。由此可见，常二捆想，除去知青应该不会再有别的什么动物。孙羊倌儿立刻说，他也是这样想的，他早就怀疑那些知青对他的羊图谋不轨。

但常二捆看看他问，证据呢？

孙羊倌儿问什么证据。

常二捆说，你怀疑人家吃了你的羊，当然要有证据。

孙羊倌儿气恨恨地说，吃了就是吃了，还要啥证据。

常二捆摇摇头说，那些知青也不是好惹的，你拿不出真凭实据，他们是不会承认的。

孙羊倌儿张张嘴，立刻无言以对了。

常二捆又想一下说，不过……我看也不太像。

孙羊倌儿问为什么不像。

常二捆分析说，根据你所说的发现这些羊毛和羊骨的位置，应该离集体户很近，如果真是他们吃的，他们会把这些东西扔在附近吗，他们完全可以神不知鬼不觉地挖个坑埋起来，或者包上一块砖头沉到水渠里，至少也要扔得更远一些才对。常二捆说，他们把这些东西扔在自己集体户的门口，这不是不打自招吗？但孙羊倌儿却不同意常二捆的这个分析，他说，如果他们事先就已猜到你会这样想，故意这样做呢，他们可是什么事都干得出来的。

常二捆又很认真地想一想，然后十分肯定地说，不会是他们，我看不会。

但是，常二捆否定了我们吃掉黄毛的可能，也就等于肯定了另外一种可能。也就是说，黄毛应该是被比我们小而比它大的什么野物儿吃掉的。这一来问题就更严重了。如果这种可能性确实成立，那也就意味着还不仅仅是孙羊倌儿的那几十只羊，连村里所有的牲畜乃至村民也都将受到威胁，谁敢保证，这只神秘的野物吃掉黄毛以后，不会再来村里继续吃别的呢？于是，常二捆立刻又跟几个副队长紧急商议了一下。常二捆原计划第二天就要开镰割麦子。但准备最先开镰的那块麦田刚好就在那条发现羊毛羊骨的水渠旁边，常二捆认为，出于安全考虑，只能先将开镰的日期暂时向后推延一下，待将这只神秘的动物搞清楚再说。同时，常二捆还认为，有必要立刻召开一个全体社员大会，先通报一下此事，好让大家提高警惕增强防范意识。可是也有人表示不同意，担心这样搞会在村里引起恐慌，如此一来不仅影响麦收，还会影响村里的其他生产。但常二捆毕竟是一队之长，考虑问题要周全一些。他又慎重地想了一下，最后还是认为，人畜安全应该是第一位的，一旦发生意外，那可就不仅仅是影响麦收这样简单的事了，搞不好还会造成更恶劣的政治影响。

于是，他当即决定，马上召集全体社员开大会。

在这个傍晚，我们正在集体户的院子里逗黄毛，突然听到村里的大喇叭响起来。常二捆在大喇叭里的声音有些异样，他让全村所有的人都立刻放下手里的事情，马上来生产队开会。这时我们还不知发生了什么事，就一起来到村里。我们一走进生产队的院子就感觉气氛有些不对。很多人都在窃窃私语，村干部们也都神色紧张地走来走去，治保主任集合起村里的基干民兵，正一脸严肃地说着什么。常二捆先是站在角落里，脸色阴沉地抽着旱烟，待了一会儿，看一看人到得差不多了，就神色凝重地走上土台子。他先将黄毛突然被什么不知名的神秘野物吃掉的情况向大家做了简单介绍，然后又说，从现在起，各家各户都要提高警惕，不仅看好自己的家禽家畜，更要注意人身安全，天黑以后，如果没有极特殊的事情最好就不要出门，即使出门也不要单独行走，而且一旦发现了什么可疑动物的踪迹，第一不要惊慌，第二尽量躲避，第三立刻向生产队报告。最后，他又宣布，考虑到全村人的安全，经村里研究，原定的麦收计划暂时先向后推延，具体时间再另行通知。村的人们听了常二捆的话顿时都紧张起来。但也有人提出质疑，说现在有的麦田已可以开镰，照这样拖下去，耽搁了收割季节一旦下雨怎么办，那小麦可就要烂在田里了。常二捆脸色难看地说，这他当然知道，可是他也要为全村社员的生命安全负责，如果真有人被那个还不知是什么的神秘动物伤到怎么办，麦收固然重要，可是跟这件事比起来也就只能先放一放了。

我们绝没想到事情竟会闹成这样。当然，更让我们没想到的是割麦子竟然也因此向后推迟了。这可真是一个天大的喜讯。这天晚上，我们一回到集体户立刻就欢呼起来。黄小毛拿出地瓜烧酒，在一只牙缸里斟了半下，让每个人都喝了一大口以示庆贺。但是，当我们冷静下来想一想才意识到，推迟收割并不等于不再收割，也就是说，无论怎样推延也只是一个时间问题，开镰还总是要开镰的。不过杜红说，以后开镰再说以后，只要现在不割麦子就行。黄小毛也立刻表示赞同，说对，轻松一天算一天，当地有一句谚语……他说到这里，瞥一眼杜红就不再说下去了。我立刻明白了他要说什么。他要说的这句谚语在当地确实很流行，同时也很粗俗，甚至有些下流。这句谚语说的是：阎王爷 × 小鬼儿，舒坦一会儿是一会儿。当然，尽管这句谚语粗俗下流，却也生动地表述了一种生活态度，或者说是一种心态，试想，倘若一个人对待生活中的每件事都能持这种舒坦一会儿是一会儿的态度，那他会是多么的快乐。接着，我们就又讨论起一个更实际的问题，黄小毛认为，现在的当务之急是如何将这个推迟的时间一直无限期地推迟下去，那么，也就只有一个办法，就是推波助澜，将事态进一步扩大。比如，黄小毛说，我们是不是可以考虑把黄毛放出去，凭黄毛现在的样子，当地村民一旦看见肯定会吓得屁滚尿流，甚至连孙羊倌儿也不会再认出它来。但杨鸣却认为这样不妥。他说，如果黄毛被常二捆那些人捉住了怎么办，那可就一切都完了，只要他们一发现这个神秘动物不过是黄毛，这件事立刻就会成为一个笑柄，而接下来的后果也可想而知。杨鸣说，倘若常二捆知道是我们搞出这种事来捉弄村里人，作为惩罚，在割麦子时肯定会把我们往死里整的。杨鸣的话立刻让我们都紧张起来。最后，大家一致认为，不仅不能把黄毛放出去，还要对它严加看管。只有让黄毛一直保持神秘我们才是最安全的。

但是，接下来发生的事情却出乎我们的意料。

这时村里已被紧张的气氛笼罩起来，连白天也悄无声息。我们当然无所顾忌，于是一连几天就继续去田里挖田鼠。我们挖田鼠当然是为了黄毛。因为黄毛的食量越来越大，它已经拒绝吃一切青草和干草，连白菜叶也不肯再吃，每天只吃田鼠。它这时不仅不再惧怕田鼠，还学会了一整套比猫折磨老鼠更残忍的游戏。杨鸣每次喂它田鼠时，都像是一次有趣的追逐表演，那些田鼠一被放到院子里立刻就会拼命逃窜，而黄毛则不紧不慢地跟在后面，只是偶尔伸出蹄子拨它一下，就像在打高尔夫球。它的蹄子已练得相当有准，拨的力度也恰到好处，既能把田鼠踢出很远，又不至于踢死。就这样直到踢够了，玩厌了，才走过去一口把它吞到嘴里。我曾经为黄毛计算过，它一天之内竟能吃掉十几只田鼠，这样的食量对于我们的捕鼠速度也就提出更高的要求。好在这一年春天，不知为什么，田野里到处都是田鼠，沟渠边和田埂上几乎随处可见大大小小的鼠洞。因此我们每次的收获也就很大。到后来杨鸣索性找了一只铁笼，将捉来的田鼠先养在里面。渐渐地，我们发现了一个很奇怪的现象，不知为什么，无论性情多暴烈的田鼠，只要一来到我们集体户的院子立刻就不敢再吱吱乱叫，有的干脆瑟缩着抖成一团。黄小毛经过认真观察之后说，很可能是因为我们这个院子里的血腥气太重，所以这些田鼠一来，立刻就被这里阴森恐怖的气氛震慑住了。

也就在这时，我们发现黄毛的身上也起了变化。最初是我先注意到的。一天在喂它田鼠时，我无意中发现，它那身皮毛似乎更加油亮，看上去也有了光泽。这显然是一件不可思议的事情。黄毛身上的这张毛皮只是粘上去的，无论它的身体发生怎样的变化，都不该影响到外面的毛皮。接着，我又发现，它的毛皮不仅油光发亮，还都蓬松地多起来，这就使它显得更加健壮，看上去真有了一些雄赳赳的威武样子。杜红一次无意间捏了捏它的脊背，发现它的身上竟也明显地肥起来。黄小毛说，这应该与吃肉有关，黄毛的品种本来就很优良，现在身体迅速发育，当然就将这身狼皮充分地撑起来。

事情是发生在一天晚上。

在这个晚上，我们出去挖田鼠回来得很晚。一来到库房突然都愣住了。只见放在库房角落里的那只铁笼子不知怎么被打开了，里面的田鼠全跑出来，大约有几十只，它们爬得米囤上面缸里到处都是。可以想见，这些田鼠突然来到这样一个满是粮食的世界，就如同我们人类一下到了一个装满宝藏的洞窟，它们这时已经完全忘记了恐惧，忘记了死亡，大家一起蹦着跳着吃着拉着大咬大嚼着吱吱乱叫着狂欢成一团。杜红一看心疼地说，可惜这些大米白面啊，平时一直舍不得吃，这下全给糟蹋了。直到这时，我们也才发现了黄毛。黄毛显然已吃得心满意足，嘴角还挂着斑斑血迹，此时它正卧在旁边，漫不经心地欣赏着这些小田鼠上蹿下跳。我们立刻明白了，黄毛一定是饿急了，等不得我们回来就自己去啃开笼子门，将里面的田鼠全放出来。杨鸣立刻气得脸色铁青，转身抄起一根木棒就冲黄毛打过去。由于用力过猛，这根木棒在半空发出嗡地一响，接着就狠狠打在黄毛的身上。黄毛立刻疼得呜地叫了一声，朝旁边一跳就躲开了。杨鸣跟过去就又是一下。这一次打在了它的屁股上。黄毛的两条后腿向下一塌，险些坐到地上。有一瞬间，它似乎还愣了一下。它一定是搞不明白，我们这些人为什么喜怒无常，刚刚还哄它宠它给它捉老鼠吃，现在却突然又把它往死里打。也就在这时，杨鸣已经又一棒砸过来。这一次是砸在了黄毛的头上，幸好它的头上还包裹着一层狼皮，但即使如此，也发出很清脆的一响。黄毛微微摇晃了一下，眼里突然冒出一股凶光。我至今仍还记得那股凶光的颜色，是绿幽幽的，还有些发蓝。这凶光在两只狼眼的黑洞里暗然一闪，像两个手电筒的光柱直射出来。杨鸣似乎迟疑了一下。与此同时，黄毛也突然呜地大叫一声就猛跳起来撞在杨鸣的胸口上。事后我们发现，幸好黄毛这一下撞的角度有些偏，否则它的一只犄角刚好扎进杨鸣的左胸，那后果就不堪设想了。但即使如此，由于杨鸣没有防备就还是被撞得仰身倒在地上。黄毛趁机从门缝钻出去，一直跑到院子里，又从院子冲出大门就一边呜呜叫着朝外面的田野深处头也不回地跑去了。

我们隐隐地有一种预感，这件事要失控了。

当然，事实上我们也没想过要控制此事。我们只是担心，黄毛这样跑出去会不会很快被常二捆那些人捉住。大约几天以后，村里就接二连三地发生了一些奇怪的事情。先是在晚上，有人听到从村外的麦田里传来一种很奇怪的叫声。这叫声显然不是人们熟知的动物发出来的，似乎很低沉，又有些细嫩，据听到的人描述是呜啊呜啊的，很像是一个忧伤的人在独自歌唱。接着在一天早晨，就又发生了一件更令人吃惊的事情。

这件事是发生在常二捆家的门前。常二捆的家位于我们这个村庄的东面，在一片麦田旁边。在这个早晨，常二捆的女人抱着一只鹅从院子里出来。这只鹅几天前刚刚摔断一条腿，被常二捆的女人用布条包扎起来，这天早晨，这女人看了看，发现这条鹅腿已经复原，就抱出来准备让它和别的鹅一起去门前的水渠里吃些水草。就在她来到水渠旁边的时候，突然听到另一侧的麦田里发出一阵沙沙的声响。起初她还没当一回事。但这声音却似乎越来越近。接着，她一回头，就看见一个黄乎乎的东西突然从麦田里窜出来。事后据这女人形容，这东西的样子很古怪，大约有一只羊大小，但两个耳朵却明显比羊要长，而且直挺挺地竖着，嘴里的牙齿也很锋利，后面还拖着一条毛茸茸的大尾巴。常二捆的女人这样描述，显然是带有一些臆想的成分，因为她在当时不可能看得这样清楚，那东西快得就像一支箭，只在她眼前一闪就消失在另一片麦田里了。这女人被这个奇怪的东西吓坏了，尖叫一声就坐到地上，抱在怀里里的那只鹅也随之飞了出去。常二捆闻声从院子里出来，一见自己女人的这个样子也吓了一跳，连忙问她发生了什么事。女人结结巴巴地把刚才看到的事情说了一遍。常二捆听了也立刻大吃一惊。他的心里很清楚，从自己女人的描述来看，她刚才见到的很可能就是那只神秘的动物。

直到这时，常二捆也才终于意识到，看来这件事是无论如何都不能再瞒下去了。在此之前，常二捆经过再三考虑并没向公社汇报此事。他担心公社领导会批评他大惊小怪，遇到一点捕风捉影的事情就沉不住气。但现在看来，这只神秘的动物已来到自己家的门前，如果再不向公社汇报，一旦闹出更大的事来就不好收拾了。

常二捆当即安排好村里的事，就骑上车去了公社。

常二捆在这个上午赶到公社，果然在领导那里碰了一鼻子灰。正如他事先所料，公社领导认为他说的这件事简直是无稽之谈。公社领导说，从常二捆汇报的情况看，这只神秘动物显然是一只狼，但这一带虽然人烟并不稠密，却还从没出现过狼，据说解放前曾有几只不知从哪里流窜来的野狼出没过，但很快就被一伙土匪打光吃掉了，从那以后也就再没听说过有这种东西。公社领导对常二捆说，如今我们这里到处都是农田，就是有狼也根本无法生存。公社领导最后又提醒常二捆，说今年你们村的小麦获得了历史罕见的大丰收，你可不要因为一点莫名其妙的小事就延误了收割季节，否则就不是一般的生产问题了，而是很严重的政治问题。常二捆被公社领导训得灰头土脸，直到出来时心情仍很郁闷。他认为公社领导这样说真是很主观，这怎么能是莫名其妙的小事呢，倘若自己让村里的社员冒险去田里割麦，一旦发生了什么意外那可就是人命关天的大事，真到那时候，又由谁来承担这个责任呢。常二捆一边这样想着，就骑上自行车往回走。不过在这里还有一个很重要的细节，常二捆在临回来时，又特意去公社的种鸡站买了一窝新繁殖的优种小鸡。

也正是这窝小鸡，才引发了后来的事情。

在这个上午，常二捆将这窝小鸡放到挎在后车架旁边的柳条筐里，一边在土道上骑着车，由于有些颠簸，小鸡就在筐里不停地吱吱乱叫。当时田野很静，因此这叫声也就传得很远。事后据常二捆回忆，大约骑到离村口还有一里多路的地方，他突然听到一阵很奇怪的呜呜叫声。常二捆还是第一次听到这种叫声，顿时警觉起来。他想，这大概就是人们传说的那种动物。他一边这样想着就从车上跳下来，正要再仔细听一听，突然就见从路边的麦田里窜出一个东西。这东西与他女人在早晨形容的很相似，只是牙齿并不太长。常二捆清楚看到，它的牙齿的确很白，而且闪闪发亮，他搞不清楚，究竟是什么动物会长出这样奇怪的牙齿。但这只是一瞬间的事。就在常二捆这样想着，那东西已经窜到他的面前。它显然是冲着他筐里的那窝小鸡来的，常二捆不敢断定，它是不是对自己也有什么图谋。常二捆这时已顾不上再仔细打量这只奇怪的动物，连忙将自行车横过来，用车把挡在自己和装有小鸡的柳条筐前面。这只奇怪的动物又来回跳跃着猛扑了几下，当它意识到，看来自己这一次又不会有什么收获，于是一转身就窜进另一边的麦田消失得无影无踪了。

常二捆在这个上午失魂落魄地回到村里，脸上仍然白得没有一点血色。村里的人们一见他这样子立刻都围上来，纷纷问他是不是又遇到了那只可怕的动物。常二捆为避免引起更大的恐慌，只是轻描淡写地对人们说遇到了。然后又告诉大家，现在至少有一点可以肯定，这的确是一头食肉动物，因为在它向自己扑过来时，他闻到了一股呛人的血腥气。

也正是常二捆的这件事，给了杨鸣一个启示。

杨鸣告诉我们，这下好了，我们可以有肉吃了。

当天下午，杨鸣弄了一些从田鼠洞里挖来的小麦，撒到我们集体户门前不远的地方。我们门前是一片很开阔的空地。生产队原打算在这里盖几间库房，专门用来存放经济作物的种子，比如芝麻、花生和葵花子之类。但后来经过慎重考虑却又改变了主意，因为村里觉得将这些东西放在我们集体户的跟前很不保险，搞不好会被我们偷吃，于是就将库房挪到别处去了。这样一来，也就在我们门前留下一片很大的空地。在这个下午，杨鸣将小麦撒在这片空地上。他撒得很讲究，看上去就像是一个很大的","形状，先是一大片，最后又甩出一个长长的尾巴一直通向道边。我们起初都不明白他的用意。但黄小毛很快就看懂了，立刻跑回去取来他的那只弹弓。我们布置好这一切就躲到院子里，将院门稍稍虚掩起来。这时我们的门前很安静，虽然是在白天，却静悄悄的没有一个人影。我们从门缝向外张望了一阵，就见几只母鸡一边啄食着那些麦粒一步一步地朝这边走过来。黄小毛就像一个经验丰富的猎手，他只是沉着耐心地等待着，却并不急于射击，直到那几只母鸡全部进入有效射程,才取出一只玻璃球,搭在弹弓的皮扣上,然后稳稳拉开嗖地弹射出去。黄小毛的射击技术的确很高超,竟一下就将玻璃球打在一只鸡的头上。这种射法当然有很大好处,可以将这只鸡头打碎而立刻置于死地,这样也就不会惊散它身边的鸡群。果然,那只鸡连挣扎也没挣扎一下,头一歪就栽到地上,而别的母鸡竟然还浑然不知。这一来也就为黄小毛赢得了继续射击的机会,他又接连射中第二只和第三只母鸡。但就在要射第四只时,却被杨鸣伸手拦住了。杨鸣的意思很显然,那只被村里视为神秘动物的黄毛不可能有连续吃掉四只母鸡的食量,倘若黄小毛一次射杀太多,会引起当地村民的怀疑。

　　当天晚上,我们正在一边喝酒一边津津有味地啃着炖母鸡,村里的大喇叭就又响起来。是常二捆的声音。从声音可以听出,常二捆的情绪很不好,他说就在这一天的下午,村里治保主任家的三只母鸡又不见了,目前已经排除被人偷窃或被黄鼬拖走的可能,由此看来,那只神秘动物应该就在村庄附近,所以大家一定要更加小心。我们听了立刻都有些悻悻。就在刚才,我们一边吃着炖母鸡还在兴致勃勃地盘算,照这样下去就可以每天都有鸡吃了,因为无论怎样吃,当地村民都会把这笔账计到那个神秘动物的身上。可是常二捆这样一说就不行了,倘若村民都对自己的家禽严加看管,我们自然也就无从下手了。

　　当然,我们相信,杨鸣一定还会想出更好的办法。

　　果然,几天以后的一个夜里,大约是在快要黎明的时候,杨鸣突然把我和黄小毛叫醒。我和黄小毛揉着眼从炕上爬起来,借着灯光看到,杨鸣的手里正拿着一个馒头。这个馒头已经风干,看上去没有了一点水气。接着,他又拿出一瓶烧酒,倒在一只碗里,然后将这个馒头轻轻泡进去。已经干透的馒头被这样一泡,立刻就将烧酒都吸了进去。杨鸣捞出馒头，小心地装在一个塑料袋里，又取出一根绳索，连同扁担一起递给我和黄小毛。

直到这时，他才问我们两人想不想吃猪肉。

我们当然想吃猪肉。那个时候不像今天，吃猪肉是一件很难得的事情，尤其在农村，虽然家家养猪，猪肉却是极为罕见的珍稀食物。在这个深夜，我和黄小毛跟着杨鸣悄悄走出集体户，就朝村庄的东面摸过来。直到来到一片猪圈的跟前，我才发现，这里竟是常二捆家的房屋后面。我和黄小毛都已明白了杨鸣的意图。我们不得不在心里由衷地佩服他。首先，他将时间选在黎明，这时人们都在熟睡，做这种事当然最好下手。其次，他把目标选在常二捆家的猪圈，这也应该是一举多得，常二捆家在村外，做起事来更安全一些，这是其一，其二，一旦偷了他家的猪，对他的触动肯定会更大，如此一来他也就更不敢再贸然收割小麦。但还有一点让我想不明白，猪这种动物毕竟不像鸡，不仅体型笨重，叫起来的声音也非常尖厉，它绝不会俯首帖耳地认由我们摆布，而一旦嗥叫起来，那后果也就不堪设想。

杨鸣并没向我们做任何解释。他站在猪圈的矮墙跟前，先掏出塑料袋，从里面取出那只浸过酒的馒头探身扔进猪圈里。常二捆家的这头猪我白天是见过的，还没有完全长成，大约只有七十多斤，用当地村民的话说也就是一口半大猪。这时，这口半大猪正在睡梦中，突然被一阵袭人的酒香和麦香熏醒，睁开眼一看，竟然有一只巨大的白面馒头正赫然摆在自己嘴边，还以为是在做梦。它当然不会认真去想，在这样的深夜，又是在自己这样的地方，突然出现一只这样的馒头是很可疑的，它甚至连犹豫都没犹豫就伸过头来一口将这只馒头吞到嘴里，然后呱叽了几声咽下去。杨鸣又耐心地沉了沉，然后向我和黄小毛示意了一下就带头跳进猪圈。我和黄小毛也跟着跳进去。我们冒着猪粪的恶臭七手八脚地将这口半大猪捆起来，又拎到外面，插进扁担抬着就迅速地钻进了旁边的麦田。直到这时我才发现，不知为什么，这口半大猪竟然始终一声不吭，只是张大嘴发出哈哈的声音，像是在用力喘息。事后杨鸣才告诉我们，猪吃了泡过酒的馒头嗓子立刻就会被腌坏，所以，不可能再叫出声来。

在这个黎明，我们将这口半大猪弄回集体户时天还没有放亮。我们当然不能再睡觉，先用一根手腕粗的木棒将这口猪活活打死，然后又褪净毛皮掏出内脏，将尸体切成一块一块地包起来藏好。待忙完这一切，东方也就泛出了令人愉快的鱼肚白色。

关于这头猪的事，果然又一次极大地震动了常二捆。常二捆先是感到很吃惊，接着就认定，他的这口半大猪肯定又是被那个神秘动物吃掉了，而能将这样一口半大猪吃掉的动物，其凶猛程度自然也就可想而知。这时田里的麦子早已成熟，而且眼看就要进入雨季。常二捆原本已经强行开镰，但这一来只是先将村庄附近的麦子抢收回来，就也不敢轻举妄动了。

几天以后的一个中午，孙羊倌儿又遇到一件更令人惊愕的事情。

在这个中午，孙羊倌儿突然像疯了似的从村外跑回来。他的身上满是泥水，脚上的两只鞋子也都已不见了踪影。他一回到村里，扔掉手里的羊鞭又趔趄了几步就上气不接下气地趴在街上。人们不知发生了什么事，立刻都围拢来。这时常二捆也闻讯赶来。他拨开人群蹲到孙羊倌的跟前，很认真地看看他问，究竟又发生了什么事。孙羊倌儿趴在地上喘息一阵，待稍稍平静了一些才结结巴巴地将刚才发生的事情告诉了常二捆。他说在这个上午，他去村外放羊，其实他并没有让羊群走得太远，而且为安全起见还特意选择了一片远离麦田又相对开阔一些的草地。但就在将近中午时，他刚刚歪到一个坟堆上瞌睡，突然就听到羊群里一阵大乱。他睁眼一看,只见一个黄乎乎的东西正窜出麦田朝这边扑过来。它冲进羊群一边呜呜叫着东撞西撞,还不停地用自己的头去顶那些羊。孙羊倌儿说当时由于那东西跑得实在太快,所以它的头究竟是什么样子并没有看清,但它的两个耳朵他却看到了。孙羊倌儿说那东西的两个耳朵不知为什么好像非常坚硬,就像是两只刀片一样直挺挺地竖着,因此顶到哪只羊,立刻就会在身上划开一道血口子。羊群由于受到惊吓转眼就被冲得四散。但那东西还一直跟在后面穷追不舍,直到后来,才追着几只羊不知跑到哪去了。

常二捆听了寻思一下,又问,这东西……长的啥样?

孙羊倌儿摇摇头说,当时羊群已经乱了,没看清楚。

常二捆又叮问一句,一点都没看清楚吗?

孙羊倌儿说是,一点都没看清楚。

常二捆皱了皱眉,就不再说话了。

常二捆问的显然是一个没有任何意义的问题。凭孙羊倌儿的视力,就是让那个东西站到他的面前也未必能看清楚,更不要说它还在这样快的奔跑。

常二捆又皱着眉头沉吟片刻,就起身去给公社打电话了。

我们当天下午就听说了此事。我们的心里当然明白,一定又是黄毛。我们这时已开始对黄毛同情起来。它这些天一直在村庄附近独自徘徊,肯定备感寂寞和孤独,所以,当它见到孙羊倌儿的羊群才会不顾一切地直扑过来。它当时一定喜出望外,那种找到队伍又与自己当初的同伴久别重逢的激动心情可以想见。但是,它却忘记了一件更关键的事情,它现在早已不再是当初的那个自己,它已被我们这些人搞成了这样一副令人毛骨悚然的怪样子,它的那些同伴不仅已经认不出它,还会被它的样子吓得魂飞魄散,所以它们才被惊得四处奔逃。

黄小毛有些担忧地说，也不知道……它现在吃什么。

杜红也说是啊，它自己在外面，又有谁来喂它呢。

其实黄小毛和杜红的担心是多余的。黄毛在食物上应该没有任何问题。用杨鸣的话说，它在跑出去之前已被我们训练得能捉老鼠，如果连老鼠都能捉，还有什么东西不能搞到呢。杨鸣的分析显然是正确的。这段时间，村里已经接二连三地又丢了许多鸡鸭鹅兔。但这些东西绝不是我们偷的。因为这一阵我们还一直在吃着从常二捆家弄来的那头半大猪。而如果不是我们，那就应该只还有一种动物，就是黄毛。

由此可见，黄毛应该又长了更大的本事。

我们没想到这一年的初夏竟会是如此度过的。

这真是一个愉快的初夏，愉快得简直令人心旷神怡。由于那只神秘的野物儿还没有被捉到，全村就进入了一种带有戒严性质的紧急状态，但早已成熟的麦子毕竟还是要收割的，于是村里就集中了一少部分体力强壮而且割麦技术高超的社员去田里突击收割，为保证安全，还在田头派了荷枪实弹的基干民兵放哨警戒，一旦发现哪个方向有可疑的风吹草动，立刻就会包抄过去仔细搜索。可是面对这样一个丰收年景，如此的收割方式只能是杯水车薪。我们当然不用再去下田，连高粱和玉米也不用再去榜，大家每天只是四脚朝天地躺在集体户的炕上，或畅谈祖国农业的大好形势，或交流接受贫下中农再教育的心得体会，有时来了兴致也打一打扑克或喝一喝酒，日子过得轻松自在。每当想吃什么家禽或家畜，只要趁着夜色放心大胆地去村里弄回一只就是。我们渐渐地甚至有了一种感觉，似乎整个村庄的家禽和家畜都已属于我们，我们如果想吃什么了就只管吃，反正村民都会记在黄毛的账上。有一次我们竟然还把生产队里一头三月大的小牛犊给捆了抬回来。当时为了做得更逼真一些,杨鸣还特意用一块砖头砸掉这小牛犊的一条前腿,然后将这截血淋淋的断腿扔回到牲口棚里,做出这头牛犊已被那个神秘的野物儿拖去吃掉,只剩下一截断腿的假象。而我们每这样干一次,也就越发增加了村里的恐怖气氛。不过我们也遇到一些具体的操作问题。比如要将这些肉类弄熟就是一件很棘手的事,因为在烹制过程中总会散发出一些诱人的气味,而这种气味不言而喻,对于当地村民来说是很敏感的。但这点困难当然难不倒我们。杨鸣很快就发明出一种很独特的料理肉食的方法。他找来一块崭新的红砖,先将这些猪肉牛肉羊肉或禽类的什么肉切成很薄的片状,贴在砖上,然后再将这块砖放进灶膛里。这样我们只要一边烧火做着主食,这些肉片也就不动声色地被烤制出来。这真是一种风味独特的烧烤,鲜嫩的肉丝中还保留着一些血腥气味。这气味就像度数很高的烈酒,让人闻了立刻就会亢奋起来。

每到傍晚,我们这样酒足饭饱之后,就从集体户的院子里走出来。我们集体户的房子是建在村南的一面土坡上,这里地势很高,几乎可以俯瞰村外的整个麦田。那些麦田一望无际,远远看去翻起一层层的麦浪,与夕阳的余晖映在一起煞是好看。有时我们来了情绪,还会放声高唱几句"麦浪滚滚闪金光……"。我们的歌声不仅悠扬,也很嘹亮,而且充满了豪迈的激情。黄小毛每当喝得醺醺然,就会借着酒意大声朗诵那首著名的诗词:"……不似春光胜似春光,战地黄花分外香……"这时我们大家就有了一个共同的感觉,如果插队就是这样的插法,我们宁愿在这里永远插下去,用自己的青春年华将这个广阔天地一直插穿。

当然,我们也注意到,尽管村里的一部分劳力还在基干民兵的警卫下没日没夜地拼命收割,远处大片的麦田还是正在一点点地由黄变白。我们知道这已是成熟小麦的最后收割时机。成熟小麦的正常颜色应该是金黄，而一旦变白也就说明开始脱水，说得更通俗一点也就是干枯，用当地村民的话讲叫"倒灌浆"，倒灌浆所导致的直接结果就是减产。比如这一年的夏收，我们村的亩产预计已经过了黄河，也肯定过了长江，也就是说，我们的每亩产量已经达到黄河以南甚至长江以南的水平。但是，"倒灌浆"以后就难说了，亩产量肯定又从长江乃至黄河那边退回来。这真是一件令人遗憾的事情。

进入七月的一天终于下起了大雨。这场雨很奇怪，就像音乐喷泉一样忽紧忽慢，给人一种优美的韵律感。雨注均匀地落下来，如同无数根晶莹的银丝垂在天地之间，似乎用手轻轻一拨就会发出悦耳的叮咚声。雨天睡觉是最舒服的事情。我们大家躺在炕上痛痛快快无忧无虑地睡了几天。一天早晨，我们突然被一阵奇怪的声音惊醒。这声音显然是从村边传来的，听上去很低沉，又有些杂乱。我们仄起耳朵听了一阵才意识到，应该是人的哭号，而且是从许多个喉咙里同时发出的哭号。我们不知发生了什么事，立刻爬起来跑到院子外面。

这时外面已雨过天晴。蓝格盈盈的天空如同被水冲洗过，干净得没有一丝云朵。空气也似乎透明起来，一眼能望出十六公里以外，望到球形的广阔天地像塌了一样地弯曲着倾斜下去。就在这时，那哭号的声浪又一阵阵传来。我们循声看去，才发现很多村民正跌跌撞撞地从村庄里跑出来，他们扑倒在麦田跟前呼天抢地，男人和女人的声音搅在一起让人听了很不舒服。接着我们也才发现，远处的麦田已经又变了颜色，有的由白变灰，还有的则已由灰变黑。再仔细看，许多麦子都已东倒西歪地烂在了泥里。黄小毛立刻兴奋地大叫一声，说哈，这下可好了，我们彻底不用担心再去割麦子了！黄小毛的话立刻提醒了我们，麦子一旦霉烂连牲畜都不会再吃，所以也就没有了任何用处，只能让它们继续烂在田里，发霉，发臭，最后沤成肥料为改善土质起一点作用。我们想到这里，相视一下都长长地松出一口气。是啊，我们终于成功地躲过了这样一场麦收之苦。于是大家兴奋之余一致提议，应该包一顿鲜肉馅的饺子庆祝一下。那时粮站卖的白面质量还很好，不仅劲道，也非常的香甜，再加上新鲜的肉馅和我们愉快的心情，这顿饺子就给我们留下了难以磨灭的印象。

直到很多年后，每当我们这些集体户的人聚会时还要包一次鲜肉饺子，尽管我们知道，鲜肉已不是当年的鲜肉，白面也不再是当年的白面。杨鸣不知为什么，包的饺子总是很奇怪，不仅干瘪也有些细长。一次黄小毛说，杨鸣包的饺子很像麦穗。

我们大家听了看看他，突然都泪如雨下……

秋鸣山

后来的事情是由一只夜壶引起的。究竟是一只什么夜壶,由于只有刘成见过,所以无法描述太细。据他说是一只长方形的青花瓷壶,有一块砖大小。青花早在元代就有,可见这应该是一件古董。此外这只壶的壶嘴也很怪异,是翻卷开的,看上去像一朵绽放的喇叭花。刘成说,宋福曾为他解释,这是夜壶特有的一种款式,为的是夜里摸黑尿尿时便于把东西塞进去。

1

出事是在一天晚上。当时宋福正躲在秋鸣山。

秋鸣山不是山,只是一座像山一样的巨大坟堆,约两丈高,上面长满荒草。在坟堆前面还有几间破旧的砖房,是当年的"秋鸣记响行"。据说宋福家的"秋鸣记响行"当初很有名气,每遇谁家有红白喜事或逢年过节，所用鞭炮都是出自这里。在出事的这个晚上，宋福又悄悄来到秋鸣山。他在灯下欣赏这只夜壶时的心情可以想见，一定不仅仅是这只壶，还从这壶里回味到更多的东西。几十年倏忽过去，"秋鸣记响行"早已风光不在，只剩了这样一座荒草萋萋的秋鸣山。宋福呆呆地看了这夜壶一阵就小心地取出几枚鞭炮。这些鞭炮显然也已年代久远，依稀还能看出一些斑驳的金色花纹。他先拎起夜壶，在里边尿了一泡尿，然后就点燃一枚鞭炮放到夜壶的旁边。鞭炮炸响的声音仍还清脆，叭地一声，夜壶里随之激起一阵呜呜的共鸣。共鸣的声音渐渐沉下去，接着，竟从喇叭口里传出一阵缥缥缈缈的女人歌声。这显然是二三十年代的歌曲，声音古老而娇嫩，有些软恹恹的，像秦楚楚的《花好月圆》。宋福静静地听着，眼角就渐渐眯起皱纹。这件事无法解释。宋福已记不清是从什么时候发现的，每当有鞭炮炸响，这只夜壶里就会莫名其妙地响起歌声，更令人称奇的是不同年代的鞭炮，歌声也会不尽相同。宋福曾经试过，将一枚刚碾制的鞭炮点燃，夜壶里竟然响起了雄壮的《大海航行靠舵手》。在这个晚上，当宋福点燃第四枚鞭炮时，夜壶里的秦楚楚就已将《花好月圆》唱到了高潮。

也就在这时，张全主任突然披着一身夜色闯进来。

张全主任是张村的革委会主任，用今天的话说也就是村委会主任。张全主任当然不是因为听到了夜壶里的秦楚楚才来的。他是看到了秋鸣山的灯光。秋鸣山是在田野深处，在这样一个深秋的夜晚，从这里亮出一缕灯光自然很远就能被人发现。但张全主任在进来的一瞬还是听到了什么声音，接着就发现了这只青花夜壶。他的脸上立刻露出惊异的神色，问宋福这是什么。张全主任当然认识夜壶。他问的是夜壶里的秦楚楚。宋福一下显得有些慌乱，想赶紧把这只夜壶藏起来。但就在他抓起夜壶的同时，张全主任的手也已伸过来，两只手这样一碰，一股黄绿色的液体就从那个鲜花一样的壶嘴里喷溅出来。张全主任立刻觉出这液体有些可疑,把手放到鼻子底下闻了闻,皱起眉问,这究竟是怎么回事。这时宋福已将夜壶塞回身后的墙洞,说没有,没有怎么回事。张全主任又朝屋里环顾一下,然后盯住宋福说,你是不是又在偷偷翻看变天账?宋福连忙说不是,他从来就没有什么变天账。没有?张全主任沉着脸说,你既然没有,这半夜三更的跑来这里干什么?宋福张张嘴,就低下头去不再说话了。

2

刘成曾对我说,他虽然只是张村的一个知青,却比宋福更了解张全主任。

张全主任表面看似很粗,其实是个很精细的人,心思也很难让人摸透。

那一晚的事过去没多久,一天中午,张全主任就又找到宋福。当时宋福正蹲在自己的院子里磨一张镰刀,准备下午去割芦苇。张全主任先是站在他身后看了一阵,然后不动声色地说,有件事想跟你商量一下。宋福回头一看是张全主任就慢慢站起来。张全主任忽然叹口气,又摇摇头说,秋天可不是好季节啊。宋福听了想一想,一时摸不透张全主任这样说是什么用意,秋天一向被认为是收获季节,尤其这一年,已是人民公社连续获得第五个大丰收,宋福搞不懂,张全主任怎么会莫名其妙地说出秋天不好这样的话来。张全主任又轻轻叹息一声,说秋天一凉,上年纪的人就又要犯老病了。宋福听了眨眨眼,还是猜不透张全主任究竟要说什么。张全主任在宋福的肩上拍了一下,示意让他蹲下来,然后自己也蹲到他面前说,我那个三叔又犯病了。一边说着又摇一摇头,这回麻烦可大了,已经撂炕了。宋福明白,撂炕的意思是说病人瘫到了炕上。但就在前一天,宋福还明明看到张全主任的三叔坐在院子门口捧着一只大碗喝黏粥,怎么说撂炕就突然撂炕了呢?是啊,这种病就这样快啊,张全主任皱起脸说,这几天老爷子在炕上屙炕上尿,一爿好好的火炕硬是让屎尿给泅塌了,可把我忙坏了。

宋福听到这里,就隐隐地有了一种不祥的预感。

果然,张全主任又咳一声说,要是有个夜壶就好了。张全主任这样说罢就盯住宋福,说我的意思,你明白吗。宋福愣了一下就慢慢低下头,又抓起地上的镰刀在沙石上一下一下地磨着。张全主任很耐心地看了他一阵,问,我刚才的话你究竟听到没有。

宋福说听到了。

张全主任问,听懂了么。

没懂。

没懂?张全主任有些意外,我说得这样清楚了你还没听懂吗?

宋福埋头将镰刀在瓦盆里蘸了一下,又继续霍霍地磨着。

好吧,张全主任说,既然这样我就明说吧,我知道你这里有一只夜壶。

宋福的手慢慢停下来,抬起头看看张全主任说,我从来就没有这东西。

没有?张全主任嗤地一笑说,那天晚上,我在秋鸣山看到的是什么,难道是一只茶壶吗。宋福低着头没说话。张全主任沉了一下,竭力让自己的口气缓和下来,又提醒宋福说,当时你拿在手里的,那个白底蓝花四四方方的东西,那不是一只夜壶吗。

宋福摇摇头，说不是。

张全主任也摇摇头，说不，当然是。

宋福说，那一定是你看错了。

张全主任一笑说，我这样大一个人，会看错一只夜壶吗。

刘成说，事后宋福曾偷偷对别人说过，尽管他当时还不知道张全主任为什么突然对他的这只夜壶感兴趣，但心里也很清楚，只要自己咬住牙不承认，张全主任就没任何办法。但让他没有想到的是，在这个中午，张全主任却并没继续追问这只夜壶。但就在他站起身准备要走的一瞬，好像忽然想起了什么，又回头不经意地对宋福说，对了，还有一件事忘了告诉你，村里已经决定，田里的那座秋鸣山很快就要铲平呢。宋福听了立刻浑身激灵一下，问，为什么要铲平？张全主任微微一笑说，铲平就是铲平，村里决定做什么事还要向你解释吗。接着又说，还有那几间旧砖房，恐怕也要扒掉呢。

宋福顿时惊得目瞪口呆。张全主任又看一眼宋福，就笑眯眯地转身走了。

3

宋福在这个中午立刻慌起来。他不明白张全主任为什么要这样做。他在院里愣了一阵就连忙追到村里的办公室。张全主任果然在这里，正在收拾一辆自行车，看样子又要去公社。张村离公社三十余里，但张全主任几乎三两天就要跑去一趟。据张全主任对村里人说，公社革委会的老张主任当初是从张村调走的，所以对张村的事还一直很关心。

但张村的人都知道，张全主任早已在私下认了老张主任做干爹，而且有消息传出来，说是过不了多久，张全主任很可能也要被提拔到公社去担任办公室主任。宋福在这个中午一边看着张全主任为自行车打气，心里就有些后悔了。他觉得自己刚才不该那样说话，就算不承认有那只夜壶，也应该说得婉转一些，于是就想问一问张全主任，他三叔的病情如何了，是不是要去医院看一看。但话到嘴边立刻又咽回去。就在刚才来的路上，他明明看到张全主任的三叔正坐在院里编一只箩筐，似乎并没有什么异常。他又想了一下，索性就直截了当地对张全主任说，你们不能这样做。张全主任回头看一眼宋福，就继续为自行车打气。宋福又瞪着两眼说，你们不能铲掉秋鸣山。

张全主任推起自行车，说这件事不是一句话两句话能说清楚的，等我回来再说吧。

宋福立刻上前拦住张全主任的去路说，就算你一定要这样做，也总该有个理由吧。

张全主任忽然很奇怪地笑了，说你一定要知道理由吗。

宋福很坚决地说，我当然要知道理由。

张全主任点点头，说好吧，等我回来再告诉你。张全主任一边这样说着，自行车的前轱辘就几乎顶进宋福的裆里。宋福本能地朝旁边一躲，张全主任就骑上车走了。

宋福一下愣在了那里，两眼一直盯着张全主任远去。

宋福在这个下午没去割芦苇。他回到家里拿出一瓶烧酒，一边想着秋鸣山的事就一口一口地喝起来。这已是宋福多年的习惯，每遇有郁闷的事就用喝酒来排遣心情。但他的酒量很有限，往往只喝几口就会面红耳赤。在这个下午，他一边喝着渐渐地就感觉血脉偾张，呼吸也开始急促起来。这时已将近傍晚。他看一看天色就从家里走出来，摇摇晃晃地来到村外。也就在这时，张全主任刚好骑着自行车飞快地回来了。宋福立刻迎上去。张全主任显然也已看到了宋福，但他似乎并没打算下车，甚至连车速也没有减慢。宋福也不说话，只是站在路中央伸开两只手，看上去像一个单薄的路障。张全主任连忙捏住车闸，晃了几晃用一只脚撑住地。他有些恼火地问，你又要干什么？

宋福说还是那件事。

哪件事？

就是中午的那件事，还没有说完。

好吧，张全主任索性从车上跳下来，说你说吧。

宋福说我只想知道，你究竟为什么要铲掉我家的秋鸣山。

张全主任一听就扑哧笑了，说你家的秋鸣山？接着又点点头，嗯一声说，好吧，就算这秋鸣山是你家的，可它占的那块地却是集体的，既然是集体的，那么村里想挖掉就可以挖掉。然后，张全主任又说，不过你既然一定要问，我也可以给你解释一下，那个秋鸣山和几间旧砖房几乎占了一亩农田，不仅浪费土地资源也影响生产机械大面积耕种，原因就这样简单，明白了？

宋福仍然看着张全主任，问，没有别的理由了？

张全主任有些奇怪，说这个理由，难道还不够充分吗？

宋福突然瞪起被酒精烧红的眼睛说，我不会让你们这样做的！

张全主任很认真地看了看宋福，沉下脸问，你是不是喝酒了？

宋福说我喝没喝酒，跟这件事没有关系。

当然有关系，张全主任说，你平时没喝酒是不敢这样对我说话的。

宋福突然愣住了，已经张开的嘴动了动，却没再说出话来。张全主任又哼一声说，你大概忘记自己是谁了，以后还是少喝酒，会给自己找麻烦的。他这样说罢，用车辚辘拨开宋福就朝村里骑去。

宋福顿时觉得浑身的血液都冲上头顶，耳边也嗡嗡地响起来。

他已经感觉到，自己这一次终于要忍无可忍了。

4

其实早在几年前，张全主任就曾带领村里的基干民兵抄过一次"秋鸣记响行"，而且险些将那几间砖房统统烧毁。事情的起因很简单。一天下午，村里的几个孩子不知从哪里找到几枚鞭炮，就跑到麦场上去燃放。不料鞭炮炸响时将一垛刚从田里收回的秫秸引燃起来，还烧了旁边的一囤玉米。当时还是治保主任的张全主任带人将火扑灭后很恼火，经过调查，发现这几枚肇事的鞭炮竟是宋福私自碾制的，立刻就将宋福找来。张全主任问宋福，究竟还存有多少这种火药。宋福听了低着头说没有了，都已用光了。张全主任当然不肯轻信，立刻带人去了秋鸣山，果然就从一间旧砖房的角落里找到十几只瓦罐。打开一看，里面全是灰褐色的火药。但宋福立刻向张全主任解释，说这不是做鞭炮的火药，而是专门用来装填烟花的，更重要的是这种烟花火药的具体配方和制作方法只有他祖父知道，现在他祖父早已不在了，所以这些火药也就更加弥足珍贵。但张全主任并不理睬宋福的这些话，当即决定将这些火药全部销毁。张全主任销毁这些火药的方法很简单，他先让基干民兵将这十几只瓦罐搬出来，然后就将里面的火药全都倒进附近的一条水渠。这条水渠原本长满茂盛的水草，水质也很清澈，倒进这些火药后立刻就变得肮脏浑浊起来，还散发出一股刺鼻的奇怪气味。但是，张全主任还是把事情想得过于简单了。其实宋福在当时就已警告过张全主任，说这样干绝对不行，水渠到了冬天就会干涸，而一旦干涸很可能会发生危险。但张全主任并没把宋福的话当一回事。他反而很为自己想出的这种销毁火药的方法感到得意。他认为，即使水渠干掉也没有什么了不起，这些混在水里的火药正好可以随着渠水渗进泥土，如此一来反而更加安全。出事是在那年冬天的一个早晨。在那个早晨，村里派人到秋鸣山附近放火烧荒。烧荒是一种改善土壤很有效的办法，被烧掉的荒草和庄稼根系变成草木灰，对农田是一种很好的肥料。当烧起的野火顺着荒草蔓延到那条水渠，又沿着水渠的岸坡烧到已经干涸的渠底，突然就闪出一片耀眼的火光。事后宋福为张全主任解释，说这件事的道理很简单，渠水干掉以后，里面的火药一部分随着水分渗进渠底的淤泥，还有一部分就留在了泥土的表面，这样一来，整条水渠也就成了一个巨大的盛放火药的容器。在那个冬天的早晨，被引燃的火药先是冒出一股浓烟，接着一个巨大的火球就像焰火一样冲天而起，随之整条水渠立刻都熊熊地燃烧起来。接下来就发生了一件更严重的事情。早在张全主任带人来抄秋鸣山之前，宋福为了防止意外就已做了准备。他特意从刘成那里要了一只暖水瓶的瓶胆。这是刘成从城里带来的一只竹套暖水瓶，后来外面的竹套坏了，就将瓶胆扔在了集体户的院子里。宋福无意中发现了这只瓶胆，觉得是一个很合适的容器，于是就要回来，在里面装了满满的一瓶烟花火药，悄悄埋到秋鸣山附近的农田里。宋福当时这样做的目的显而易见，他很可能已经预感到秋鸣山要出事，为了防止意外才将这珍贵的烟花火药像保留火种一样地保留了一些。但是，在这个出事的早晨，由于水渠里的火药被引燃起来，田里的火势也就渐渐失去了控制。就在这时，突然从水渠附近的农田里响起一声更剧烈的爆炸，接着就有一只奇怪的东西从土里钻出来腾空而起。那几个放火烧荒的村民当时都亲眼目睹了这个场面,事后据他们说,那个突然飞起来的东西就像是美帝或苏修放的导弹,它一边向天上飞着屁股后面还冒出一串耀眼的火焰,就这样飞到空中打了一个旋,似乎在寻找降落的目标,然后猛一转身就直冲秋鸣山的那几间旧砖房飞去。宋福在那个早晨刚好睡在秋鸣山的一间旧屋里。这是宋福多年来一直保持的习惯,每过一段时间就要在秋鸣山住一夜,似乎只有这样才能为这里保留一点人气。在这个早晨,他突然被一声轰隆的巨响惊醒,接着就意识到,应该是外面的屋顶出事了。这时那只喷着火焰的瓶胆已经飞落到屋顶上炸得粉碎,里面的火花四溅,立刻引燃了屋顶上的苇把和木梁。宋福连忙从屋里逃出来,又不顾一切地爬上屋顶用上衣扑了好一阵才总算将大火扑灭了。但是,当张全主任得知此事后,却立刻又将宋福叫到村里的办公室。他一定要让宋福说出,那个突然从田里腾空而起又一边喷着火焰到处乱飞的是个什么东西。宋福却始终默不作声,无论张全主任怎样问,最终也没说出那个东西究竟是什么。

5

刘成对我说,他早就发现宋福绝不是一个简单的人。

他说在张村插队几年,宋福留给他的印象是最深的。

刘成是我中学时的同学,毕业后又一起来这个公社插队。但他和我们并没分到一起,而是独自去了最偏远的张村。事后我才知道,刘成去张村是他自己主动要求的。他这样做当然很聪明。张村此前曾有十几个知青,但是到我们来时都已选调回城了,只还剩下一个叫胡四海的人。我去张村找刘成时曾见过这个胡四海，看上去很潦倒，头发和胡子都很长，手指也被烟气熏得焦黄。据说他还有酗酒的恶习，经常喝得醉醺醺的。所以，张村一旦再有选调的事自然会首先落到刘成的头上。但后来的事实证明，事情也并非如刘成想象的那样简单。不知因为张村太小还是别的什么缘故，公社似乎将这个远在三十里外的村庄忘记了，自从刘成去了那里，竟然一连几年都没再分到选调名额。直到后来刘成考上北京的一所名牌大学，临离开张村时才庆幸地对我说，如果他不是凭借自己的能力，恐怕一辈子都要留在这里了。

关于宋福的这些事，是刘成很多年后才告诉我的。

这时的刘成已经拥有了一家颇具规模的专门生产烟花爆竹的民营企业。据说他的产品远销海外，甚至在一些生产军火的大国也有很好的市场，美国人曾经称赞他的鞭炮产品，说不愧是发明火药的民族，做出的鞭炮不一样，就是不一样喔。但刘成对宋福却始终耿耿于怀。他不止一次地对我说，他曾经亲眼见过宋福碾制鞭炮，那种独特的技术和制作工艺就是拿到今天也很罕见。而更让他感到遗憾的是当初没能留下一些"秋鸣记响行"的火药，他至今仍然搞不清楚，那种火药里究竟含有什么特殊成分。刘成说，他当时曾很认真地注意过，这种火药很可能是专为制作鞭炮配伍的，爆炸时燃点并不高，但气体瞬间膨胀的张力却极大，如此一来也就将杀伤力降到最低，而爆炸时的效果，比如声音和火光却非常充分。刘成说如果从这一点分析，它肯定不同于普通的黑火药，里面很可能含有大量碳粉，而硫黄和石硝的成分却相对要低一些。刘成告诉我，在当时，宋福还藏有一个惊人的秘密。张村知道这个秘密的只有两个人，一个是他，另一个就是胡四海。但他一直怀疑，宋福是故意让他和胡四海了解这个秘密的。

那是一个中秋的晚上。刘成和胡四海在一起喝酒。

胡四海在那个晚上不知为什么，显得很伤感，刚喝了几杯就流起泪来。他说自己恐怕再也回不去了，想一想今后真不知该怎么办。刘成的心情也很不好，就和胡四海一起长吁短叹。也就在这时，宋福突然走进来。宋福先看看刘成，又看了看胡四海，然后说他那里还有一瓶好酒，问他们两人想不想喝。刘成看一眼宋福，说你能有什么好酒。宋福沉了一下，说我不会喝酒，也不懂酒，你们去看了就知道了。在这个晚上，宋福带着刘成和胡四海来到秋鸣山。刘成在此之前还从没来过这里，只听说这曾是宋福家的一个制作鞭炮的手工作坊，后来被废弃，就成了一片墓地。所以，这个晚上，刘成一来到这里就有一种阴森森的感觉。宋福先带他们走进最里面的一间小屋，点上一盏麻油灯，就来到墙边搬开一只很大的木柜。这木柜后面露出一个黑漆漆的墙洞，显然是通向里面墓穴的。刘成看一眼这个墙洞，又回头看看胡四海。胡四海问宋福，你的酒呢。宋福说在这里面。胡四海看了看宋福，显然也有些将信将疑。宋福忽然笑了一下。刘成发现，宋福的笑容很古怪，在昏暗的灯光里一闪就不见了。宋福端起油灯，朝他两人示意了一下就先弯腰钻进去。刘成略一迟疑，也随后跟着钻进来。直到这时他才发现，原来这秋鸣山里非常宽敞。更让他感到意外的是，这里面并没有棺木，也没存放尸体，只在泥墙的跟前摆放着一排粗瓷大缸。这些大缸都有半人多高，用油布和麻绳封得很严，但仍然能闻到一股从里面透出的淡淡的火药香气。这时胡四海也已跟过来。胡四海显然更加意外，立刻诧异地环顾一下四周，又走到一口大缸的跟前看了看，然后回头问宋福，这里面，是火药？宋福用一种很奇怪的眼神看着胡四海，没置可否。这时胡四海的酒就已完全醒了，他说一定是火药，这气味真好闻。接着又摇头啧啧地说，这里可真像是一个火药库啊。宋福的脸上又一闪说，我让你们来这里，只是喝酒的。他这样说着就从墙边的一个木箱里拎出一只形状怪异的酒瓶,轻轻拂去上面的尘土,举到胡四海的面前说,这可是几十年前的洋酒,在当时能值十几块银元呢。刘成对我说,事后他一直怀疑,在那个中秋的晚上,宋福让他和胡四海去秋鸣山的真正用意并不是喝这瓶曾经能值十几块银元的洋酒,而是看那些火药。

当然,他说,他和胡四海也确实将这些火药牢牢地记在了心里。

6

刘成说,在宋福和张全主任之间发生的事,他也是后来才知道的。

在那个傍晚,宋福在村口拦住从公社回来的张全主任说过那样一番话之后,当天晚上就又去了张全主任的家里。这一次张全主任的态度就有些缓和了。他告诉宋福,铲掉秋鸣山的事只是刚开始商议,还没有最后决定。然后又嗔怪地看一眼宋福,说你这个人啊,真不知好歹。宋福听出张全主任话里有话,就问,自己怎么不知好歹了。张全主任说,你知道我今天去公社是为什么事吗。宋福摇摇头,他当然不知道张全主任是为什么事去的公社。张全主任说,就是为你秋鸣山的事。宋福一时没听懂,他想不明白,秋鸣山的事跟公社有什么关系。当然有关系,张全主任说,我现在就实话告诉你吧,铲掉秋鸣山,其实是公社老张主任的意思。张全主任说,老张主任在不久前的一次秋收总结会上偶然说到改良农用耕地的事,曾经问过,张村的那个秋鸣山占了那样大一片农田,不仅浪费土地资源每到机械翻地时也很碍事,为什么还不平掉。张全主任对宋福说,现在你应该明白了,既然老张主任问到这件事,也就只能这样办了。但张全主任沉了一下，又说，不过，我刚才已经说过了。

他说着迅速地瞟一眼宋福，这件事，也还可以再商量。

宋福立刻抬起头，盯着张全主任问，怎样商量。

张全主任支吾了一下说，老张主任的嗜好，嗯，你应该是知道的。

宋福听了稍稍一愣，又想了一下，心里顿时就恍然大悟了。原来张全主任这几天跟自己兜了这样大一个圈子，又说了这样多莫名其妙的话，其实还是冲着那只青花夜壶。公社的老张主任喜欢摆弄古旧瓷器，这是所有人都知道的。但老张主任自己并不承认，他甚至还在一次全公社的大会上公开澄清过此事，说凡是旧瓷器大都是封建的产物，他收集它们不过是为了更好的批判。这时，宋福终于明白了，张全主任要这只青花夜壶，一定是想拿去送给老张主任。张全主任又嗯了一声，和颜悦色地说，我已经了解过了，你手里确实有一只青花瓷的夜壶，而且这夜壶还有一个奇妙之处，只要在里面撒了尿，一放爆竹就会有女人唱歌，是这样吧。宋福低头沉默一阵，然后抬起头说，不是。不是？张全主任立刻摇摇头，说不会吧。宋福问，你相信会有这样的夜壶吗。张全主任立刻被问得噎了一下，但想想又说，好吧，就算不会唱歌，这只夜壶你总有吧。宋福说没有，我从来就没有这样的夜壶。

张全主任很认真地看看宋福，问，你说，没有？

宋福说没有。

真的没有？

当然没有。

好吧，张全主任忽然笑了，说，你如果真的没有，那就没什么好说了。

张全主任最后的这一笑显然是在警告宋福，同时也有些威胁的意味。一个家庭出身和个人成分都是富农的人，倘若向村里隐瞒这样一只夜壶，自然是一件后果很严重的事情。

事后据刘成分析，很可能就是张全主任最后的这一笑，才促使宋福做出后来的决定。在那个晚上，宋福从张全主任的家里出来后就去了秋鸣山。他从墙洞里掏出那只夜壶，用一块麻布小心包好，就揣进怀里去找胡四海。胡四海在这个晚上正杀一只麻雀，准备放到灶膛里烧一烧用来喝酒。他一见宋福有些意外，抓起一块烂布擦擦手上的血水，问有什么事。宋福从衣襟下面拿出那只麻布包，在胡四海的面前小心打开。胡四海虽然是在城市里长大，但也认识夜壶。他立刻被这只夜壶的奇特造型和精美花纹惊呆了，拿起来看了看，又轻轻放下。他这几天已经听到村里人在议论这件事，于是抬起头问宋福，这就是，那只夜壶？宋福点点头，说是。宋福又沉吟了片刻，就将这几天发生的事告诉了胡四海。但他并没说得太详细，更没有提到张全主任一直追要这只夜壶的真正目的。宋福最后又对胡四海说，他已经反复想过了，现在这只夜壶只有放到胡四海这里才是最安全的。宋福说着脸上的表情就凝重起来，他深深舒出一口气，又说，他早已看出来，胡四海是一个可以信得过的人，所以他想托付他一件事。

胡四海没点头，也没摇头，想了一下说，你有什么事，说吧。

宋福说，以后我万一出了事，你把这只夜壶还埋到秋鸣山去。

胡四海听了看一看宋福手里的这只夜壶，没置可否。

7

刘成说，宋福在这个时候突然要把这只夜壶放到胡四海这里，其目的不言而喻。胡四海自从染上酗酒的恶习就越来越沉默寡言，这是张村人都知道的。但是，张村人也知道，胡四海一旦发起怒来脾气很大，甚至能做出一些让人意想不到的事情。早在几年前，他就险些要了张茂主任的命。张茂主任是张全主任的亲叔伯堂兄，曾是张村革委会的前一任主任。张村人始终没弄明白，胡四海究竟是因为什么事得罪了张茂主任。就在那一年的秋天，公社又传来选调的消息。当时张村的知青都已选调走了，只还剩下胡四海一个人。但是一天中午，张茂主任却突然在街上当众对胡四海说，难道你也想选调吗，你以为自己还有被选调的资格吗？你真是太不知自己吃几碗干饭了！张茂主任冷冷一笑又说，我现在可以明确地告诉你，你就死了这条心吧，即使这世界上只还有一个知青，选调也不会轮到你的！当时胡四海刚要向张茂主任申辩什么，张茂主任却已经转身头也不回地走了。就在这天晚上，村里有人看见说，胡四海又去了张茂主任的家里。但刚刚进去立刻就被张茂主任赶出来，张茂主任站在自己的门口说，你现在才来对我说这些话吗，已经晚了，没用了，你不要再想选调的事了！当时胡四海站在街上，脸上阴得像结了一层冰。他用力看一眼张茂主任，又看了一眼，就转身低着头走了。这件事很快就过去了，村里的人谁都没放在心上。但没过多久，也就是在那个中秋节的晚上，当胡四海和刘成跟着宋福去过秋鸣山之后，突然就发生了一件谁都没有想到的事情。一天上午，张茂主任去田里耙地。其实张茂主任因为每天要忙村里的事，平时很少下田，但在那个上午却不知为什么一定要去。当时张茂主任套了一头雪花青骡子，一边吆喝着来到村外的一块河套地。就在他耙到河边时，不知是犁铧触到什么东西，还是那头骡子踩到了哪里，突然火光一闪就发出轰隆一声巨响。这声巨响的动静很大，顿时浓烟四起，连田里的泥土也被掀到半空。张茂主任先是也随着这些泥土腾空而起，接着又被狠狠地摔下来。他好容易才从地上爬起来，稍稍镇定了一下自己，再看一看四周，才发现那头雪花青骡子已经不见了踪影。接着就听到，从不远处正传来一阵微弱的呻吟声。张茂主任抬起头循声望去，原来那头骡子已经被崩到了河对岸，正叉开四条腿趴在那里咴咴地叫着。在张村发生这种事显然非同寻常。公社得知后立刻派下人来调查。事情很快就查清楚了，这声巨响果然是火药爆炸。据公社来调查的人说，这种火药让武装部的人鉴定过了，认为非常罕见，虽然气体瞬间膨胀的张力很大，但杀伤力却并不太强，否则张茂主任的后果就很难想象了。在张村出现这样的火药，当时还是治保主任的张全主任立刻就想到了宋福。但是，张全主任又觉得不太可能，因为就在不久前，他刚刚带人去抄过秋鸣山，而且已将起获的火药全部倒进水渠。张全主任想，宋福的手里不可能再有火药。但是，张茂主任对这件事却越想越后怕。张茂主任对此事有着自己的分析，他认为这一次爆炸显然是冲着自己来的，因为按张村人的耙地习惯，一般都是一个人在后面扶犁，另一个人在前面拉套，而张茂主任由于平时不常下田，对扶犁的技艺早已生疏，因此倘若他来耙地就肯定会在前面拉套。在出事的这个上午，张茂主任是因为没有找到为自己扶犁的人，所以才临时动意套了那头雪花青骡子。否则被崩到河对岸去的就不是那头骡子了，而是他自己。此外还有一点可以肯定，这起爆炸事件显然是人为制造的。但张茂主任仔仔细细地想了几天，却怎么也想不出究竟是谁对自己怀有如此的深仇大恨。后来他就突然想到了胡四海，他觉得只有胡四海的嫌疑最大。果然，当张茂主任找到胡四海，向他询问此事时，胡四海虽然没有承认却也并不否认。他只是不动声色地提醒张茂主任，如果这样怀疑一个人是要有充分证据的。张茂主任说，先不要说证据不证据，这件事究竟是不是你干的。胡四海听了微微一笑，说你如果拿不出确凿的证据，这样问我就没有什么意义了。这件事到最后就这样不了了之。但张茂主任却始终心有余悸。于是又过了一段时间索性也就辞职不干了。

在宋福将这只夜壶拿来胡四海这里的这个晚上，胡四海似乎对这件事并不感兴趣。他对宋福说，他现在每天除去喝酒，已经对所有的事都无所谓了，况且这夜壶如此贵重，倘若出一点闪失他也承担不起。宋福听了沉默一阵，对胡四海说，这件事他已认真想过了，把这只夜壶放到胡四海这里是唯一的办法，倘若再出什么事，他也就只能认了。胡四海听了又想一下，只好说，好吧。

8

关于这只青花夜壶会唱歌的事，我直到很多年后才想起问刘成。刘成告诉我，确有其事。他说后来曾请教过一位专门研究异常现象的物理学家，这位物理学家是这样为他解释的，如果仅从现象分析，当初烧制这只夜壶的陶土中很可能含有一种叫硅的物质，而硅是今天制作录音磁带的重要材料。从这个原理推测，大概是若干年后，当周围的环境又具备了与当初相似的条件，保留在这只夜壶里的声音就又重现出来。所以，这位物理学家说，这只青花夜壶当年的主人在尿尿时应该有听音乐的习惯。

刘成对我说，也就是通过这只夜壶他才发现，其实他并不了解胡四海。

胡四海是在一天下午突然来找刘成的。当时刘成正用一把锋利的斧子劈一块木板。这是一块已经有些糟朽的棺材板,刘成刚从一个荒坟里挖出来的,准备劈成木块冬天用来烧火。刘成正在奋力劈着,忽然闻到一股浓重的酒气,回头一看才发现是胡四海站在身后。刘成感觉胡四海的表情有些异样,就放下斧子,问他有什么事。胡四海的心里好像在想什么,迟疑了一下才说,确实有点事。刘成又很认真地看看他。他发现胡四海虽然一脸酒气,眼睛里的目光却很清醒。于是就和他一起来到屋里。这时胡四海才吞吞吐吐地说,有一件很难办的事,想跟刘成商量一下。刘成一听就笑了,说什么难办的事,还用跟我商量。胡四海就对刘成说了这只青花夜壶的事。胡四海对刘成说,现在的麻烦是,张全主任已经知道这只夜壶到了他的手里,一直在想方设法地向他要,并警告说,这不是一般的夜壶,一旦追究起来问题会很严重。刘成听了想一想,问胡四海打算怎么办。胡四海叹口气说他也不知该怎么办,但是现在,他已不想再惹任何麻烦。胡四海说,他和张全主任的关系从表面看好像没什么,其实很微妙,张全主任始终认定张茂主任当初的那件事是他干的,所以一直耿耿于怀,总想找个机会狠狠整他一下。

  刘成立刻问,你想把这只夜壶交出去吗。

  胡四海说如果不交,还有什么更好的办法呢。

  刘成说无论有没有办法,你既然受人之托,就不该这样做。

  胡四海立刻苦起脸,说所以啊,我才来跟你商量这件事。

  接着他又睃一眼刘成,说除非,先把这夜壶放在你这里。

  刘成一听就笑了,说这有什么了不起,放在我这里就放在我这里。

  刘成对我说,他在当时还是过于相信胡四海了。事后他才发现,胡四海在这个下午并没有对他说实话,在此之前,张全主任从没去找过他,更不知道这只夜壶已经到了他这里。刘成因此又有些想不明白,既然张全主任并不知道此事，胡四海又为什么突然跑来对他说这样一番谎话呢？

刘成说，也就从这时开始，他才意识到，这只骚哄哄的夜壶应该很重要。

9

刘成很快听说，就在胡四海来找他的这个下午，张全主任也为了这只夜壶又去找过宋福。但张全主任这一次并没有直接提夜壶的事，只是心平气和地告诉宋福，村里已经正式做出决定，很快就要去铲平秋鸣山。宋福听了并没有立刻说话，低头沉默了一阵才问张全主任，如果现在说出实话，是否还来得及。张全主任仍然不动声色，只是嗯一声说，那要看你说的是什么实话。

宋福说就是，就是关于那只夜壶的事。

张全主任点点头，说好吧，你说吧。

宋福说，这件事，我确实撒谎了。

张全主任似乎并不感到意外，只是笑了一笑。

宋福又吭哧一下，说那只夜壶，确实是有的。

张全主任眯起一只眼，等着宋福继续往下说。

宋福说可是，现在这夜壶已经不在他这里了。

张全主任听了一惊，连忙问他，在哪里。

宋福慢慢低下头，好像不敢说出来。张全主任立刻说没关系，你不要怕，究竟是怎么回事只管告诉我。然后又一拍胸脯，说无论什么事，都有我为你做主。宋福仍有些犹豫，又嗫嚅了一阵，好像才终于下定了决心。他告诉张全主任，说这只夜壶，已经被胡四海拿去了。

张全主任立刻吃惊地瞪大两眼，他问宋福，你怎么不早告诉我？

宋福低下头，说胡四海不让告诉你。

张全主任气得刚要发作，又竭力忍住了。他用力喘出一口气说，他不让你告诉我你就可以不告诉我了吗？宋福似乎很委屈，说其实，他已经对胡四海说过了，张全主任也正在追要这只夜壶，可是胡四海说，他张全主任懂个屁，就是真把这只夜壶给了他，他也只能拿去撒尿。

这时张全主任的脸色就已气得铁青起来，

他问宋福，胡四海还说了什么。

宋福看一眼张全主任，似乎不敢说了。

张全主任说，你不要怕，只管告诉我。

宋福点点头，这才又说，胡四海还说，这件事无论如何都不准告诉你，否则就让我想一想当初张茂主任的那件事，他说，他这个人一旦发起狠来可是什么事都做得出来的。

张全主任一听提到张茂主任当初的那件事，嘴角立刻抖了几抖。

他盯着宋福问，你这样怕胡四海，难道就不怕我吗。

宋福说可是，这个胡四海真的不好惹，他实在太厉害了。

好吧，张全主任点点头，说好吧，我今天倒要看一看这个胡四海究竟有多厉害。

张全主任这样说罢，又用力哼一声就从宋福的家里走出来，径直去找胡四海。

张全主任当然不像当初的张茂主任，他从来就没有怕过胡四海。他甚至不止一次地对村里人说，这些知青都像牲畜一样，你不打它们是不会老实的，所以无论那个胡四海还是这个刘成，他迟早都要一个一个地收拾他们。在这个下午，张全主任阴着脸来到街心，刚好看到胡四海从村里的小卖店里走出来。胡四海显然又是来买酒的，一边走着还在低头欣赏自己手里的酒瓶。这是一只雕花玻璃的白兰地酒瓶，形状很古怪。胡四海非常喜欢这个酒瓶，自从那个中秋节的晚上宋福把这瓶白兰地给了他，他喝完之后就一直用它来装酒。这时，张全主任朝他迎上来，拦住了去路。胡四海抬头一看是张全主任，微微愣了一下，立刻就笑了。他舌头有些发硬地说，这可是小卖店里刚开坛的好酒，不是地瓜烧，而是正宗的烧刀子，六十八度呢。张全主任看着他，不动声色地说，看来你的心情很好啊，什么事这样高兴？胡四海冲张全主任嘿嘿一笑，说，有这样好的酒，为什么还不高兴呢。张全主任感觉到，胡四海一张口说话，呼出的酒气更加难闻，于是皱一皱眉头说，有一件事，我正想问你。

什么事？

胡四海一边说着用牙咬掉瓶塞，仰起脖喝了一口。

张全主任索性直截了当地问，听说宋福的那只夜壶，在你手里？

胡四海似乎没听懂，眨眨眼说夜壶，什么夜壶？

张全主任盯住胡四海，用力看着，说你应该知道的，就是那只青花瓷的夜壶。胡四海好像仍然没想起来，翻起眼皮嗯嗯了两声嘟嘟囔囔地说，宋福的青花夜壶，宋福只会做鞭炮，还从没听说过他有什么青花夜壶呢。张全主任终于有些不耐烦了，他觉得胡四海说话这样颠三倒四，就是再问下去也不会有什么结果，于是冲他挥一挥手说，算了算了，这件事以后再说吧。胡四海嘿嘿笑了几声，又举起酒瓶啧儿地喝了一口。但就在他转过身去的一瞬，却似乎有意无意地又嘟囔了一句，我还以为你指的是刘成手里的那只夜壶呢，那可是一只好夜壶，正经的明代青花瓷呢。

张全主任听了一愣,胡四海却已经摇摇晃晃地走了。

10

刘成对我说,他之所以敢替胡四海保管这只夜壶,是因为料定张全主任不敢来找他。

刘成这样说当然不是吹牛。他曾给张全主任制造过很大的麻烦。我们插队的村庄虽然离张村很远,但刘成闹出的事情我们也曾听到过一些。那一年秋天突然传来消息,说是张村又出事了。接着就听说,这一次的事果然又与刘成有关。当时张全主任已经是张村革委会的主任。事后据张全主任对公社来调查的人说,这件事一定是刘成干的,至少与他有直接关系。张全主任说,他这样说当然是有充分根据的,就在发生这件事的不久以前,他刚和刘成发生过一次很激烈的争执。这次争执是由秋收引起的。张全主任对调查的人说,刘成是一个有着严重好逸恶劳思想的人,他当初刚来插队时就曾对村里说,他患有严重的先天性心脏病,不适宜参加繁重的体力劳动,希望能为他安排一个轻一些的工作,比如去村里的学校当老师,或到生产队里担任会计什么的。但张全主任对知青的相关政策很了解,他对刘成说,如果他确实患有心脏病是不会让他来农村插队的,换句话说,就算他真有这样的病也要去医院开一张诊断证明才行。刘成当然无处去开这样的证明,于是干脆就采取了对抗的态度,从此没有任何理由却就是拒不下田。张全主任说这一次秋收,他是实在忍无可忍了。张全主任对前来调查的人说,就在这次出事的前不久,他又找到刘成很郑重地谈了一次话,他对刘成说,秋收在农村是很重要的季节，连村里的妇女和孩子都要去参加收割，如果刘成再不下田，就有些说不过去了。但刘成听了却仍是那个理由，他说自己有心脏病，不能下田。这时张全主任就向他下了最后通牒，说如果刘成确实有病当然可以不下田，现在给他一天时间，去县里的医院开一张诊断证明，倘若再没有证明就什么话都不要说了。第二天刘成去了县里，当然没有开来证明。但是第三天他却仍然不肯下田。张全主任当即去向公社主管知青工作的领导汇报了此事。公社领导立刻把刘成找去，警告他说，如果再这样无故不参加生产劳动，今后不仅会影响选调，恐怕还要对他做出严肃处理。公社领导的这次谈话果然起了作用。刘成从公社回来后没再说任何话，第二天就拎着镰刀去了田里。但是，他只干了两天，到第三天就出了这件事。所以，张全主任对公社前来调查的人说，仅凭这一点他就可以断定，这件事一定是刘成干的。

事情是发生在一天傍晚。在这个傍晚，张全主任回到家里就开始忙着做晚饭。张全主任四十多岁了还没娶女人，一直过着单身生活。他在这个下午刚从公社开会回来，而且由于各项工作抓得很出色受到了公社老张主任的表扬，于是就想犒劳自己一下，为自己炒一盘咸菜丝。但就在他蹲到院里的大灶跟前，刚刚点燃柴草，突然就听到灶膛里发出砰地一声巨响。张全主任还没有反应过来，一股浓烟和火星就从灶口轰然而出。他一下被呛得喘不过气来，待惊魂未定地揉揉眼，才发现灶上的那口大铁锅已经不知了去向。也就在这时，他突然听到从头顶上传来一阵很奇怪的声音，抬头一看正是那口大铁锅。这口铁锅已经飞到了半空。它就像一只巨大的飞碟，一边在半空飞着还在不停地嗡嗡旋转，这就使它的飞行轨迹出现了问题，它原本是朝远处飞去，但不知怎么突然在空中划了一道弧线就又径直地飞回来。张全主任立刻意识到了危险，连忙纵身朝旁边一跳，这口大锅哐啷一声就落到大灶上摔得粉碎。张全主任也就是在这时受的伤。这口铁锅的碎片飞溅起来，将他的脸上和身上划得鲜血淋漓。但是，张全主任对公社派来调查的人说，这点事是绝不会吓倒他的，当初张茂主任因为出了那件事提出辞职时，村里已经没人再敢接替他的职务，是自己主动站出来的，所以，张全主任说，他既然敢当这个主任，也就做好了一切思想准备，就是有一天把自己也炸到天上去，他都丝毫不会惧怕。

但让公社来调查的人感到困惑不解的是，为什么在张村会频频发生这种怪事，而且手段也惊人的相似。调查人员经过现场勘验，确定这一次又是火药爆炸。火药显然是有人事先放进张全主任家的灶膛里，一烧灶火自然也就引燃起来。而更令人大感意外的是，经过认真比对，调查人员发现，这次所用的火药竟然与张茂主任那一次也完全相同。不知这种火药里究竟含有什么特殊的成分，虽然威力很大，但由于燃点低杀伤力却很小，所以出事时，尽管张全主任是蹲在灶膛跟前，才并没有被炸伤。调查的人问张全主任，他认为，这一次的事与上次张茂主任那件事是否属同一人所为。张全主任立刻不假思索地说，当然不是，因为那一次据张茂主任说，他虽然没有任何证据，但也可以肯定，那件事是胡四海干的，而胡四海在那一次事后除去整天酗酒再也没制造过什么麻烦，他与他之间也没发生过任何矛盾。所以，张全主任十分肯定地说，这件事应该与胡四海无关。张全主任说他已经反复想过了，这件事就是刘成。张全主任又对来调查的人说，现在让他搞不明白的是，制造这两起事件的人究竟是从哪里弄到这些火药的。从目前分析的结果看，尽管这两起事件并非同一人所为，但火药的成分却完全相同，这也就说明，两次事件的火药应该出自同一来源。可是这个来源又在哪里呢？张全主任说，他认为，在张村的某个地方很可能还藏有火药，而且数量多得就像一个火药库。张全主任说到这里，连自己也激灵一下。

11

　　刘成说，他还是想错了。
　　他真的低估了张全主任。
　　就在胡四海将那只青花夜壶交给刘成的第二天上午，张全主任就来找他了。但张全主任告诉他，他来找他是有一件很重要的事要商量。当时刘成正躺在屋里翻看一本厚厚的《资本论》。刘成自从到张村，由于从不下田，整天又无事可干，渐渐地就养成了读书的习惯，除去在学校时的一些课本，"马、恩、列、斯、毛"的主要著作也几乎通读了一遍。在这个上午，他见到张全主任有些意外，慢慢放下手里的书，问他要商量什么事。张全主任的气色很平和，先在他面前坐下来，然后问，自从来张村感觉怎么样。刘成一下有些摸不着头脑，但心里立刻警觉起来，他想了一下说，在张村感觉挺好。张全主任点点头，又在刘成的后背上拍了一下，说是啊，自从你来插队，村里也有很多做得不周到的地方，比如在生活和其他方面就对你关心得很不够。刘成又眨眨眼，然后试探地问张全主任，来找自己究竟有什么事。张全主任这才说，公社刚刚下发了一个通知，让每个村都对自己这里的知青逐一做一个详细的综合鉴定，比如政治表现，劳动表现，接受贫下中农再教育的态度等等。张全主任说，胡四海就不要说他了，整天除去喝酒已经没别的事情，他的鉴定不用做公社也是知道的，现在关键是你。张全主任说到这里，就用两眼盯住刘成，你觉得，村里应该怎样给你做这个鉴定呢。刘成也看着张全主任，他想了一下，觉得这是个让自己无法回答的问题。刘成的心里当然明白，张全主任说的这个通知确有其事。那时每年都要给知青搞一次这样的鉴定，其实也就是为一年一度的选调工作做准备。这早已是大家心照不宣的事。在此之前，我去公社办事遇到刘成，曾经很认真地提醒过他，我对他说，我们村的鉴定工作已经开始了，他从不下田参加劳动，跟村干部的关系又不太融洽，这次鉴定的事怎么办应该早做打算。当时刘成却只是笑一笑，似乎并没把这件事放在心上。在这个上午，张全主任又盯住刘成看了一阵，嘴里就发出啧地一声，然后面露难色地说，这件事让我很为难啊，我真不知该怎么办才好。

刘成听了忽然一笑，说，这种事，你不该来问我。

张全主任有些奇怪，说为什么不该来问你呢。

刘成说，这不是我能回答的问题。

张全主任似乎更不解了，说，你究竟是什么意思。

刘成说，我的意思是说，这个鉴定你可以随便去写。

随便写？张全主任立刻睁大眼，你真的一点都不在乎吗？

我在乎又有什么用呢，刘成仍然不紧不慢地说，我就是在乎，你能按我希望的意思去写吗。

张全主任立刻不说话了，接着就用一种意味深长的目光看着刘成。也就在这时，刘成似乎突然意识到了什么，于是，也用同样的目光看着张全主任。就这样看了一阵，张全主任果然说，当然，你自从来张村就一直没去下过田，这是一个事实，不过，嗯，这件事也还可以商量。刘成一笑问，怎样商量。张全主任说比如，你如果确实患有心脏病，不下田劳动也就应该是村里批准的了。条件呢，刘成立刻问，如果村里这样批准，条件是什么。张全主任沉了一下，说，你应该知道。

刘成立刻笑着摇了摇头，说不，我不知道。

张全主任用眼角看着他，你，真的不知道？

刘成说当然不知道。

好吧，张全主任沉吟了一下就站起来，说这件事，你可以考虑一下，我明天上午再……他原本想说，我明天上午再来听你考虑的结果。但刘成却立刻拦住他的话，说不用考虑了，我也不知道你究竟让我考虑什么。张全主任忽然加重语气说，你可要想好，别等事后再后悔啊。刘成也一字一句地说，我也许真的会后悔，不过我这人后悔的时候，可说不定会干出什么事来。

他这样说罢，又冲张全主任很古怪地一笑。

接着没过多久，这一次的鉴定结果就从公社传出来。按以往惯例，搞这样重要的鉴定，自然每个知青都会想尽一切办法不惜采取任何手段也要让村里为自己说一些好话，因此鉴定内容还从没出过什么问题。但这一次刘成的鉴定却爆出了冷门。据说张村为他做的鉴定简明扼要，只有三条：第一，政治觉悟不高，一向消极涣散；第二，有好逸恶劳思想，从不参加生产劳动；第三，一心想走白专道路，拒绝接受贫下中农的再教育。这三条鉴定虽然简单，但在选调的意义上却不亚于为刘成判了死刑，任何人都明白，仅凭这三条中的任何一条，刘成都永远不要想再回城了。这件事立刻在全公社的知青中传得沸沸扬扬。大家的心里很清楚，这一次，刘成肯定会与张村的村干部不共戴天了。

12

果然，没过多久张村就又出事了。

据刘成说，在出事的前一晚，宋福曾突然来找过他。刘成平时与宋福很少来往，但自从在那个中秋节的晚上，宋福突然莫名其妙地将他和胡四海带去秋鸣山看了那十几缸火药，他就开始对这个人注意起来。他发现，尽管这个宋福平时少言寡语，也显得有些懦弱，其实他并没有这样简单。在这个晚上，宋福来到刘成这里并没有立刻说明来意，只是坐在木凳上不停地吸旱烟。刘成从不吸烟，所以很讨厌烟味，后来他实在忍耐不住了，就对宋福说，你有什么事就快说，不要再吸烟了。宋福连忙把烟掐掉，又低头支吾了一阵，却仍然没说出什么事。刘成不耐烦地说，你如果实在不想说就算了，我还有事。一边说着就准备走。宋福一见连忙站起来，又看了刘成一眼才说，我来，是为那只夜壶的事。

刘成听了似乎有些奇怪，说夜壶的事，什么夜壶的事？

宋福仍然闷着头说，你应该知道，我说的是什么夜壶。

刘成喊地一声说，我怎么会知道。

宋福又看了刘成一眼说，我刚才去找过胡四海了。

刘成哦了一下，说这样说，是胡四海告诉你的了？

宋福说是，胡四海说，他把这只夜壶交给你了。

好吧，刘成点点头，如果胡四海真这样说了，你让他来找我好了。

宋福看着刘成，很认真地说，这只夜壶是我的。

刘成说这就奇怪了，既然是你的，怎么会又跑到胡四海的手里去了？

宋福低着头，吭哧了一下才说，是，是我交给他的。

刘成忽然笑了。他想了一下，走到宋福的面前说好吧，我实话告诉你吧，你这只夜壶的事其实我是早就知道的。宋福立刻抬起头，脸上充满希望地一闪。刘成接着又说，可是，你知道这只夜壶给我带来了多少麻烦吗。宋福有些意外,说怎么会,给你带来麻烦?刘成用力哼一声,说村里给我做鉴定的事,你应该已经听说了。宋福没说话。他显然知道这件事。刘成说,如果不是这只夜壶,我也不会被张全主任搞出这样一份鉴定。他说着瞟一眼宋福,你心里是怎样想的我当然很清楚,当初你把这只夜壶放到胡四海那里,自然是有你的用意,可是没想到胡四海现在又告诉你,他已经把这只夜壶给了我,你是不放心才赶紧追过来向我要的,对不对?宋福慢慢低下头。可是我告诉你,刘成接着又说,这只夜壶没在我这里,真的没在我这里,我甚至连见都没见过这东西。宋福立刻抬起头,刚要说什么,刘成又伸手把他拦住了,说如果胡四海一定要这样说,你让他自己来向我要好了。

宋福听了没再说话,就站起身朝门外走去。

刘成又在他身后说,这件事,你从一开始就做错了。

宋福立刻站住了,慢慢回过身看着刘成。

刘成又一笑说,你当初就不该把这夜壶交给胡四海。

宋福立刻问,为什么。

刘成又很奇怪地一笑,说这件事你不要问我,还是去问张全主任吧,他会告诉你。

13

刘成直到很多年后仍对张全主任的那份鉴定耿耿于怀。他对我说,他可以断定,如果张全主任知道会发生后来的事,那一次是绝不敢为他搞出那样一份恶毒的鉴定来的。刘成说,张全主任最后瞎了一只眼,甚至还险些把命送掉，这完全是他咎由自取。我相信刘成的这些话。其实客观地说，刘成和所有的知青一样，性格就像一种叫蟾蜍的动物，虽然有些讨厌却从不主动攻击人，但是，你不要伤害它，甚至都不要轻易招惹它，否则它一旦发起怒来也会做出一些让人意想不到的事情。

据说最先出事，是在张全主任的家里。

张全主任虽然一直单身生活，却是一个很会过日子的男人，家里不仅喂了猪，还养了狗和鸡鸭一类家畜。出事是在一天早晨。在那个早晨，张全主任又像往常一样起得很早。他在来到院子里时并没发现有什么异常。不过也有一个很小的细节，事后据张全主任回忆，在前一天的傍晚，他最后一次喂鸡之后明明已将那只空掉的鸡食盆子放到窗台上，但是这个早晨，它却不知怎么自己跑到了院子当中一个最显眼的地方，而且里面还装了满满的一盆食物。可是这个细节在当时却并没引起张全主任的注意。张全主任走过去打开鸡舍，将那些关了一夜的鸡鸭放出来。那些鸡鸭一发现摆在院子中央的食盆立刻就奔过去围着争抢起来。张全主任在旁边看了一阵，正要转身去忙自己的事，突然就听到砰地一声爆响。这声音并不是很大，也不太清脆，听上去却非常的有力量，就像是用气筒打破了一个拖拉机的轮胎。张全主任回头一看，立刻被眼前的景象惊呆了。这声爆响显然是从那只鸡食盆里发出来的。那群鸡鸭原本正伸着头争吃食物，随着这一声爆响，它们的脑袋突然都被炸得无影无踪，于是大家一下都愣在了那里，有几只公鸡由于突然失去了方向，还一边拍打着翅膀伸着光秃秃的脖颈在原地不停地打转，黏稠的血水也随之向四外喷溅出来。张全主任立刻闻到一股血腥和谷糠混合在一起的奇怪气味。他已经感觉到了，有很多鸡食和可疑的碎骨皮肉飞溅到了自己的脸上。这件事立刻引起公社领导的高度重视。公社武装部的江部长意识到问题的严重性，决心这次一定要将事情彻底查清楚，于是当即率领专案调查组来到张村。经过对现场仔细勘查，江部长认为，这一次显然又是火药爆炸。据张全主任回忆，他在事发时也确实闻到了一股类似石硝和硫黄的气味。如果这样分析，火药就应该是被安放在那只鸡食盆里，等鸡鸭去啄食的时候就突然发生了爆炸。但让江部长感到困惑的是，鸡食盆里的火药是如何被引发的，当时并没有人去点燃，甚至都没有人去接触这只鸡食盆，也就是说，它自身应该有一个发火装置。但是，江部长问张全主任，如此巧妙的发火装置又有可能是谁设计的呢？这个问题显然让张全主任也无法回答。但他首先想到了宋福。他认为，在张村能对火药的性能掌握到如此程度的除去宋福，自然不会再有第二个人。其实当初灶膛被炸的那一次，事后张全主任就对自己的判断产生过怀疑。他想，刘成不过是一个知青，他在张村是不可能弄到这样多的火药的，况且倘若认真分析，有这种动机的人也不会只是刘成，自己曾经带人去抄过秋鸣山，并将抄出的火药全部销毁，宋福为此事也一定会怀恨在心的。这一次，张全主任想，无论这件事是否宋福干的，至少在设计引爆装置这个问题上他应该有着重大嫌疑。公社武装部的江部长也很同意这个分析。江部长认为，宋福的家庭出身和个人成分都是富农，仅凭这一点就很值得怀疑，在张村革委会主任的家里频频安放炸药，这种事如果没有刻骨的阶级仇恨是绝对做不出来的。

于是，江部长当即决定，立刻正面接触宋福。

但让江部长感到意外的是，宋福的态度却并不配合。他被找来村里的办公室，一直闷头坐在角落里，无论问什么都默不作声。后来张全主任有些不耐烦了，走到他面前说，我现在只问你一个问题，你必须老老实实回答。张全主任这样说罢，又问，我的话你听清楚了吗。宋福却忽然抬起头，看着张全主任说，我的那只夜壶，在哪？张全主任愣了一下，说你的夜壶，我怎么会知道你的夜壶在哪？宋福说，刘成让我来问你。张全主任更加不耐烦了，皱起眉说，现在是我问你！

宋福就又低下头去不再说话了。

张全主任沉了一下，然后严厉地问，你对当初那件事，是不是还一直怀恨在心？宋福似乎没听懂，抬起头问张全主任，当初的什么事。张全主任说，就是我带人去抄秋鸣山的那件事。宋福垂下眼，没置可否。张全主任说我再问你，这一次的事，究竟是不是你干的？

宋福仍然垂着头，不说是也不说不是。

张全主任眯起两眼盯着他说，你不说话，是不是就算默认了？

宋福翻起眼皮看看张全主任，似乎想说什么，但只张了一下嘴就又把头低下去。这时江部长就朝他走过来。江部长心平气和地说，好吧，我现在问你两件很具体的事吧，第一，这个爆炸的发火装置肯定是被埋在那个鸡食盆里的，但据张全主任回忆，在出事的前一晚这个食盆就已经空了，那么后来的鸡食又是被谁放进去的呢，是不是你？宋福慢慢抬起头，看着江部长说，如果是我放的，也就说明，那里边的火药也是我放的了？唔，江部长想了一下点点头，说就算是吧，也可以这样理解。宋福就又把头低下去，不再说话了。好吧，江部长接着又说，我们现在再来说第二件事，从现场情况看，这个发火装置的设计确实很巧妙，它很可能是利用鸡在啄食时的振动或摩擦引爆的，但具体原理又是什么呢，你能不能说一说？这时，宋福就慢慢站起来。他很认真地看看江部长，又看一眼站在旁边的张全主任，然后说，我真希望这件事是我亲手干的。江部长显然大感意外，回头跟张全主任对视一下，然后盯着宋福说，这样说，这件事不是你干的？不是，宋福遗憾地摇摇头。

宋福说，可惜不是我。

14

应该说，刘成在若干年后拥有了一家专门生产鞭炮的企业并不令人感到意外。他一直对火药有着浓厚的兴趣，特别对爆炸这种事，似乎也有着超乎常人的悟性。早在上中学时，他的这种悟性就已经显露出来。那时他是我们班的化学课代表，也是"社会实践实验小组"的副组长，因此经常搞出一些稀奇古怪的创造发明。他的有些发明甚至连老师都感到很惊讶。一次老师在化学课上讲到一种叫氯酸钾的物质。氯酸钾也叫赤磷，是一种无色晶体，当在熔融状态时会释放出大量的氧气，是一种强氧化剂，因此用途非常广泛，比如医药、消毒、火柴、雷管和焰火等等。而更重要的是，我们老师在课上讲，氯酸钾也是一种等级很高的危险品，只要稍加摩擦或振动就有可能发生爆炸。当时我们听了都没在意，只是当作一个很普通的化学知识记在笔记本上。但没过多久，刘成的手里就有了一种很奇怪的小纸包。这纸包像鞭炮一样大小，却远比鞭炮的威力要大。刘成想跟谁开玩笑时，只要不动声色地走过去将这小纸包在他的脚下用力一摔，立刻就会发出叭地一响。后来他的这种纸包终于被老师发现了，老师立刻断定，这纸包里包的应该是氯酸钾。回到实验室一检查，那只用来装氯酸钾的瓶子果然不见了。于是当即就将刘成找来，问他手里的氯酸钾是从哪里来的。刘成先还不承认，说他的手里从来就没有什么氯酸钾。老师问他，如果没有，那他的那些小纸包里包的又是什么东西。老师对他说，你不要忘了，这种事是不可能瞒过化学老师的。老师说现在的问题已经很清楚，全班同学只有刘成一个人有机会接触到那瓶氯酸钾，他一定是利用课代表的职务之便，在帮老师拿教具时，趁机将那瓶氯酸钾偷偷留下了。刘成听了这才无言以对。但他仍然拒不承认偷拿了那瓶氯酸钾。当然，这件事如果刘成不承认，老师也拿他没有任何办法，于是也就只好不了了之。不过在插队以后，我曾经看到过一件意味深长的事情。一次我从城里探亲回来，无意中在车站遇到刘成。他显然也是刚从城里回来，但带的行李却很少，只在手里小心翼翼地捧着一只玻璃鱼缸。我先还以为他是带了几条金鱼回来，但再仔细看，才发现这鱼缸里只漂着一只小玻璃瓶。刘成见我一直在注意他的手里，支吾了一下向我解释说，其实水也是一种很好的缓冲器，这样不仅能与周围的环境隔离，也可以减少振动。但那只泡在鱼缸里的小玻璃瓶究竟装了什么怕振动的东西，他却没有说。

这一次发生的事虽然并不严重，却让张全主任非常恼火。他感到很没面子。自己堂堂一个张村革命委员会的主任，家里却被人搞得乌烟瘴气，今天把铁锅炸到天上去，明天又莫名其妙地炸死一窝鸡，张全主任感到再这样下去已经不成体统了。而更让他无法忍受的还是这种整天提心吊胆的生活。当时正在上映一部叫《地雷战》的影片，说的是我胶东革命根据地的军民如何利用地雷阵打击日本侵略者的故事。张全主任感觉自己就像那部电影中的日本鬼子，家里也被人家摆了地雷阵，无论点火做饭或是喂猪喂狗，总要小心翼翼唯恐再出什么事情。但尽管如此，接下来没过多久，还是又发生了一件更令人惊骇的事情。这件事就发生在街上，而且是在最热闹的井台旁边，所以当时很多人都亲眼目睹了。

出事的是张全主任养的那条大黑狗。

据刘成说，张全主任的这条黑狗品种应该很好，现在想来很可能有一些藏獒血统，它的体型非常奇特，头很大，脖子很粗，看上去就像一头黑色的雄狮。因此，张全主任为它取的名字就叫老黑狮，后来省略了干脆就叫老狮。村里学校的几个老师曾为此表示不满，他们找到张全主任，说把这条黑狗叫老狮，很容易让人联想到老师，这应该是对革命教师的不尊重。张全主任一听却笑了，对那几个老师说，你们这样说就没道理了，如果这条狗说，把你们叫老师它也不高兴，很容易让人联想到它，那又怎么办呢。几个老师听了一下都面面相觑。张全主任又笑着说，所以，你们当你们的老师，它当它的老狮，大家井水不犯河水。在出事的这个中午，张全主任的这只老狮来到街上。它的心情似乎很好，一会儿活动着腰肢跑几步，一会儿又跳过去追逐一只正在墙边晒太阳的花猫。也就在这时，意外的事情突然发生了。据亲眼目睹的人说，当时没有任何迹象，这只老狮正在蹦蹦跳跳地玩耍，突然就响起噗地一声。这一声很沉闷，像是从一只充气的东西里发出来的。人们循声望去，才发现竟然是老狮的肚子。它的肚子在这声音响起的一瞬，突然猛地一下鼓胀起来，就这样越胀越大越胀越大，渐渐地连肚皮上的黑毛都直挺挺地奓起来。接着就又是噗地一响，它的肚子终于爆开了。当时的情形确实很骇人，老狮的这个肚子就像是一颗巨大的炸弹，肠子内脏连同血水一下都喷溅出来，就那样飞出很远。老狮自己也被这股强大的反冲力震得腾空而起。它在落回到地上时，似乎还不知发生了什么事，先是低头看一看自己的肚子，又扬起头用力呜地叫了一声，然后才伸展四肢趴在了地上。它的每一根肋骨显然都已被震断了，由于内脏飞溅出去肚子里也已经空空荡荡，所以趴在那里，远远看去就像是一张狗皮。

15

这一次的事终于让江部长也感到束手无策了。

他立刻提醒张全主任,下面就要当心那头猪了。

但这件事还是为江部长提供了一些线索。据村里的赤脚医生说,就在出事的这天上午,刘成曾经突然去他那里要过一只安全套。安全套在当时还叫避孕套,其功能只是在夫妻之间用来避孕而并非防止什么性病的传播。这个赤脚医生说,他在当时还跟刘成开玩笑,问他要这东西干什么用。但刘成没说什么就转身走了。这件事听起来似乎与老狮的死并没有什么关系,但是,这个赤脚医生接下来说出的事情就有些耐人寻味了。这个赤脚医生又对江部长说,在那个上午,他给刘成拿了避孕套就去村里为猪打防疫针。就在他走过村边时,突然发现刘成正坐在一垛柴草的后面吹一只什么东西。当时他感到很好奇,就悄悄走过去,这时才看清原来他是在吹那只避孕套。他先将这避孕套吹得有一只鸡蛋那样大,又举起来看了看,似乎里面还装了什么东西。然后,他就拿出一个用玉米面做的菜团子。他先在这菜团子上咬开一个洞,掏出里面的菜馅,又把这只吹起来的避孕套小心翼翼地塞进去。江部长听了越发感到疑惑。他怎么也想不出来,刘成这样做究竟是想干什么。接着江部长就又了解到一个重要情况,据村里有人看见说,就在出事的这个中午,张全主任的这只老狮刚从院子里跑出来时,刘成曾经喂过它一只菜团子。当时老狮显然有些饿,刘成又故意先逗了它几下,所以他将这只菜团子朝它的嘴里一放,老狮连嚼也没嚼就立刻吞了下去。这就让江部长越发感到困惑不解了。这一次的事，江部长一直吃不准是否又是火药爆炸。如果是，能将这只老狮的肚子炸成这样，显然是需要足够的火药的，而这些火药又是如何被装进老狮肚子里的呢。假如真是刘成所为，他先将火药装进那只避孕套里，然后再塞进菜团子喂给老狮，这种可能也是成立的。但是，江部长想，问题还是引发装置，这些被老狮吞进肚子里的火药又是如何被引发的呢？如果从当时的情况看，这只老狮出事是在街上人最多的地方，这就给人一种感觉，似乎制造这起事件的人是有意想搞出更大的动静，以此来向张全主任示威。可是，这火药又怎么会单在这时炸响呢。

江部长感觉到，事情已经越来越复杂了。

但张全主任的看法却与江部长截然不同。张全主任认定，这一次的事一定又是宋福干的。张全主任对江部长说，无论这件事怎样分析，至少有三点可以说明宋福的嫌疑最大，首先，宋福还不仅仅是由于秋鸣山，据他自己说，现在他的那只夜壶也已经找不到了，他一定认为这一切都是他张全主任造成的。其次，这一次老狮的肚子显然又是被火药炸的，而在张村，又有谁可以这样频频搞到火药呢？最后一点，也是最重要的一点，张全主任说，从上一次的事他就这样认为，不管这个引发装置究竟是怎样设计的，在张村，能对火药掌握到如此程度的只有宋福，不会再有第二个人。所以，张全主任说，这件事不用再怀疑了，肯定就是宋福。但江部长毕竟是公社武装部的部长，又是这一次专案调查组的组长，考虑问题就要更慎重一些。他对张全主任说，现在的事情已经比想象要复杂得多，所以不能草率，更不能轻易就下结论，还是应该沉住气，再调查一下。这时张全主任就终于忍不住了。张全主任对江部长说，我家现在已经成了什么样子，如果再沉住气，恐怕连房子也要被炸到天上去了。

江部长听了张全主任的话,立刻很严肃地问,怎么,你害怕了吗?

张全主任这才哼了一声,说我当然不怕,我从来就没怕过这种事。

江部长点点头,说不过也不要大意,你还是看好家里的那头猪吧。

16

江部长只把事情想到了一半。

接下来没过多久果然又出事了。但这一次出事的并不是张全主任的那头猪,而是张全主任自己。张全主任这次是在全村人的面前出的事,所以事情的整个过程,甚至连每一个细节都被大家看到了。

张全主任经过反复考虑,认为有必要在村里召开一次大会。他觉得应该把这段时间发生的事在全村人的面前说一说,一来让大家知道,在他家里频频发生这种事并不是他软弱可欺,而是他还不想认真追查,一旦决定追查,那个躲在阴暗角落里的人是无论如何都跑不掉的。其次他想,开这样一个大会也能起到警告的作用,可以敲山震虎。但江部长却不同意张全主任这样做。江部长说,目前调查组虽然已经有了怀疑对象,但毕竟还没锁定目标,在这种时候开这样一个大会搞不好会打草惊蛇。江部长提醒张全主任,越是在这个时候越不能轻易出手,一旦出手就要捉住蛇的七寸。但是,张全主任这一次却坚持自己的意见,他甚至说,自己是张村革委会主任,有权召集全体村民开这样一个大会。江部长见劝不动他,也就只好拿出最后一张王牌,说自己是专案调查组的负责人,就算张全主任在村里有权开这样的会,在这种特殊时期也要服从专案组的领导。张全主任听了想一想,说好吧,关于这件事的大会可以暂时不开，但村里马上要搞冬季农田改造，安排工程的大会总还可以开吧。

江部长一听张全主任这样说，也就只好同意了。

没有人想到张全主任会在这次大会上出事。大会是在晚上召开的，地点在村里的打米房。当时张全主任站在前面的土台子上，先向大家宣布了冬季改造农田的时间和具体计划，接着突然将话锋一转，就说到了最近接连发生的事情上。张全主任一说到这里情绪就开始激动起来。他说尽管到目前为止，他还不清楚制造这几起事件的人究竟出于什么目的，但无论是将他家的铁锅炸上天，还是炸死他家的鸡狗牲畜，都绝不会吓倒他，同时他也要正告这个肇事者，不要再干这种事了，再这样干下去只会搬起石头砸自己的脚。张全主任说到这里，为了加重语气还将一只手高高地举过头顶然后用力向下一挥，同时又向前迈了一步。但是，也就在这时，他的这只脚似乎踏空了，呼地向下一陷，接着就响起轰地一声。土台子上顿时腾起一股浓烟，许多泥土也随之飞溅起来。站在台下的村民立刻惊得大呼小叫乱作一团，待浓烟渐渐散尽，人们才发现，刚刚还站在那里讲话的张全主任已经不见了踪影，在他站过的地方只留下一个很深的大坑。也就在这时，突然有人听到一阵轻微的呻吟声。这声音好像来自头顶。人们立刻抬头朝上看去，才发现张全主任竟然已被崩到了屋顶上。打米房的屋顶是三角形的木梁，张全主任就那样将身体搭在一架木梁上，上身和两条腿软软地垂着，两根胳膊还紧紧地抱着一根立柱，看上去就像一条悬在那里的破烂口袋。如此一来，将张全主任弄下来就成了问题。有人立刻去搬来梯子，但张全主任像一盏灯似的挂在屋顶中央，即使有梯子也无法固定。最后还是江部长指挥着自己带来的人背着绳索从墙边攀上去，然后又像壁虎一样贴着屋顶爬到张全主任的跟前，才用绳子将他捆牢一点一点地放下来。

张全主任这一次确实伤得很重,脸上满是鲜血,一条腿也可疑地歪在一边,显然已经断了。

江部长亲自将张全主任送到公社卫生院。经医生检查,张全主任的左眼球已经遭到严重损毁,估计是飞到屋顶上时,木梁的什么地方恰好有一根铁钉或细橼之类的东西,扎在了他的眼上。公社卫生院的医生说,从目前情况看只有将这只眼球彻底摘除掉,但卫生院的医疗条件有限,不能做这样复杂的手术。于是张全主任立刻又被转去了县医院。但是,直到被县医院的医生检查之后,才发现张全主任还有更大的麻烦。在将他辗转送来县医院的途中,人们只注意他的那只伤眼,却忽略了下面的断腿。县医院的医生说,这条腿原本已经是开放性骨折,又经过这样一搬动,不仅骨碴破损,而且还扎到了皮肉外面,现在再想复位已经不太可能,只能将断骨的两端各锯掉一截,然后再重新接上。张全主任就这样被摘掉一只眼球,又锯掉了一截腿骨。江部长直到这时也才告诉了张全主任一个重要情况。他说现在可以肯定,宋福与这一次的事应该没有任何关系。张全主任立刻瞪起那只唯一的眼睛,问江部长为什么。江部长说,自从上一次出了老狮的那件事,他就已经派人将宋福严密监视起来。这次开会之前,宋福始终没有离开过监视的视线,所以,他在事先不可能有机会去打米房安放火药。

张全主任听了想一想,喃喃自语道,可是,那又会是谁呢。

江部长说是啊,这也正是我要问你的问题。

江部长问,如果不是宋福,那又会是谁呢。

17

据刘成说,张全主任从县医院回来时,张村的人几乎不认识他了。他的那只左眼由于被摘掉了眼球,眼眶深陷进去,让人看了很不舒服。尤其是那条做过截骨手术的腿。他的那条腿虽然表面没什么变化,但由于短了一截,走起路来就有些不稳,每迈一步身体都要前倾一下,看上去就像一根在风中摇摆的树枝。但张全主任的表情和说话的口气仍然没变。他对村里人说,他已经让公社的江部长带着专案组的人撤回去了,没什么了不起。他说这件事没有什么了不起,他不会像当初的张茂主任那样,刚出了一点事就吓得辞职不干了,他这一次要跟这个一直躲在阴暗角落里的人打一场持久战,看一看他究竟还能使出什么招数。张全主任是在街心的井台旁边对人们说这番话的,他一边这样说着,还眯起那只唯一的眼睛朝正在打水的刘成看了一眼。但刘成似乎没听见,挑起水桶就头也不回地走了。

也就在这天晚上,张全主任又来找刘成。

张全主任一见刘成就似笑非笑地说,真看不出来,你这个人确实隐藏得很深啊。刘成正在整理一摞书本,抬起头看一眼张全主任,没说话。张全主任又说,你伪装得再好也没用,狐狸再狡猾也斗不过好猎手。刘成把手里的书小心地装进行李箱,仍然没有说话。张全主任看着刘成,忽然又笑了,他由于一边的眼窝塌陷进去,笑容显得有些怪异。他走到刘成跟前,用那只唯一的眼睛看看他。

听说我去县医院的这段时间,你跑到外面去考大学了?

刘成面无表情地点点头，说是，我去参加高考了。

刘成在这个冬天确实去参加高考了，而且和我在同一考点。这是我们国家恢复高考的第一年，因此考生水平普遍参差不齐。但据刘成说，他考得还算理想。刘成一直想进大学读化学，他说在自然科学里，只有化学是最神奇的。这时，张全主任的脸色就一点一点阴下来，他说，你放心吧，我不会让你走的。

刘成立刻停下手，很认真地看看张全主任说，如果我被录取了，就可以走。

张全主任摇摇头，说不见得吧，如果我不同意，你就走不了。

刘成问为什么。

张全主任不慌不忙地说，我不给你办手续。

刘成一听立刻就不说话了。在当时，如果村里不办手续，真的就不能走。

刘成沉了一下，问张全主任，你为什么不给我办手续？

张全主任微微一笑，说你应该知道。

刘成说不，我不知道。

嗯，如果你不知道，我可以告诉你，张全主任说，你以为我真会相信，那些事都是宋福干的吗。

刘成说我没这样认为，我也从没有这样想过，你说的那些事跟我没关系。

没关系？真的没关系吗？

当然没关系。

好吧，张全主任点点头，等我拿出证据来，你再说有没有关系吧。

刘成立刻问，什么证据？

张全主任又一笑说，这你就不用问了，不过我可以告诉你，你这次就是把大学考到天上去，我也不会让你走的，你就死了这条心吧。他这样说罢，就转身一瘸一拐地朝门外走去。

走到门口，他又回头说，你走了，我跟谁去打持久战呢？

18

刘成这一次的高考成绩果然很好。

按恢复高考第一年的规定，分数线只是体检的分数线，也就是说，即使达到了这个分数线也不一定就被录取，还要先去参加一次体检，然后再从体检合格的考生中选拔百分之六十。刘成的体检也没任何问题，只是由于长期不下田劳动，身体有些偏胖，但在那时体胖并不是病，反而被认为是健康的标志，所以，他很顺利地就通过了。刘成体检回来的这个下午，在村外的河边遇到了宋福和胡四海。宋福和胡四海站在石桥上，显然是特意在这里等刘成。他们一见刘成就立刻迎过来。

刘成看看他两人问，你们找我有事？

宋福说有事。

刘成一边继续朝前走着，问什么事。

宋福跟在后面说，还是那只夜壶的事。

刘成一听就有些不耐烦了，回头对宋福说，我早已对你说过了，我从没见过你的那只夜壶。宋福立刻紧走几步拦住他的去路，说你先不要走，今天把话说清楚。

刘成只好站住了，说好吧，你说吧。

宋福说，你上一次说，让胡四海当面来向你要这只夜壶，现在他就在这里。这时胡四海就从后面走上来。让刘成感到意外的是，今天胡四海的身上已经没有了酒气，两只眼睛也炯炯有神。刘成这段时间一直忙于高考的事，已经很久没见到胡四海，他搞不清楚胡四海怎么会突然一下精神起来。胡四海冲刘成微微一笑说，你真行啊，确实比我有本事，考上大学了。刘成摸不透胡四海这样说是什么意思，就也一笑说刚体检，还没有最后定。胡四海又点点头，说好啊，你有志气，不用等他们选调，自己凭本事就离开这里了。刘成感觉到了，胡四海说这番话时的确发自内心。于是又冲他笑了一下。

胡四海突然将话一转，又说，我要找你什么事，不用再说了吧。

刘成摇摇头，说，你最好还是说出来。

那好，胡四海说，当初我交给你的那件东西，现在也应该还给我了吧。

刘成似乎有些奇怪，眨眨眼问，你交给我的东西？你交给我什么东西了？

胡四海盯住他，你真的忘了？

刘成说确实忘了。

胡四海点点头，嗯一声说好吧，那我就提醒你一下，就是那只青花瓷的夜壶。你也来向我要夜壶？刘成笑着摇摇头，说这段时间，怎么所有的人都来向我要夜壶呢，这究竟是一只什么夜壶？胡四海仍然盯着刘成，这样盯了一阵才说，看来你是真的不想承认了？刘成显得很无辜，说我从没见过这东西，你让我承认什么。胡四海低头沉了一下，然后竭力耐下心来说，你现在已经考上大学了，这东西就是放在你手里也没什么用处了，可它对我还很重要，我的话你明白吗？

刘成说不，我不明白。

这时胡四海就走到刘成的面前，对他一个字一个字地说，我是在一个下午把这只夜壶交给你的,当时你正劈一块棺材板,我还提醒过你不要把手扎破,否则会很危险,你不会不记得了吧?刘成听了翻一翻眼皮,说好吧,就算你说的这些确有其事,可是当时还有谁在场,谁又能证明你说的这些话呢。胡四海好像终于明白了。他倒退了几步点点头,又点点头,然后说好,好好,难怪你能考上大学呢,你确实比我高多了。他这样说着又回过头去看看宋福。这时宋福已经泪流满面,转身跌跌撞撞地走了。

19

我直到去天津师范大学的数学系报到,才听说了刘成后来的事。他果然被北京一所很著名的大学录取了,而且是化学系,化学生物学专业。但他这一次却百密一疏,险些没有走成。

刘成在接到录取通知书的当天下午,就带上那只青花夜壶去了公社。但公社革委会的老张主任似乎并没将这只夜壶放在眼里,只用一根手指挑起来看了看,就摇头笑笑说,这东西我早已知道了,听说为它还弄出许多事来,原来就是这样一只夜壶啊。刘成连忙告诉老张主任,说这只夜壶虽然不起眼,却有一个奇妙之处,只要在里边尿了尿,再一燃放鞭炮就会唱歌。老张主任听了将信将疑,皱一皱眉说,怎么会有这种事?刘成到了这时已经顾不了许多,当即就从裤子里掏出东西在这夜壶里尿了一泡尿,然后放到老张主任的办公桌上,又掏出一枚鞭炮小心地点燃。但是,这枚鞭炮响过之后,夜壶里却仍然寂静无声。刘成连忙将头凑过去仔细听了听,却只闻到一股热乎乎的尿骚味。老张主任一下哈哈大笑起来,拍拍刘成的肩膀说,好了好了,你的意思我已经明白了,其实这只是一个误传，我作为公社革委会的主任，怎么会喜欢这些封资修的东西，很多人给我送来的这些破烂都被我交到了县里，有的干脆就扔掉了。

　　老张主任一边这样说着，就把刘成客客气气地送出来。

　　但是，也就在这一晚，张村却发生了一件谁都没有想到的事情。

　　宋福在这个晚上又去了秋鸣山。他钻进墓穴，来到一口粗瓷大缸的跟前，将一根一尺余长的信捻插进去，又小心翼翼地点燃。他做完这一切就来到外面，看着月色下的秋鸣山，想象着它即将坍塌下去的情景，脸上浮起一层死白的笑意。但是，宋福还是低估了这些火药的力量。在最初的一刻，他感觉到的并不是声音，而是脚下一阵剧烈的震颤，随之才是一连串沉闷的巨响。宋福觉得自己脚下的泥土正在松动，渐渐有些站立不稳，似乎整个世界都在向下塌陷，接着，他就随着翻卷的泥土一起沉下去……这一连串的爆炸声传得很远，连几十里外的公社都听到了。在这个晚上，公社的老张主任刚刚躺到床上，突然听到放在墙边的那只青花夜壶发出一种很奇怪的声音，再仔细听，似乎是一个年轻女人躲在里面咿咿呀呀地唱着什么。老张主任先还以为是自己的幻觉，连忙过去又听了听，果然是一个女人在忽高忽低地吟唱。老张主任当然不知道秦楚楚，更不知道《花好月圆》，但这女人的声音软恹恹的，确实很好听。

　　刘成说，就这样，老张主任第二天一早就给张村的张全主任打了一个电话。

　　但是，刘成又说，他真正感激的并不是这只青花夜壶，而是宋福的火药。

2006年10月13日写毕于天津木华榭

2006年10月28日定稿

2006年11月18日修改

双驴记

直到若干年后，马杰才告诉我，他终于真正了解了驴这种畜生。他是在大学里学到这些知识的。他读的是农学院。这让我很不理解。我和马杰同是1977年参加高考，而且在同一考点的同一考场。但后来，我去师范大学数学系报到时才听说，他竟然考去了农学院的牧医系。说牧医好听一些，其实就是兽医。那时电话还不普及，农学院又在市郊，交通很闭塞，所以直到上大三时我才给他写了一封信。我在信中对他选择这种专业表示置疑。那时还是计划经济，大学里包分配，这个说法今天的大学生未必能懂，也就是毕业后学校负责分配工作，因此一旦学了什么专业也就如同嫁人，注定一辈子要从事这种工作。我在信中对他说，农学院，又是牧医系，将来的去向可想而知，大城市里的骨科医院或妇产科医院自然不能为牲畜治病，难道你去农村插队几年，在那种地方还没有待够吗？我又在信上说，你对哺乳类动物感兴趣不一定非要学兽医，人也是哺乳动物，你完全可以去读医学院。

当时我想，我在信中的言辞可能过激了一些，而且事已至今，再说这些话也没什么意义，当然，马杰也未必会以为然。马杰一向是个很自信的人，无论什么事都有自己的主见。几天以后的一个上午，我刚下课，系办公室的老师来叫我，说有我的电话。我立刻猜到了，应该是马杰，别人找我不会把电话打到系里去。果然是他。他的情绪听上去很好，说话还是那样不紧不慢。我在心里想象着，他这时大概正穿着一件肮脏的白大褂或扎着一条黑皮围裙，刚摆弄完一只什么动物。我似乎已经闻到，从电话的那一端传来一股腥臊气味。果然，他告诉我，他是在解剖教室打来的电话，他们刚刚解剖了一头驴。你能想到吗，这是一头成年雄性亚洲驴，而且还是活体。他并没有提那封信的事，听上去似乎颇为得意。他说，看来我过去真没猜错，驴确实是一种不可思议的动物，从解剖学的意义讲，它还是马的一个亚种呢。他说话的口气已明显跟过去大不一样，似乎有了些学院派的味道。接着，他又说，马的学名叫 Equus caballus，而驴的学名则叫 Equus asnus，由此可见，它们应该同属哺乳纲，但后者却是马科马属，驴亚属。马杰这样说着，似乎在电话里笑了一下，当然，如果在野生环境里，驴这个亚属应该更适于生存，因为它们的耐力和生命力都要优于马，比如寿命，马是30年，驴却可以40年甚至更长。而且，他又意味深长地说，它们的智商也的确很高，比你想象的还要高。

我忽然有些伤感。我终于明白了，马杰对过去的事还一直耿耿于怀。

其实我对驴也并不陌生。早在农村插队时，我就知道，驴作为牲畜是分为两种的，一种草驴，另一种则是叫驴，其中草驴是雌性，而叫驴泛指雄性。当然，这些也都是马杰讲给我的。我和马杰插队并不在一个村。他在北高村，我在南高村。那时他经常去公社粮站拉草料，每次路过我们村都要来集体户里坐一坐。他还告诉我，驴的后代也分为两种，一种是驴，另一种就是骡子。骡子自己是不能生育的，要由驴和马来交配。当然，马也分两种，儿马和骒马，前者雄而后者雌。叫驴与骒马配出的是驴骡子，草驴与儿马配出的则是马骡子。由此可见，马杰说，牲畜之间所形成的关系链与人相似，也是以雄性为主，应该属于父系社会。那时我就搞不懂，马杰也生长在城市，他的这些知识究竟是从哪里来的？

后来因为一件事，竟然连北高村的当地人对他也很服气。

这件事很奇怪，至今想起来仍然令人感到不可思议。当时北高村有一个绰号叫大茄子的女人，由于下体溃烂病死了。据说这女人很放荡，性欲也很旺盛，丈夫死后经常跟村里的男人胡搞，很可能因此才得了这样一种脏病。大茄子的死并没有什么奇怪，奇怪的是她的女儿。她的女儿叫彩凤。彩凤去墓地埋葬了她母亲大茄子，一回来突然就精神失常了。她的这种精神失常极为罕见，虽然神志不清，语言混乱，但说话的口气和腔调却似乎都已不是她自己，而是酷似她的母亲大茄子，一个二十来岁的姑娘竟能说出一些不堪入耳的话来。村里人立刻感到很惊骇，认为她是被大茄子的鬼魂附了体。后来有人说，彩凤很可能是得了壮科。所谓壮科，在中医讲也就是癔病。但当地人对这种病症却有另外一种解释，认为是被一种叫黄鼬的野物迷住了。据当时一起去墓地的人回忆，彩凤在回来的路上曾去过田边一间废弃的土屋里小解，如果她真的是被黄鼬迷住，应该就在那里。

但尽管大家这样猜测，却并没有人敢去看一看。

马杰听说此事，当即就去了村外的那间土屋。

那间田边的土屋曾是用来浇水的泵房，由于闲置多年早已没有门窗，屋顶和坯墙也都已破败不堪。马杰走进来仔细搜寻了一阵，果然就在墙角的一堆干草里发现了一窝吱吱乱叫的黄鼬。这窝黄鼬还很小，刚长出茸茸的皮毛，看上去就像一堆黄色的棉花球。它们的父母大概是听到动静逃走了或出去觅食还没有回来。马杰蹲下看了一阵，就去端来一杯水，又在水里滴了一些地瓜烧酒，然后喷到这些小黄鼬的身上。当时村里人都感到疑惑，不知马杰这是在干什么。但是当天夜里，人们就都明白了。在那天深夜，两只大黄鼬悄悄地潜回来。它们突然闻到小黄鼬的身上有了一种奇怪的异味，就满腹狐疑地不敢再去接近，只是围着这些嗷嗷待哺的幼仔来回转着不停地叫。就这样，那窝小黄鼬和两只大黄鼬高一声低一声地整整叫了一夜。第二天一早，村里的大队书记就来找马杰。北高村的大队书记姓胡，因为长了一脸络腮胡须，都叫他胡子书记。胡子书记在这个早晨闯进知青集体户，问马杰究竟对那些黄鼬干了什么，说再让它们这样叫下去恐怕村里还要出事。马杰听了并没有说话，立刻又来到那间土屋。他先用铁锹将那窝小黄鼬铲出来，然后浇上柴油，划一根火柴就点燃起来。当时的情形可想而知。黄鼬这种动物的皮毛里积存着很多油脂，被火一烧就噼噼地冒出来，这些小黄鼬立刻被烧得一边惨叫着一边乱爬，如此一来橘黄色的火焰也就越烧越旺。正在这时，突然又发生了一件更令人意想不到的事情。就在那些小黄鼬在火里吱吱惨叫时，突然从田野深处窜来两团黄乎乎的东西，还没等人们反应过来，它们就以快得难以想象的速度钻进火里。火堆的上空立刻腾起两团冒着黑烟的火星。直到这时，人们也才看清楚，竟然是那两只大黄鼬。它们显然想从火里将那些小黄鼬叼出来，但此时的小黄鼬虽然还在吱吱惨叫，身上却都已喷出耀眼的火苗，大黄鼬刚叼到嘴里这团火苗就散落开，变成一摊黏稠的油脂流淌到地上。这时两只大黄鼬的身上也都已着起火来，这火一边燃烧着还发出一种奇怪的声响。接着，它们很快就在火里安静下来。它们先是将身体紧紧靠在一起，然后揽过那几只小黄鼬用力掩在自己的身下，就这样趴在火里不动了。这堆大火足足烧了有一支烟的时间。因为当时胡子书记点燃一支烟，却没有顾上去吸，就那样愣愣地举着，直到他发觉烧了手，这堆大火才渐渐熄灭下去。也就在这个上午，人们发现，彩凤的神志也清醒过来。

其实马杰初到北高村时并不起眼。包括胡子书记在内，村里人都以为他只是个很普通的知青。但是，这件事以后，人们立刻对他刮目相看了。胡子书记曾经很认真地问过他，为什么一开始没有去烧那窝小黄鼬，而只是往它们的身上喷酒。马杰说，他原本也不想烧它们，他之所以这样喷酒，就是想改变一下它们身上的气味。马杰说动物之间都是靠气味交流的，大黄鼬发现它们身上的气味变了，也就不肯再去接近，如此一来它们也就会自己慢慢饿死。但是，他说，他后来发现这种办法不行，倘若让它们一直这样叫下去很可能召来更多的同类，而那就会给村里带来更大的麻烦。所以，他说，他用火烧也是迫不得已。胡子书记直到这时也才发现，马杰在这方面竟然有着特殊的才能。于是当即决定，将他调去村里的牲口棚。

马杰就从这时开始，才真正接触到了驴这种动物。

那时北高村的大牲畜除去马和骡子，只有两头驴，一头叫黑六，另一头叫黑七。马杰觉得这名字有些奇怪，就问胡子书记，黑六黑七是怎么回事。胡子书记告诉他，因为这两头驴的家庭出身都不好，往上追溯几代，它们的曾曾祖父曾是村里大地主高久财家豢养的，整天吃香喝辣，住的牲口棚里都砌了火墙，比咱贫下中农可舒坦多了。胡子书记说，据当年亲眼见过的人说，那是一头白嘴唇大鼻翅的板凳驴，长耳朵长脸小短腿，专门让高久财的小老婆骑着回娘家的，每次都是红樱铜铃紫缎鞍垫，走在街上很是气派。胡子书记忽然嘿嘿一笑，又说，这种驴自然不能算咱无产阶级，该划入"黑五类"，可"黑五类"是"地、富、反、坏、右"，没有驴，村里就给它排个第六，这一头叫黑六，那一头是它兄弟，就叫黑七。

马杰觉得有趣，从此就很注意这头黑六。

马杰很快发现，黑六和黑七的待遇并不一样。黑六虽然出身不好，却被分槽喂养，每天要吃精草细料，而且从不拉车，更不下田参加劳动。当然，黑六也有得天独厚的生理条件。马杰注意到，它竟然有着一根极为罕见的阳具。它的这根阳具硕大无比，尤其尿尿时，几乎可以垂落到地上。因此它唯一的工作也就是配种，专职为生产队里繁殖后代。据说也曾有贫下中农提出过置疑，说黑六毕竟是这样一种家庭出身，总让它繁殖后代，生产队的牲畜血统是否会受到影响。但黑六的品种也确实很好，它生出的后代从身形到骨架都很匀称，而且有着很强的体力和耐力，不仅可以拉车，也适合田间的各种劳作。但是，马杰对此却有着自己的看法。马杰认为，黑六不能只管配种。驴的发情周期每年只有一次，而每次的时间也并不是很长，如此一来，它不发情时也就无事可干。马杰认为这不仅不合理，也是一种资源浪费，生产队里总不能整天用好草好料供养着这样一条骄奢淫逸只会做爱的寄生虫。

于是，他当即决定，要让这个黑六参加一些力所能及的体力劳动。

马杰第一次是让黑六驾辕，准备去麦场拉一些干草。

一天下午，马杰特意从场上找来一辆很小的木板车。这种车其实是人畜两用，所以装载量很小，拉起来也并不费力。但在这个下午，黑六一被套上绳索立刻就警觉起来。它显然从没受过这样的待遇。当它明白了马杰是要让它驾辕拉车,立刻就像受了侮辱似的一边乱踢乱咬一边呜啊呜啊地拼命狂叫。马杰却不管这一套,不由分说就给它勒上了嚼子,然后用力向后拽着将它塞进车辕搭上扣襻套起来。但是,就在他转身去拿鞭子时,黑六突然将身体往后一蹲,又猛地向前一窜就拉着这辆空车朝街上狂奔而去。马杰顿时慌了手脚,连忙上前追赶,一边还在它的后面狠狠甩出一个响鞭。马杰的这根鞭子与众不同。一般车把式的鞭子都很柔韧,鞭杆用几根竹枝拧结而成,鞭绳也是细而短,这样甩起响鞭不仅省力,也便于使用,更重要的是这种响鞭只具有威慑力,打到牲畜的身上却并不疼。马杰的鞭子则是向村里的拖拉机手要来几根机器上的废三角带,用上面拆下的胶皮绳编织而成,而且上粗下细,足足有八尺多长,木柄则是一截粗短的镰刀把,这样掂在手里就像是一根凶悍的霸王鞭,甩起来也震耳欲聋,几乎让所有的牲畜听了都心惊胆战。但这一次,黑六却对马杰的鞭声充耳不闻。它就那样拉着一辆空木板车叮叮哐哐地朝街里绝尘而去。那辆木板车原本只是用一些木条和竹片拼接而成,并不结实,被黑六这样拖着一跑很快就甩掉了两个轱辘。但黑六仍不肯停下来,还一边尥着蹶子拖着车架子在坑凹不平的街上狂奔。车架子很快就被颠得面目全非,街上到处是散落的木板和竹片,待胡子书记和生产大队长发现时,黑六身后拖的就只剩了两根光秃秃的车辕。北高村的生产大队长是一个很健壮的女人,姓高,叫高大莲,村里人都叫她大莲队长。据说这个大莲队长曾经担任过全公社的妇女突击队长,在"农业学大寨"大搞水利建设的工程中干出过许多成绩,因此很有些名气。在这个下午,胡子书记和大莲队长刚从外面开会回来,迎面正好看到从街上狂奔而来的黑六。大莲队长走上前去,吆喝一声就将黑六拦住了。这时马杰也拎着鞭子气喘吁吁地从后面赶过来。胡子书记看看黑六,又看了看马杰,皱起眉问,这是怎么回事?马杰并不回答,扑过来就抽了黑六一鞭子。黑六立刻疼得哆嗦了一下。大莲队长已经看明白了,于是对马杰说,你不该让它拉车,它的工作比拉车更重要。黑六似乎听懂了大莲队长的话,连忙将头扎进大莲队长的怀里,像是受了很大的委屈。胡子书记伸手拍了一下黑六,也说,我们对有"黑五类"成分的人还要给出路,让人家改造自己重新做人,更不要说黑六,它毕竟还是一头牲口!事后马杰对我说,当时他简直不敢相信,这头叫黑六的畜生竟然如此虚伪,甚至比人还要阴险。它听了胡子书记和大莲队长的话先是在他们面前温驯地垂下头,接着就又开始哆嗦起来,似乎是由于刚刚挨了鞭子疼痛难忍,后来这哆嗦竟还渐渐地变成了抽搐,好像痛苦得随时都要瘫倒下去。直到胡子书记当即宣布,扣掉马杰这一天的工分,并让他用软毛刷子为黑六刷洗一遍全身。它才好像好了一些。

  在这个下午,马杰没再说话就将黑六牵回牲口棚。但是,他刚按大莲队长的要求为它拌好一槽精细的草料,再回头看时,却发现黑六早已若无其事,正一边打着响鼻跟邻槽的一匹枣红骒马摇着尾巴调情。马杰盯住它看了一阵,慢慢放下搅料棍,转身又拎起了自己的鞭子。这时黑六也已注意到了。它立刻丢下那匹骒马,两眼一眨一眨地看着马杰。马杰冲它冷笑一声说,你不用看,大莲队长不是让我给你刷毛吗,我现在就给你刷。他一边说着将鞭子在头顶用力甩了一下,鞭绳立刻在空中扭出一个很好看的花结,然后悄无声息地落下来。马杰的鞭技一向很精湛。我曾经亲眼见过,他竟然可以一鞭就将一只落在树上的麻雀抽下来。他得意地告诉我,北高村的牲畜都很怕他,他的鞭子不仅很疼,而且可以不留任何痕迹。一般的车把式用鞭子抽打牲畜都会有一条一条的鞭印,那是因为将鞭绳整个落下去,他则不然,他只用鞭绳的末梢,这样落到牲畜身上就只是一个点,而且想抽哪里就抽哪里。其实马杰抽打别的牲畜时，黑六一定亲眼见过，因此也就应该深知这根鞭子的厉害。但是这时，它看着马杰，脸上的表情却忽然轻松下来。马杰起初有些不解，但接着就明白了，黑六是有恃无恐。刚才胡子书记和大莲队长让他用软毛刷子为它刷毛，过一会儿就肯定要来检查，而倘若他用鞭子抽了它，即使痕迹不明显他们也能一眼就看出来。所以，黑六断定，尽管马杰将那根鞭子在自己面前挥得呼呼生风，却并不敢真落到自己身上。

但黑六毕竟是一头牲畜。它还是想得过于简单了。

马杰看懂了它的心思之后，只是微微一笑，就将它牵到旁边的一片空地上。黑六搞不懂马杰这是要干什么，有些不解地看着他。马杰不紧不慢地弯下身，将它的缰绳拴在一根木桩上，然后倒退几步用力抖了抖手里的鞭子。这时黑六才开始紧张起来，但它仍然紧盯着马杰，似乎想看一看，他今天究竟敢不敢用鞭子抽打自己。马杰先将鞭绳在手里拽着试了试，然后举起木柄，突然用力一甩，啪地一声，那根长长的鞭绳打了一个旋就发出一声脆响。黑六的一条后腿猛地颤抖了一下。它这时才感觉到，自己这条腿的腋窝里像被刀子狠狠割了一下。但是，还没等它回过神来，就又是啪地一声。这一次它站不稳了，它感觉到另一条后腿的腋窝里又狠狠地疼了一下，这疼痛就像一股电流立刻通遍全身，接着它的两腿一软就咕隆跪了下去。马杰一手抓住鞭绳，对它说，站起来。黑六又艰难地站起来。黑六直到这时才终于明白了马杰的险恶用心。在牲畜身上，四条腿的腋窝处应该是最隐蔽的地方，如果不钻到肚子底下是绝看不到的，而且和人一样，这也是最敏感的部位，倘若用鞭子抽到这里也就更加疼痛难忍。而就在这时，马杰又做出一个更可怕的举动，他去拎来一桶凉水，将鞭子在里面蘸了一下。黑六起初还不明白马杰这样做的用意。但是，当这根蘸了水的鞭子又抽在它两条前腿的腋窝里时，它立刻意识到，这样的疼痛竟然比刚才更可怕。

在这个下午，马杰就这样用这根湿漉漉的鞭子轮番抽打黑六四条腿的腋窝，每抽一下，黑六的全身都要剧烈地抽搐一下。但是，这根鞭子实在太长了，甩起来要花费很大的气力，而如此一来也就渐渐影响了准确性。这是马杰事先没有想到的。就在他又一次举起鞭子时，突然感觉自己的手臂酸了一下，他原本是想抽打黑六的左后腿，因为他当时是站在它的左前侧，这样就只有将鞭子朝相反的方向甩才能使鞭梢落到它左后腿的腋窝里。而由于他的手臂突然感觉不对劲，就稍稍向里偏了一点，于是鞭梢也就落到了不该落的地方。事后马杰对我说，他绝没有想到会是这样，他发现，黑六那根硕大的阳具突然抖动了一下，然后就像一条探出身体的蛇倏地缩了回去。马杰直到这时才意识到，是自己的鞭子出了问题。他立刻蹲下身去观察，发现黑六的那里已完全缩进身体，连两个睾丸都不见了踪影。马杰的心里一下有些慌，他知道这件事意味着什么。但他这时还在安慰自己，他想这东西应该伤得并不太重，否则黑六就不会这样安静了。这时黑六看上去也的确很安静。它似乎还在暗暗庆幸，由于自己的下体出了这样一点意外，才终于躲过了马杰的这一顿鞭子。

但是，马杰和黑六都没有意识到，事情远比他们估计的要严重得多。

接下来的问题是出在第二年春天。

在这个春天，黑六没像往年一样按时发情。北高村与我们南高村一向在繁殖牲畜方面保持着协作关系，这时我们村已让几匹有生产任务的骒马做好各种准备。如此一来也就产生了误会。我们村认为北高村说黑六没有按时发情不过是一个拖词,黑六每年的发情期比日历还要准,说它不发情就如同说骡子发情一样令人难以置信。我们南高村认为,北高村一定是出于什么利益的原因为黑六另寻了新欢,而他们这样做不仅不道德,也是一种极不讲操守的行为。北高村的大莲队长听说此事特意来向我们村解释,她说没有别的原因,任何原因都没有,就是黑六不发情。大莲队长无可奈何地说,牲畜不发情是谁都没有办法的,你就是给它们硬来也没用,这跟人是一样的道理。大莲队长说到这里,脸一红就不好再说下去了。

  我们南高村很快了解到,大莲队长说的话的确属实。黑六在这个春天不知为什么,竟像是将发情这件事忘记了。往年它早早地就会躁动起来,哪怕碰一碰皮毛或摸一摸脖子,都会立刻张大嘴吐出一些白色的黏液,走在街上遇到外村的骡马或草驴拉车经过,也要追在后面一边打着响鼻去向人家献殷勤。但这一次它却毫无迹象,就是将再漂亮的红鬃骡马或花背草驴牵到它面前,它的反应也很淡漠,似乎已心如止水,万念俱灰。大莲队长当然不甘心。村里一向待黑六不薄,对它的照顾几乎比对五保户和伤残军人都要高,大莲队长不相信它的身体里好端端的会出什么问题。于是就亲自将它牵去公社的兽医站。但兽医站的兽医也看不出任何问题。兽医很认真地检查了一番,摇摇头说,牲畜的生殖力也是一种能量,既然是能量就总有释放完的时候。兽医拍了一下黑六的屁股,得出结论说,它已经没用了。

  大莲队长直到这时也才终于相信,黑六的历史使命是彻底完成了。

  黑六从此就失去了一切待遇。它被拴来大槽子上,和干粗活的牲畜一起乱踢乱咬,一起去抢吃掺着粗茬干草的混合饲料。每天的早晨和下午也要被套上绳索去拉车,或被轰赶到田里去干各种农活。但是,直到这时,它身上致命的弱点也才暴露出来。原来它的体力竟然很差,由于长年养尊处优,到田里踩着松软的泥土连站都站不稳,更不要说去拉犁耕地。胡子书记这时就又想起它当年的曾曾祖父,也就是那头白嘴唇大鼻翅长耳朵长脸小短腿的板凳驴。胡子书记突然发现,这头黑六的长相竟与它当年的曾曾祖父极为相像。于是,经过与大莲队长和其他村干部商议,就做出一个新的决定,既然黑六不适合干农活,索性就让它继承祖业也去充当交通工具,专门供村里的干部们骑着去办事。我想,这对于黑六来说应该更是一种奇耻大辱。如果让它自己选择,它肯定宁愿去拉车耕地也不想这样供人驱使。

也许正因为如此,才发生了后来的事。

那是一个初夏的上午,北高村的贫协主任要去公社参加贫协代表联席会。其实这个贫协主任完全可以搭乘村里顺路的拖拉机,即使步行也不过几里路。但他却坚持要骑黑六。他说当年大地主高久财的小老婆经常骑着它的祖先回娘家,他看了一直很眼热,所以现在他也要骑它尝试一下,看一看当年的那个女人究竟是一种啥样的感觉。贫协主任这样说着就牵出黑六,然后翻身骑上去。其实贫协主任很瘦,所以骑到黑六的背上,应该不会有太重的分量。但他并没有意识到,这样骑在黑六身上还一边用木棒抽打它的屁股就已不仅是简单的重量问题。当时贫协主任只顾高兴了,他发现这样骑着黑六的确感觉很好,不仅舒服,还有一种高高在上的优越感,再看眼前的一切似乎都变得居高临下起来。所以,他也就并没有注意到黑六脸上的表情。事实上他就是注意到了也无法看到,因为这时的黑六正将脖子直直地向前伸出去,两眼不停地向左右睃寻。事后据亲眼目睹的人说,黑六驮着贫协主任就这样走了一段路,突然转身朝着道边的一棵槐树走过去。那是一棵几十年的老槐树,树干已经粗糙皱裂。黑六走过去只是不动声色地把肚子在树上轻轻蹭了一下,又蹭了一下,贫协主任突然惨叫一声就滚落下来。当时正在田里耪地的人们连忙赶过来,将贫协主任抬回到村里。待将他的裤腿撕开,这条腿只是膝盖以下有些发红,除此之外并没有什么伤痕。

但是,人们很快发现,贫协主任的伤势似乎还没有这样简单。

他这条腿已完全失去知觉,而且像充了气似的迅速肿胀起来。

胡子书记意识到事情的严重性,立刻派人将贫协主任送去公社的卫生院。卫生院的几个医生看过之后都面面相觑,摇着头说卫生院没有这样的设备,恐怕要去县医院。送去的人问什么设备。几个医生说,锯腿的设备。大家一听立刻惊得目瞪口呆,有人问,只是让驴在树上蹭了一下,就要锯腿?!一个医生说,锯腿已经是轻的了。另一个医生也摇摇头,说这头驴实在太厉害了,你们不要看这条腿表面没什么,其实它里面已受了严重的挤压,现在皮肉跟腿骨已经完全脱离开,如果不尽快锯掉,恐怕连性命都很难保住。

就这样,贫协主任又被转去县医院,就将这条伤腿从根部锯掉了。

那天直到傍晚,马杰才在村外的一片树林里找到了黑六。

马杰走到黑六跟前,立刻吓了一跳,只见它的嘴里满是鲜血,跟前的许多树干都已被啃掉树皮,乳白色的木碴上沾着黏稠的血迹。马杰立刻明白了,黑六显然知道自己闯了大祸,也意识到这一次是在劫难逃,所以就想尽快一死了之。但它实在想不出什么更好的自杀办法,只能采取这种笨拙徒劳而又只会增加痛苦的原始方式。黑六看到马杰,立刻惊恐地向后退了几步。它自从那一次挨了鞭子,再见到马杰就总是心惊胆战。这时,它已经完全崩溃了,它慢慢退到一棵树的旁边,四条腿不停地打着颤,两个耳朵也相互叠着耷拉到一起。它认为马杰一定是来找它算账的。它已经料到,马杰这一次绝不会轻易放过它。但是,它很快发现,马杰的手里并没有拿着那根可怕的鞭子,脸上也没有太多的表情。他只是走过来，从地上捡起缰绳，就牵着它朝村里走来。这时胡子书记和大莲队长已经等在牲口棚。

胡子书记迎过来，掰开黑六的嘴看了看，牙齿已经脱落得所剩无几。

于是，他回过头去，跟大莲队长相视了一下。

大莲队长嗯一声说，看来也只能这样了。

胡子书记点点头说，杀了吧。

杀……杀了？

马杰有些意外，看着胡子书记。

大莲队长说，刚才，生产队里已经研究过了，既然它不能干活，骑又不能骑，留着也就没啥用处了。胡子书记说是啊，现在它的嘴又成了这样，以后连草料也不能吃，生产队里总不能用粮食养着这样一个废物，痛痛快快杀了它，大家还能分一些肉吃。

事后马杰对我说，他当时就已预感到，杀黑六这件事肯定会落到他的头上。因为他是饲养员，一向熟悉牲畜的习性，而更重要的是当地农人是轻易不肯自己动手杀牲畜的，他们都很迷信，认为牲畜的一辈子不容易，倘若杀它们会遭报应。果然，在这个傍晚，胡子书记和大莲队长临走时对他说，这件事，就由你来干吧。马杰连忙说不行。他说自己确实不行，他平时杀一只鸡都下不去手，更不要说杀这样大的一头牲畜。胡子书记又跟大莲队长对视一下，就走到马杰的面前说，有些事，还是不要说得太明白了，这头黑六原本好好的，每年都能按时配种，可到你手里还不到一年，怎么就成了废物呢，现在你不杀它还让谁来杀？

大莲队长也说，不要说了，这件事就这样决定了。

一边这样说，又看了马杰一眼，让它死得痛快些。

当天晚上，村里的胡屠户来到牲口棚找马杰。胡屠户是胡子书记的亲叔伯堂弟，在村里专门负责宰杀猪羊一类家畜。马杰一看见胡屠户就像是见到了救星，连忙对他说，你来得正好，你杀猪有经验，黑六还是由你来杀吧。胡屠户却摇摇头说，你这话就外行了，屠户也并不是啥都能杀的，杀猪跟杀牲口可不是一回事，我来是给你送工具的。胡屠户说着就打开一个麻布包，里面是刀子钩子和一些看不出用途的利刃。胡屠户拿起一把细长的牛角弯刀，这把刀大约有一尺多长，看上去像一勾弯月，刀刃飞薄，刀尖也很锋利。胡屠户用拇指在刀锋上试了试说，我给你挑了这把长一些的牛角刀，刚才还磨了一下，驴的脖子比猪脖子要长，但杀起来道理是一样的，只要将这把刀从脖子底下插进去，一直插到胸口，然后用刀尖在心脏上划开一个口就行了，记着，放血要用大盆，驴血是大补可不要糟蹋了。

胡屠户说罢，放下这些刀具就走了。

这时马杰才发现，槽子上的黑六正朝这边看着，一直在很认真地听。

马杰经过反复考虑，最后还是决定不使用胡屠户送来的这些刀具。胡屠户杀猪马杰是见过的，尽管他的技艺很精湛，但猪在死时也很痛苦，总要挣扎半天才会断气。因此，要想让黑六死得痛快些就只有另想办法。在这个晚上，马杰从草垛旁边搬来一口铡刀。这铡刀是专门用来给牲畜铡干草的，钢口还说得过去。马杰从木槽上卸下刀片。这片刀片已有些生锈，而且由于长期铡草，刃口也很钝。马杰拎着来到牲口棚。在牲口棚的角落里有一眼石井，这是用来饮牲畜的，井台上有一盘很大的青石。马杰将铡刀放到井台上，撩了一点水就用力磨起来。刀片约有四寸宽，三尺多长，磨起来霍霍的声音就很响亮。马杰这样磨一阵，停下来用水冲一冲，然后再磨。黑六始终站在旁边，还不时晃一晃耳朵，伸过头来看一看。马杰一回头，突然发现它也正在看着自己，他跟它的目光碰到一起，心里突地一颤。于是，他将刀片立在旁边，去拎来一桶水，就开始用软毛刷子为它刷洗全身。马杰一边刷着还特意摸了摸它的脖颈。它的脖颈很柔软，隐约可以感觉到里面的颈骨。

就在这时，他又看到了黑六的眼睛。

黑六的眼睛很湿冷，黑得深不见底。

马杰杀黑六是在第二天上午。地点就选在牲口棚。

杀牲畜是一件大事，北高村的全村特意歇了半天工。村里的人们虽然不肯亲自动手杀牲畜，但吃肉的欲望却很强烈，早早地就都在家里刷锅烧水做好一切准备，然后端着盆或簸箩来到牲口棚等着分黑六。马杰看一看大灶上的水已经滚开起来，就将黑六从槽子上牵出来，拴到那片空地的木桩上。这时人群里就响起一片唏嘘的声音。马杰朝人群里看一眼，就转身去拎过那把铡刀。铡刀的锋刃已磨得雪亮。马杰为了应手，还特意在铁柄上缠了一些麻绳。他来到黑六面前，掏出一块黑布将它的两眼蒙起来。

但黑六用力一摇头，将黑布甩掉了。

马杰再蒙，又被它甩掉了。

然后，它慢慢回过头，睁大两眼看着马杰。

事后马杰对我说，你能相信吗，驴这种畜生竟然会笑。当时黑六的脸上皱了皱，眼角居然还出现了一些细碎的鱼尾纹。他说他看出来了，它的确是在笑，它是在冲着他微笑，他甚至还听到它的嘴里发出一阵嘿嘿的声音。马杰顿时有些心慌意乱，立刻举起铡刀就呼地砍下来。在此之前，马杰已在黑六的脖颈上看好了位置，他发现它稀疏的鬃毛间有一个不大的缺口,这缺口离头颅很近,而且恰好是脖颈最细的地方,他想如果把刀砍在这里,应该会省力一些。但是,由于他的刀举得过高,在挥下来时有些发飘,这就使落刀的位置发生了一点偏离,似乎靠上了一些。马杰感觉到了,这把铡刀的确磨得很快,因此尽管靠上,在落下的一瞬也几乎没遇到什么阻力,只听喀嚓一声,黑六的头颅就从脖子上齐刷刷地滚落下来。这颗头颅如同一只巨大的冬瓜,在地上骨碌碌地滚出很远。直到它停下来,那只冲上的眼睛仍还皱着一些鱼尾纹,它睁得大大的,像在瞪着马杰,又像是瞪着马杰身后的人们。那个失去了头颅的身体并没有立刻倒下去,似乎沉默了一下,突然就有一股黏稠的血水从脖腔里直喷出来。这血水一直喷溅出很远,如同一团猩红的烟雾朝人群里落下去。

人们惊叫一声,立刻朝四处散开了。

失去了头颅的黑六似乎犹豫了一下,又犹豫了一下。

它迟疑着朝前走了两步,然后,才慢慢地瘫倒下去。

马杰没去管清洗黑六的内脏。只是将它的皮剥下来。

这是一张完整的驴皮,非常柔软,看上去栩栩如生。

马杰犯了一个错误。他不该在牲口棚里杀黑六。

在这个上午,马杰并没有注意到,从他用那口铡刀砍下黑六的头颅,直到在血泊里用牛角尖刀一点一点地将它的皮剥下来,始终有一双眼睛在注视着他。这就是黑七。其实马杰在事先已考虑到这个问题。他想,在杀黑六时不应该让其他牲畜看到这个血腥的场面。牲畜的身材虽然高大,心胸却很狭窄,胆量也很小,这样的场面会对它们的情绪产生严重影响,搞不好还有可能发生炸棚。炸棚是指由于某种突发的刺激,使牲畜们同时受到惊吓而狂躁起来,这种情况一旦发生是很难控制的，牲畜也会因为互相踩踏和撞击而受到伤害。但是，马杰将所有的牲畜都牵去了别的院子，却唯独忽略了拴在角落里的黑七。所以，黑七也就目睹了马杰砍杀黑六的整个过程。马杰直到拎着黑六那张血淋淋的驴皮朝牲口棚的外面走去时，才无意中发现了黑七。黑七正站在槽子旁边，目不转睛地盯着他和他手里的那张驴皮，眼睛里似乎有些湿润，尾巴也像一根木棒直挺挺地撅起来。在此之前，马杰并没有注意过这头黑七。黑七的外形与黑六很相像，也是长耳朵长脸四肢短小，但阳具也很小，所以也就没有配种任务。其实严格讲，这种板凳驴是专供人骑的，并不适于田间劳作，因此黑七的主要工作只是拉车。但它的性格却与黑六不同，平时沉默寡言，因此也就很少引起人们的注意。

马杰绝没有料到，黑七接下来竟会弄出一场如此之大的事故。

马杰觉得自己在这场事故中很无辜。尽管胡子书记和大莲队长一致认为，这件事的责任完全在他，也就是说，是由于他的疏忽大意造成的。但马杰却坚决否认。马杰一口咬定是黑七所为。马杰说，在这件事发生前的最后一瞬，他是亲眼看到的。他说黑七当时干的事简直不可思议，没有人会相信它竟然能这样做。胡子书记当然不能认同马杰的这种说法。胡子书记说，黑七不过是一头哑巴畜生，无法为自己辩解，这就让人怀疑是马杰故意要将责任推给黑七。大莲队长也这样认为。大莲队长说，黑七再怎么说也只是一头驴，而且是一头比黑六还要老实的笨驴，它不会也不可能像马杰说的那样故意做出破坏集体财产的事来。

这起事故是发生在杀黑六几天以后的一个上午。在这个上午，别的牲畜都被牵去下田了，牲口棚里只剩下黑七和一匹怀驹的骡马。马杰在这个上午是故意将黑七留下的，他准备套它去公社粮站拉一些饲料。他在临走前先为那匹骒马饮过水，又在槽子里添了一些草料，然后拿过棕刷为它的全身刷了刷毛。马杰在照料临产牲畜方面很有经验，他知道经常为怀驹的骒马刷一刷毛，会使它的产门肌肉松弛，这样可以有利于将来的生产。但是，就在他为这匹骒马刷毛时，突然听到了一种奇怪的声音。这声音似乎是来自他的身后，又像是在头顶。接着他就感到，好像整个牲口棚都嘎吱嘎吱地响起来。他连忙回过头去，才发现竟然是黑七。黑七正在不动声色地啃咬着牲口棚里的一根立柱。在牲口棚里大约有五六根这样的立柱，但这一根最粗，而且刚好竖在牲口棚的中央，是专门用来支撑整个棚顶的关键部位。事后马杰说，他一直搞不懂，黑七怎么会知道选择这样一个要害的部位。当时黑七发现马杰正在看着自己，于是就停下来，也抬起头看看他。但它接着就又埋下头去，若无其事地继续啃咬那根立柱。它咬得不慌不忙又非常卖力，为使这根立柱尽快松动，它还用头去顶住它的根部用力晃动。于是整个牲口棚立刻也跟着忽忽悠悠地摇晃起来。牲口棚的棚顶虽然只铺了一层秫秸，但由于下雨潮湿就已有了相当的重量，这时这根立柱已被黑七啃咬得拔出地面，再这样一晃动，棚顶就开始渐渐地向一边倾斜。马杰突然明白了黑七的意图，立刻丢下手里的棕刷朝它扑过去。但为时已晚，整个牲口棚随着晃动扭了几扭，突然发出一阵巨大的断裂声就轰然塌落下来。而就在这一瞬，马杰看到黑七朝旁边轻轻地一跳，就跳到了牲口棚的外面。北高村一共有二十几头牲畜，因此牲口棚也就具有相当的规模，这时这样一坍塌情形自然可想而知，顿时尘土飞扬狼藉一片。但是，牲口棚坍塌还只是这场事故的开始。在马杰身后的立柱上，还挂有一盏仍然亮着的马灯。这是马杰给牲口添夜草时拎过来的，后来一忙就忘在了那里。这时棚顶坍塌下来，这盏马灯也就被砸在了里面，煤油流淌出来引燃秫秸，立刻就着起了大火。

这场大火烧得很快，火势也很猛，随着迅速蔓延整个牲口棚里转眼间就成了一片熊熊的火海。闻讯赶来的村人想用水桶救火，但试了试却都无法靠近，只能眼睁睁地看着火焰夹裹着浓烟越烧越旺。也就在这时，人们突然闻到了一股奇怪的气味。这显然是烤肉的香味，非常香，与燃烧的烟气混在一起就似乎更加诱人，很像今天街上卖的烤肉串。这时大家才突然想起那匹怀驹的骒马和黑七，接着就又想到了马杰。但人们很快就发现了黑七。黑七并没有被砸在火里，它正站在不远的地方，面无表情地向火里望着。这就可以断定，仍然在火里的只是那匹骒马和马杰，也就是说，这股烤肉的香味应该是从它或他的身上散发出来的，又或许是同时散发出来的。其实人与牲畜的区别并没有很大，这样用火一烧，竟然分不出谁是谁的气味。人们想象着正在大火里被烧烤的那匹骒马和马杰，立刻都感到不寒而栗。

这场大火烧了一阵才渐渐熄灭下去。牲口棚已变成一片废墟。人们果然在灰烬里发现了那匹骒马的骸骨。它显然被烧得无处躲藏，于是扎到一个角落里，浑身的骨头都已被烧得黑漆漆的，还在冒着淡淡的蓝烟。但是，却没有发现马杰。胡子书记和大莲队长皱着眉对人们说，再找一找，仔细找一找，那样大的一个活人再怎样烧也总会留下一点痕迹的。但是，人们将整个火场都仔细搜寻了一遍，却仍然不见马杰的踪影。就在这时，一个女人突然惊叫了一声。胡子书记和大莲队长连忙走过来。那女人一边向后退着，用手朝地上指着说，那里……就在那里。这时胡子书记和大莲队长才发现，在地上正有一堆黑乎乎的灰烬向上一拱一拱地微微动着。接着猛地一翻，一颗人的脑袋就从里面冒出来。这颗脑袋已经与那些灰烬浑然一色。他用力喘出一口气，然后张开嘴打了一个很响的喷嚏。

人们围过来仔细看了一阵才认出来，竟然是马杰。

马杰虽然已黑得面目全非，身上却毫发无损。原来就在牲口棚坍塌的那一瞬，他不知怎么竟被压进了那眼石井。这一来反而救了他。他先是将身体在井水里浸泡了一下，然后就像一只壁虎似的紧紧贴着井筒，直到上面的大火渐渐熄灭，他才试探着一点一点爬上来。

胡子书记和大莲队长当然不相信马杰所说的话。他们认为这件事与黑七没有任何关系。黑七之所以能在这场大火中幸免于难，是因为它当时刚好站在牲口棚的边上，而这也正说明它不可能做出马杰所说的那种事来。胡子书记对马杰说，黑七从没有啃缰绳的习惯，你是饲养员应该最清楚这一点，既然它连缰绳都不啃，又怎么可能像你说的那样去啃那根立柱呢。大莲队长也说，不管怎样说，这件事也是你的责任，就算这根立柱是被黑七啃倒的，也说明它早已不太结实，好好的一根立柱，怎么可能就这样轻易地让驴给啃倒了呢，你作为牲口棚的饲养员事先就没有发现吗，或者发现了，又为什么没有及时加固呢。大莲队长最后得出结论说，由此可见，这起事故是迟早都要发生的。大莲队长说，幸好当时别的牲畜不在，否则后果就更不堪设想了。胡子书记严肃地说，可那匹怀驹的骒马还是烧死了，一尸两命，这给生产队的集体财产也造成了很大损失。接着，胡子书记就当众宣布了对马杰的处理决定，胡子书记说，首先要扣掉马杰全年的工分，其次，马杰要尽快将火场清理干净，协助村里搭建起新的牲口棚，然后将这里的所有工作移交给新任饲养员。

也就是说，胡子书记对马杰说，你已经被撤职了。

马杰对我说，直到这时，他仍然没把黑七往太深处想。他认为黑七在那个上午啃倒那根牲口棚的立柱并没有什么很明确的目的，也许它只是出于无聊，因为对于这样一头驴，除去无聊他实在想不出它还会有什么别的用意。但是，接下来的事终于让他警觉起来。

他突然发现，这个黑七确实不是一头简单的驴。

马杰用了整整一天，直到傍晚才将牲口棚的废墟清理干净。然后，他就按着大莲队长的要求套了一辆木板车，准备将这些炭灰拉到田里去当肥料。但是，他又犯了一个错误。他不应该让黑七驾辕。在这个傍晚，他刚刚把车装好，正在清扫最后一点灰烬时，黑七突然拉起车就径直朝那眼石井走过去。它走得不紧不慢，而且声音很轻，来到石井跟前还绕了一下，待马杰回头发现时，它已经将屁股用力向上一撅，高高地扬起车辕，然后呼噜一声就将整整一车炭灰都倾倒进了井里。井口立刻腾起一团黑色的烟雾。这眼井是专门饮牲畜的，这样倒进一车炭灰井水显然也就不能再用。大莲队长刚好在这时来到牲口棚。大莲队长立刻走过来，扒着井口朝里看了看，然后抬起头对马杰说，看来，胡子书记真的是看错你了。

看……看错我了？

马杰看看大莲队长，不明白她这话是什么意思。

大莲队长说，这一次是我亲眼看到的，你还怎样解释？

马杰沮丧地说，既然你都看到了，我当然不用再解释。

大莲队长冷笑道，你是不是又要说，是黑七存心搞鬼？

马杰说难道不是吗。

大莲队长立刻反问，你认为是这样吗？

马杰说当然是这样。马杰说，黑七是自己把车拉过来的，又是它自己把车上的灰倒进井里的，不是它在搞鬼又会是谁呢，难道是我吗？可是，大莲队长说，牲口是听人吆喝的，你如果不吆喝它，它又怎么会跑到这里来呢？这时，马杰终于忍耐不住了，他不明白大莲队长为什么一定要将责任强加给自己。于是很生气地说，我根本就没吆喝它！

你没吆喝吗？

我当然没吆喝！

马杰觉得大莲队长这样指责自己简直没任何道理。黑七是擅自把车拉到井边来的，他想问一问大莲队长，这样简单的事她怎么会看不出来。大莲队长点点头说，我当然看出来了，这件事就是你故意做的，你对村里处理你的决定心怀不满，所以才让黑七把这一车炭灰倒进井里，好给下一任饲养员增加一些麻烦。大莲队长摆摆手说，你不要再说了，淘井的事我会安排别人来干的，实话告诉你，现在让你来淘我还真有些不放心呢。大莲队长临走时又说，你尽快把这里收拾干净吧，村西还有一堆人粪肥，从明天开始，你去田里送粪。

大莲队长说罢，又用力看了一眼马杰就转身走了。

马杰看看大莲队长结实的背影，又扭头看一看仍站在井边的黑七。这时，他发现黑七也正在看着自己。它一下一下地眨着眼，眼角忽然皱起一些鱼尾纹，这些鱼尾纹很细，如果不仔细看几乎不易察觉。马杰立刻明白了，它这是在笑，它正在冲着自己笑。黑七的这个笑容立刻让马杰想起当初的黑六。马杰突然有一种感觉，他发现这个黑七竟然比当初的黑六心计更深，也更阴险。好吧……你就笑吧，咱们看一看究竟谁能笑到最后。

马杰冲它点点头，一边这样说着就转身朝不远处的灶屋走去。

马杰来到灶膛跟前，用一根火通条在里面拨了拨，就拨出一块烤白薯。这块白薯是红皮的，几乎有两个拳头大小，由于刚在灶膛里烧过也就非常的烫手。马杰一边吹着气将它在两只手里来回颠倒着，又抬头看了看黑七。这时黑七眯起两眼，正朝这块烤白薯贪婪地看着。马杰就笑了。他知道黑七还在饿着肚子。他从早晨到现在还一直没有给它喂过草料。于是，他又想了一下就朝墙角的水缸走过去。他舀了一瓢凉水，将这块烤白薯在里面泡了一下，然后走到黑七面前，心平气和地对它说吃吧，快吃吧，这东西很好吃呢。他一边说，就把这块散发着香甜气味的烤白薯送到黑七的嘴边。黑七立刻迫不及待地一口就咬到嘴里。由于这块烤白薯刚被凉水泡过，所以吃到嘴里也就很舒适。但是，黑七一嚼就出了问题。它没有想到白薯的里面竟然如此之热，立刻被烫得浑身一激灵。接着它就又做出了一个更错误的判断，它以为只要这样继续嚼就可以将这东西的温度迅速降下去，于是也就更加卖力地嚼起来，一边嚼着嘴里竟还冒出腾腾的热气，连鼻孔也被烫得翻卷起来。黑七很快意识到，这样嚼下去显然是错误的，它应该尽快把这个热得可怕的东西吐出来。但它刚要张嘴，马杰已经看透它的心思，于是一伸手就将它的嘴给捏住了。黑七被烫得呜地一声，两眼用力向上一翻，立刻鼓起两个很大的眼白。马杰开心地看着它，欣赏着它的表情，过了一会儿才慢慢松开手。

但这时，黑七已将那块滚烫的烤白薯咽了下去。

它用力张大嘴，哈哈地喘着气，肚子里发出一串咕噜咕噜的声音。

黑七一连几天没吃草料。马杰知道，它的嘴里肯定已烫起了水泡。他故意拌了一些精细的饲料倒进黑七面前的食槽子里。饲料散发出一阵阵谷物的香气。但黑七只是用嘴唇一点一点拱着，却并不能吃进去。大莲队长也感觉黑七出了问题，来牲口棚看过几次。她发现黑七一直在槽子里用嘴唇拱着草料，就以为它是在吃，反而还表扬了马杰几句，说他这样做就对了，善始善终，只要一天没将饲养员的工作交出去就对集体的牲畜负责任。马杰受到表扬往田里送粪也就干得更加卖力，每天让黑七饿着肚子从早晨一直干到天黑，车也越装越满。但是，马杰这时并没有注意到，黑七的眼神也越来越有些异样。

每当它看他时,眼里就会忽地暗下去,似乎闪着幽幽的磷光。

马杰还是把黑七估计过低了。后来的事情是发生在一天傍晚。在这个傍晚,马杰终于完成了大莲队长交给他的任务。他将最后一车粪肥装好时,连自己也感觉有些饿了。他赶着黑七来到村外,无意中摸了摸它的屁股,发现它身上已渗出泅泅的汗水,于是看一看四周没人就对它说,你现在肯定是又饿又累,对不对?黑七似乎没听见,仍然低着头,拉着粪车慢慢地向前走着。马杰笑一笑说,你知足吧,跟黑六比起来你幸福多了,你还没尝过我的鞭子呢,那滋味可比现在难受。马杰一边这样说着,粪车就已来到一座桥上。这是一座很窄的石板桥,刚够一辆粪车通过。桥下是一条水渠,虽然不深,但已积了很多淤泥。

马杰正说得高兴,黑七就已拉着这辆粪车走到石板桥的中间。

就在这时,马杰突然感觉有些不对劲了。他发现黑七回过头来看了自己一眼。在它回头的一瞬,他又从它的眼角看到了鱼尾纹。马杰立刻意识到,这时黑七冲自己笑应该不是好兆。他赶紧冲它大喝了一声:吁——!他这样喊是想让黑七停下。但是,黑七却似乎听而不闻,并没有要停下来的意思。于是马杰连忙又去拉车辕上的手闸。仍然无济于事。黑七的四条短腿突然变得强健有力,就这样拖着车闸硬是朝石板桥的边上走去。马杰慌了手脚,他意识到如果继续坐在车辕上是很危险的,但就在他要往下跳时,只见黑七的身体猛地往下一塌,又用力一缩,竟然就从辕套里钻了出去。装满粪土的木板车顿时失去了平衡,朝旁边一歪就从石板桥上翻了下去。这时马杰仍坐在车辕上,他一边向下坠落着只觉耳边呼呼的风响,渐渐地头已经朝下,接着许多散发着恶臭的粪团就噼噼啪啪地冲他砸过来。这时他的心里还很清醒,他知道倘若一直这样栽下去后果将不堪设想,他的头很可能会插进渠底的淤泥,而那样一来自己也就要像一株植物似的栽在了渠里。

所以，他立刻试图让自己的身体正过来。但这座石板桥的高度毕竟有限，还没等他做出努力，他和这辆木板车就已轰然掉进了水渠。幸好他这时已从车辕里挣脱出来，于是被狠狠地抛到了一边。他感觉自己的身体是平着落入水中的，接着那些粪团便铺天盖地砸下来。他用尽全身的气力，好容易才从水里伸出头。

就在这时，他发现，黑七正面无表情地站在岸边看着他。

马杰这一次遇险最先惊动的是我们南高村。因为这条水渠恰好是两村的界河，而就在他出事时，我们南高村的人又正在附近的田里锄地，因此大家立刻赶来搭救他。马杰确实被搞得很惨，险些就丢了性命。大家七手八脚地将他从渠里捞上来时，身上简直臭不可闻，而且从鼻子和嘴里仍然不断地有水流出来，那水的颜色和气味也很可疑。

马杰就这样被送回了北高村。胡子书记和大莲队长当然不相信黑七会做出这种事。胡子书记摇着头说，黑七这样老实的一头驴，况且又不会缩身术，如果将它套牢了怎么可能从辕子里钻出去？不可能，胡子书记十分肯定地说，再怎样说这也是不可能的。大莲队长去村外的水渠边找到黑七，将它牵回来时发现，在它的肩胛处有一道明显的擦伤。大莲队长认为，这显然是因为套车的绳索没有拴牢，滑脱时挂伤的。大莲队长说，黑七的出身虽然有些问题，但在村里一向表现很好，它拉车拉了这样久，还从没有出过这样的事情，如果把缰绳拴牢了它是不可能褪套的。大莲队长还特意将黑七牵来知青集体户，似乎要让它与马杰当面对质。但这时的马杰已说不出话来。他由于肚子里灌进了太多的脏东西，一直在不停地呕吐，先是将前几次吃的饭菜都呕出来，渐渐吐的就只剩了黄绿色的胆汁。

彩凤一直守在马杰身边，只是不停地流泪。

彩凤那一次得了壮科，因为马杰烧死那一窝黄鼬才清醒过来。从此她就经常来集体户帮马杰烧水做饭,或为他洗衣服。北高村的人都有些惧怕大莲队长,但彩凤却不怕。彩凤在这个傍晚对大莲队长说,你还是把黑七牵走吧,他已经成了这个样子,你再跟他说这些话还有啥用呢。彩凤说,就算他没把那辕套拴牢,也是为了给生产队拉粪,城里的工人出了事故工厂还要照顾呢是不是?大莲队长看看彩凤,就不再说话了。但是,这时谁都没有注意到黑七。黑七一来到集体户就始终盯着门外的那面墙壁。在那面墙壁上钉着一张黑色的驴皮。它的四肢向两边伸展开,似乎是很舒服地趴在墙上,虽已有些干硬,但那身皮毛仍然闪着黑亮的光泽。旁边还有一小块驴头形状的毛皮,两只眼睛已是两个洞,似乎瞪得大大的。

接着,黑七就做出了一个很奇怪的举动。

它慢慢走过去,伸出舌头在那张驴皮上舔了舔。

马杰直到夜里仍在不停地呕吐,还发起了高烧,嘴里一直嘟嘟囔囔地说着胡话,似乎在跟黑七争论着什么。胡子书记来看了,皱着眉说这样下去不行,还是赶快送医院吧,灌了一肚子大粪,弄不好会死人的。就这样,马杰就直接被送去了县医院。

其实我早就知道马杰和彩凤的事。那时马杰去公社粮站拉草料,经常带彩凤一起出来,偶尔也到我们集体户里坐一坐。彩凤很大方,看上去不像农村女孩,皮肤很白,五官长得也很细,只是稍微胖一些,身上圆圆的很丰满。那时女知青嫁给当地农民的有很多,但男知青跟当地女孩子谈恋爱却不多见,因此马杰和彩凤的事也就引起很多人的关注。据说胡子书记曾经找马杰很严肃地谈过一次,问他是不是真想跟彩凤搞对象。胡子书记说,彩凤这孩子不容易,从小死了爹,她妈又是那样一个女人,这些年一直没有人疼,你如果没这心思,可不要害她。但马杰听了胡子书记的话并没有说什么。马杰认为也没必要跟胡子书记说什么。他觉得无论自己有没有这个心思，或者彩凤是否这样想，都只是他们两人之间的事，跟别人没有任何关系。但马杰曾对我说，他的确很喜欢彩凤，他说他喜欢胖一些的女孩，所以彩凤很合他的心意，至于她是不是农村女孩则无关紧要。

马杰很认真地说，彩凤也是读过高中的。

马杰这一次在县医院住了将近一个月。其实医生为他注射了催吐针剂，将胃里的脏东西吐干净也就很快没事了。但他的心理还是有一些问题。马杰在心理上一直摆脱不掉那件事的阴影，他一想起自己的嘴里曾经灌满那些脏东西就感到恶心，接着就又会不停地呕吐，无论医生用什么手段都无法控制。后来县医院的医生只好无可奈何地告诉他，这已是精神卫生方面的事，他们只是内科医生，也无能为力了。医生对他说，要想彻底痊愈只有去做心理治疗，或者自己慢慢调整，平时多想一些干净的美好的事物。

就这样，马杰就只好出院了。

马杰是在一个夏天的上午出的院。彩凤赶着大车来县里接他。马杰已经很长时间没有看到彩凤，见面一高兴竟然连呕吐的事也忘了。但是，在这个上午，马杰拎着东西一走出医院的大门立刻就愣住了。他发现，彩凤赶来的大车竟又是黑七驾辕。黑七这时也已看到马杰。但它只是漫不经心地朝这边瞥一眼，然后晃了晃头就把眼垂下去，似乎继续在想着自己的事情。马杰这时毕竟刚刚见到彩凤，正在兴头上，所以不想让黑七破坏了自己的心情。于是，他将手里的东西扔到车上，又让彩凤坐上去，自己就赶起大车从医院里出来。

夏天的上午已开始热起来，但微风轻轻一吹，还是有些凉爽。马杰的心情很好，刚刚出了县城，看一看前后没人，就迫不及待地将身后的彩凤搂过来。彩凤满脸含羞地推了他一下，说这里人多，再往前走一走吧。于是马杰在黑七的屁股上用力拍了一下就让它跑起来。大车来到瘦龙河边。这里只有一条被树阴遮掩的蜿蜒小道，只要继续往前走就可以直接通向北高村。马杰看一看路边，发现有一片灌木林，就将大车赶进去。接下来的事情自然也就可想而知。那时县级医院的条件还很差，住院病人要自己带被子。马杰没有想到，他带来的被子在这时竟然派上了大用场。他先和彩凤亲热了一阵，然后又将大车赶到一片枝叶更茂密的地方，把黑七的缰绳拴在一棵树上，就将车上整理一下，抖开了那床被子。这架大车的宽窄刚好像一张双人床，马杰和彩凤躺上去钻到被子里，这架双人床立刻就像一条小船似的晃晃悠悠摇荡起来。就这样从上午一直摇到中午，又从中午摇到了下午。后来他们摇得实在太累了，困倦了，就不知不觉地相拥着在被子里睡着了。

马杰和彩凤绝没有想到会发生后来的事。

在这个上午，黑七先是看着身后的木板车在一颠一荡地摇着，并没有什么反应，直到耐心地等到了中午，又从中午等到了下午，看一看车上安静下来，渐渐地还传出均匀的鼾声，它才开始伸过头去不慌不忙地啃咬拴在树上的缰绳。其实马杰拴的是一种莲花扣，这种绳结不要说牲畜，就是人也很难解开。但黑七这样啃了一阵，不知怎么竟就将这绳结啃开了。黑七又回头看一眼，就拉起大车悄悄地走出这片灌木林，然后沿着蜿蜒的小道径直朝前走去。它走得很轻，四蹄慢慢地抬起来又慢慢地放下，因此身后的木板车也就平稳得像一条船。下午的阳光透过繁茂的枝叶洒落下来，地上斑斑点点的如同微微泛起的波纹。在这个下午，当黑七拉着车走进北高村时，已是傍晚收工时间，去田里锄地的人们都在陆陆续续地往回走。这一来事情就好看了。马杰和彩凤仍还在车上很舒服地相拥睡着，他们在梦里已完全没有了时间和空间的概念，他们不管自己在哪里，也不管是中午还是下午，只是沐浴在夏日的阳光里恣肆惬意地睡着。他们觉得只要这样相拥在一起也就已拥有了这世界上的一切。但就在这时，他们恍惚中似乎隐约听到了什么声音。于是一起睁开眼。这时，他们才突然发现，这辆大车不知怎么竟然停在村里的十字街口，四周已经围满了人，大家正好奇地伸过头来向他们看着，就像在欣赏什么表演。彩凤立刻尖叫一声就将头缩进被子里去。马杰本想翻身起来，但意识到自己还一丝不挂，又赶紧躺下了。就在这时，车辕上的黑七突然扬起头，将脖子一伸就嘹亮地叫起来。它的叫声直抒胸臆，因此有着很好的共鸣，听上去就像花腔男高音一样地将气韵一直灌到了头顶。人群里不知是谁实在忍不住了，扑哧笑了一声。接着大家就立刻都跟着笑起来。这笑声和着黑七的叫声，如同是在伴唱。

当天晚上，马杰拎着一瓶地瓜烧酒来到牲口棚。牲口棚里的新任饲养员是贫协主任。贫协主任自从失去了一条腿，由于无法再去公社开会，就主动辞去了主任职务。但村里的人们仍然习惯叫他贫协主任。马杰对贫协主任说，他心里不痛快，想跟他一起喝一喝酒。贫协主任一听当然很乐意奉陪。其实贫协主任并没有太大的酒量，但马杰还带来了一盒沙丁鱼罐头，这盒罐头非常的诱人。贫协主任想，自己当然不能只吃人家的罐头而不喝酒，那样会显得过于嘴馋。于是，他为了这盒沙丁鱼罐头也就只好硬着头皮陪马杰喝起来。

就这样喝了一阵，贫协主任很快就醉了。

马杰伸手推一推，见贫协主任已睡过去，就起身来到牲口棚。

黑七这天晚上的食欲很好，一直在悠闲自得地吃着草料。这时，它一抬头看见马杰，先是愣了一下，接着就本能地向后倒退了几步。马杰并没有说话，走过来解下缰绳，就将它从牲口棚里牵出来。马杰一边走着，手里就已拎了自己的那根鞭子。他神不知鬼不觉地将黑七牵到村外，又来到了那条水渠的边上。这时黑七已闻到马杰身上的酒味，立刻就有了一种不祥的预感，它一扬脖颈张嘴想叫，却立刻被马杰用事先准备好的笼头套住嘴。马杰将它牵到石板桥的下面，把缰绳拴在水边的一根木桩上，然后就将手里的鞭子轻轻抖开。马杰事先已将这根鞭子做了处理，在鞭梢上拴了一块一寸左右宽的牛皮。他先在水里把鞭子蘸了一下，然后走到黑七的面前，看着它说，我真不明白，你为什么总跟我过不去？

这时黑七的眼角已经耷拉下去，嘴里紧张得不停地嚼着。

它瞥一眼马杰手里的鞭子，两只耳朵颤抖着扭了几扭。

马杰又说，我知道你害怕了，可现在已经晚了，我对你一直是一忍再忍，可你总以为我好欺负，你现在把我搞到了这步田地，我已经无法再在这村里待下去了，还有彩凤，她怎么惹着你了？你干吗要把她也扯进来？马杰说着哼一声，又用力点点头，你一个畜生能把我折腾成这样，你也够有本事了，好吧，今天咱们就把这笔账好好算一算吧。

他说着突然用力一甩，就把鞭子抽下来。他的鞭子抽得很讲究，只有那块鞭梢的牛皮挂着风声落到黑七的身上，而整条鞭子却没有发出一丝声响。由于这块牛皮很宽，所以落到黑七身上也就只留下一块灰白的印迹，倘若不仔细看几乎看不出来。但疼痛却是一样的，黑七的身上立刻抖了一下。马杰的鞭子接着就像雨点般地落下来。他抽打得很有条理，也很均匀，黑七的身上渐渐地就出现了排列整齐的印迹。尽管黑七疼痛难忍，但也大感意外，它没有想到这个马杰竟然有如此厉害的鞭技。马杰在这天夜里就这样往黑七的身上抽打一阵,去水渠里蘸一下鞭子,接着再继续抽打。直到后半夜,他才终于停下手,将鞭子在木柄上缠了缠,然后走到黑七的面前说,我希望今天夜里的事,你能牢牢记住,下一次可就没有这样简单了。他这样说着,又用手拍了拍黑七那颗硕大的头颅,如果黑六在天有灵,它会告诉你的。但这时,黑七反而平静下来。它盯着马杰,突然眯起眼,又在眼角皱出了一些鱼尾纹。

好吧,你就笑吧,马杰点点头说,只要你有胆量,咱们就走着瞧。

他这样说罢,将鞭子插进身后的腰里,就将黑七悄悄地牵回来。

第二天早晨,贫协主任酒醒之后来牲口棚里添草料,突然发现黑七的身上起了变化。黑七原本是纯黑的,这时却不知怎么变成了灰驴,而且不是正灰,隐约还能看到一些泛红的斑点,似乎一夜之间就成了一头雪花青。贫协主任以为是自己看花了眼,走到近前又仔细观察一阵,就发现了一件更奇怪的事情,黑七的脸上竟然还是本色,而且一头乌黑的皮毛显得更加油亮。贫协主任觉得这件事非同小可。恰在这时,胡子书记和大莲队长来到牲口棚。胡子书记和大莲队长先是很认真地看了看黑七,也没看出究竟是什么问题。但就在这时,胡子书记突然闻到贫协主任的身上有一股酒味,立刻问他,你昨晚喝酒了?

贫协主任点点头,说喝了一点。

大莲队长一听也立刻警觉起来。

于是问,昨晚,还有谁来过这里?

贫协主任吭哧了一下才说,知青马杰。

大莲队长和胡子书记相视一下,当即就奔知青集体户来。

马杰这时还没有起,仍然仰在炕上酣然大睡。胡子书记一走进来就闻到一股浓重的酒气,于是上前一把拽起马杰,沉着脸问,你昨晚去牲口棚,都干了啥好事?

马杰坐起来,揉揉眼,愣了一下才看清是胡子书记和大莲队长。

他懒散地说,我现在,还能干什么好事。

大莲队长问,你去跟贫协主任喝过酒吗?

马杰说喝了,心里烦,喝一点酒散散心。

大莲队长又问,黑七的身上是怎么回事?

马杰说我是跟贫协主任喝酒,又不是跟黑七,它的事我怎么知道?

胡子书记明白了,马杰是无论如何不会承认的。而且,他也实在想不出马杰究竟用了什么手段才使黑七变成这样的。于是说,好吧,你赶快起来,抓紧时间收拾行李吧。

去哪?马杰有些奇怪。

去工地。胡子书记说。

胡子书记告诉马杰,公社马上要动工挖一条排灌渠,已经下发通知,让每村至少派一名劳力,还要出一头牲畜,立刻去工地报到。这时大莲队长也缓下口气,对马杰说,你现在的情况,自己心里应该最清楚,这一次闹出的事在村里影响很不好,非常不好,我已经派人把彩凤送去了她姨家,你这一阵也不要待在村里了,就先出去挖渠吧。

马杰听了想一想,觉得这对自己倒是一件好事。

胡子书记又说,关于派牲畜的事村里也已研究过了,就让黑七跟你去。胡子书记盯住马杰,又意味深长地说,虽然这一阵,黑七跟你闹出一些事来,可毕竟一直是你用它,你们彼此熟悉,况且它在村里除去拉车也没别的用处。马杰一听是黑七,立刻要说什么。胡子书记却冲他摆一摆手,说别的话就不要再说了,这件事已经决定了。

马杰这次来工地时就已有预感,后面可能还会出事。

但让他没有想到的是,这一次闹出的事竟然不可收拾。

马杰对我说,其实在他出来前,北高村的贫协主任就已提醒过他。贫协主任对他说,他早已看出来,黑六和黑七这两头驴的心计太深,不知是不是它们出身的缘故,好像总跟人民公社不是一条心。贫协主任指着自己的那条断腿告诫马杰,说驴要歹毒起来可比人厉害,尤其这头黑七,表面看着不声不响,心里更比黑六深得没底,带它出去可千万要小心。

马杰对我这样说时,正在工地附近的一个水塘边上给黑七喂树叶。

这一次挖渠任务,我也被南高村派出来。但与我一同出来的还有一个当地农民,所以牲畜的事也就不用我去操心。关于黑七,马杰早已对我说过一些,因此我对它并不陌生。我很认真地观察过这头黑驴,却没看出有什么特别,我甚至觉得它比一般的驴还要猥琐,看上去不仅没精打采,还有些呆头呆脑。按公社规定,各村派出的劳动力工地上是统一管饭的,但牲畜不管,要自己解决。马杰虽然也带来很多饲料,却从不喂黑七,他将这些饲料都拿去跟附近村里的农民换了旱烟和地瓜烧酒。马杰说对黑七这种畜生就要采取虐待的方式,如果让它吃饱喝足,它就又会有精神生出一些事来。所以,他只是将它牵来附近的水塘边,喂一些树枝树叶或塘里的水草。这些东西黑七当然难以下咽。马杰却并不在意,爱吃不吃,渴了就让它喝水塘里的水。这是一个死水塘,青黄色的塘水已有些发臭,上面还漂了一层肮脏的浮萍。有时黑七宁肯伸着头去舔吃那些水面上的浮萍,也不愿吃树叶。

就这样,黑七很快瘦下去,渐渐地连肚子两侧的肋骨也显露出来。

最先发现问题的是工地上的质检员。质检员姓杨,来公社之前也曾在村里喂过牲畜,因此对这方面很在行。杨质检是从黑七的粪便里看出问题的。于是一天傍晚就来找马杰,问他这头驴是怎么回事。马杰有些奇怪,说没什么事啊,很正常。

杨质检摇摇头说,可是看它的粪便,好像不太正常。

杨质检问,你每天给它喂的,是什么饲料?

马杰说牲畜还能喂什么饲料,当然是草料。

杨质检问,哪一种草料?

马杰说就是一般的草料。

杨质检说不对,我怎么看着好像还有树叶。

马杰一听笑着说,可能是它自己从地上拣着吃的。

杨质检点点头,说这样最好,现在工程很紧,上级要求的时间更紧,所以不仅是人,牲畜的任务也很繁重,一定要让它们吃好喝好,还要注意它们的休息,这样才能确保工程正常进行。杨质检临走又特意叮嘱,说你要注意了,要我看,这头黑驴的肚子好像有问题。

黑七的肚子确实有了问题。由于马杰经常给它吃一些树叶水草之类的东西,又喝塘里的脏水,很快就拉起稀来。黑七拉稀也与众不同。它的肚子里似乎胀满了气体,每次拉稀前总要先放一个很响亮的屁,然后东西才随着气体一起喷出来,看上去就像一团米黄色的烟雾。如此一来,也就给马杰增添了许多麻烦。这条排灌渠其实就是一条河道,按设计要求不仅具有相当的宽度,深度也达五米左右,因此岸坡就非常陡峭,从渠底挖了泥,仅凭人的力量根本无法用手推车推上来,必须要用牲畜在前面拉坡。马杰将黑七的绳索拴得很短,这样可以便于他一边推车一边用鞭子抽打。但黑七在拉坡时一用力,往往憋不住肚子里的气体和稀屎,就经常会直接喷向在后面推车的马杰。如此一来马杰就要时时提高警惕,每当听到很粗闷的一声,立刻就要低下头去迅速将自己藏到车后,接着他的头顶上也就会出现一片昏黄的雾气。

马杰很快就寻找到一个有效的办法。他再挖泥时，将铲起来的泥条一锹一锹在车里排列整齐，然后再像砌砖一样地一层一层码起来，这样也就形成了一道很高的像墙一样的屏蔽。而如此一来，马杰的表现也就显得格外突出。工地领导当即向马杰提出表扬，号召全工地都来向他学习，为了早日完成挖渠任务"一不怕苦、二不怕死"。上级领导为此还特意奖励了黑七一袋精细饲料，说它的表现和马杰一样，也是其他牲畜学习的榜样。

但是，这袋饲料黑七却并没有吃到。当天晚上，马杰给黑七喂过树叶，就将这袋饲料弄去附近的村里跟当地农民换了一瓶地瓜烧酒和几个老腌儿鸡蛋。我曾经很认真地提醒过马杰。我对他说，最好对黑七不要太过分。我说让牲畜拉坡其实是一件很危险的事，你不为黑七想也要为自己想一想，它的身体一旦被搞垮，爬坡时突然拉不动车，那后果是很难设想的。马杰听了却只是微微一笑。他说没关系，他了解这头畜生。

但是，接下来的事情还是被我说中了。

关于这件事我一直没有搞明白。我觉得这很像是一起普通的事故。原因当然在马杰。由于马杰经常让黑七吃树叶，而黑七又一直拉肚子，体力也就越来越差，因此发生这场意外应该是黑七力不能支造成的。但马杰却对我说，你太善良了，也太小看这头畜生了，它可不是一般的驴，你就是给它吃一年的树叶再让它拉坡，只要它肯咬牙也照样能爬上去。马杰很肯定地说，这畜生就是故意的，它这一次的用心更歹毒，它是想要我的命。

但我仍然将信将疑。我很难想象黑七会有这样险恶的用心。

发生这件事是在工程接近尾声的时候。这时水渠已挖到最底层，地下水也渐渐渗出来。因此工程也就更加艰难，大家不再是挖泥，而是用铁锹在水里捞泥。那是一个上午。当时马杰正赶着黑七爬坡。岸坡不仅泥泞，也越来越湿滑。就在黑七快要爬到坡顶的一瞬，它突然站住了，四个蹄子用力在地上刨着不停地打滑。马杰立刻看透了它的心思。以往黑七也曾耍过这样的伎俩，爬坡时故意表现出筋疲力尽，上去卸车后好趁机休息一下。但这一次马杰却不想让它休息。就在前一天的晚上，工地刚刚为劳力们加钢。所谓加钢也就是改善伙食的意思，每人一大碗油汪汪的炖肥肉，外加八个浑圆雪白的硬面馒头。因此马杰这时仍然浑身是劲。马杰抡起鞭子就朝黑七抽了一下。他这一下非常狠，正抽在黑七的耳根上。马杰当然知道，牲畜的耳根是轻易不能抽打的，由于这里过于敏感，牲畜往往会因为突然的疼痛而受惊。但是，马杰故意要这样做，他就是想警告一下黑七，让它明白，他已看透了它的小聪明。黑七挨了这一鞭子突然一愣，然后把身体微微地向后顿了一下。这时它的四个蹄子已深深地插进泥里，浑身的骨头也将毛皮用力地绷起来。它慢慢回过头，朝马杰看了看。

马杰突然发现，它的眼角又皱起了一些鱼尾纹。

他原本已经又一次举起鞭子，这时突然停住了。

也就在这时，黑七的屁股慢慢塌下去，接着将身体猛地一缩，又用力向前一窜。它的用意显而易见，是想故伎重演再一次从辕套里钻出去。但马杰已接受了上一次的教训，事先早有防备，他将黑七牢牢地在辕套里拴死了。如此一来事情也就更加严重。黑七拉着车原本是绷紧气力的，这时稍一松劲，泥车立刻就顺着岸坡开始向下溜去，而且越溜越快。待黑七意识到自己根本无法从辕套里钻出去，再想将车控制住也就为时已晚。于是，这辆装满湿泥的手推车就拖着黑七一直向下冲去，接着又猛地一颠，便裹挟着马杰一起翻下沟底。马杰的两手仍然紧紧抓住手推车的把手。他只觉天旋地转，很快就被一股巨大的力量抛向一边。就在他被泥土埋起来的最后一瞬，看到黑七一直滚下来，被沉重的泥车砸在了下面。

马杰这一次险些丢了性命。他从泥里被挖出来时，耳朵鼻子和嘴里都已塞满了泥浆，憋得几乎透不过气来。杨质检立刻指挥大家拉过一根胶皮管，接到一台抽水泵上用力朝他冲了一阵。直到将他冲出本来面目，又狠狠打出几个喷嚏，吐出一些泥沙，才终于喘过气来。

但是，黑七却没有这样走运。它的一条前腿被砸断了。

马杰已有预感，这一次的事还刚刚只是开始。

他对我说，这种预感是回北高村以后才有的。

在那个出事的上午，工地的杨质检亲自用一台拖拉机将马杰和黑七送回村来。北高村的知青集体户是在村口，所以杨质检没有进村，直接就将马杰和黑七拉来集体户。马杰送走杨质检，回到集体户的院子时，突然发现黑七又站在了门口那面墙壁的前面，正冲着墙上的那张驴皮呆呆地发愣。它的两个耳朵软耷耷地垂下来，鼻孔里发出突噜突噜的喘息声。那条伤腿还不时地往上抬一抬，似乎想触摸一下墙上的那张驴皮。但这驴皮实在挂得太高了，它触摸不到。它的眼里似乎蒙了一层雾气，接着就有一些像泪水一样的浑浊液体流淌出来。马杰走到它跟前，抓住缰绳用力拽了拽，想把它从这张驴皮的前面拉开。他觉得它这样看着这张驴皮很不舒服。但他使劲拉了几下，却没有拉动。黑七仍然执着地朝墙上看着，四个蹄子像是钉在了地上。马杰用缰绳朝它脸上狠狠地抽打了一下。

黑七突然回过头，盯住马杰一下一下地看着。

马杰与它的眼神碰到一起，不禁也愣了一下。

就在这时，胡子书记和大连队长带着几个村干部来到集体户。他们正在村里开会，研究秋收的事，听到消息就立刻赶过来。胡子书记先询问了一下马杰和黑七的伤势。马杰说自己倒没有太大问题，只是肺里呛了一些泥水，还有些咳嗽，身上和腿上也被砸了几处，并没有伤到筋骨。但贫协主任很快发现，黑七的问题却很严重。贫协主任将它的那条伤腿搬起来看了看，发现已断成三截，于是摇摇头说，这畜生废了，以后没啥用了。

胡子书记还有些不死心，看了看贫协主任。

要不要……再牵去公社兽医站看一看？

大莲队长也说，牲畜的事，最好慎重。

马杰却在一边说，不用看了，没用了。

没用了？大莲队长问。

没用了。马杰说。

胡子书记和大莲队长商议一阵，又跟几个村干部碰了一下。

然后，胡子书记就点点头说，好吧，看来杀是一定要杀了。

大莲队长说，喂一喂也好，秋天正是牲畜上膘的时候。

胡子书记看一眼马杰，等喂得肥一些，还是由你来杀吧。

就在这时，谁都没有注意，站在旁边的黑七慢慢抬起头，朝胡子书记和大莲队长这边看了看，又用力瞥一眼马杰和贫协主任，然后转过身，就一瘸一拐地向门外走去。

接下来的事情就更有了一些传奇色彩。

马杰对我说，这件事确实令人不可思议。

那时已是初冬季节。田里的粮食收到场上，都已用苇席一垛一垛地囤起来。马杰因为身体还没有完全康复，就被派到场上守夜。在那个出事的夜晚，马杰确实感到有些异样。就在这一天的下午村里刚刚做出决定,第二天上午,要由马杰动手杀掉黑七。尽管马杰一再向村里提出,他的身体还很虚弱,杀黑七不是一件简单的事,恐怕自己还没有这样的气力。但胡子书记的理由却似乎更加充分。胡子书记说首先,当初黑六就是由马杰杀的,而且事实证明,他这种砍头的方法也很好,不仅可以使牲畜少受痛苦,浑身的血一下被放出来,肉也更加好吃。再有,胡子书记说,让马杰来杀黑七应该也最合适,黑七这段时间没少跟马杰找麻烦,起初大家还怀疑,是不是马杰对村里有什么意见才故意在黑七的身上出气,但现在看来,应该不是这么回事,而且经公社的杨质检证实,这一次在工地上,黑七还差一点就要了马杰的命,所以,胡子书记说,让马杰杀黑七也正好可以出一出心头的闷气。胡子书记最后又说,还有一点也很重要,村里人都不愿动手杀牲口,这马杰应该是知道的,所以让他来杀也算是为村里做了一项工作,大家的心里都有数,自然是很感激的。

马杰听胡子书记这样一说,也就不好再说什么了。

在出事的这天夜里,天很阴,到后半夜时还飘起了细碎的雪花。马杰像往常一样,先去四周巡视了一遭,看一看没有什么事,就在场边点起一堆火,然后掏出一瓶地瓜烧酒独自喝起来。这时四周万籁俱寂,只有远处的田野里偶尔传来土獾或黄鼬的叫声。马杰一边喝着酒,忽然想起彩凤,心里就不免有些伤感。据大莲队长说,彩凤的姨家是在关外,她的姨已在那边又给她找了一个对象,而且很快就要结婚了。马杰想,他和彩凤也许今生今世都不会再见面了。于是他就又想到了黑七。他觉得他和彩凤的事弄成今天这样完全是黑七造成的。他怎么也想不明白,这个黑七不过是一头驴,它为什么会对自己怀有如此刻骨的仇恨。

马杰正在这样想着,忽然听到一阵轻微的笃笃声。

这声音时断时续，又非常的清晰，似乎越来越近。

他慢慢回过头，朝黑暗里看了看，就看到了黑七。

黑七显然是啃开缰绳溜出来的。它的一条前腿仍然高高地抬起来，走路的样子有些奇怪，像在跳一种舞蹈。这时，它走到马杰的面前，歪起头很认真地看看他。马杰借着火光突然发现，它的眼角又皱起了一些鱼尾纹。它的脸已明显地胖起来，因此这些鱼尾纹看上去也就更像了一种很怪异的笑纹。马杰慢慢站起来，也盯住它看着。就这样对视了一阵，黑七就慢慢转过身，不慌不忙地朝着附近一间堆放工具的土屋走过去。在那间土屋的门口放着两只巨大的油桶，里边装满农机具用的柴油。黑七走到一只油桶跟前，低下头去用力顶了一下，又顶了一下。就在这时，马杰突然有了一种不祥的预感。他立刻朝那边扑过去。但是已经晚了，那只油桶被顶得晃了几晃，咕咚一声就倒在了地上，里边的柴油立刻汹涌地流淌出来。接着，黑七就做出了一个更令人吃惊而且不解的举动，它慢慢躺下去，在那流淌的柴油里滚了几下。它身上的皮毛虽然短却很蓬松，所以这样一滚那些柴油立刻就被吸进去。它又滚了一阵，用力站起来，然后就一瘸一拐地朝马杰走过来。它的那条前腿仍然高高地抬着，似乎在挥舞着一只拳头。马杰突然明白了，立刻转身朝场边跑去。在那边堆放着两垛秫秸，而秫秸垛的旁边就是一囤一囤的粮食。但黑七的动作却比马杰更快，尽管它瘸着一条腿，看上去仍然异常的灵活，它只在那堆火上一跃而过，身上就立刻燃烧起来。接着，它一扭头就猛地朝马杰直冲过来。马杰向后倒退了两步，转身朝着粮垛相反的方向跑去。事后他对胡子书记和大莲队长说，他这样跑当然是想将黑七引开，因为他已明白了它的企图，他绝不能让它的阴谋得逞，更不能眼看着贫下中农辛苦一年的劳动果实付之一炬。但是，他却告诉我，他当时这样跑其实已是慌不择路，倘若他再跑慢一点浑身燃烧的黑七就会朝他撞过来，而那样他的后果也就不堪设想。在那天夜里，马杰就这样不顾一切地向前狂奔着。黑七则跟在后面紧追不舍。黑七身上的火焰越烧越旺，几乎将村外的田野映得通亮。直到马杰在村外绕了一圈，又跑回知青集体户，黑七追到门口就终于无法再跑了。这时它的身上已着起了熊熊大火，皮下的油脂咝咝流淌着，使耀眼的火焰一直升腾到半空。它就那样站在知青集体户的门外，睁大两眼瞪着惊魂未定的马杰。那条伤腿仍在一下一下地用力挥动着……

天亮时，雪已越下越大。清新的空气里弥漫起一股肉香。但这香味有些奇怪，隐隐地含着一些焦煳，似乎还混有一些柴油的气味。北高村的人们寻着这气味来到村外，就赫然看到了黑七。这时的黑七仍站在大雪里，身上只剩了一具灰褐色的骨架。这骨架还在冒着一缕缕坚硬的青烟，看上去如同金属的一般，就那样硬挺挺地站立在雪地里。

2005年12月16日改毕于天津木华榭
2005年12月27日定稿